UHRWERK DER UNSTERBLICHEN

ALEXANDER KOPAINSKI

DRACHENMOND VERLAG

DRACHENMOND VERLAG

Drachenmond Verlag GmbH
Auf der Weide 6
50354 Hürth
http: www.drachenmond.de
E-Mail: info@drachenmond.de

Lektorat: Marie Graßhoff
Korrektorat: Nicole Gozdek
Satz und Layout: Alexander Kopainski
Illustrationen: Alexander Kopainski
unter der Verwendung von Motiven von
www.shutterstock.com
Umschlagdesign: Alexander Kopainski
www.kopainski.com

Druck: Booksfactory

ISBN 978-3-95991-496-3

Charaktere in diesem Buch, die an historische Persönlichkeiten angelehnt wurden, sind fiktiv und erheben keinen Anspruch auf geschichtliche Richtigkeit.

Alle Ähnlichkeiten zu real existierenden Personen oder Gegebenheiten sind rein zufällig.

Für Marie und Nicole

1940

Ein missgünstiger Blick verfolgte die Gestalt, die im Licht des Sonnenuntergangs langgezogene Schatten auf den Asphalt warf. Sie bemerkte den Beobachter im Schutz der Seitengasse nicht. Nach vorn starrend wich sie nicht vom Weg ab, während sich die Menschen auf ihrem Heimweg an ihr vorbeischoben. Die beiden Einkaufstaschen zerrten an ihren Armen, ließen ihre Schritte schwer werden und ihre Schultern nach unten sinken.

Eine goldene Kette, die aus ihrer Manteltasche hervorlugte, fing die Aufmerksamkeit ihres Beobachters ein. In den Gedanken des Unbekannten, der sich nun dicht an eine der Hauswände schob, um sie mit zunehmender Entfernung besser sehen zu können, flammte die Vorstellung dessen auf, was sich in ihrer Manteltasche verbarg. Sie beschleunigte seinen Puls.

Währenddessen – einige Häuser weiter – starrte Avery auf die magische Taschenuhr, die seit seiner Geburt tickte. Sie war klappernd aus seiner Hosentasche gefallen, als er sich im

Schneidersitz auf die Bank am Fenster gesetzt hatte. Er hob sie auf und als er sie im weichen Licht des Sonnenuntergangs hin und her drehte, kühlte das Metall seine Fingerkuppen.

Um den langsam fortschreitenden Sekundenzeiger nicht länger sehen zu müssen, schloss er den Deckel, der beim Fall aufgesprungen war. Wann würde Avery wie seine Mutter die Unsterblichkeit erlangen? Die Uhr tickte unaufhörlich und das Geweih des goldenen Hirschkopfs erstreckte sich bis zu den Rändern der Uhr. Das Geräusch hallte noch in seinem Kopf nach, als er mit den Gedanken abschweifte.

Die Sonnenstrahlen bahnten sich die letzten Wege durch die winzigen Spalte zwischen den Hausfassaden von Paris und der Wind trug die ersten Blätter, die den Herbst ankündigten, davon. Wie von Geisterhand tänzelte die Sonne zwischen Ästen und brach ihr Licht in Tropfen eines vergangenen Regens.

Avery schob sich zwischen Vorhang und Fensterglas, als er in die Gassen hinabsah. Mehr als die Menschen beobachtete er den kleinen Teich, der gegenüber in einem angrenzenden Park lag. Ein weißer Schwan mit vom Wasser glänzenden Gefieder schlug mit seinen Flügeln auf und ab, während die Tröpfchen wie tausend Diamanten auseinanderstoben. Meisterhaft zog er seine Bahnen im Gewässer und beäugte die umherlaufenden Menschen mit Misstrauen.

Die Sonne berührte mittlerweile die Dächer und Avery wurde stutzig. So lange hatte seine Mutter noch nie auf sich warten lassen. Als er schließlich das vertraute Klacken der Wohnungstür hörte, huschte Avery vom Fenster in Richtung Flur.

Célestine begrüßte ihn mit einem müden Lächeln. Auf ihren geröteten Wangen reflektierten winzige Schweißperlen das Licht und Avery nahm ihr sofort das Netz mit Äpfeln ab, das sie unter ihren Arm geklemmt hatte. Célestine ließ die Einkaufstaschen mit einem Rums auf den Boden fallen. Ihre Gliedmaßen hingen schlaff herab und ihre Lider schlossen sich langsam. Avery blieb wie angewurzelt stehen, als sie anfing zu wanken und das Gleichgewicht verlor.

Wie zu einem stummen Schrei geformt, riss Avery seinen Mund auf und konnte ihren Aufprall auf dem Holzboden nicht abfangen. Wie in Zeitlupe sah er ihren Körper zu Boden gleiten. Die Locken fielen ihr ins Gesicht und verdeckten ihre von Schweiß benetzten Wangen. Vom Haaransatz breitete sich eine silbrige Farbe bis zu den Spitzen aus. Wie ein Herbstblatt legte sich ihre Haut in Falten, wurde brüchig und die Adern traten hervor, leerten sich. Die dünnen Silberfäden, die einst ihre Haare gewesen waren, breiteten sich über ihre Stirn aus.

Averys Kehle zog sich zusammen. Tränen kribbelten hinter seinen Lidern und das Blut schoss in seine Wangen. Als könnte er die Körner einer Sanduhr mit zitternden Fingern aufhalten, legte er seine Hände auf ihre Wangen. Avery spürte die Anwesenheit ihrer Magie nicht mehr. Der Duft, der von ihren Haaren ausging, versprach Wärme, die ihr Körper schon verloren hatte.

Avery fröstelte. Die Feuerkraft seiner Mutter war zu einem Glimmen verkommen, das sich im dämmrigen Licht des Flurs verflüchtigte.

Der Schmerz würgte ihn, grub seine Zähne wie ein Höllenhund in seine Gliedmaßen. Ganz deutlich spürte er, wie die Tränen vom Schmerz blockiert in seinen Augen eingepfercht wurden.

Fahrig drehte Avery seine Mutter um und legte seine bebenden Hände auf ihre Wangen, die unter der Last ihres ewigen Lebens eingefallen waren. In Windeseile formte er seine Hände zu einem Kreuz und fing an, sich auf ihren Brustkorb zu stützen. Unter dem Gewicht ihres Sohnes barsten Célestines Rippen. Das Knacken wurde von ihren Knochen über Averys Handflächen und Arme bis in seinen Kopf weitergeleitet. Ihre Haut wurde brüchig, Risse bildeten sich und als Avery bemerkte, wie es ihrem ausgemergelten Körper zusetzte, was er tat, hielt er inne und sah in ihre Augen, aus denen ihn keine Seele anblickte.

»Verdammt! Was …«, fluchte er und seine Stimme brach mitten im Satz ab.

Das Bild ihres stummen Starrens bohrte sich in Averys Kopf und ließ eine pochende Wunde zurück, die ihn dazu zwang, sein Gesicht zu verzerren. Mit aller Kraft versuchte er, sein Zittern zu kontrollieren, doch unter dem Beben seiner Brust kämpfte er vergeblich. Wie Glasmurmeln eingesetzt in den Schädel einer Puppe, reflektierten die Augen die Form des Fensters, an dem Avery vor wenigen Minuten noch den Schwan beobachtet hatte.

In Rinnsalen bahnten sich Averys Tränen den Weg über seine Wangen, sammelten sich an seinem Unterkiefer, bis sie sich in den Rissen auf Célestines Haut ausbreiteten.

SCHEISSE. Komm zurück!

Eine Incendye stirbt nicht einfach so!

Nicht so!

Er rüttelte weiter an ihren verdorrten Schultern und weitere Knochen brachen wie die dünnsten Äste eines Baumes.

Das kann nicht wahr sein. Es muss eine Erklärung geben!

Am Himmel brauten sich dichte Wolken zusammen, als Avery immer noch über den Leichnam gebeugt schluchzte.

»In dir brennt noch ein Funke«, flüsterte er ihr zu und zwang sich, ein Lächeln auf seine Lippen aufzusetzen. »Ich weiß es doch.« Er legte seine Hand auf die Stelle, wo zuvor noch ihr Herz geschlagen hatte. Doch ab diesem Tag sollte er nie wieder ihr wärmendes Feuer spüren.

1940

Die Sterne funkelten am Himmel, der sich wie dunkler Samt dicht über Paris legte. So begab sich ein ungebetener Gast in die Katakomben von Paris und schlich, ohne bemerkt zu werden, in die verbotenen Refugien ewigen Wissens.

Unhörbar streifte seine Hand über die hölzernen Regalböden der Bibliothek Saint Lucie. Jahrhundertealter Staub wirbelte auf und reflektierte das spärlich einfallende Licht zwischen den Gängen, um dann still und leise zu Boden zu rieseln. Der Blick des Unbekannten huschte über die goldenen Lettern und sein Verstand suchte nach jedem Hoffnungsschimmer darauf, das richtige Buch zu finden. Das dumpfe Rascheln eines Papierstücks, das er zitternd in seiner Manteltasche knüllte und wieder glatt strich, zerriss die Stille.

»Célestine Durand, geboren am 10. März 1893, verstorben am 3. Oktober 1940 …«, stand auf dem Dokument, das er immer wieder in seiner Faust verschwinden ließ.

Es war kaum eine Woche her, dass seine Mutter vor seinen Augen zusammengebrochen war. Nur von einer einzigen Frage ausgehend brannte sich ein Lauffeuer durch seinen Kopf: Wie war es möglich, eine Unsterbliche zu töten?

Er kniff seine geröteten Augen zusammen, die jede Kraft aufwendeten, klar zu sehen. Zu lange hatte er sich auf der Suche nach der Antwort nächtelang durch ganze Wälzer gekämpft. Es musste Mord gewesen sein. Keine Naturgewalt konnte eine Incendye töten. Ab dem Zeitpunkt, dass die Taschenuhr eines jeden Incendyes stehen blieb, hörte dieser für immer auf zu altern. Man wurde unantastbar für den Tod.

Célestines Uhr hatte wieder angefangen zu ticken, nachdem sie vor Hunderten von Jahren stehen geblieben war. Lediglich durch das unheilschwangere Ticken des Sekundenzeigers hallte ihr Leben in die Dunkelheit nach.

Avery wusste nicht, wie es war, unsterblich zu sein. Er kannte all die Regeln und Konventionen, war angepasst und doch noch kein vollwertiger Bestandteil ihrer Gesellschaft. In seiner Tasche tickten nun zwei Uhren: die seiner Mutter und immer noch seine eigene.

Schritt um Schritt dezimierte sich die Anzahl an Büchern, die ihm seine Antwort geben konnten. Buch für Buch schrumpfte die Hoffnung.

Keiner der Incendye hielt sich hier jemals auf. Die alte Bibliothek war trotz der Stille kein Ort der Ruhe. Dichte Schwaden des Bösen hingen in der Luft und durchzogen jedes der bis zur Decke ragenden Regale. Jeder Text, jedes Wort war im Grunde seines Wesens dunkel. Voller Unheil. Hier, zwischen Texten über die Grausamkeiten und Abgründe seiner Welt, so hoffte Avery, würde er die Antwort finden. Etwas, das böse und mächtig genug war, seine Mutter getötet zu haben. Seine Augen hatten sich schon so an die Dunkelheit gewöhnt, dass es ihn fast blendete, direkt in das spärliche Licht der Kerzen zu sehen. Unsichtbare Spinnweben streiften sein Gesicht und ließen eine Gänsehaut seinen Rücken hinab laufen. Zwar hatte er sich früher so oft in die Bibliothek zurückgezogen, doch noch nie war er in diesem Teil gewesen. Wäre er nicht so fixiert auf die Bücher gewesen, hätten sich seine Armhaare aufgestellt und seine Finger zu zittern angefangen.

Sein Blick huschte mittlerweile so schnell über die Buchrücken, dass die Regalwände wie Bäume einer Allee an ihm vorbeizogen. Mit jedem Buch schien die Antwort weiter von ihm weg zu rücken.

Als er es schon fast aufgegeben hatte und wieder zum Ausgang gehen wollte, durch den er sich zuvor hineingeschlichen hatte, blieb er stehen. Der Staub auf einem Regalbrett war genau an einer Stelle verwischt. Das dort stehende Buch fing seinen Blick ein.

Eine Gänsehaut breitete sich auf seinem ganzen Körper aus.

Jemand hatte es allem Anschein nach vor nicht allzu langer Zeit herausgenommen. Wie versteinert und mit großen Augen blieb Avery vor dem ledernen Buch namens »Tötungstheorie« stehen. Mit schweißnassen, fast unterkühlten Fingern streckte er sich, nahm es vorsichtig heraus und sank auf dem von Spinnweben gefesselten Stuhl nieder. Einen unerträglich unüberwindbaren Moment verweilte er, gebannt von den goldenen Lettern der Buchdecke.

Er schlug es auf.

»Um einen der magischen drei Sapye (von urlat. sapiya: weises Wesen) – Auraryе, Engel der Freiheit, Coronye, Führer des Goldes, Incendye, Herrscher des Feuers – zu töten, so glaubt man, braucht es eine düstere Macht, größer als das Gefüge der Welt. Jede Uhr, die die magischen Drei bei ihrer Geburt erhalten, ist untrennbar mit

ihren Leben verbunden. Stirbt die Uhr, stirbt das Wesen. Stirbt aber das Wesen, so bleibt die Uhr bestehen. Der Umstand, dass ein Sapye ab seiner Reife unsterblich ist, genau wie sein verbundenes Uhrwerk, eliminiert nahezu alle Möglichkeiten der Tötung.«

»Nahezu …«, flüsterte er.

»Da weder die Uhr noch der Sapye zerstört werden können, bleibt nur noch eine Möglichkeit: Die Uhr muss wieder zum Ticken gebracht werden. So versteht es sich, dass es auf magischer Ebene eine dunkle Macht schaffen muss, die Zeiger wieder zu bewegen. Ab diesem Moment wäre der Sapye verwundbar.

Sapye werden von der Zeit seit ihrer Reife eingeholt – der Körper wird menschlich und altert nachträglich. Die Schnelligkeit des Prozesses hängt davon ab, wie alt und belastbar der Sapye ist. Verschiedene Theorien behandeln dieses Thema.

L. Da Vinci, seines Zeichens Incendye, hat die Anatomie der Sapye untersucht und ebenso deren Schwachstellen erforscht. Mehr als nur den Körper hat er die Uhren in seine Forschungen mit einbezogen und Parallelen zum Herzen eines Sapye aufgestellt. Seiner Auffassung nach brauchte es für die Ingangsetzung der Taschenuhren eine …«

Als er umblätterte, sah er die herausgerissene Seite. Fast zerrte Avery die nächste Seite heraus, als er sie umschlug und weiterlas. Hektisch mit dem Papier raschelnd, Worte über Geschichte und Hintergründe überfliegend, realisierte er still, dass die wichtigste Stelle fehlte. Ein Knoten in seiner Brust erschwerte ihm das Atmen. Tränen krochen hinter seinen Lidern hervor und seine Hände wurden kalt.

So kurz vorm Ziel? Verdammt! Soll es das jetzt gewesen sein?

Vor seinem inneren Auge sah er, wie derjenige, der für den Tod seiner Mutter verantwortlich gewesen war, weiter sein Unwesen treiben würde. Als er diesen Gedanken zu Ende gedacht hatte, fraß sich rastlose Wärme von seinem Herzen aus durch seine Brust bis hin in seine Augen. Avery wusste nicht, wie ihm geschah, als seine Fingerspitzen zu glühen und zu zittern begannen. Kleine Flammen schossen aus seinen Handflächen hervor und erhellten die Bücherregale um ihn herum. Dieses Gefühl von Feuer in seinen Adern war fremd für seinen Körper und doch schlug sein Herz immer langsamer. Es umfasste ihn und durchlief jede Zelle seiner Selbst.

Wie damals, als ihn Célestine mit ihren Kräften gewärmt hatte, als er sich nach der Schule verirrt und durch den ganzen Schnee den Weg nach Hause nicht mehr gefunden hatte. Noch immer konnte er die unerbittliche Kälte in seinen Gliedern spüren und Célestines Rufe hören, ihre Flammen fühlen, als sie ihn fest in ihre Arme genommen hatte, sodass ihm nichts Böses widerfahren konnte. Durch die Erinnerung an die Flammen seiner Mutter, wurde ihm klar, was nun geschah.

Die Wärme zog sich urplötzlich zurück. Ehe Avery sich wieder sammeln konnte, wanderte sein Blick zu seiner Manteltasche. Eine ungewohnte Stille durchdrang den Raum.

Er hörte nur eine Uhr ticken.

Eine.

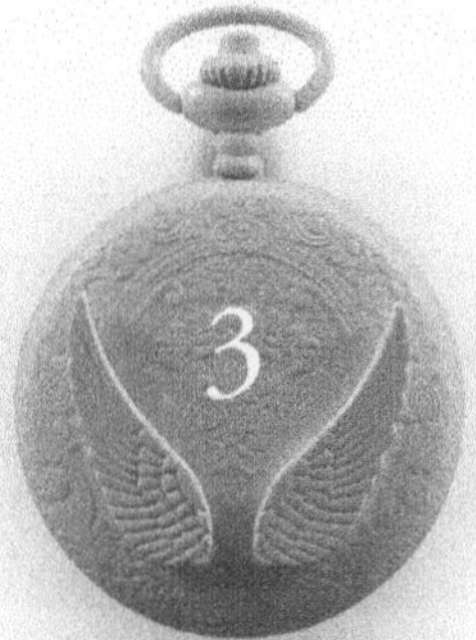

Es war ein düsterer Montagmorgen in Paris. Undurchdringlich und unnachgiebig legte sich ein Schleier aus Wolken und Schnee über die Kronen der Stadt. Emsig wuselten die Menschen durch die Straßen. Wie ein organisches Herz pumpte die Stadt Menschen ein und aus, in ihren Autos, auf Rädern, Schienen und zu Fuß.

Für Avery begann der Arbeitstag wie für jeden anderen auch: ziemlich früh. Doch er liebte seine Arbeit in der Opéra Garnier. Die Musik, die Oper, das Ballett.

Avery stand neben der Regalwand, wo er sich vor einem Spiegel anzog. Dunkle Holzböden und massive Streben erstreckten sich bis unter die hohe Decke der winzigen Wohnung. Jeder einzelne Zentimeter mit Büchern des letzten Jahrhunderts vollgestopft, verschwand die Wand an dieser Stelle gänzlich hinter zwischen Buchdeckeln gedruckte Welten.

Er knotete seine Krawatte zurecht, zupfte an seinem Gilet und zog die Ärmel seines Hemdes über die Handgelenke. Thérèse würde ihn wieder mustern. Sobald er den Schlüssel für die Theaterkasse bei ihr abholte, huschte ihr Blick in Sekundenschnelle über seinen Aufzug. Sie hatte schon immer ihre Regeln gehabt – die sie seither mit aller Sorgfalt einzuhalten wusste. Seine Chefin war keineswegs ein Drill-Sergeant, sondern gefühlsmäßig eher ein entferntes Familienmitglied, zu dem man eine gewisse Nähe auf autoritärer Distanz spürte. Paradox eigentlich. Nur, wenn man so viele Menschen unter seiner Verantwortung hatte, musste man durchsetzungsfähig sein. Also kämmte Avery ein zweites Mal sein dunkles Haar, bis jede Locke an Ort und Stelle lag. Seinen langen Wollmantel streifte er über seine schmächtigen Schultern und umhüllte damit seine schlaksige Figur. Die Hornbrille säuberte er mit einem kleinen Mikrofasertuch, ehe er sie sich blinzelnd aufsetzte. Zu seinem Erstaunen entlockte er sich selbst beim Blick in den Spiegel ein kleines Schmunzeln. Seine Haare lagen selten in Reih und Glied.

»Guten Morgen. Guten Tag. Was kann ich für Sie tun? Ich empfehle Ihnen die mittleren Plätze auf dem Parkett«, sagte er die alltäglichen Floskeln für sich selbst auf. Seit etwa drei Monaten arbeitete er nun in der Opéra Garnier. Vorher als Aushilfe von Concierge Henry und nun als Kartenverkäufer. Hier sah er jeden Tag die verschiedensten Menschen aus allen Nationen der Welt.

Das Beste daran, »Mädchen für alles« zu sein, waren die Momente, in denen er die Schauspieler, Sänger und Tänzer kennenlernen durfte.

Seit jeher hatte Avery eine Faszination für das Leben auf der Bühne gehegt – auch wenn es ihn selbst nie ins Rampenlicht gezogen hatte.

Während er im Treppenhaus zwei Stufen auf einmal auf den Weg nach unten nahm, dachte er daran, dass er heute Jeremy wiedersehen würde. Schon seit einiger Zeit hatte er die einzige

Person, die er mit gutem Willen als seinen Freund bezeichnen konnte, nicht mehr gesehen.

Der Wind peitschte in sein Gesicht, als er die Haustür hinter sich schloss. Mit zusammengekniffenen Augen und hoch geschlossenem Mantel stapfte er durch das Pariser Schneechaos. Es war ihm keineswegs kalt. Er verhielt sich nur so, als wenn er frieren würde, um normal zu wirken. Zwar konnte niemand außer einem anderen Sapye seine Feuermagie sehen, aber er wollte auch keine Blicke für ein leichtes Outfit bei Minusgraden ernten.

Ein Incendye hielt stets der Kälte stand, die Kraft wärmte ihn aus dem Inneren heraus. Seinesgleichen würde ein dafür verantwortliches Glühen an der Stelle, an der sein Herz lag, erkennen.

So lief Avery unbemerkt die Treppen zum Seiteneingang der Oper hinauf. Concierge Henry nickte, verbeugte sich leicht und Avery lächelte, neigte den Kopf, sodass seine Brille ein wenig verrutschte. Schnell wieder zurechtgerückt bedankte er sich bei dem etwas untersetzten Henry und huschte in den linken Flügel, wo er hinter einer Tür mit der Aufschrift »Privat« verschwand. Lautlos die Tür schließend und um eine Säule huschend, drehte er sich um. Sie stand bereits mit einem Grinsen vor ihm. Ihr silbernes Amulett, das sie immer trug, reflektierte das harte Licht der Deckenleuchten und blendete Avery. Ihr rechtes Lid zuckte kaum erkennbar und durchbrach die perfekte Symmetrie ihres Gesichts.

»Nach dir kann man die Uhr stellen.«

Sie beäugte ihn und der Hauch eines Lächelns legte sich auf ihre schmalen Lippen. Avery entwich ein verschmitztes Lachen: »Ich schätze schon, ja. Guten Morgen, Thérèse.«

»Hier, der Schlüssel. Bitte kümmere dich zuerst um Océane. Lampenfieber«, sagte sie leicht spöttisch mit rollenden Augen.

»In Ordnung, gerne.« Avery nahm den Schlüssel und lief weiter in den Bereich, wo sich die Tänzerinnen aufhielten.

Wenige Treppenstufen und verwinkelte Gänge später klopfte er vorsichtig an. Auf ein knappes »Herein« öffnete er die Tür.

Océane saß wie ein Häufchen Elend an ihrem Platz. Das pechschwarze Haar zu einem Dutt zurechtgezurrt, haftete ihr Blick am Boden. Ihre Hände lagen zitternd in ihrem Schoß, während sie ihre Lippen aufeinanderpresste und sich Angstschweiß auf ihren Schläfen sammelte.

Avery zog besorgt seine Augenbrauen zusammen und legte ein schiefes Lächeln auf. So wie sie dasaß, wollte er sie am liebsten vor einen Kamin setzen, sie in drei Wolldecken einwickeln und ihr ein Glas Nutella mit Esslöffel in die Hand drücken.

Giulia, eine andere Tänzerin, hatte Avery gelangweilt hereingebeten und musterte ihn, um sich dann wieder Kaugummi kauend ihrem Spiegelbild zuzuwenden. An Giulia vorbeigehend nahm er einen Hauch von Rosenparfum in der Luft wahr. Hätte er die Liebe zu seiner Arbeit im Theater in einem Duft destillieren müssen, so wäre es wahrscheinlich eine Variante dieses Parfums gewesen. Warm. Ein Gefühl von Zuhause. So schwerelos, wie es nun in seine Nase stieg, fühlte er, wie das Feuer in seinem Herzen aufblühte.

Einen kurzen Moment war er in Gedanken verloren, dann richtete er seinen Blick wieder auf Océane. Heute Nachmittag fand ihr zweiter richtiger Auftritt vor großem Publikum statt – und es wäre das erste Mal, dass sie Schwanensee mittanzte, was mit fast einundzwanzig Jahren eine beachtliche Leistung war.

»Océane …« Mit einem scheuen Ausdruck in den Augen, die Averys Blick kreuzten und wieder zurückzuckten, schaute sie zu ihm auf. »… kann ich etwas für dich tun?«

»Ach, Avery. Das ist lieb von dir. Da muss ich wohl alleine durch.«

»Nein, wirklich. Warte, ich bringe dir einen Tee.«

»Du brauchst ni–…« Doch Avery eilte schon zum Wasserkocher, der auf einer kleinen Küchenzeile stand.

Er lächelte breit und freute sich darüber, ihr helfen zu können. Den Wasserkocher befüllte er nur aus Alibi-Gründen. Kurze Zeit später nahm sie die wärmende Tasse dankend an.

Avery konnte sich nicht mal ansatzweise vorstellen, wie sich Océane nun fühlen musste. Für jemanden, der nur im Hintergrund agierte, konnte er sich niemals ausmalen, selbst auf der Bühne zu stehen.

»Genau richtig. Nicht zu heiß und nicht zu kalt…«, freute sich die Tänzerin. Avery schmunzelte zu sich selbst, als er sie kurz in den Arm nahm und sie dadurch sein Gesicht für einen Moment nicht sehen konnte. Als Incendye mit Feuerkräften ausgestattet hatte man einige Vorzüge im Leben.

Er richtete sich auf, schwellte seine nicht vorhandene Brust ein wenig und nickte stolz.

»Ich kenne mich mit Tee ein wenig aus.« Avery deutete erklärend zur Küchenzeile. »Die Blätter sind winzig zusammengezogen und dehnen sich im Wasser wieder aus.« Aus dem Augenwinkel nahm er Giulia wahr, die die Stirn runzelte. An Océanes Blick konnte er ablesen, dass sie keinen blassen Schimmer hatte, wovon er da redete. Hauptsache, der Tee half.

»Würdest du uns nun bitte alleine lassen? Tänzerinnen brauchen Ruhe vor ihrem Auftritt.« Giulia betonte das Wort »bitte« mit Nachdruck.

»Du musst Thérèse nicht immer so nachäffen«, entgegnete Avery und zog seine Augenbrauen hoch.

Giulia prustete und als sie sich wieder fangen konnte, richtete sich künstlich auf und hob die Nasenspitze. Sie räusperte sich in einer Tonlage, die viel zu hoch, viel zu höflich war. Avery verdrehte die Augen und grinste, als er merkte, dass sie ihn mal wieder veräppelte.

Mit einem Lächeln auf den Lippen schlenderte Avery zurück, um sich auf den Arbeitstag vorzubereiten. Leider hatte er heute nicht die Spätschicht, in der er entspannt nach der Aufführung mit den Tänzern und Schauspielern reden konnte, ohne dass sie sich zurechtmachten oder ihre Choreografien durchgingen.

Die große Vorhalle breitete sich vor ihm aus und die hohen Goldverzierungen an den Decken reflektierten das Licht der auf halber Höhe hängenden Kronleuchter. Von ovalen Rahmen gesäumt, bedeckten zahlreiche Gemälde Wände und Decken. Der Duft von Marmor gemischt mit Goldfarbe schlich sich in seine Nase und als er auf seinen Arbeitsplatz zuschlenderte, ließ er seine Hand an den Säulen der Wände vorbeistreichen.

Er schloss die Kasse auf. In weniger als fünfzehn Minuten würden die Türen von Henry geöffnet werden und vereinzelte Menschen würden vielleicht ein paar Karten für »Schwanensee« kaufen – abgesehen von den vielen Touristen, die einfach nur bis mittags das Gebäude besichtigten. Meistens waren es ältere Menschen. Avery bedauerte es immer sehr, dass die Oper nur wenige seines Alters – oder besser gesagt: seines äußerlichen Alters – begeistern konnte.

Tatsächlich kauften einige Leute ein paar Tickets für das berühmte Schwanensee-Stück von Tschaikowski. Wenn

Avery die Augen schloss, konnte er sie hören – die ersten Töne der Ouvertüre. Und damit seine Kindheit.

Damals in den 20ern hatte sein Vater oft klassische Musik gespielt. Die Töne der ersten Takte schlichen sich in Averys Gedächtnis und mit ihnen der holzige Duft der Zigarren, die sein Vater zu rauchen pflegte. Ein altes Buch, aus dem er seinem Sohn vorlas, ein kaum sichtbarer Schleier aus Rauch zwischen Averys Blick und den Worten aus dem Märchenbuch, denen er abends lauschte, bevor er seine Mutter und ihn verlassen hatte.

»Einmal ›Der Liebestrank‹, bitte«, riss es ihn aus seinen Gedanken. »Student«, fügte der junge Herr an und bedachte ihn mit einem Nicken. Avery zückte den Sitzplan. »Ist egal, wo ich sitze.« Er lächelte.

»In Ordnung.« Avery wählte eine preisgünstige Kategorie und rechnete das Ticket mit dem Besucher ab.

»Der Liebestrank …«, murmelte Avery, als der Student die Vorhalle wieder verlassen hatte. Auch ein Stück, das er damals mit Célestine gesehen hatte. Seine Gedanken schweiften wieder zurück in die Vergangenheit. In die Vergangenheit, in der er nicht so alleine gewesen war, in der er sich noch vollständig gefühlt hatte.

Die ein- und ausgehenden Menschen trieben die kalte Luft in den Empfangsbereich der Oper. Verirrte Schneeflocken flogen durch den Raum, ehe sie auf dem Boden schmolzen. Um die Nachmittagszeit wurde es ruhiger, fast schon gespenstisch. Für normale Besucher ohne Karten schlossen sie das Gebäude ein paar Stunden vor der Aufführung.

Avery langweilte sich angesichts der Stille, ließ Handgelenke und Finger knacken und spielte mit kleinen Funken, die über seiner Hand tänzelten. Einen Sapye hatte er noch nie hier

in der Nähe gesehen, weshalb er sich keine Sorgen machte, irgendwer könnte seine Spielchen bemerken. Für Menschen waren seine Fähigkeiten sowieso unsichtbar. Der magische Schleier – eher ein Schild – bewahrte die Sapye vor ihrer Enttarnung, denn aus der Vergangenheit hatten auch sie lernen müssen.

Dass die Sapye früher noch ungetarnt unter den Menschen gelebt und auch ihre Fähigkeiten zur Schau gestellt hatten, war ihnen irgendwann zum Verhängnis geworden. Dass übernatürliche Wesen friedlich mit Menschen zusammenleben könnten, war wohl eine törichte Wunschvorstellung gewesen.

Während Avery seine Langweile vertrieb und die winzigen Flammen von Finger zu Finger wandern ließ, erinnerte er sich daran, was ihm seine Eltern über Seinesgleichen beigebracht hatten: Als die Menschen die Auraryе als Engel des Herrn vergöttert und sie umgarnt hatten, bis sie sie praktisch erdrückten, wurde den Sapye bewusst, dass die Fähigkeiten nicht mehr nach außen getragen werden durften. Auch die Coronye, die seit jeher als Könige die Menschen führten und ihnen das Gold brachten, wurden schließlich aus Gier angegriffen und gestürzt. Die Incendye, Überbringer des Feuers, sahen ihre Magie missbraucht. Das wahre Feuer, voller Wissen, wärmend und schützend, dieser Fortschritt, wurde für die Zerstörung missbraucht. Kriege wurden geführt. Ganze Länder gingen in Flammen auf.

Wenn Avery daran dachte, brodelte die Glut in ihm. Jedes Mal, wenn er in den Nachrichten einen neuen Bombenanschlag sah, wurde ihm bewusst, dass die Menschen ohne viele kluge Incendye nie so weit gekommen wären.

Das, wofür die Sapye standen – die Freiheit und die Liebe, die Führung und das Ziel, der Fortschritt und die Weisheit – all das ging allmählich zugrunde.

Die Hände der Sapye waren gebunden. Die magischen Naturgesetze hinderten sie daran, in den Krieg gegen die Menschen zu ziehen. Ein Sapye war unfähig, einem Menschen Leid zuzufügen.

Nicht dass Avery jemals vorgehabt hätte, einen Menschen anzugreifen oder seine Kräfte für sonstige Gewalt zu nutzen.

Als die Sapye nicht mehr in Frieden neben den Menschen hatten existieren können, hatten sie ihre Kräfte zusammengelegt und den magischen Vorhang erschaffen, der sie vor den Augen derer schützte, denen das magische Blut fehlte.

Gedankenverloren erzeugte Avery aus den Flammen kleine glühende Blüten, ließ sie tanzen – doch das sachte Geräusch von Schuhen, die über Teppichstoff streiften, ließ ihn aufschrecken. Er sah sich um. Sein Blick durchdrang die Korridore, doch er konnte niemanden sehen.

Die Stunden vergingen und Avery übergab den Schlüssel nach seiner Schicht an seinen Kollegen und Freund Jeremy, der seinen Job mit weniger Begeisterung für das Theater ausübte.

»Danke. Ich tu heute wenigstens so, als wäre ich freundlich. Thérèse hat mich jetzt schon zweimal verwarnt. *Guten Tag, Monsieur, ja, Monsieur, gerne*«, höhnte Jeremy. »*Wollen Sie lieber oben sitzen? Bla, bla, bla.*« Er konnte Avery wie immer mit seinen kleinen Witzeleien anstecken und beide mussten lachen.

»Gut vorbereitet, Jer. Dann kann ich dir ja die Bude überlassen.« Mit einem Nicken und einem kräftigen Händeschütteln verabschiedeten sich die beiden voneinander.

Zurück in der Garderobe des Personals, wo Avery seinen Mantel abholte, lief er Giulia über den Weg.

»Avery.« Sie zog ihre Mundwinkel nach oben, doch ihre Augen starrten ihn an.

»Wie war der Auftritt? Odette zu spielen und zu tanzen, ist sicher eine Herausforderung«, versuchte er ihre merkwürdige Mimik zu lockern.

»Hm«, machte sie stumpf, während sie nickte, seinem Blick auswich und in einen Bogen um ihn herum aus der Tür ging.

Seltsam. Avery kannte sie schon, seit er im Theater arbeitete. Thérèse hatte erzählt, dass Giulia seit einigen Jahren dabei war, früher auch als Juniorballerina. Und selbst wenn sie sehr forsch und frech war, konnte Avery seine Sympathie für sie nicht verstecken. Auch wenn sie ihn hin und wieder ärgerte und ihren Sarkasmus zum Besten gab, konnte Avery in seinem hohen Alter deutlich erkennen, dass irgendwo ein weicher Kern in ihr schlummern musste. Doch das gerade eben war nicht die Giulia gewesen, die er kannte. Unsicherheit wie diese war nichts, was sie freiwillig gezeigt hätte.

Avery konnte sich keinen Reim darauf machen, warum sie fast wortlos und fluchtartig an ihm vorbeigestapft war. Dass ihr Auftritt schlecht gewesen sein sollte, konnte er sich auch nicht vorstellen. Schließlich war sie die beste Primaballerina weit und breit. Niemand konnte ihr das Wasser reichen – weshalb sie natürlich die Hauptrolle in Tschaikowskis Schwanensee spielte. Avery schätzte sie auch so ein, dass sie ein gutes Leben hatte, keinen Streit oder Unstimmigkeiten. Das wäre ihm aufgefallen. Über eigentlich belanglose Dinge wie diese machte sich Avery viele Gedanken. Vermutlich wäre es besser gewesen, er würde solchen kleinen Momenten nicht zu viel Bedeutung beimessen und seine Gedanken für andere Dinge freimachen.

In der Dämmerung kämpfte sich Giulia durch die Menschen. Ihr roter Mantel streifte die Kleidung der anonymen Masse, während sie ihr Barett festhalten musste, bevor es vom Sturm mitgerissen wurde. Die kastanienbraunen Locken vom Wind verworren, presste sie ihre Lippen vor Kälte zusammen. Scheinbar hatte ihr Mantel jede Wärmefunktion aufgegeben, als sich die eisigen Temperaturen unter ihr Shirt fraßen, um eine aufdringliche Gänsehaut zu hinterlassen. Mehr als mit der Kälte kämpfte sie allerdings mit ihren Gedanken. Mehr als die Menschen, die sich an ihr vorbei drängten, war es ihr Kopf, der sie erdrückte. Vor knapp einer halben Stunde hatte sie das Theater verlassen, doch statt wie jeden Tag in den Untergrund der Bahn zu verschwinden, bog sie in eine andere Richtung ab. Die überfüllte Allee führte direkt zu einem Haus, das zwischen zwei prächtigen Gebäuden eingequetscht auf seinem Fundament balancierte. Die Tür schwang auf – wer auch immer sie dort so schief eingebaut hatte, gehörte gefeuert – und Giulia klopfte die weißen Flocken von ihrem Mantel. Wie mit Puderzucker bestäubte sie damit das zerkratzte Wurzelparkett.

Als hätte man sie schneiden können, füllte die stickige Luft den Raum.

»Patty?« Doch auf ihren Ruf erfolgte keine Antwort. Früher hatte sie viel Zeit in Patricia Pans Antiquitätenladen verbracht. Zwar war sie nur eine Freundin ihrer Mutter, aber Giulia nannte sie trotzdem *Tante* Patty. Nach Giulias Aufnahme ins Ensemble der Pariser Oper, hatte sie sich nicht die Zeit genommen, um ihr hin und wieder einen Besuch abzustatten.

Ein Gefühl, gemischt aus Scham und Reue pulsierte in ihren Adern. Bedeckt von der Gänsehaut, die sie trotz der Wärme nicht verließ, sammelte sie all ihren Mut zusammen.

»Patty!« Der Raum lag weiterhin ruhig im Halbdunkel einer alten Öllampe. Es roch nach altem Teppich, Holz und kaltem Wachs. Durch die Vorhänge traten nur vereinzelte Lichtstrahlen hindurch. Ein Seufzen entwich ihr und kaum merklich zogen sich Giulias Augenbrauen zu einem verzweifelten Ausdruck zusammen.

Der Laden war nie geöffnet, wenn Patty nicht zuhause war.

Sich darüber im Klaren, dass sie ignoriert wurde, drehte sich Giulia langsam herum, als sie ein Knarzen des Bodens vernahm. Sie hielt den Atem an.

Da stand Patty und durchdrang ihren früheren Schützling mit einem Blick voller Traurigkeit. Die Flamme der Öllampe spiegelte sich flackernd in Pattys glasigen Augen. Wie von einer unsichtbaren Mauer aus erkalteten Gefühlen aufgehalten, blieb sie einige Schritte weit entfernt von Giulia stehen. Die bis zur Decke aufgetürmten Sitzmöbel an den Wänden engten sie beide ein. Kein Wort kam über Giulias blutrote Lippen und so blieb ihr Mund offen stehen.

»Sieben Jahre«, seufzte die alte Frau, während sich ihr Brustkorb unter den vielen Lagen ihrer abgetragenen Kleidung senkte. Die Stille lag nun wie unnachgiebige Rauchschwaden in der Luft.

»Ich. Ich …« Giulias Blick wich Pattys aus und sie fing an, am Saum ihres von schmelzenden Schneeflocken funkelnden Mantels zu spielen.

»Ich brauche deine Hilfe«, brach es aus Giulia hervor.

Pattys Gesichtszüge blieben unverändert: die Brauen zusammengezogen, die Lippen aufeinandergepresst und gegen die aufsteigenden Tränen ankämpfend.

»Ich habe etwas gesehen. Einen jungen Mann. In der Oper.«

Doch Patty drehte sich bereits wieder um, um in den Raum hinter der Kasse zu verschwinden.

»Er ist einer von ihnen!«, wimmerte Giulia und Patricia blieb stehen, spitzte die Ohren. Immer noch von ihr abgewandt, sah Giulia nicht, wie Pattys Ausdruck erstarrte.

»Du hattest recht. Die ganze Zeit.«

»Du wolltest nichts darüber wissen. Hast dein Leben in dieser Oper verbracht. Verschlossen.« Ihre Hand krallte sich um den Griff ihres Gehstocks.

Wie sehr sie seitdem gealtert war.

Als Giulia sie das letzte Mal gesehen hatte, hatte Patty noch aufrecht gehen können.

Das letzte Mal, hallte es in ihrem Kopf nach und eine Explosion der Bilder flammte in ihrem Gedächtnis auf.

Der Geruch von altem Holz und Staub, der sich seit Jahrzehnten in den Polstern der sich türmenden Sitzmöbel festgesetzt hatte, stieg in ihre Nase. Der Geruch von Lampenöl und ausgeblasenen Kerzen – so echt wie damals. Eine jüngere Version Pattys kam mit einem ledergebundenen Buch und einem Schmunzeln auf ihrem Gesicht auf Giulia zu.

»Lass mich dir eine Geschichte erzählen. Schließlich bist du nun alt genug, um sie vollständig zu erfahren.«

»Tante Patty, ich bin nicht alt genug für Geschichten. Ich bin alt genug, um bei der Oper aufzutreten.«

»Aber du musst noch so viel erfahren, wie es mit den Sapye weitergeht.«

»Hör mir auf. Das sind Gutenachtgeschichten. Ich bin fünfzehn und keine drei mehr.«

»Du hast sie nur immer so gern gehört, ich dachte vielleicht, dass –«

»Ich sagte, ich bin zu alt dafür.«

»Aber –«

»Es ist. Mir. Egal!« Und mit einem Ruck riss sie ihre Ballettschuhe an sich und warf dabei eine Lampe vom Tresen.

»Ich bin nicht mehr das kleine Mädchen, das dir zuhört, nur weil eine alte Frau wie DU niemanden zum Reden hat.«

Mit dem Türknall, mit dem ihr fünfzehnjähriges Ich jene Tür bis heute zum letzten Mal geschlossen hatte, löste sich ihre Erinnerung, sodass sie nun wieder vor der Frau stand, die sie vor langer Zeit so abschätzig von sich gestoßen hatte.

»Ich glaube dir. Ich glaube die Geschichten.«

Zögerlich drehte sich Patty um. Mit zusammengekniffenen Augen und scheinbar von Selbstschutz getriebener Distanz schob sie Giulia das ledergebundene Buch auf den Tresen, wodurch winzige Staubschwaden aufgewirbelt wurden.

»Lies.«

Damit verschwand sie zurück in das Hinterzimmer, ohne Giulia eines weiteren Blickes zu würdigen.

Voll von innerer Zerrissenheit und einem Gefühl, das Giulia zuvor so niemals gefühlt hatte – ein so starkes Verlangen nach

Versöhnung und Wiederkehr –, nahm sie das Buch an sich und drückte es an ihre Brust. Sie starrte in die Leere. Ein Blinzeln brach ihren Blick, der unnachgiebig an der geschlossenen Tür hinter der Kasse haftete. Langsam lösten sich auch die unsichtbaren Wurzeln an Giulias Füßen und sie stolperte rückwärts. Als sie sich ruckartig fing, drehte sie sich um und ging durch die Tür zur Straße hinaus.

So blieb sie im Schneegestöber der Stadt stehen, unbeirrt von der Kälte und vollends von ihren Gefühlen gefangen. Von Gefühlen, die sich seit dem Hinweg um hundertachtzig Grad gedreht hatten. Ihr zuvor schneller Puls verklang nun in einem ruhigen Pochen und die Anspannung löste sich aus ihrer Brust. Die Begegnung mit Patty hatte ihr in dieser wirren Situation ein Stück Heimat zurückgebracht – einen Anker, der sie erdete. Hätte sich Tante Patty wirklich von ihr abgewandt, würde sie nun nicht dieses Buch in ihren Händen halten.

Den Ledereinband fest umklammert, wurde sie von einer Passantin mit roten langen Haaren, die Giulia anrempelte, aus ihrer Trance gelöst. Mit gesenktem Kopf legte Giulia das Buch behutsam in ihre Tasche, in die es kaum hineinpasste. Aus Angst vor Schäden nahm sie vorsichtshalber ihr Parfum und ihren Nagellack heraus, um sie in ihre Manteltasche zu stecken.

Mehr als doppelt so lange brauchte Giulia dieses Mal, bis sie zuhause war. Ihre Schritte flogen nicht mehr. Ihre Füße wurden wie dicke Magnete vom Boden angezogen. Ihre Glieder trugen die Last ihrer Vergangenheit und die Frage dessen, was sich ihr in dem Buch offenbaren würde.

Manchmal hoffte Giulia, jemand aus den Massen würde ihr in die Augen schauen und sie fragen, was sie tat und was sie fühlte. Doch wie an jedem anderen Tag gingen die Menschen wortlos aneinander vorbei. Giulias Blicke in die Gesichter der andern wurden nicht erwidert oder sogar zurückgewiesen.

Hunderte Menschen applaudierten ihr, wenn sie Odette auf der Bühne verkörperte. Wenn sie wie jede Woche ihre Arme hob und senkte, auf den Zehenspitzen tanzte und am Ende dem Publikum Küsse zuwarf. Außerhalb des Theaters war da niemand, dem sie von ihren Ängsten erzählen konnte. Und überhaupt. Niemand, der sich mit ihr in den Fotoapparat an der Metro-Station setzen würde, um Grimassen zu schneiden. Niemand, der verstanden hätte, wie sie sich nun fühlte. Wenn man nicht dorthin zurückkehren konnte, wo man sich einst so sicher gefühlt hat, weil man jeden, der einem eigentlich wichtig war, von sich gestoßen hatte. Was es mit einem machte, zu wissen, dass es allein die eigene Schuld war.

So drückte Giulia die Tasche mit dem Buch enger an ihren Körper.

Giulia platzierte den Wälzer auf ihrem Bett und streifte den Staub aus der Prägung des Buchdeckels. *»Die Märchen der Sapye«* flüsterte es ihr durch die goldenen Buchstaben des Titels entgegen.

Damals, als ihr Patty daraus vorgelesen hatte, war das Leben unbeschwerter gewesen. Eine Sommerbrise im Haar, der Geruch von frischen Orangen und Zitronen, die als Scheiben in der selbstgemachten Limonade schwammen. Die Erinnerungen kamen wieder. Stück für Stück. Glühwürmchen, die des Nachts ihre Bahnen zogen. Giulia, die den Worten Pattys lauschte. Kaum vier Jahre alt und die Beine auf das Polster des Gartenstuhls angezogen, hing sie wie festgenagelt an Pattys Lippen. Zu lange war es her, als dass sie sich an jede Kleinigkeit hätte erinnern können. Die Geschichten der magischen Wesen lagen wie ein von der Sonne ausgeblichenes Bild in einer der hintersten Ecken von Giulias Gedächtnis. Als hätte ihre Hand fremdbestimmt gehandelt, berührte sie den Ledereinband des Buches und schlug es auf.

»Zu einer Zeit, als die Welt unverbraucht und die Menschen jung waren, schuf der Allmächtige drei Wesen: Incendye, Coronye und Auraryе. Zusammen bildeten sie die Einheit der Sapye – die Weisen. Es lag an ihnen, den Menschen Leben einzuhauchen. Ein Leben, das jenseits der bloßen Existenz gründete. So wurden alle drei Wesen zur Erde hinab geschickt und brachten den Menschen das Leben, wie wir es heute kennen.

***Coronye**, Führer des Goldes und Könige ihrer Zeit. Sie brachten den Menschen als Könige die Führung. Die Bestimmung, den Rahmen für ihr Weltbild – ein Regelwerk für das Leben miteinander. Gold zum Handel. Man munkelt, die Coronye herrschen über das Gold selbst und brachten es in die Welt. Sie machten es wertvoll für die Menschen. Es lag nie in der Natur eines Coronye, die Menschen wie heutige Herrscher zu unterdrücken oder zu versklaven, denn die ersten Könige waren gut. Sie taten das, was für ihr Volk gut war, für all die Menschen, die geleitet werden mussten, die Welt zu begreifen.*

***Incendye**, Herrscher des Feuers, die Weisen des Fortschritts. Um den Menschen in seinem Sein fortschreiten zu lassen, brachten die Incendye das Feuer.«*

Ihre Augen weiteten sich.

Avery, schoss es durch ihren Kopf.

Sie sah vom Buch weg und die magischen Flammen über seinen Fingerkuppen tauchten vor ihrem inneren Auge auf. Sie las weiter.

»Lodernd, wärmend, friedlich. Mit dem Feuer kam der Fortschritt. Die Suche nach der Erleichterung des Lebens, der Perfektionierung des Seins. Die Menschen schufen Maschinen.

Der Fortschritt entwickelte sich in den Händen der Menschen weiter, vom lebendigen Feuer der Incendye entzündet.

*** Auraryé**, Engel der Freiheit, Schöpfer der Liebe. Den Menschen verlangte es nach Beziehung, nach Kreativität, Freiheit, Glück und der Liebe. Die Auraryé samt prächtigen Flügeln wurden Zeit ihres Bestehens als Engel verehrt, brachten all dies auf die Erde.«*

Engel sind eigentlich … diese … Wesen?

Giulia musste ihre Gedanken ordnen. Wenn das wirklich alles stimmen sollte, was in diesem Buch stand, basierte etwa die ganze Menschheit auf einem Geheimnis, von dem niemand etwas wusste. Oder jemand hatte ihr etwas ins Wasser gemischt, dass sie heute halluziniert hatte, und die Geschichten vor ihr erzählen wirklich nur Märchen.

»So unterschiedlich ihre Flügel auch waren – über Schwanenflügel, Libellenschwingen, Eulen- oder Falkenfedern – die Auraryé standen für die Freiheit und Einheit in allen Belangen. Die, die zuerst agierten, trugen ihre Federn in Weiß. Federn und Flügel, geformt zu Dächern, die die Menschheit vor dem Bösen schützen sollten.

Unwissend über die Gefahr, sahen die Sapye ihr Werk, wie es rissig wurde und dunkle Strahlen des Bösen ihren Weg bahnten.

Die Menschen nahmen, aber gaben nicht. Sie stahlen das Gold, stürzten die Mächte, missbrauchten die Macht und unterjochten die Sapye und einander. Sie nahmen das Feuer und brannten die Erde nieder. Verbrannten die Städte und Wälder ihrer Feinde, bauten Waffen und bekriegten sich. Sich und die ganze Welt.

Sie nahmen ihre Freiheit und schränkten die der Friedlichen ein, nahmen die Liebe und täuschten sie vor, nahmen Herzen und zerbrachen sie. Zerstörten Träume und Hoffnungen.

Und so erkannten die Sapye: Der Mensch konnte niemals nur glücklich sein. Es gab sie nicht ohne das Böse.

Die Sapye wurden gejagt, ihr Gold geraubt, ihre Flügel genommen und ihr Feuer missbraucht. Die Menschen in ihrer Überzahl verfolgten sie in die letzten Ecken der Welt.

Die Sapye wurden ihrer Freiheit beraubt und man versuchte, durch Folter das Geheimnis der Unsterblichkeit zu enthüllen.

So erhoben sich die mächtigsten der Sapye irgendwann und schlossen ihre Kräfte zusammen. Gemeinsam schufen sie den Schleier der Unsichtbarkeit. Ein Schutzschild. So sollte es den Menschen unmöglich sein zu erkennen, wenn ein Sapye seine Kräfte benutzte. Sie sollten blind für die Wesen der Freiheit, des Goldes und des Feuers sein. Für ihre Flügel, ihre Kronen und ihr Feuer.«

Giulia hob eine Augenbraue an.

Scheint ja nicht so gut zu funktionieren.

»Es trug sich infolgedessen zu, dass die Menschen ihren Glauben an das Übersinnliche verloren und ihre Welt so hinnahmen, wie sie war. Die Werte der Sapye hinterließen ihr gutes Erbe … und jenes schlechte. Nur ein Sapye sieht nun, wie ein Auraryе seine Flügel ausbreitet, mit welcher Anmut ein Coronye seine Krone trägt, die Ewigkeit aus Gold formt und wie die Flammen eines Incendye Geborgenheit und Wärme spenden.«

Giulia legte den Kopf schief und zog ihre Augenbrauen zusammen. Ihre Augen konnten sie nicht angelogen haben –

doch warum wurde in diesem Buch immer wieder erwähnt, dass Menschen die Kräfte nicht sehen konnten?

»Die Taschenuhr eines Sapye stellt den Quell seiner Magie dar. So trägt jeder Sapye eine Uhr mit sich, graviert mit dem Symbol ihres tiefsten Inneren, das seine Seele symbolisiert. Der Legende nach altert ein Sapye so lange, bis seine Uhr aufhört zu ticken. Ab diesem Moment ist er unsterblich.«

Avery war unsterblich? Bei der Vorstellung, einen zweiten, sehr viel echteren Edward Cullen vor sich zu haben, drehte sich ihr der Magen um.

»Mehr und mehr geriet auch dies bei den Menschen in Vergessenheit. Unsterblichkeit wurde zum Mythos. Man munkelt, die Sapye leben bis heute unter uns.«

Giulias Blick flog nur so über die Wörter der vergilbten Seiten.

»Der Legende nach sind sie am stärksten, wenn sie geschlossen zusammenstehen. Magie, so stark wie das Gefüge der Welt, könnte entfesselt werden.«

Sie schluckte.

»Einmal in der Geschichte, vereint in ihrer Macht, war es den Sapye möglich, den Schleier über ihre ganze Rasse zu legen. Ein solches magisches Konstrukt verlangt ein großes Maß an Magie.«

Die Geschichte aus dem Buch ließ immer wieder Fetzen ihrer Vergangenheit vor ihrem inneren Auge aufblitzen.

»Pass auf, du könntest einem Sapye über den Weg laufen«, hatte Patty und mit verschwörerischem Blick geraunt und Giulia lief ein Schauer den Rücken hinab.

»Aber der Schleier. Ich kann ihre Kräfte doch nicht sehen.«

Ein schelmisches Grinsen war auf Patricias Lippen getreten. Giulia, den Kopf schräg gelegt, hatte skeptisch, gleichzeitig ehrfürchtig zurückgeschaut.

Und sie blätterte weiter.

»Ein jeder, der ihre Kräfte erkennt, trägt den Funken in sich, den es braucht, um an das Wundersame in der Welt zu glauben. Vielleicht ist der Leser dieses Buches ein Sapye und weiß es nur noch nicht.

In der Hoffnung, dass auch Sie daran glauben,
L. Y.«

Giulia wurde wieder von einer schleichenden Gänsehaut erfasst. Für sie bestand kein Zweifel mehr daran, dass Avery alles andere als ein Mensch war.

Dieses Mal hatte Jeremy Avery die Schlüssel übergeben, weil Thérèse nicht anwesend gewesen war.

»Was läuft da eigentlich zwischen dir und dieser Giulia?«, fiel Jeremy mit der Tür ins Haus, ohne Hallo zu sagen.

Avery blinzelte ihn an. Er spürte, wie seine Wangen warm wurden und er nichts dagegen tun konnte.

Auf Averys fragenden Gesichtsausdruck hin seufzte Jeremy. »Na hier …« Er fuchtelte mit seiner Hand in der Luft rum »… ich weiß doch, du warst in deren Umkleide. Raum. Kabuff. Was auch immer.« Er grinste.

»Das …« Avery hörte deutlich die Zahnräder in seinem Kopf rattern. »Das war nur wegen Océane.«

»Wegen Océaaane?« Er zog ihren Namen in die Länge.

»Nein, nicht sowas. Ich habe ihr nur geholfen.«

»Gehooolfen?« Sein Grinsen wurde breiter und seine Stimme höher.

»Jetzt hör' doch auf, Mensch.« Avery schlug gegen Jeremys Schulter. »Du weißt doch ganz genau, dass ich …«

»Na ja, wer weiß. Vielleicht wolltest du ja …«

Jeremy schaute über die Ränder einer imaginären Brille und legte ein schiefes Lächeln auf seine Lippen.

»Neeieen.«

»Ist ok. Aber mal was anderes. Lass uns bei Gelegenheit mal wieder Zeit miteinander verbringen. Wir sehen uns ja nur noch auf der Arbeit.«

»Mhm«, murmelte Avery und dachte dabei an das, was ihm sein Vater immer schon zu verstehen gegeben hatte: keine zu engen Kontakte zu Sterblichen.

»Ich habe momentan so viel zu tun, Jeremy. Nimm's mir nicht übel.«

»Viel zu tuuun.« Wieder lag der verschwörerische Ton in Jeremys Stimme und er wackelte mit den Brauen. Er zwinkerte Avery zu und machte sich auf den Weg.

Avery seufzte, während er ihm nachsah.

Nach einem kleinen Austausch von Belanglosigkeiten mit Henry fing Averys Schicht an. Und wie jedes Mal begrüßte er die Menschen freundlich, teilte die besten Plätze zu und freute sich über jeden, der noch Interesse für die Oper hatte.

In der Mittagspause zog er sich zurück. Er schnappte sein belegtes Brot und verkroch sich auf eine Bank neben der Mitarbeitergarderobe. Auch wenn er streng genommen nicht essen musste, hielt ihn Nahrung bei Kräften. Den Blick auf sein Essen und den Boden gerichtet, sah er, wie ein Paar weiße Schuhe vor ihm stoppte. Er richtete seinen Blick nach oben, doch ehe er sie erkennen konnte, feuerte Giulia ihre flache Hand gegen seine Schulter, sodass er mit einem Rums gegen die dahinterliegende Wand krachte. Ein kleines Stück Brot, das in seinem Hals stecken blieb, ließ ihn nach Luft ringen. Mit einem entkräfteten Krächzen packte er Giulias Arm und versuchte, sich zu befreien.

Ihre drahtigen Muskeln machten es ihm schwer, und da er so schmächtig war, bewegte sich ihr Unterarm keinen Millimeter.

»Ich hab dich gestern gesehen.« Und ihr Gesicht kam seinem nur noch näher. »Wie du die Flammen beschworen hast.« Der Ernst in ihrem Tonfall ließ ihre Stimme beben. Wie ein Flüstern trotzdem so voller Spannung sein konnte, war Avery unerklärlich.

Wie bei einem durchgebrannten Draht eines Schaltkreises, flogen die Funken in seinen Adern. Hatte sie ihn wirklich dabei gesehen? Panisch sprangen seine Gedanken zu den Erzählungen, in denen die Sapye verfolgt und geschändet wurden. Was wenn der Schutz gebrochen war? War das möglich? Giulia war keine von ihnen, das hätte er gesehen.

Sie lockerte den Druck ein wenig, vermutlich wartend, dass Avery antwortete. Er zog Luft ein und hustete, ehe Giulia ihm zu verstehen gab, dass er kein Aufsehen erregen sollte.

»Was ist? Ich dachte, ihr seid unsterblich«, hauchte sie und jegliche Farbe wich aus seinem Gesicht.

»Ich –« Sein Husten unterbrach ihn, doch Giulias Augen gaben ihm zu verstehen, dass er besser nicht um den heißen Brei reden sollte.

»Ich weiß, was du kannst. Ich habe es gesehen.«

Er verschluckte sich und in geduckter Haltung schaute Avery über den oberen Rand seiner Hornbrille.

Wie zur Hölle konnte sie seine Kräfte sehen?

Sein Puls konkurrierte mit dem einer Rennmaus und das Blut schoss durch seine Adern. Als hätte man Spiritus direkt in eine offene Flamme geschüttet, loderte das Feuer in ihm auf und versetzte ihn in Alarmbereitschaft. Er spürte, wie seine Gesichtszüge entglitten und sich Schweißperlen auf seiner Stirn sammelten.

Sie ließ von ihm ab und verschränkte die Arme vor der Brust. Den Kopf gesenkt, versuchte Avery das gefühlsgesteuerte Feuer, das durch seine Adern loderte, zu beruhigen. Sein Atem wurde flacher.

»Ich weiß nicht, wovon du redest«, krächzte er.

»Komm schon, so blöd bin ich nicht.«

»Du siehst Gespenster«, sagte Avery mit gefasster Stimme und ging zur Tür.

»Ich habe es eindeutig gesehen. Du hast Flammen mit deinen bloßen Fingern erzeugt!«

Avery hob die Brauen.

Jetzt bloß nicht auffällig verhalten.

»Wenn du damit die Spielereien mit meinem Feuerzeug meinst, dann ist es ganz schön übertrieben, mich deshalb so anzugehen und mir solche absurden Dinge an den Kopf zu werfen«, sagte Avery monoton und wich Giulias Blick nicht aus. Er legte eine gleichgültige Maske über seine Nervosität und ging.

Ein Gefühl der Reue durchzuckte Giulia. Was war bloß in sie gefahren? Es gab sicher subtilere Wege, wie sie ihn hätte darauf ansprechen können. Dass sie die Nacht über mehr mit Nachdenken als mit Schlafen beschäftigt gewesen war, erklärte vielleicht ihre gereizte Herangehensweise, aber entschuldigte nicht, dass sie ihn so forsch beschuldigt hatte.

Kacke, Mann. Was wenn er die Wahrheit sagte?

»Warte!«

Giulia rannte Avery nach.

»Was. Willst. Du. Von mir?« Avery hob ungewohnt laut seine Stimme.

»Es tut mir leid …« Giulia räusperte sich.

Avery musterte sie mit zusammengezogenen Augenbrauen und wandte sich bereits halb ab, als Giulia ihn an der Schulter berührte und sagte: »Ich meine es ernst. Es tut mir leid.«

Avery atmete tief aus, seufzte dabei und legte seine Finger auf seine Augenbrauen. Sein Blick und die leicht geröteten Wangen kündeten von Misstrauen.

Thérèse bog um die Ecke, bevor Avery antworten konnte.

»Was steht ihr hier rum? Die Pause ist vorbei.«

Die Adern an ihrem Hals traten genau wie ihre Schlüsselbeine hervor, als sie die Lippen schürzte.

Avery räusperte sich.

»Thérèse … könnte ich mir den Rest des Tages freinehmen?«, sagte er. »Mir geht es nicht gut. Du kannst es von meinem Lohn abziehen.«

Die von aschblondem Haar gerahmte Stirn in Falten legend, blieb ihre Chefin verdattert stehen.

»Du hast dich noch nie entschuldigen lassen. Was ist los?«

»Kopfschmerzen. Schon gut, es ist morgen sicher besser.«

Avery sah Giulia an, die ihre Lippen aufeinanderpresste und es nicht wagte, zu erzählen, was gerade wirklich passiert war. Averys kleine Notlüge ließ ihren Puls entschleunigen.

»Also schön. Versprich mir aber, dass du mich morgen nicht hängen lässt. Heute ist Claire an der Garderobe eingeteilt, aber da sie sowieso zu zweit sind, kann ich sie auch nach vorn schicken. Mach dir keine großen Sorgen, du hast schon so viele Überstunden gesammelt, das passt schon.« Ein seltenes Lächeln trat auf ihre sonst so starre Mimik und ließ Avery erstaunt blinzeln. Giulia löste ihre Lippen voneinander und lockerte ihren Stand.

»Giulia. Solltest du nicht mit dem Ensemble die Abläufe noch einmal durchgehen? Hab bitte ein bisschen Verständnis für die Zweitbesetzungen, das muss sich alles erstmal reibungslos einspielen. Diese Grippewelle macht mich noch ganz kirre.« Sie stemmte eine Hand in ihre Hüfte.

Über den Rand ihrer Halbmondbrille strafte sie Giulia eines strengen Blickes ihrer stahlblauen Augen für ihr Herumstehen.

Mit ihrer Autorität füllte Thérèse den Raum. Man hätte eine Stecknadel fallen hören können.

»Du kennst ja den Weg«, sagte die Vorgesetzte und überstreckte ihren Hals zusätzlich zu ihrer Marmorsäulenhaltung, sodass sie mit ihrer Nasenspitze in den Gang hinter Giulia deuten konnte.

»Natürlich. Kommt nicht wieder vor«, sagte Giulia gerade so leise, dass es noch kein Flüstern war.

Wahrscheinlich war ihre Chefin nur besonders streng zu den Tänzerinnen, weil sie selbst durch ihre drahtigen Gliedmaßen und ihren aufrechten Gang so wirkte, als habe sie eine Ballettkarriere hinter sich gehabt. Hätte man nur Thérèses Kopf ausgetauscht, hätte man jede beliebige Tanzlehrerin aus Giulias Ballettstunden zusammenstellen können.

Wortlos zog die junge Ballerina den Gurt ihrer Tasche zurecht, bedachte Avery mit einem betroffenen Gesichtsausdruck und verschwand umgehend in den hinteren Bereich der Oper.

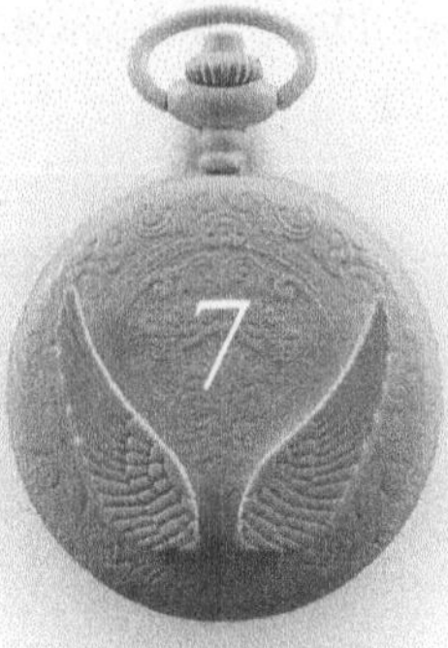

Auf dem Nachhauseweg schossen immer wieder Gedanken an die Auseinandersetzung mit Giulia wie Nadeln aus Stahl durch Averys Kopf. Giulia hatte ihn gesehen. Giulia sagte, er sei unsterblich. Giulia wusste mehr, als er verkraften konnte. Wie hatte er nur so unvorsichtig gewesen sein können? Wieso hatte sie es überhaupt gesehen – und vor allem wann? Es wäre Avery sicher aufgefallen, wenn Giulia eine Sapye wäre. Ein normaler Mensch würde denken, sie habe sich möglicherweise Geschichten unter Drogeneinfluss zusammengereimt. Doch an Zufälle dieser Art glaubte Avery nicht.

Er beachtete die rieselnden Schneeflocken nicht, die ihn sonst so faszinierten. Die altehrwürdigen Gebäude der Metropole, die sich um ihn herum erhoben, engten ihn ein statt wie üblich in ihm das geborgene Gefühl von Heimat zu erzeugen.

Avery spürte das Kribbeln der Funken, die durch seine Adern pulsierten. Sie begannen zu lodern. Das, was ihm Giulia an den Kopf geworfen hatte, befreite das Feuer, das er zähmen musste. Die Angst davor, entdeckt zu werden, fraß an seinen Nerven.

Dadurch, dass er seinen Mund im aufgestellten Mantelkragen versteckte und damit nach unten sah, konnte er nur Schuhe an sich vorbeiziehen sehen. Der Schnee haftete an ihnen und schmolz an den Hosensäumen der Menschen, wo er dunkle Flecken hinterließ.

Manchmal wünschte Avery, sich anderen Sapye anzuschließen, um sich nicht alleine durch die Welt der Menschen schlagen zu müssen. Dann wäre er jetzt nicht allein mit seiner Sorge. Doch Avery erinnerte sich daran, wie sie ihn im Stich gelassen hatten, als er ihre Hilfe gesucht hatte. Das Unverständnis zum Tod seiner Mutter. Nun stand er vielleicht kurz davor, entlarvt zu werden, und mit niemandem konnte er darüber reden.

Was wenn Giulia wirklich gesehen hatte, wie er das Feuer beschworen hatte? Vor seinem inneren Auge sah Avery sich bereits gefesselt an einen Stuhl, an seinen Gliedmaßen Schläuche und Nadeln, die von wissbegierigen Ärzten in seine Adern gestochen worden waren. Er sah sich, abgespalten vom Rest der Welt, als Freak in einem Labor, neben geschändeten Ratten und Mäusen. Zumindest hatte er sich so oder so ähnlich die alte Zeit vorgestellt.

Aufsteigende Treppen zwangen ihn dazu, seinen Blick ein Stück zu heben. Vor ihm offenbarte sich die Aussicht auf die Häuserreihen, die in einem spitz zulaufenden Winkel die weiße Decke am Himmel zusammendrückten.

Zögerlich blieb er stehen, als er ein Schild an einem Haus entdeckte, auf dem das Baujahr des Gebäudes stand.

»1949«, flüsterte er zu sich selbst.

Die Auswirkungen des Krieges waren damals noch immer deutlich spürbar gewesen und er hatte die Gewohnheit gepflegt, jeden Sonntagmorgen einen Spaziergang im Park zu machen. So alleine er sich seit dem Tod seiner Mutter fühlte, so sehr brauchte er die frische Luft, um seinen Kopf frei zu bekommen.

Genau wie jetzt.

Oft benutzte er dabei seine Flammen, sah ihnen fasziniert beim Tanzen zu und dachte zurück an seine Eltern, die ihn als Kind mit ihren Flammen beeindruckt hatten. Beginnend bei einem dunklen Blau, übergehend zu einem kräftigen Orange und zu einem auslaufenden Rot verschwimmend, zogen ihn die Flammen in ihren Bann. Wunderschön und beruhigend verlor er seine Last in den tänzelnden Funken, die seine Fingerkuppen kitzelten.

Dass mir diese Jahreszahl gerade jetzt begegnet.

Er seufzte, ließ seine Schultern hängen und ging weiter.

An diesem Tag im Jahr 1949, so quoll es angesichts der heutigen Ereignisse aus seinem Gedächtnis hervor, hatte er schon einmal die Blicke auf sich und sein Feuer gezogen. Eine Passantin im Park war erschrocken, als Avery mit lodernden Zungen in seinen Händen an ihr vorbeigegangen war. Erst einen Moment später hatte er ihre Reaktion bemerkt. Für den Bruchteil einer Sekunde hatte Avery geglaubt, der Schleier sei gefallen und Seinesgleichen seien entlarvt.

Doch im letzten Augenblick hatte er ihr Glühen sehen können. Sie war eine der Incendye, die sich ihrer Kräfte nicht bewusst gewesen war.

Es gab sie, die Sapye, die nichts über all das wussten. Die, die zum Moment ihrer Reife von allem überrollt wurden, wenn sie erfuhren, dass sie nicht das waren, was sie zu sein glaubten. Ohne das Wissen, dass keine ihrer menschlichen Beziehungen halten würde, weil sie all ihre Freunde und Geliebten überleben würden.

Er seufzte. Wenigstens wusste Avery über sein Schicksal Bescheid.

Sein Blick huschte zu einem Gebäude, das ihm so vertraut war, dass er beinahe Wärme von den Steinen spürte. Sein Herz schlug schneller.

Normalerweise fuhr er die drei Stationen bis zu seinem Zuhause mit der Metro, sodass er nicht daran vorbeilief, aber der Spaziergang half ihm dabei, seine Gedanken zu ordnen. Die Kirche St-Paul-St-Louis lag wie ein schlafender Riese unter der Schneedecke und die in der Fassade eingelassenen Statuen schienen Avery genau zu beobachten. Ein Schauer lief seinen Rücken hinab. Obwohl er genau hier in den Katakomben vergeblich in der Bibliothek Saint-Lucie nach Informationen zum Tod seiner Mutter gesucht hatte, überwogen die Erinnerungen an die Zeit, zu der er sich mit seinen Eltern durch den versteckten Eingang geschlichen und sich dann stundenlang durch die Bücher gelesen hatte.

Obwohl hier in Paris so viel seines Schmerzes gründete, bestand der Großteil seiner Erinnerungen aus so viel Kraft und positiver Energie, die er hier schöpfen konnte. Als wären sie nie von ihm gegangen, kribbelte es in Averys Herz, wenn er daran dachte, dass er genau an diesem Ort schon einmal mit seiner Familie gewesen war. Paris war sein Zuhause.

Sein Blick schweifte in der belebten Straße umher, wo Fahrräder Linien durch die weiße Decke zogen und das Gelächter von kartenspielenden Männern vom Schnee gedämpft wurde. Aus dem Augenwinkel sah er eine Frau mit dunklen Locken, die sich ihm näherte, ihn mit ihrem Lächeln ansteckte und dann nur wenige Zentimeter an Avery vorbeilief. Als er ihr nachsah und seine Glieder sich entspannten, streifte sein Blick den eines Straßenmusikanten, der sich unter einem kleinen Vordach vor der Nässe schützte und mit einer Gitarre »La vie en rose« spielte.

Avery summte die Töne mit. Die Musik drang wie eine Brise zu ihm durch und stellte seine Nackenhaare auf. Zu der Zeit, als dieses Lied einer befreundeten Aurarye so bekannt geworden war, hatte er sich noch in Paris aufgehalten – bevor er sich in den Jahren nach dem Tod seiner Mutter vom Rest der Welt in die Schweiz abgeschottet hatte. Er schmunzelte. Für einen Moment schloss er die Augen und lauschte den Geräuschen der Stadt. Flügelschlagen von Tauben. Französisch, das sich mit allen Sprachen der Welt vermengte, und die Schritte der vielen Menschen, die in der Masse zu einem Rauschen verhallten. Als würde ihn die Stadt in den Arm nehmen wollen, quoll Wärme aus den Läden hinter ihm.

Ich will hier nicht weg, dachte er und atmete tief aus.

Er öffnete die Augen. Die Sonne, die ihr Licht diffus im Himmel ausbreitete, wurde von den vielen weißen Flächen und den Flocken in der Luft reflektiert. Grell und doch so rein strahlte Paris ihn an – voller Leben und Dynamik. Zufrieden spürte er, wie sich Tränen hinter seinen Lidern sammelten.

Wenige Augenblicke dauerte es, bis er aus seinen Gedanken aufwachte und in eine Straße einbog. Er öffnete seinen Mantel, spürte den Wind, der an seinem Shirt vorbeistrich, und atmete tief ein. Das Lächeln auf seinen Lippen wurde breiter und die Funken von seinem Herzen breiteten sich aus. Seine Hautoberfläche heizte sich auf, sodass er nicht fror.

Scheiß drauf.

Einen Arm nach dem andern befreite er sich von dem dicken Kleidungsstück, das er nun über seinen Arm legte.

Bald würde er sowieso zuhause angekommen sein, sodass es ihn nicht weiter kümmern musste, was die Leute von ihm dachten.

Ein paar Minuten später drückte er die Klinke hinab. Kurz nachdem er die Tür hinter sich geschlossen hatte und sich sicher war, dass ihn niemand mehr sehen konnte, schnippte er mit den Fingern, woraufhin ihn heiße Luft umhüllte, um die Feuchtigkeit aus seinen wuscheligen Haaren und seiner Kleidung zu ziehen.

Er betätigte den Kippschalter an der Wand und das harte Licht der Deckenlampe flutete den Raum mit den verhältnismäßig schmalen Fenstern. Sein Blick wanderte von seinem Bücherregal zu seinem einfachen Bett, auf dem er nicht mal gut schlafen konnte. Das Gefühl von Geborgenheit verflog genau hier in der Einzimmerwohnung, in der er lebte, sich aber kein Stück zuhause fühlte. Damit schafften es die heutigen Ereignisse erneut, seine positiven Gefühle zu verdrängen.

Bei dem Gedanken daran, dass er würde fliehen müssen, wenn Giulia wirklich hinter sein Geheimnis kam, drehte sich sein Magen um.

Bei Giulia hatte Avery nie ein Glühen sehen können – geschweige denn eine Krone der Magie oder magische Flügel der Freiheit. Konnte dennoch die Chance bestehen, dass sie eine Sapye war und es nur nicht wusste?

Behutsam schob er mit einem Finger die Vorhänge beiseite. Durch die Mosaikscherben der Fenster sah er die Menschen, wie sie sich durch die Gassen schoben. Was wäre, wenn sie ihn jetzt *alle* entlarven konnten? Wenn Paris zum Minenfeld wurde? Und wie Kinder bei »Der Boden ist Lava« fürchtete er nun die Straßen unter ihm.

Im siebten Stock des Altbaus zurückgezogen grübelte Avery über die nächsten Tage nach. Thérèse zählte auf ihn. Er musste den nächsten Morgen wieder zur Schicht antreten. Dass er dabei Giulia höchstwahrscheinlich über den Weg laufen würde, ließ ihn frösteln. Würde er sich nun zurückziehen und nie wieder ins Theater gehen, fand er womöglich nie heraus, was Giulia meinte und wieso sie offenbar seine Kräfte sehen konnte.

In dem Mosaik spiegelte sich das Foto seiner Mutter an der gegenüberliegenden Wand wider. Er drehte sich zu dem Bild um und seufzte.

Verdammt. Wenn ich dich doch nur um Rat fragen könnte, dachte er und fühlte, wie die Wärme aus seinen Fingern verschwand.

Er rieb seine Hände aneinander und zog dann die Ärmel seines Pullovers weiter hinab. Seine Mundwinkel zogen sich tiefer nach unten und seine Lider sanken ein Stück.

»Die Menschen wollen uns nichts Gutes. Wenn der Schleier fallen sollte … dann renn! Renn vor den Menschen weg und schau nicht zurück«, hallte die Stimme Célestines in seinem Kopf nach.

Obwohl seine Familie früher sogar enge Freundschaften mit Menschen gepflegt hatte und seine Eltern unauffällige Berufe angenommen hatten, war ihnen stets bewusst gewesen, dass es Wege gab, den magischen Schleier zu brechen. Wenn die Sapye den Schutz erschaffen konnten, konnten sie ihn auch wieder niederreißen. Diese Vorstellung trieb eine Gänsehaut über seinen Körper, ließ ihn wieder gedankenverloren aus dem Fenster starren.

Nachdem ein Mann auf der Straße jemanden angerempelt und damit das organische Bild der sich ein- und ausschiebenden Menschenmassen durchbrochen hatte, rührte sich Avery. Er ging zu seiner winzigen Küchenzeile und füllte Wasser in seine Teekanne.

Was, wenn seine Mutter damals recht gehabt hatte? Avery hatte die Zeit des großen Umsturzes nicht erlebt. 1920 hatten die Sapye bereits für eine Ewigkeit im Untergrund gelebt – nur wenige, wie seine Eltern, hatte es zu den Menschen getrieben.

Seine Eltern hatten geglaubt, was zerstört worden war, könne auch wieder aufgebaut werden. Die Menschen trugen Böses in sich und waren zum eigenen Leid verdammt – doch sie hatten auch das Licht in ihnen gesehen. Das Licht, das jeder Mensch in sich trug und das er nur der Welt zeigen musste.

Auch Giulia trug dieses Licht. Avery hatte ihr Licht schon gespürt, als er zum ersten Male die Treppen der Oper hinaufgegangen und sie zufällig an ihm vorbeigelaufen war. Hell und stark sah er sie – trotz ihres aufbrausenden und oft unüberlegten Charakters. Morgen war seine Chance, sie nochmal darauf anzusprechen.

Aus dem schiefen Regal über seinem Kopf kramte er die letzten Teereste hervor, um sie dann ins Wasser zu geben. Wenige Sekunden später legte er seine Hand auf das kühle Metall der Kanne und brachte so das Wasser zum Kochen.

»Dir kann nichts geschehen«, redete er sich ein. »Dir kann nichts geschehen.«

Solange er seine Kräfte nicht benutzte, konnte ihm niemand etwas nachweisen. Im schlimmsten Fall musste er wie alle paar Jahre die Stadt verlassen und erst wieder zurückkehren, wenn die wenigen Menschen seines Umfelds ihn und sein Gesicht vergessen hatten. So tat er es stets, wenn sein Alter langsam unglaubwürdig wurde und die Menschen Verdacht schöpften.

Seine Eltern hatten diese Methode ebenfalls verfolgt und es hatte funktioniert – jeder Ort, den sie verlassen hatten, konnte nach einigen Jahrzehnten wieder von ihnen bewohnt werden.

Er goss sich den Tee in eine Tasse mit abgenutztem Goldrand und nahm einen Schluck. Seine Glieder entspannten sich und der beruhigende Geruch nach zimtigen Orangen kroch in seine Nase. Er ließ sich in den knarzenden Schaukelstuhl mit einem Bezug aus rotem Leder neben dem Fenster nieder und starrte zur Decke.

Avery war seit Jahrzehnten wieder am Anfang. Zurück in Paris. Erst seit einem Jahr war er hier wieder zuhause und jede Faser seines Körpers sträubte sich dagegen, diese wertvolle Zeit in seiner Heimatstadt aufs Spiel zu setzen. Wenn er gehen müsste, konnte er mit absoluter Sicherheit erst zurückkehren, wenn die Menschen bereits ein hohes Alter nahe dem Tode erreicht hatten. Mit siebenundneunzig gelebten Jahren ging Avery durch die Straßen und schaute neugierig in die Gesichter der Menschen, ohne jegliches Zögern, ohne Angst, es könnte ein Bekannter aus früheren Zeiten unter ihnen sein. So traurig es auch war, selbst seine Freunde aus Kindertagen würden entweder ihre Zeit im Seniorenheim oder in einem Sarg einige Meter tief unter der Erde verbringen.

Averys Blick huschte von seiner Tasse zur Uhr, die über der Eingangstür seiner Wohnung hing. Noch sechzehn Stunden, bis er wieder im Theater sein musste. Sechzehn Stunden, in denen er nicht wusste, was ihm bevorstehen würde.

Der Geruch von verbranntem Stoff stieg in Averys Nase und ehe er es bemerkt hatte, ging eine Gardine in Flammen auf.

»Verdammt!«, fluchte er, sprang auf, schüttete sich zeitgleich den Tee über und befahl dem Feuer mit einer ruckartigen Geste seines Zeige- und Mittelfingers, sich aufzulösen. Verkokelte Fäden zogen sich nun an seinem Fenster vorbei. Er riss den Rest der Gardine von der Stange, bevor es jemand von draußen sehen konnte.

Was zum Henker?

An sich hinabsehend, hob er angesichts seines von Tee durchtränkten Pullovers angeekelt die Arme. Vom Boden nahm er die Tasse auf und stellte sie auf die Fensterbank, die schon so abgenutzt war, dass das Holz jegliche Struktur verloren hatte.

Er vergrub seine Hände im Gesicht, stöhnte auf und ließ sich rücklinks auf sein Bett unter dem Bild seiner Mutter fallen. Seine Kleidung und den Boden trocknete er erneut mit einem Fingerschnippen.

Sein Feuer hatte sich bisher nur einmal aufgrund seiner Gefühle so stark verselbständigt, als er einen Freund der Familie angegangen hatte.

»Das ist sie nicht. Avery, wer ist das?«, sagte Julian und rümpfte angewidert Nase.

»Siehst du nicht …? Schau doch …«

Julian zeigte keinerlei Regung.

»Ich weiß nicht, was das hier soll. Wer ist diese Alte? Schieb sie in das Grab zurück, wo du sie ausgegraben hast.«

Avery überkam ein Schauer, ließ seine Finger zittern und manifestierte sich in einem Feuer, das aus seinen Händen schoss. Averys Flammen schöpften ihre Kraft aus Trauer und Schmerz.

»AVERY! STOPP!« Ächzend hielt Julian die Hände vor sein Gesicht und in der Luft wuchsen winzige Goldtropfen zu flüssigen Kugeln heran, die dann zu einem Schwall verschmolzen, um Julian vor dem Feuer zu beschützen.

Mit offenem Mund und geweiteten Augen starrte Avery auf die versiegenden Flammen in seinen Handflächen.

»Ich wollte das nicht!«, stotterte Avery und zeitgleich wurde ihm flau im Magen.

Er sah in seine zitternden Hände und dann in Julians wütendes Gesicht.

»Argh! Schau, was du angerichtet hast!«, stöhnte Julian und deutete an sich herunter. Tellergroße Löcher klafften in seinem Anzug und kokelten mit winzigen Rauchschwaden vor sich hin. Manche waren so tief, dass sogar das Hemd und die Haut darunter schwarz zu einer Kruste verschmolzen waren.

Wie bei einer Pflanze, die ihre Wurzeln schlug, legten sich in Zeitraffergeschwindigkeit einzelne Muskelfasern in die klaffenden Wunden in Julians Gesicht. Die weggebrannte Haut um seinen Kiefer herum wuchs rasch nach und brachte ihm sein altes Gesicht wieder zurück. Auch von den Stellen unter den Löchern seiner Kleidung bröckelte nun die verbrannte Schicht herab und legte makellose Haut frei.

»Es tut mir leid!«

»Ach, halt doch die Klappe. Ich weiß auch nicht, wo sie steckt, aber die Frau, die du da so schön in das Bett deiner Mum drapiert hast, ist nicht Célestine.« Damit drehte sich Julian auf dem Absatz herum und donnerte die Haustür in den Rahmen, als er ging. Zurück blieb ein im Stich gelassener Avery, bis zum Hals gefüllt von Scham und Wut auf sich – weniger auf Julian.

Seine Mutter hatte wirklich so gut wie jeden Wiedererkennungswert verloren. Vermutlich erkannte er sie nur, weil er ihr Sohn war und sie hatte sterben sehen.

Die Menschen würden Fragen stellen – wer sie war und warum sie in seiner Wohnung lag. Célestine war laut ihres Ausweises vierzig Jahre alt gewesen. Dass sie es war, hätte ihm niemand geglaubt.

Bis nach England, wo so viele der Sapye wohnten, konnte er sie nicht transportieren. Und wozu auch? Die Sapye kannten keine Begräbnisse und würden seine Mutter für einen Menschen halten.

Nein, er würde sie alleine begraben müssen. Seine Mutter auf diese Weise aufzugeben, war der unüberwindbare Stein auf seinem Lebensweg gewesen, – die zehn Meter hohe Wand, die ihn am Weitergehen hinderte.

Avery stand auf, sah zum Bild seiner Mutter und nahm es von der Wand. Auf dem Foto kniete sie neben Avery und schaute genau zu ihrem Mann Matteo, der das Foto aufnahm. Célestine legte ihren rechten Arm um Averys Kinderschultern. Ihr entwaffnendes Lachen strahlte genau wie der weiße Himmel im Hintergrund und in der Ferne stach der Eiffelturm in den von der Sonne diffus erleuchteten Nebel. Avery als Kind hingegen zog verschmitzt seine Augenbrauen nach oben und lächelte schief unter der viel zu großen Mütze seines Vaters hervor.

Nein, verdammt. Ich will hier nicht weg!

Seine Glieder spannten sich an und unbemerkt presste er die Lippen aufeinander.

Knapp sechzehn Stunden.

Wenn er sich nicht schon wieder entwurzeln lassen wollte, musste er Giulia nach der Vorstellung am morgigen Nachmittag zur Rede stellen. Irgendwann würde er ihr sowieso wieder über den Weg laufen, wenn er sich nicht für immer in seiner Wohnung verkriechen wollte.

8

Kurz vor Vorstellungsbeginn schlich Avery sich auf einen leeren Platz und sah dem Ballett zu.

Mit welcher Präzision die Tänzerinnen ihre Füße auf das Parkett setzten, mit welcher Anmut Giulia ihre Arme zu Flügeln anhob – eine Gänsehaut kroch über seine Gliedmaßen. Averys Blick bewegte sich kein Stück von der Bühne weg. Fast als wäre ein Auraryе im Raum gewesen, flogen weiße Federn über die Bühne und füllten das Theater mit einer von Mystik durchzogenen Atmosphäre. Unheilschwanger lagen die hohen Töne des Stücks in der Luft und vergingen in einem düsteren Echo an den Wänden. Der Bass gab der Szenerie einen Anker, ließ Averys Puls verlangsamen.

Als hätte ihm sein Gehirn einen Streich gespielt, roch er das Rosenparfum, als er sie sah. Giulias Auftritt als schwarzer Schwan wurde gegen Ende eingeläutet und ein Raunen floss wie eine Woge durch das Publikum. Eine vorher noch so grazile, anmutige Giulia war nun kräftiger, dynamischer – unzerbrechlich. Auf den Takt genau flogen ihre Zehenspitzen über die Bühne.

Ein tosender Applaus am Ende der Darbietung rüttelte ihn aus seinen Gedanken.

Jetzt.

Zum Glück saß er in der letzten Reihe, wo es niemandem auffiel, dass er aufsprang und durch eine Seitentür verschwand. Sein Puls raste.

Eine von rotem Teppich belegte Wendeltreppe hechtete er hinab, verschwand in einen Gang, wo er fast in Henry fiel. Mit gehobenen Händen bedeutete er Avery stehen zu bleiben.

»Na, na, na. Nicht so hastig, junger Mann«, sagte der Concierge mit brummiger Stimme, die seinen Bauch als Resonanzkörper nutzte.

Durch das unheimliche Licht der Kronleuchter, das die Silhouette Henrys abzeichnete und sein Gesicht in Schatten legte, lief Avery ein Schauer den Rücken hinab.

Schnell huschte Henrys Blick zur zuckenden Oberlippe seines Gegenübers.

»Nervös?«, raunte er bedeutungsschwer und legte den Kopf schief.

Avery fummelte am Saum seines Hemds, während seine Augen den Boden nach einem geeigneten Vorwand absuchten. Seine Fingerkuppen erkalteten.

»Henry, ich, ich … muss nur kurz rein. Thérèse hat mich beauftragt«, stotterte er ein wenig und kämpfte gegen seine brüchige Stimme an.

Henry runzelte die Stirn und trat zögerlich zur Seite. Als Avery bereits an ihm vorbeigegangen war, räusperte er sich.

»Ich erinnere mich nicht daran, dass Thérèse heute im Haus war.«

Avery hielt inne, zögerte, ehe er sich dagegen entschied, sich zu Henry umzudrehen.

»Hat sie mir gestern aufgetragen«, schnitt er die Konversation ab und ging weiter.

»Mhm«, brummte Henry und seine Schritte verhallten im Gang der Oper.

Die Primaballerina, die stets die Hauptrollen in den Stücken verkörperte, hatte in der Oper ihren persönlichen Rückzugsort nach der Vorstellung. Avery schlich sich im nun ausbrechenden Gedränge an den anderen Tänzerinnen vorbei zu Giulias Tür.

Was, wenn er jetzt wirklich anklopfte? Was, wenn sie die Tür vor seiner Nase zuschlagen oder ihn wieder gegen irgendeine Wand pressen würde?

»Das habe ich mir einfacher vorgestellt«, grummelte er vor sich hin und atmete tief ein.

Wie tausend Ameisen kitzelten die Funken durch seine Arme und erzeugten ein unkontrolliertes Leuchten seiner Blutbahnen, das selbst durch sein Hemd hindurchdrang. Er spannte seine dürren Muskeln an und beruhigte seine Kräfte mit ein paar Atemzügen. Sein Herz pochte ihm bis in die Ohren und für einen Moment schloss er seine Augen um allen Mut zu fassen, den er finden konnte … und klopfte an.

»Ja?«

Kaum hörbar klickte die Klinke und schon beschäftigte sich Giulia wieder mit dem Aufschnüren ihrer Ballettschuhe. Keines Blickes würdigte sie denjenigen, der zu ihr in den Raum trat.

»Ähem«, räusperte sich Avery vorsichtig, verschränkte die Hände hinter seinem Rücken und wartete darauf, dass sie sich umdrehte.

»Hm?«, entgegnete Giulia, ohne aufzuschauen und zu merken, wer hinter ihr stand.

»Giulia?«

Mit geweiteten Augen fuhr sie herum. Sie starrte Avery an. »Was …« Sie musste sich sammeln. »Was tust du hier?«

Als hätte Avery ein dickes Brett quer in seiner Kehle stecken, brachte er kein Wort hervor. Regungslos sahen die beiden einander für einen kleinen, scheinbar unendlichen Moment an – bis Giulia die Stille brach.

»Ich sagte doch, es tut mir leid, was passiert ist. Wieso bist du hier?«

Eine Ader pulsierte an ihrer Schläfe unter den Schweißperlen. Noch immer atmete sie angestrengt, sodass sich das schwarze Federkleid an ihrer Brust auf und ab bewegte.

»Ich … möchte dich fragen …« Er musste schlucken, um das auszusprechen, was seine Hände kribbeln ließ. »… was du gesehen hast.«

Giulias Augen blinzelten unter dem schwarzen Make-up, ihr Atem stockte und der Raum füllte sich mit einer verhängnisvollen Stille.

»Das – hm …« Ihr gingen die Worte aus.

»Du kannst es ruhig sagen«, hakte Avery zögerlich nach.

Als könnten die Möbel mit ihr sprechen, suchte Giulias Blick den Raum nach Antworten ab.

»Die Flammen«, flüsterte sie und deutete auf Averys Hand.

»Und was hast du noch gesehen?«, drängte er, während sich eine Röte auf Averys knochige Wangen legte.

»Du hast sie kontrolliert. Als es so kalt … und niemand vorne im Theater war. Ich wollte eigentlich nur frische Luft schnappen in meiner Pause.« Als wäre sie durch Fahrlässigkeit an einem Unfall schuld gewesen, lag ein entschuldigender Ton in ihrer Stimme.

»Vielleicht habe ich mich getäuscht«, fügte sie schnell hinzu, um sich rasch ihren Schuhen wieder zu- und damit von Avery abwenden zu können.

Auch jetzt, wo er aktiv danach suchte, konnte Avery keinerlei Hinweise auf eine Zugehörigkeit zu den Sapye feststellen. Er war überzeugt. Giulia konnte keine Sapye sein. Seine Hände begannen zu zittern und seine Stimme blockierte. Jeden Funken Mut konnte er nun gebrauchen.

»Nein. Es ist wahr.«

Hatte er das gerade wirklich gesagt?

Kaum glaubte er, dass diese Worte über seine Lippen gekommen waren, da sah Giulia auf. Ihr Ausdruck verfinsterte sich.

Avery wurde flau im Magen, als er daran dachte, dass sie sich seit der Auseinandersetzung womöglich selbst für verrückt gehalten hatte.

»Ich möchte nicht, dass wir uns aus dem Weg gehen ... Ich fühle mich hier wohl, bin hier zuhause.«

Wieder war da diese unbändige Stille zwischen den beiden, die Fülle an ungesagten Worten.

»Ich muss wissen, wieso du es sehen kannst«, setzte Avery dieses Mal gefasster an.

»Ich weiß es nicht«, antwortete Giulia knapp mit einem Flüstern und ein Hauch von Verzweiflung kam über ihre Lippen.

»Ich bin ein Incen–«

»Ja. Ich habe darüber gelesen«, schnitt sie ihm unerwartet das Wort ab.

Wie konnte Giulia ...?

Avery zog seine Brauen zusammen und bedeutete ihr so fortzufahren.

»Meine Tante. Sie hat mir früher Geschichten darüber erzählt. Ich dachte nie daran, dass sie wahr sein könnten. Als ich gesehen habe, wie du das Feuer erzeugt hast, bin ich zurück zu ihr. Es steht alles in diesem Buch.«

»Ein Buch? Wer hat es verfasst?«

»Keine Ahnung, irgendein L. Y.«, erinnerte sie sich.

Der Name sagte Avery nichts – er hatte gehofft, den Sapye zu kennen, der scheinbar ihr Geheimnis an die Menschen weitergetragen hatte.

»Aber Moment mal.« Und sie schüttelte den Kopf. »Wie funktioniert das mit dem Feuer?«

»Es ist Magie. Du weißt vielleicht, wieso wir uns versteckt halten.«

Ein stummes Nicken entgegnete sie Avery und er fuhr fort:

»Ich bin gezwungen, mein Leben immer und immer wieder hinter mir zu lassen. Mich an neue Orte zu gewöhnen und Menschen, die ich mag …« Er hielt inne »… gehen zu lassen.«

Eine Mischung aus Faszination und Sorge legte sich auf Giulias Gesicht.

»So gut ich mich auch schon abschirme, es fällt mir schwer, ganz isoliert zu bleiben. Ich lerne Menschen kennen und erkenne das Gute in ihnen, weiß, dass sie nicht meine Feinde sind. Doch es darf unter keinen Umständen jemand erfahren, wer ich bin.«

Giulias Gedanken ersetzten reflexartig Averys »Wer ich bin« durch ein »Was ich bin«. Doch trotz ihrer verurteilenden Gedanken riss sie sich zusammen, um seinen Erklärungen konzentriert zu folgen.

»Ich bin hier geboren. Paris ist meine Stadt, ich kann hier noch nicht weg. Wenn es jemand erfährt, wird man mich beobachten, belagern, über mich in den Nachrichten berichten. Ich hoffe, du … kannst es verstehen.«

Scheiße, Mann.

Musste sie das jetzt wirklich für sich behalten? Noch konnte sie sich nicht zu einem ehrlichen Versprechen durchringen.

»Wann bist du hier geboren?«

»1920. Vor siebenundneunzig Jahren. Ab meinem zwanzigsten Lebensjahr habe ich aufgehört zu altern«, antwortete Avery sofort, in der Hoffnung, ihr Vertrauen zu gewinnen.

Seine Hand wanderte in die Hosentasche, in der er seine stumme Taschenuhr aufbewahrte. Langsam zog er sie hervor.

Giulias Augen weiteten sich. Sie fixierte die Uhr an und öffnete zögerlich ihren Mund.

»Kann ich sie sehen?«

Avery schwieg und hob eine Augenbraue an.

»Die Uhr«, hakte sie nach.

Avery nickte. Behutsam legte er sie in die zarten Hände Giulias. Das Gold spiegelte sich in ihren Augen und warf zugleich warme Reflexionen in den Raum.

Auf dem Deckel erkannte sie das Hirschgeweih. Inmitten des Geweihs lag ein roter Stein – sie vermutete ein Rubin –, in einer filigranen Fassung eingelassen. Langsam drückte sie den Knopf, der die Uhr öffnen sollte. Mit einem Schwung legte die goldene Hülle das verzierte Ziffernblatt frei.

»Sie steht … still.«

»… sonst würde ich vermutlich an einem Rollator vor dir stehen.«

Sie lachten – angenehm, angesichts des schwierigen Themas, das ihnen beiden auf den Gemütern lastete.

»Also, es stimmt. Bleibt die Uhr stehen, hört der … der Sa– «

»Sapye«, ergänzte Avery zustimmend.

»… auf zu altern.«

Wieder nickte Avery und bestätigte Giulias Annahme.

»Ich habe noch die ganze Nacht in diesem alten Buch gelesen, bevor ich dich …«

»… angefallen habe?«

Sie schmunzelte.

»Und je mehr ich erfahren habe, desto abgefahrener wurde es. Genau wie diese Uhren.«

Ihr Blick ruhte auf dem Ziffernblatt, das vielmehr nur ein Blatt ganz ohne Ziffern war.

»Aber warum hat sie keine Zahlen? Oder Striche?«

Giulia kannte das sonst nur von modernen Möchtegern-Designeruhren.

»Zahlen, wie du sie kennst, gab es noch nicht, als die Uhren erschaffen wurden«, erklärte Avery, als wäre es das Normalste auf Erden.

»Du wurdest 1920 geboren. Da gab es sehr wohl Zahlen.«

»Ja. Aber dies sind die richtigen Uhren. Die Uhren, die als Vorbild für unsere heutigen galten. Den Umstand, Zeit zu messen, brachten die Sapye auf die Erde. Diese Uhren sind magische Gebilde und funktionieren … ein wenig anders als eure. Es gibt vieles, das die Menschen nicht sehen können.« Wohl wissend, dass seine Uhr so etwas wie Zahlen besaß, sah er – und nur er – die Nummerierung auf dem Ziffernblatt.

Mit zusammengezogenen Augenbrauen schloss Giulia die Uhr mit einem leisen Klicken und gab sie ihrem Besitzer mit einem angedeuteten Lächeln zurück. Er nahm die Uhr an sich, verweilte mit seinem Blick für einen Moment in ihren Augen und ließ die Uhr in seiner Tasche verschwinden.

»Ich kann das doch niemals für mich behalten …«, durchbrach Giulia die gelockerte Atmosphäre. In Avery keimte wieder die Angst auf. »… wenn du mir nicht noch einmal die Flammen zeigen kannst«, sagte sie, dicht gefolgt von einem schelmischen Grinsen.

Ein Stein, schwerer als die Rocky Mountains, fiel von Averys Herzen. Auch wenn er sich eigentlich darüber geärgert hätte, war ihm ein blöder Witz nun ein willkommenes Übel, solange Giulia ihr Wort hielt.

Mit hochgezogenen Augenbrauen und einem ausladenden Fuchteln mit ihren Händen äffte sie Averys Feuerspielchen nach.

»Na hopp!«, forderte sie ihn auf.

Den Kopf schüttelnd, sich aus seinen Gedanken befreiend, willigte Avery ein und ließ es langsam angehen. Er schloss die Tür ab.

Zuerst formte er einen Funken zwischen Zeigefinger und Daumen. Die Flamme schlängelte sich um seine Hand, wuchs zu einer enormen Größe heran und bildete eine Knospe, um dann zu erblühen. Giulias Augen erhellten sich, reflektierten das Licht. Kurz wandte sich Avery von seinen Kräften ab, um zu registrieren, wie ihre Kinnlade herunterklappte. Seine Zähne blitzten auf, ehe sich eine zweite Knospe öffnete. Die Blätter sprossen, wuchsen mit den Blüten zusammen, formten gemeinsam eine Kugel, die den ganzen Raum mit Licht flutete. Intensives Licht, das Avery schon lange nicht gesehen hat. Zu sehr hatte er seine Kräfte zurückgehalten, um nicht aufzufallen.

Es gab allerdings auch keinen Grund, sie anzuwenden – so magisch die Sapye waren, so selten benutzten sie ihre Kräfte. Zumindest heutzutage. Für Kunststücke wie diese gab es in Averys Umgebung schließlich niemanden, der sich daran erfreuen könnte. Es gab niemanden, der sehen konnte, wer er wirklich war.

Bis jetzt.

»Giulia …«, begann er, als sich die Flammen langsam auflösten »… wieso siehst du sie?«

»Ich kann sowas nicht, falls du das meinst.«

Sie war einen Schritt zurückgewichen und verfolgte mit ihren Augen die versiegenden Funken.

»Für mich gibt es keinen ersichtlichen Grund, wieso ich es sehen kann. In dem Buch stand, dass nur die Sapye untereinander ihre Kräfte sehen können. Ich bin aber keine.«

»Bist du dir da sicher?«, raunte Avery verschwörerisch und Giulia fing mit einer Mischung aus Witz und Panik an zu lachen.

»Ja, ganz sicher!« Doch Averys Blick verriet ihr, dass man es nicht ausschließen konnte.

»Manche Sapye wissen über ihre Kräfte nicht Bescheid, weil sie nicht bei ihren leiblichen Eltern aufgewachsen sind.«

»Da besteht kein Zweifel. Meine Eltern sind meine Eltern.«

Er schwieg und schmunzelte.

»Ich schwöre es. Augen, Haarfarbe und Teint: hundertprozentig mein Vater. Sonst bin ich das Ebenbild meiner Mutter. Zumindest war ich das, bevor sie sich im Alkohol ersäuft hat.«

Und plötzlich trat die Stille wieder als ungebetener Gast in das Zimmer.

»Das tut mir leid.«

»Schon okay. Kein Problem für mich. Ich konnte nie sonderlich gut mit ihr.«

Doch in dem Blick, der Avery nun auswich, konnte er erkennen, dass dem nicht so war.

»Wenn du keine Sapye bist …«, wechselte er schnell das Thema, »… dann muss der Schleier gefallen sein.«

»Was bedeutet das …?«

»Der Schleier ist ein altes, ma–«

»Jaja, ich weiß. Magischer Schutz und alles, ja. Aber was bedeutet das für dich?«

»Vielleicht muss ich meine Kräfte vollkommen hinter mir lassen und mein magisches Erbe aufgeben. Menschen sind nicht sonderlich … taktvoll … wenn es um das Übernatürliche geht.«

»Verstehe.«

»Ich hoffe, du behältst es wirklich für dich. Paris ist meine Heimat.«

»Es wird niemand erfahren.«

Avery spürte eine Art Verbundenheit. Auch dass sie jetzt wieder ganz die alte Giulia war, beruhigte augenblicklich seinen Herzschlag.

»Ich danke dir.« Und er meinte es so.

»Vielleicht solltest du aber lieber testen, ob dein feuriges Temperament auch von andern gesehen werden kann.«

Hitze stieg in seine Wangen und sein Mund verzog sich zu einem Grinsen. Avery seufzte.

»Davor … habe ich Angst. Es ist nicht leicht, mit dem Wissen, du könntest womöglich als Laborratte enden, so etwas zu wagen.«

»Komm schon. Vor einer einzigen anderen Person. Man kann denjenigen ja immer noch für verrückt erklären, wenn er es sehen sollte.«

»Aber … was wenn es nicht so läu–«

»Vermöbel ich sie.«

»Die Wahrscheinlichkeit, dass nur du es sehen kannst und alle anderen nicht, ist aber verschwindend gering«, überging er ihre scherzhafte Bemerkung, bei der er sich angesichts der jüngsten Ereignisse nicht sicher war, ob sie das nicht vielleicht doch ernst meinte.

»Was soll denn schon passieren? Du zauberst ein bisschen und schwupp – siehst du, ob ich die Einzige bin.«

»So einfach ist das nicht. Mir wurde mein Leben lang davon erzählt, wie schlimm es damals war, als –«

»Auuusreden!«, höhnte Giulia mit hochgezogenen Brauen. »Ich kann ja mitkommen, wenn's sein muss.«

Die Vorstellung, eine Verbündete, eine Freundin, an seiner Seite zu haben, versetzte Avery zu gleichem Maße in Freude wie in Angst. Er bewunderte Giulia. Ihre quirlige Art faszinierte ihn, aber nach langer Zeit wieder jemandem ein Stück Vertrauen in die Hände zu legen, konnte nichts Gutes versprechen. Früher oder später würde er sie wieder gehen lassen müssen.

»Lassen wir das lieber …«, entschied er, schloss auf und legte seine Hand bereits auf die Klinke.

»Niemand hat es verdient, sich selbst aufzugeben.«

»Giulia, unsere Zeiten waren vorbei, bevor ich geboren wurde. Die Menschen brauchen uns nicht mehr. Es sind magische Spielereien – sonst nichts. Zumindest, das was davon übrig geblieben ist.«

»Du musst wissen, ob es dir das wert ist. Vielleicht sehe ich dich auch nur so wie du bist, weil ich die Geschichten schon als Kind vorgelesen bekommen habe.«

»Das glaube ich eher weniger …«

»Du. Kannst. Es. Nicht. Wissen«, verdeutlichte sie noch einmal mit Nachdruck.

»Ich habe doch keine Garantie dafür, dass alles glattläuft. Und wenn es in einem Desaster endet …« Jegliche Farbe wich bei der Vorstellung aus seinem Gesicht.

»Es wird nichts passieren. Trau dich!«

Er blieb still.

»Überleg doch mal.«

Er sah sie mit seinen Rehaugen hinter seiner Brille an und presste noch immer wortlos die Lippen aufeinander.

»Wer glaubt denn schon, dass jemand einen unscheinbaren Typen mit Hornbrille hat Feuerbälle erzeugen sehen? Fall für die Entzugsklinik, ja, aber kein ernstzunehmender Zeuge.«

»Abe–«

»Wenn nicht, bist du eben Feuerspucker.« Giulia zwinkerte ihm verschwörerisch zu.

»Ich speie bis dato kein Feuer.«

»Ach, so genau nehmen die das sicher nicht.« Giulia entging nicht, dass sich ein halb unterdrücktes Lächeln auf Averys Lippen und Augen schlich. »Henry. Wir probieren es an Henry aus.«

»Nein! Was wenn sie ihn dann wirklich für verrückt halten?«

»Ach, komm schon. Ich kann dann immer noch behaupten, dass wir ihm Manons Marihuana untergejubelt haben.«

»Das ist doch vollkommen absurd.«

Er kratzte sich am Kopf und legte die Stirn in Falten.

»Plausibel. Du meintest plausibel.«

»Das können wir nicht machen. Henry ist zu nett, als dass wir ihn in Gefahr bringen könnten.«

Sie hielt inne.

»Und wenn er dich dabei nicht sehen würde?«

»Wie meinst du das?«

»Na ja, du schießt ihm dein Feuer in den Weg, natürlich ohne ihn dabei zu erwischen.«

»Ich kann kontrollieren, ob mein Feuer herkömmliche, nichtmagische Materie um sich beeinflussen soll. Aber wie –«

»Geisterfeuer? Noch besser.« Giulia hastete sofort zur nächsten Überlegung. »Du versteckst dich irgendwo und wir sehen ja dann, wie und ob er darauf reagiert. Wann macht er seine tägliche Runde? Eine halbe Stunde, bevor die Oper schließt?«

Ein kurzes Nicken von Avery, der ihren Worten folgte, bestätigte ihre Annahme.

»Perfekt. Ich schlage vor, wir platzieren uns unter der großen Treppe.«

Uns, flüsterte es durch Averys Kopf. Das Wort zerging in seinen Gedanken wie Eiscreme auf seiner Zunge. *Uns. Wir.*

Avery rüttelte sich aus seinen Gedanken und konzentrierte sich wieder auf das Gespräch.

»Du könntest recht haben. Ich muss wissen, wer und weshalb man meine Kräfte sehen kann. Vielleicht ist es besser, es zu testen. Nicht dabei gesehen zu werden, ist für mich die einzig denkbare Option«, grübelte Avery und schob die Brille auf seiner Nase zurecht.

»Natürlich habe ich recht«, triumphierte Giulia.

Avery scharrte mit den Füßen.

»Okay –«

Und bevor er fertig gesprochen hatte, sprang Giulia auch schon auf ihn zu und drückte ihn so fest, dass er kurz nach Luft ringen musste.

»Hey, den Angriff hatten wir schon«, krächzte er und lockerte ihren Griff ein wenig.

Beschämt sah er nach links und rechts und verlagerte sein Gewicht auf seinen hinteren Fuß.

»Tut mir leid.« Sie lachte und ließ langsam von ihm ab. »Also abgemacht. Morgen nach der letzten Vorstellung treffen wir uns an der Treppe. Schwanensee wird am Nachmittag aufgeführt. Danach habe ich genug Zeit.«

Mit aufeinander gepressten Lippen nickte Avery und zuckte mit den Schultern: »Klingt nach einem Plan.«

Sie verabschiedeten sich mit einem Lächeln.

1877

Der Sturm heulte durch die Äste, die unter seinen Böen erzitterten. Die Vögel und Moskau verstummten, als wäre ein Fluch auf sie gelegt worden. Dichte Wolken verdeckten jeden Sonnenschimmer und der Wind schlug Peitschenhiebe in das Gras. Wassertröpfchen zogen ihre Rennbahnen entlang einer blinden Glasscheibe, die dem Wetter Einhalt gebot. Durch die Ritzen des Hauses pfiff der Wind und füllte den Boden mit Kälte. Die kleine Öllampe warf ihre spärlichen Lichtstrahlen in den Raum. Hinter einem Eichenschreibtisch versteckte sich ein Mann, der neben seinem Kamin über Papierstapeln brütete.

»Pi. Soll ich das hier heute Abend anziehen? Oder das?« Die junge Frau hielt zwei verschiedene Kleider an sich und wägte ab, welches besser passen könnte. Der bärtige Mann grummelte vor sich hin und widmete sich ein paar Notenblättern, ehe er sich kurz seiner Geliebten zuwandte und das hellblaue Kleid abnickte.

»Das passt ganz wunderbar, Pelagaja«, log er, da er sich beide nicht genau angesehen hatte, um sich wieder seiner Arbeit zu widmen.

»Ich bin ganz aufgeregt! Das Stück wird fabelhaft sein. Deine Arbeit hat bis jetzt jeden überzeugt. Auf der Gala heute Abend werden wir glänzen!«, freute sie sich. »Was glaubst du, werden die Leute denken? Stell dir vor … Sie klatschen, jubeln! Mein Herz …«

»Hm«, tönte er und schrieb weiter »So werde ich mit den Noten wohl niemals –«

»Und bei der Aufführung werde ich das hier tragen«, unterbrach sie ihn.

Pi grummelte.

Sie griff nach einem schwarzen und einem weißen Ballettkleid. »Wundervoll«, sagte sie zu sich selbst und verschwand mit ihnen tänzelnd aus dem Raum, um sie anzuprobieren.

An diesem Morgen hing ein dichter Wolkenmantel über den Dächern von Paris. Von Salzrändern gezeichneter Asphalt und der seichte Nebel mischten sich zu einem breiigen Grau. Zu einer undefinierbaren Geräuschkulisse verschwimmend, wuselten die Pariser durch die Gassen und Straßen der Stadt. Die von der Bettdecke aufgewirbelten Staubpartikel flogen durch die Luft und schwebten im einfallenden Sonnenlicht eine Weile, ehe sie von der Schwerkraft auf den Boden gezwungen wurden. Durch seine abstehenden Locken kämpften sich die Zähne des Kammes so lange, bis Avery sich dazu entschied, sein Haar lieber nass zu machen, weil es trocken sowieso nichts bringen würde.

Er sah zur Uhr in seiner Wohnung. Dreißig Minuten. Er seufzte und zog unzufrieden seine Augenbrauen zusammen, als er seine nassen Locken in eine nur halbwegs ansehnliche Frisur föhnen konnte.

Sein Magen grummelte. Vom Bad aus musste er nur einen Schritt gehen, um schon vor seiner Küchenzeile zu stehen. Er suchte einen sauberen Teller und Besteck zusammen, klatschte die Butter auf den halbfertigen Toast und schmierte Marmelade obendrauf. Hätte Avery nicht den Puls einer Rennmaus und den Schlaf eines zahnenden Kindes auf Red Bull gehabt, wäre es ihm leichter gefallen, den Schwarztee in seine Tasse zu schenken. Schon stieß er mit der Kanne die Tasse um.

»Menschenskinder!«, fluchte er und wischte die braune, von Milchschlieren durchzogene Brühe vom Tisch und seinem Bein. Die Röte verschwand in Windeseile und er kippte das heiße Getränk seine Kehle hinunter, um einen Power-Müsliriegel nachzuschieben.

»Ich kann das. Ich kann das. Er wird dich nicht entdecken«, sagte er sich immer wieder, nervös wie ein Sportler vor seinem wichtigsten Wettkampf. »Reiß dich zusammen. Der Schleier wird schon nicht gefallen sein und alles ist nur ein blöder Zufall.«

Den Frühstückstisch ließ er nach dem Essen unberührt stehen, hechtete zu seiner Kleiderstange und griff nach seiner Hose. Die letzten Knöpfe seines Hemds schloss er, um sich dann in seine Schuhe zu zwängen und den Wintermantel umzulegen.

Ein Fuß nach dem anderen flog über die ausgetretenen Stufen des Treppenhauses. Das Poltern seiner Schuhe auf dem alten Holz und die quietschenden Geräusche, die seine Hände beim Hinuntergleiten am Geländer erzeugten, lockten argwöhnische Blicke auf ihn. Madame Thomas, eine ältere Dame, die sonst den ganzen Tag nichts anderes zu tun hatte, als den neusten Tratsch des Hauses in sich aufzusaugen und wie ein Schwamm tröpfchenweise wieder an andere weiterzutragen, stand im Rahmen ihrer Wohnungstür. Missbilligend beäugte sie ihn.

»Morgen, Frau Thomas!«

»Herr Durand, nicht so –«, doch Avery war schon ein Stockwerk tiefer.

»Dieser Bengel«, seufzte sie.

Die Klimaanlage in der Metro lief unaufhörlich, obwohl der Atem sowieso schon in der Luft gefror. Scheinbar hatte sie irgendwer falsch eingestellt – oder sie war wie so vieles in der U-Bahn einfach demoliert worden. Avery ließ von seinem Herzen aus eine Feuerglut durch seinen Körper strömen und atmete tief ein. Das Glühen folgte dem Weg seiner Blutbahnen und strömte in seine Arme, Beine, Füße und Hän – *Verdammt. Nicht in die Hände.* Avery starrte entsetzt auf seine nackten Finger, bevor sich die Glut in Windeseile zurück zu seinem Herzen verkroch.

»Scheiße!«, fluchte er kaum hörbar für sich selbst.

Die Macht der Gewohnheit von siebenundsiebzig Jahren Feuerkraft hatte ihn schon jetzt eingeholt. *»Unfassbar.«*

Mit gestrecktem Hals und umherschweifendem Blick versicherte er sich, dass er von niemandem angestarrt wurde. Die Menschen um ihn herum schauten mit gesenktem Kopf auf ihre Handys und Tablets, vereinzelt sah er jemanden, der Zeitung las, aber allesamt mit sich beschäftigt.

Nochmal Glück gehabt. Bevor er nicht wusste, ob der magische Schutz zerbrochen war, musste er sich zurückhalten.

Die unterirdischen Züge fegten durch die Tunnel und das Licht der vereinzelten Lampen, die die Dunkelheit bekämpften, blitzten an ihnen vorbei. Das von der Bahn erzeugte Rauschen im Hintergrund vermengte sich mit den Geräuschen, die die Passagiere machten. Das Rascheln einer Zeitung, die blecherne Musik aus zu laut eingestellten Kopfhörern und die Schritte derjenigen, die ein- und ausstiegen. Avery sah zu Boden. Als er ein Paar Lederschuhe erblickte, die sich in sein Blickfeld schoben, fuhr ein kalter Schauer seinen Rücken hinab. Vom Saum der Anzughose sah er nach oben und so erkannte Avery, um wen es sich handelte.

»Jer!«, sagte Avery und sein Mund verzog sich zu einem Grinsen. »Na?«

Jeremy klopfte seinem Kumpel auf die Schulter und setzte sich neben ihn.

»Avery, bist du unterwegs zum Drachen?« Er sah Jeremy mit einem Stirnrunzeln an. Während das Lächeln seines Gegenübers breiter wurde, hob Avery seine Brauen.

»Meinst du … Thér–«

»Thérèse. Unseren Drachen, du weißt schon. Wir unterliegen ihren angsteinflößenden Blicken! Ich wette, sie kann Feuer speien.«

»Sei nicht albern! Ich finde sie nett.«

»Ja, du bist ja auch der Musterangestellte, der nichts falsch macht. Mir wird ja teilweise schon schlecht, wenn sich wieder ein paar Schnösel darüber beschweren, dass es keine Plätze in der ersten Reihe mehr gibt. Auch nicht, wenn sie einen versuchen zu bestechen.«

Avery gluckste, sah ihn an und richtete dann den Blick nach unten.

»Weißt du, Avery – irgendwann bin ich hier weg und dann kann mich das Theater mal kreuzweise.«

»Weißt du schon, was du nach deinem Literaturstudium machen wirst? Autor werden?«, fragte Avery und wandte sich wieder Jeremy zu.

»Na ja, ich muss schauen, was die Zukunft bringt, nicht wahr?« Er lächelte Avery etwas zu lange an.

Beide räusperten sich nacheinander, ehe Avery weitersprach:

»Bist du unterwegs zur Universität?«

»Mhm. Ich komme dann morgen nochmal ins Theater. Und wenn du jetzt gleich zu deiner Schicht fährst – pass auf, dass dich der Drache nicht verbrennt.« Jeremy betonte das letzte Wort eindringlich und sein Blick flüchtete für den Bruchteil einer Sekunde auf Averys Hände.

Wie lange war Jeremy schon in der Bahn?

»Vielleicht verbrennst du dir an ihr die Finger«, raunte er nun und sah ihm tief in die Augen.

»Ach, was soll ich denn mit einer so al–«, Avery räusperte sich und verzog seinen Mund zu einem schiefen Lächeln.

»Na ja. Anfang dreißig würde ich sagen. Ist doch nicht zu alt.« Jeremy zwinkerte seinem Kumpel zu, der jetzt die aufsteigende Wärme in seinen Wangen spürte.

»Ne, wirklich nicht. Nein. Ich habe dir doch gesagt, dass ich nicht –«

»Ja, jetzt wo du es so sagst. Sie ist schon irgendwie sehr abgemagert … was ihrem Aussehen nicht wirklich zuträglich ist.« Er gluckste.

»Mensch, Jer. Lass sie doch.«

»Du verteeeidigst sieee«, antwortete Jeremy schmunzelnd und fletschte die Zähne.

Avery rollte die Augen. Auch wenn Jeremy einer seiner nächsten Vertrauten war, konnte er ihm ganz schön auf die Nerven gehen. Es kümmerte Avery reichlich wenig, sich nicht zu verlieben. Für ihn war das Wort *ewig* wortwörtlich zu verstehen und was würde er tun, wenn er sein Herz an jemanden verloren hätte, der nicht diese Ewigkeit mit ihm teilen könnte? In seinen Gedanken gefangen blieb Avery stumm und starrte in die Luft. Jeremy schob sich mit seinem Gesicht in Averys Blickfeld und setzte ein schelmisches Grinsen auf.

»Avery, den Blick kenne ich doch. Du findest sie tooholll!«, lachte er und stupste ihn erneut an der Schulter.

»Meine Güte. Du weißt doch, dass ich nicht … du weißt schon«, seufzte Avery und legte seine Stirn auf seine offene Hand.

»Ja, schon gut. Hätte ja sein können«, gab Jeremy schließlich nach und legte seinen Arm um ihn. »Ich muss bei der nächsten umsteigen«, erwähnte er dann in einer monotonen Tonlage. Er klopfte Avery nochmals auf den Rücken, sodass dieser anfangen musste zu husten.

»Also mach's gut, Vorzeigeboy!«

Und damit verschwand er an der Haltestelle durch die Türen der U-Bahn.

Warum zur Hölle hatte Jeremy seine Hände angesehen? So weit hatte Avery die Flammen doch gar nicht kommen lassen. Außerdem war eine ganze Weile zwischen den Zeitpunkten vergangen, in dem er sich von innen gewärmt hatte und in dem Jeremy aufgetaucht war. Tausende Gedanken fesselten Averys Geist und schnürten seine Kehle zu.

Wie weit war der Schleier bereits gerissen? War er es überhaupt? Oder sah er jetzt schon Gespenster, wo keine waren?

Ein unnachgiebiger Druck legte sich auf seine Brust und auf sein inneres Feuer. Die Glut in ihm zog sich weiter zurück und glomm nur noch als winziges Licht um sein Herz herum.

Seine Augen fokussierten einen Punkt weit außerhalb des Zuges. Ein Gang an der Haltestelle, der weit in die Ferne reichte. Vor ihm verschwamm das Metall der Tür und auch die Geräusche um ihn herum verblassten. Der Zug fuhr los. Avery kehrte mit seiner Aufmerksamkeit nicht zurück und blieb gefangen in seiner Angst um sein Leben, das er aufgebaut hatte und auf keinen Fall so früh hergeben wollte. Die Durchsage in der Metro drang nur noch zu ihm durch wie ein sterbendes Radio, das man im Wasser versenkt hatte.

Die Stimme in der Metro drang erst nach einer Weile wieder an sein Bewusstsein. Als sie im Lautsprecher seine Haltestelle erwähnte, wurde er aus seinen Gedanken gerissen. Gott sei Dank hatte er sie in seinem Gedankenwirrwarr nicht verpasst. Also stieg Avery an dieser Station aus und sprintete zur Oper, bevor er sich verspätete. Er hastete die Treppen der Metro-Station hinauf, rempelte fast einen Polizisten an und huschte durch jede freie Lücke, die er in der Menschenmasse ausfindig machen konnte. Exakt mit der letzten verbleibenden Sekunde, schloss sich die Tür hinter Avery – und Thérèse stand bereits vor ihm.

Ihr silberner Anhänger blitzte auf und reflektierte das Licht genau in Averys Gesicht.

»Pünktlich, hm?« Sie hob eine Augenbraue.

Avery holte Luft, fasste sich kurz, um nicht zu viel Atem zu verschwenden: »Ha-hab mich beeilt.«

Thérèse nickte, grinste ein wenig und drückte ihm den Schlüssel in die Hand.

Averys Blick wanderte nahezu minütlich auf die im Foyer thronende Uhr, die mit jeder Bewegung ihres massiven Sekundenzeigers dumpf tickte. Wie ein nie endender Countdown sah er dem Ende seines heutigen Arbeitstages entgegen. Wenn er gewusst hätte, dass es so unaushaltbar sein würde, Giulias Plan abzuwarten, hätte er sich vielleicht doch dagegen entschieden. Es kribbelte die ganze Zeit in seinen Fingern – wie wenn man die Hände aufs Autolenkrad legte, wenn der Motor auf Hochtouren arbeitete. Die Flammen wussten, was ihnen bevorstand. Sie flüsterten zu ihm, pochten in jeder Zelle, von seinen Fingerkuppen bis zu den Ellbogen.

Er wusste, wie man das Feuer kontrollierte – wie es keinen Schaden anrichten konnte. Diese Gewissheit ließ seinen Puls verlangsamen. Andernfalls würde sich jede Zelle in ihm gegen sein Vorhaben streben, denn den Menschen Leid zuzufügen gehörte nicht zur Bestimmung seiner Art. Er durfte es nicht riskieren, die falsche Art von Feuer zu beschwören und Henry zu verletzen. Nach dem, was bisher vorgefallen war, konnte er sich sogar vorstellen, dass jegliche Magiegesetze für immer ausgehebelt worden waren. Die Stimme in seinem Kopf flüsterte den Flammen zu, sie sollten sich auf magische Materie beschränken.

Manchmal, so glaubte er zu spüren, dass es da draußen mehr Böses gab, als sich ihm in seinem ganzen Leben offenbart hatte. Die Möglichkeit, es gäbe noch mehr Mörder, die dazu befähigt waren, die Uhren der Sapye zu beeinflussen, ließ ihn schlottern. Die Stunde der Wahrheit rückte von Sekunde zu Sekunde näher.

Averys Blick wanderte zur von goldenen Verzierungen durchzogenen Decke, hinüber zu den Skulpturen, die die Gänge zierten, weiter zur Uhr. Das immergleiche Ticken hallte durch den Raum, direkt in Averys Ohr. Es wurde immer lauter. Licht, so golden wie die Flammen, brach sich in den Kristallen eines Kronleuchters und ließ kleine Regenbogen an den Kanten entstehen. Avery zählte die geschliffenen Glasstücke, um der verfluchten Zeit zu entkommen.

Die Oper leerte sich langsam. Er konnte beobachten, wie Thérèse mit ihrem Klemmbrett den Gang hinab lief – fast schon schwebend und grazil -, während sich die Vorstellung für Schwanensee dem Ende neigte. Ihr Duft aus Seerosen und Flieder wirbelte durch die Luft und endete in Averys Nase. Bevor sich das Parfum mit dem Duft von kaltem Stein und Schnee auf Asphalt gemischt hatte, hörte Avery den Applaus und die Jubelrufe.

»Nicht mehr lange«, flüsterte er zu sich selbst.

Je länger er darüber nachdachte, wie er zusammen mit Giulia auf geheime Mission gehen sollte, desto deutlicher wurde ihm bewusst, dass in seinem langen Dasein schon ewig nichts mehr dergleichen passiert war. Egal ob von guter oder schlechter Natur. Sein Leben hatte schon seit Jahren keine

Höhen und Tiefen mehr gehabt. Wahrscheinlich wäre es aufregender gewesen, wenn die Menschen mit dem Übernatürlichen im Einklang leben könnten.

Das Publikum strömte in Schwallen aus dem Saal, emsig, ihre Anzüge und Kleider zurechtzupfend, Hand in Hand, mal heiß diskutierend, mal teilnahmslos. Wie ein Fass, aus dem man den Korken gezogen hatte, leerte sich die Oper und Henry navigierte nach einiger Zeit auch den letzten Gesprächsfreudigen nach draußen.

Jetzt wurde es ernst.

Avery eilte gerade so ohne zu rennen Richtung Thérèses Büro.

»Thérèse, der Schlüssel«, fasste er sich kurz und hielt einen Moment inne, ehe sie dankend nickte, auf das Schlüsselbrett verwies und er gehen konnte.

Der Weg die Treppe hinunter fühlte sich wie der Abstieg in eine unheilvolle Schlucht an, gespickt von einer Portion Abenteuer. Durch das Anspannen seines Kiefers rieben seine Zähne aufeinander.

»Da bist du ja endlich«, wurde er von Giulia begrüßt. »Normalerweise bist du doch fünfzehn Minuten zu früh dran. Kurz vor knapp steht dir nicht.«

»Es ist erst fünf vor«, bemerkte er und wurde von einem Grinsen Giulias zurechtgewiesen. »Du immer mit deinen Scherzen«, seufzte er.

Mit einem Lachen, das nur aus einem Atemstoß bestand, packte sie ihn an der Schulter und knetete seinen Nacken durch, als müsste er gleich im Boxkampf in das Auge des Tigers sehen. Avery seufzte, doch verbot es ihr nicht.

»Los, rein da.« Sie deutete auf den Raum zwischen Treppe und Boden. »Wir sind wie Harry Potter«, scherzte sie.

»Warum denn wie –«

»Schrank unter der Treppe? Ey, sag mir nicht, DIR sagt das nichts«, verurteilte sie ihn mit großen Augen und hochgezogenen Brauen.

»Ich lese meistens ältere Bücher.«

Sie rollte die Augen und mit einem Ruck zog sie ihn so weit unter die Treppe, dass man sie beide nicht mehr würde sehen können.

Nach vielen Minuten streckte Giulia ihren Kopf hervor: »Er ist immer noch nicht da.«

»Lass uns …«

»Wahnsinn, wie schnell du aufgibst. Er kommt schon noch. Bleib sitzen«, flüsterte sie ein bisschen zu laut.

Tonlos ging Avery wieder in die Knie.

Einsame Schritte hallten durch die Gänge. Henry musste bereits ganz in der Nähe sein. Avery krempelte die Ärmel hoch, spreizte seine Finger, öffnete und schloss seine Hände und atmete tief ein. Die Adern in unmittelbarer Nähe zu seinen Handgelenken traten hervor – genau wie der Schweiß, der sich auf seine Schläfen legte.

Bereit dafür, seine Kräfte loszulassen, drückte er sich gegen die Unterseite der Treppe, um der Kante nach oben möglichst nahe zu kommen.

Die Schritte wurden lauter, näherten sich. Als Avery klar wurde, dass Henry jetzt auf den Stufen über ihnen ging, nahm er all seine Konzentration zusammen und formte die ersten Flammenzungen.

Das Feuer strömte auf die Treppe, bäumte sich auf und schlug aus. Wie ein umgekehrter Hagelschauer, flogen die Funken in alle Richtungen gegen die Wände des Gebäudes.

Giulia atmete auf, als das Licht und damit auch das magische Feuer verschwanden. Behutsam reckte sie den Kopf hervor und als ihr Blick Henry erhaschen konnte, zuckte sie zusammen. Sie starrte in Averys ebenso geweitete Augen.

»Nichts. Er hat nichts bemerkt.«

Auch Avery kroch langsam aus dem Versteck hervor, um Henry dann den Gang entlang schlurfen zu sehen. Wie jeden Tag. Keinerlei Auffälligkeiten.

»Er hat es nicht bemerkt …«, flüsterte Avery und sah Henry nach.

Wie der Frühling nach einem kalten Winter, wie ein Reisender, der endlich heimkehrte, so ließ jegliche Spannung von Avery ab. Er war sicher.

Dass Henry sein Feuer nicht gesehen hat, war der Beweis. Keiner der Menschen konnte ihn so sehen wie er war – außer Giulia.

Avery wurde von einer plötzlichen Umarmung aus seinen Gedanken gerissen.

»Siehst du! Nichts passiert.«

Und Avery verweilte einen Moment zu lange in ihren Armen und strahlte.

»Du kannst mich jetzt loslassen«, amüsierte sie sich.

»Klar«, sagte er, löste sich von ihr und kratzte sich verschämt am Hinterkopf.

»Nun wissen wir aber immer noch nicht, wieso gerade du mein Feuer sehen kannst«, lenkte er ab.

Als hätte Giulia diese logische Schlussfolgerung schon in den Tiefen ihres Gedächtnisses ertrinken lassen, brach sie nun wie Unkraut durch den Beton wieder hervor.

»Vielleicht bin ich ja ein Freak«, scherzte sie und meinte es im Grunde ein wenig ernst.

»Mach dir da mal keine Sorgen. Wir werden schon herausfinden, wieso.«

Giulia erwiderte ein lässiges Schulterzucken und schwang sich unter der Treppe heraus.

»HENRY! Lässt du mich bitte raus? Ich hatte nur etwas vergessen«, rief sie, als sie nach vorn eilte.

Avery ging hinterher, von einem belustigten, wenn auch urteilenden Blick Henrys fixiert. Er wusste sicher, dass Giulia und Avery nicht einfach so zufälligerweise nach Ladenschluss in den hintersten Gängen umhertollten. Doch was Henry sich da mit einem Grinsen vorgestellt hatte, ließ Avery schmunzeln.

»Jaaa. Kein Problem. Ich lasse euch … *beide* … mal raus.«

Dicht gefolgt von einem Zwinkern ließ er sie durch einen der Seiteneingänge auf die Straße.

»Das war SO aufregend!«, grölte Giulia und schlug Avery ein wenig zu fest zwischen die Schulterblätter. Er hustete und schob sich die verrutschte Brille wieder nach oben. »Wir sollten das immer machen!«, schlug Giulia vor.

»Magie ist kein Spielzeug, auch wenn es Spaß macht, sie zu benutzen«, lehnte Avery ab und grinste. Giulia entgegnete mit einem Grummeln und tänzelte leicht wie eine Feder über die Bordsteinkante. Ihre Schatten fielen durch das warme Licht der Straßenlaternen auf den Schnee und wurden kürzer, je weiter sie gingen, bis sie nach der nächsten Laterne wieder in die Länge gezogen wurden. Wie ein endloses Gewölbe lag der Himmel wolkenrein über ihnen.

»Wir müssen herausfinden, warum du meine Kräfte siehst. Möglicherweise hat es eine tiefere Bedeutung. Oder du bist wirklich einfach eine Sapye, die ihre Reife noch nicht erreicht hat. Es kann durchaus länger dauern, wenn es einem nicht bewusst ist, dass die Reife bevorsteht.«

»Ach, so ein Blödsinn. Ich bin kein X-Men, X-Woman, Supergirl … du solltest ein Cape tragen!«

»Jetzt hör mir doch mal zu!«

Seufzend beendete sie ihre Tanzeinlage.

»Hach, Avery, bitte.« Giulia zog eine Schnute.

»Ich glaube, es ist wichtig zu wissen, weshalb man offen für das Übernatürliche ist. Lass uns recherchieren. Wir müssen auch die Gefahren ausloten und abschätzen können.«

»Wieso denn Gefahren?«

Sie ließ ihre Arme hängen und verdrehte die Augen.

»Stell dir doch mal vor, dahinter verbirgt sich eine Magie, die wir nicht kennen. Wir müssen sie erforschen, um zu wissen, welcher Natur sie ist.«

Sie zog schon wieder eine Augenbraue hoch. Wenn Giulia sich nicht für ihre Fähigkeit öffnen sollte, könnte es ihr zum Verhängnis werden.

Von der zweispurigen Straße neben ihnen leuchteten die Scheinwerfer der Autos die winzigen Wassertröpfchen in der Luft an. So klein, dass sie Avery sonst nicht aufgefallen wären. Aus der Richtung, aus der ihnen die Autos entgegenkamen, prangte ein hell beleuchtetes Schild. *Livres.* Bücher.

»Ich kenne eine Bibliothek«, setzte Avery an. »Ich war vor vielen Jahren kurz vor meiner Reife dort und habe schon einmal in den Tiefen der Magie gestöbert. Jedoch war es damals in dem Abschnitt für dunkle Magie.«

Avery erinnerte sich an den Tag, als er das Buch mit der herausgerissenen Seite gefunden und sich dem Ende der Suche nach dem Mörder seiner Mutter geweiht gesehen hatte. Da war es wieder, dieses Gefühl, das das Scheitern in ihm hervorrief und das ihn damals von innen heraus zerfressen hatte.

»Dunkle Magie?«, fragte Giulia und runzelte die Stirn.

»Stell dir vor …«, Averys Blick wanderte gen Himmel. Die Schwärze der Nacht hing wie ein unendlicher Abgrund über ihnen. Und zwischen dem Nichts, das sich über ihnen ausbreitete, bahnte sich das Licht der Sterne durch die Dunkelheit. Der Mond, so hell wie tausend Abendsterne, thronte am Firmament.

»… es gäbe jemanden, der dazu befähigt wäre, einen Unsterblichen zu töten.«

Giulia legte den Kopf schief und blinzelte.

»Stell dir das Böseste vom Bösen vor und verdopple es. All das gibt es in dieser Welt irgendwo – und wir sind nicht sicher davor.«

Im Halbdunkel der Straßenlaternen erkannte Giulia den Ausdruck von Schmerz und tiefer Furcht in Averys Augen. Er wandte seinen Blick von ihr ab.

»Schaffen wir es, uns davor abzuschirmen oder ihm aus dem Weg zu gehen, haben wir Glück. Wir sollten vorsichtig sein, wenn es um Magie geht. Und ich weiß, du trägst irgendetwas davon in dir. Wir müssen wissen, was es ist.«

Die letzten Worte wurden immer leiser, bis sie sich in einem Flüstern verloren.

Giulia hielt für einen kleinen Moment inne, bevor sie auf die Stimme ihres Bauchgefühls hörte.

»Wir gehen es an«, seufzte sie und zwei dunkle Augen strahlten sie über den Rand einer Hornbrille hinweg an.

Ein Schlachtplan für die Recherche nach Giulias Wurzeln musste her und so trafen sich Avery und Giulia am darauffolgenden Abend in seiner Wohnung.

Das Weiß der Wände reflektierte das zuckende Kerzenlicht und hüllte den Raum in ein gelbliches Orange. Im Gegensatz dazu kroch Kälte und frische Luft durch ein leicht geöffnetes Fenster. Im Schneidersitz saßen sich die beiden auf dem roten Teppich mit seinen zahlreichen Mustern gegenüber und während Avery in einer Holzkiste kramte, nippte Giulia an ihrem Kaffee.

»Erstaunlich, dass du überhaupt sowas wie Kaffee hast«, gluckste sie und legte ihren Kopf schief.

»Den letzten Tee habe ich schon aufgebraucht«, antwortete Avery knapp.

»What?«, rief sie mit geweiteten Augen und legte eine Hand auf ihre Wange.

Avery grinste und wandte sich wieder der Kiste zu.

»Also«, begann er. »Recherche über das Internet wird nicht viel bringen. Das Wissen ist tief unter der Erde vergraben. Wortwörtlich. Wir müssen es schaffen, in die geheimen Abschnitte der Katakomben zu gelangen. Ich würde vorschlagen, wir suchen zuerst in der Abteilung der normalen Literatur. Wir gehen erst einmal nicht davon aus, dass dunkle Magie in dir schlummert.«

Giulia schluckte, während Avery eine Karte von Paris aus der Kiste zog und mit einem Bleistift einen Punkt auf ihr umkreiste.

»Keine Sorge, Jules.«

»Nenn mich nicht so!«, meckerte Giulia und auf ihren Ausruf hin fror Avery für eine Sekunde in seiner Bewegung ein. Den Stupser, den er ihr mit seinem Ellbogen verpassen wollte, zog er augenblicklich zurück.

»Wir …« Er räusperte sich. »Wir sollten aufbrechen, wenn die Kirche schließt. Wir können nicht riskieren, gesehen zu werden.«

»Die Kirche?«

»Der Eingang zur Bibliothek befindet sich in einer Kirche.«

»Ah.« Sie schürzte die Lippen. »Klingt … plausibel.« Sie sah ihn so lange an, als würde sie nur auf die Auflösung eines blöden Witzes warten.

»Ich vermute, die Incendye haben die Kirche den Menschen überlassen. Ich habe seit Ewigkeiten keinen Incendye mehr in Paris gesehen. Und ich spüre ihre Anwesenheit nicht mehr.« Sein Blick sank kurz zu Boden, ehe er fortfuhr »Ich habe mir damals eine Kopie des Schlüssels angefertigt.«

Überrascht über Averys kriminelle Energie in seiner Vergangenheit, entgleisten Giulias Gesichtszüge.

»Ich schätze, ich war schon immer zu viel Bücherwurm für lapidare Gesetze.«

»Du bist so ein Spinner.« Sie rollte mit den Augen und lachte.

»Also. Dank meines Drangs, mich auch nachts in der Bibliothek durch alle möglichen Wälzer zu fressen, haben wir einen Schlüssel, wenn sie das Schloss nicht ausgewechselt haben. Ich kann es auch leider nicht einfach so schmelzen lassen – es ist magisch von Incendye geschmiedet worden. Hoffen wir auf das Beste.« Ein schelmisches Grinsen zuckte über Averys Lippen.

»Das ist die Kirche St-Paul-St-Louis, oder?« Giulia deutete auf die Karte.

»Genau. Es ist nicht einfach, in die Bibliothek zu gelangen. Für Menschen ist es fast unmöglich, aber selbst ein Incendye findet den Weg nicht ohne Weiteres. Du wirst schon sehen. Ich denke nicht, dass die Menschen den Mechanismus entdeckt haben oder ihn irgendwer versperrt hat.«

»Hör bitte auf in Rätseln zu sprechen«, sagte Giulia, künstlich genervt. »Ich muss dir doch sowieso folgen und meine … Magie …« Sie fuchtelte mit ihren Armen in der Luft und äffte Averys Bewegungen nach. »… analysieren.«

»Schon okay. Es wird sicher ein Buch geben, das Licht ins Dunkel bringt.«

Kälte zog durch das Fenster, das einen Spalt breit aufgeschoben war. Der Wind ließ die Vorhänge tanzen und hinterließ eine Gänsehaut auf Giulias Arm. Einzelne Schneeflocken schwirrten umher, ehe sie zu Boden sanken und vergingen.

Giulia fröstelte es. Averys Blick verfing sich an ihrer Gänsehaut, die gut sichtbar über ihren Arm zog.

Er berührte ihre Haut und ließ seine Wärme auf sie übergehen. Wie die Ähren eines Feldes, die sich im Sommerwind neigten, legten sich die kleinen Härchen auf ihrem Arm.

Ihre Blicke trafen sich kurz, ehe Avery aufsprang, um das Fenster zu schließen.

Seine Brille verrutschte.

»Tut mir leid. Manchmal vergesse ich die Kälte.« Ein unschuldiges Lächeln kam über seine Lippen.

»Ich denke, bald ist es soweit. Wir sollten uns auf den Weg machen«, lockerte er die Stimmung wieder auf.

Ihre Schritte hallten im alten Treppenhaus nach und die Stille zwischen den beiden ließ Averys Augen die Umgebung nach Ideen, wie man eine kleine Runde Smalltalk auf ihrem Weg zur Kirche halten könnte absuchen, bis sie wie Seifenblasen auf Asphalt zerplatzten.

»Wieso denn ausgerechnet eine Kirche?«, brach Giulia die Schweigsamkeit.

»Ich würde sagen, die Gebäude sind dafür wirklich perfekt. Unauffällig.«

»Ich weiß nicht, was deine Definition von unauffällig ist, aber mammutbaumgroße Gebäude mit Türmen und Engeln und dem ganzen Kram, zähle ich nicht dazu.«

»Na ja, genau deswegen. Würde ich es nicht besser wissen, würde ich niemals eine geheime Bibliothek in einer Kirche vermuten.«

»Aber waren es nicht die Mönche, die angefangen haben Bücher zu schreiben?«

Avery merkte, dass seine Argumentation jeglicher Logik entbehrte.

»Ich nehme an, wir Incendye … mögen auch einfach den dramatischen Auftritt«, gestand er. »Was nicht heißen soll, dass Kirchen nicht auch ein gutes Versteck sein können«, versuchte er sein Geständnis zu relativieren.

Giulia presste ihre Lippen aufeinander und unterdrückte ein Prusten.

Vor ihnen bäumte sich die massive Kirche auf. Wie ein unheilvoller Riese beugte sich das Gebäude über Avery und Giulia. In der Stille des frisch gefallenen Schnees hätte man jegliches Geräusch gehört – doch die beiden standen nur atemlos davor, wohlwissend, dass hier Magisches ruhte. Die Heiligenfiguren richteten ihre leeren Blicke über sie hinweg.

Und Avery bemerkte, dass die Tür im Vergleich zum letzten Mal, blutrot war.

Je näher sie dem Eingang kamen, desto schwächer wurde das Knirschen des Schnees unter ihren Schuhen. Die Menschen, die hier tagsüber ein- und ausgingen, hatten ihn fortgetragen und platt getreten. Die Schneeverwehungen des Tages hatten den Windschatten der Kirche noch nicht erreicht.

Giulia sah sich zur Straße um. Ihr Atem, der in der Luft sichtbar wurde, blieb für einen Moment stehen. Sie lauschte. Das Einzige, das sie hören konnte, war das ferne Geräusch von Autoreifen auf breiigem Schnee.

»So gespenstig«, flüsterte sie und berührte Avery kurz an seinem Unterarm.

Er wandte sich von der Kirche ab und richtete seinen Blick ebenfalls auf die Straße.

»Genau richtig«, flüsterte Avery und zog einen schweren Schlüssel hervor, während er sich wieder der Tür zuwandte. An den Kanten fing er bereits an sich zu schälen und rostige Schlieren zeichneten sich in Averys Hand ab. Giulias Blick streifte den Schlüssel, fuhr dann wieder zu ihm zurück und verweilte dort für einen Moment.

»Es sieht nicht aus, als ob sie das Schloss gewechselt haben.« Avery deutete zur Tür.

Giulia nickte und sie zog ihren Mantelkragen enger um ihren Mund, als sie fröstelte.

»Möchtest du?«, bot Avery ihr an, die Tür zu öffnen.

Giulia blinzelte, stützte ihr Gewicht vom linken auf den rechten Fuß.

»Soll ich?«, flüsterte sie und Avery legte bereits das Metall in ihre Hand.

Sie drehte ihn für einen Augenblick hin und her, bis sie sich dem Schloss näherte. Knisternd bröselte Rost hinab, als der Schlüssel perfekt in die Tür rutschte.

Das Schloss klackte, der Schall hallte in den Weiten der Kirche nach und mit etwas Kraft drückte Giulia die Türen halb auf. Wie zwei Blätter eines Windrades, dicht gefolgt von einem dunklen Knarren, verdrängten sie die Luft und erzeugten einen Windhauch, der in der Kirche aufbrauste und wieder verging.

»Komm. Noch hat uns niemand gesehen«, forderte Avery Giulia auf, einzutreten, während er sich bereits an ihr vorbeischob.

»Jaja. Sich zuerst nicht trauen, Henry zu testen, aber sobald es um Bücher geht, in eine Kirche einbrechen.«

Avery räusperte sich, überging damit ihre Bemerkung und bedeutete ihr, sich zu beeilen.

Behutsam verschloss Avery die Türen hinter ihnen. Die Vibrationen des Holzes, das wieder in seine Angeln zurückfiel, kribbelte in seinen Fingern. Das Licht, das dadurch verschluckt wurde, erschwerte es ihnen, den Altar am anderen Ende zu erkennen. Ihre Schritte hallten in kleinen Echos nach.

»Es ist … ziemlich dunkel hier«, sprach Giulia das Offensichtliche aus und stupste ihn an.

»Feuer … marsch!« Giulia lachte allein über ihren Witz.

Avery reagierte sogleich, hob beide Arme, spreizte seine Finger und hunderte Flämmchen flogen durch die Luft. Sie erhellten den Raum und wuchsen an den Dochten von Kerzen zu Flammen heran.

Vor ihnen offenbarte sich die volle Schönheit des Gebäudes: Der Kerzenschein spiegelte sich in goldenen Gefäßen, in denen prächtige Blumensträuße steckten, hin zu den goldenen Verzierungen an Statuen, bis es sich in den Höhen des Gebäudes verlor.

»Ich habe Katholiken mit ihrem Prunk nie verstanden«, flüsterte Giulia, ehe sie von Averys Zeigefinger, der sich auf seinen Mund legte, zum Schweigen gebracht wurde.

Mit einer Geste bedeutete er ihr, ihm zu folgen.

»Siehst du das?« Avery deutete auf den Bereich hinter dem Altar.

Giulia nickte.

»Und siehst du diese Gemälde?«

»Jetzt mach es nicht so spannend.«

»Mit ihnen können wir das Rätsel lösen, um in die Bibliothek zu gelangen.«

Giulia runzelte die Stirn.

»Mit Gemälden?«

»Hör zu, ich erinnere mich nicht mehr richtig daran.«

»Du *erinnerst* dich nicht mehr?« In ihrer Stimme schwang Empörung mit.

»Ja, ich weiß –«

»Du schleppst mich in eine Kirche mit einem geheimen Eingang, von dem du nicht mal weißt, wie wir ihn öffnen können?«

Avery scharrte mit den Füßen und versuchte abzulenken, indem er wieder das Wort ergriff.

»Wir müssen die Gemälde auf Auraryе, Coronye und Incendye untersuchen.«

Giulia schürzte die Lippen, strafte ihn noch eines letzten Blickes und wandte sich den Gemälden zu.

»Meinst du diese Frau da?« Giulia zeigte auf das dritte von vier Gemälden. Ein Engel, der einen Menschen berührte.

»Zweifelsohne eine Aurarye, ja.«

»Da sind auch Flügel. Aber das ist ein … Greif? Oder ein Adler?«

Avery nickte und legte die Hand an sein Kinn, während er die Stirn runzelte.

»Sonst sind keine Flügel abgebildet«, flüsterte er und kniff die Augen zusammen.

Sein Blick huschte zwischen den Bildern hin und her.

»Giulia, ich denke, die goldene Kette am Hals des Mannes unter dem Vogel … Greif … wie auch immer … und der Ring an der Hand des Menschen, der von der Aurarye daneben berührt wird – das sind Anspielungen auf die Coronye.

»Verstehe«, murmelte sie und Avery bemerkte jetzt erst, als sie langsamer atmete, dass sie vorher die ganze Zeit über angespannt gewesen war.

In ihrem Kopf schien es zu rattern, bis sie schlussfolgerte.

»Vier Flügel. Zwei goldene Gegenstände … ein Code?«

»Ich weiß nur noch, dass die Reihenfolge der Kerzen eine wichtige Rolle spielt. Der Eingang wurde normalerweise von anderen Sapye geöffnet, wobei ich nur ein paar Mal durfte. Zumindest für den legalen Teil Bibliothek.«

»Du meinst die vier Kerzen auf den Haltern, die jeweils neben den Gemälden an der Wand befestigt sind?«

»Mhm.« Avery nickte.

Giulia lächelte und rieb sich die Hände.

»Uns fehlt noch die Zahl für die Incendye. Das Einzige, was infrage kommen würde, sind die Himmel.«

»Sie brennen«, sprach Avery Giulias Vermutung aus.

»Stimmt. Auf allen vier Gemälden. Vier. Wie übertragen wir das auf die Kerzen?«

Er holte tief Luft, verbreiterte seinen Stand und visierte die Kerzen im Altarraum an. Zeigefinger und Daumen rieb er so aneinander, dass ein Funke entstand, der auf die ersten vier Kerzen übersprang. An ihren Dochten züngelten nun Flammen und tauchten ihre Umgebung in goldenes Licht. Giulias Blick hing gebannt an den Kerzen, bis sie schließlich kleine Rauchschwaden hinterließen und erloschen.

»Irgendwas haben wir falsch gemacht«, sagte sie ohne zu flüstern und die Weite des Gebäudes verlieh ihrer Stimme mehr Resonanz.

»Ich versteh es nicht, um ehrlich zu sein.« Er ließ die Schultern hängen.

»Versuch mal die beiden in der Mitte zuerst.«

Averys Mund stand halb offen, doch dann folgte er zögerlich ihrer Anweisung. Zwei Funken flogen auf die Dochte zu und entzündeten sie.

»Und jetzt entzünde die beiden nochmal.«

Er ließ sie erlöschen, nur um sie dann wieder anzustecken.

»Giulia, denkst du wirklich, dass …«

»Jetzt alle vier zusammen!«, unterbrach sie ihn.

Noch immer skeptisch, legte er den Kopf schief, widersetzte sich aber nicht.

Als auch die äußersten Kerzen brannten, ertönte ein tiefes Grollen. Giulia konnte ihren Augen nicht trauen, als der Altar krachend in den Boden fuhr. Spinnweben flogen von den Wänden und Staub rieselte aus den Ritzen zwischen den Steinen herab. Hätte sie nicht sowieso schon den Glauben an das Übernatürliche gefunden, wäre Giulia sicher ohnmächtig geworden, als sich die Bögen der Decke ebenfalls zu bewegen begannen. An der Spitze lösten sie sich auf, rauschten zu Boden, bis sie sich kurz vor dem Aufprall wieder zusammensetzten. Wie von Puppenfäden nach oben gezogen, entstand direkt vor dem Altarraum ein Torbogen, der einen Gang in die Tiefe offenbarte. Als hätte eine unsichtbare Macht Hammer und Meißel in den Stein geschlagen, legte der Boden eine Stufe nach der anderen frei. Staub wirbelte auf. Das Feuer auf den Kerzen zuckte ob der Vibrationen, die durch das Gebäude bis in die letzte Säule fuhren, und malten tanzende Schatten an die Wände. Der Sternenhimmel schob sein Licht durch die klaffenden Löcher in der Decke, ließ den Wind und noch mehr Kälte hindurch. Giulias Kopf fuhr zu Avery herum, als das Schauspiel sich beruhigt hatte.

»Du hast die Kirche kaputt gemacht!«, stieß sie sichtlich empört aus.

»Wer hat mich denn dazu angestiftet?«

Giulias geweitete Augen starrten ihn argwöhnisch an.

Er fing an zu lachen. »Keine Sorge, das ist immer so. Sie ist nicht wirklich zerstört und die Menschen sehen die Löcher nicht. Viel mehr interessiert mich jetzt, wie das Rätsel funktioniert hat. Wie bist du draufgekommen?«

Giulia zögerte, bevor sie sich erklärte, und an ihren angespannten Gliedmaßen erkannte Avery, dass ihr der Schock in den Knochen lag. Er tätschelte ihre Schulter und zog eine Schnute, als sie nur eine Sekunde später seiner Hand auswich.

»Ist okay, Mann.«

Beide lachten, als sie wieder ansetzte.

»Für mich sah es nicht nach Zufall aus, dass die Kerzen direkt neben den Gemälden platziert sind. In alphabetischer Reihenfolge – Aurarye, Coronye, Incendye – musste man eigentlich nur die Kerzen der Gemälde entzünden, auf denen die Erkennungsmerkmale abgebildet waren.«

»Brilliant!« Sein Gesichtsausdruck hellte sich auf, als ihm die Erklärung so simpel und so bekannt vorkam.

Avery sah wie sie sich langsam dem geheimen Zugang zuwendete.

»Und da sollen wir jetzt … durch?«

»Sehr wohl, Jul- Giulia.« Avery fing sich ein Grummeln ein, als er wieder »Jules« sagen wollte. Er fasste all seinen Mut zusammen, legte eine Hand auf ihre Schulter, um ihr zu bedeuten, mit ihm in die Dunkelheit zu steigen. Mit einem Zucken, als hätte sie sich verbrannt, schnellte Giulia zurück.

»Ich kann schon noch alleine gehen. Aber danke.« Zu Averys Verwunderung lächelte sie dennoch.

Als die beiden tief im Gang verschwanden, flogen die Bögen an Ort und Stelle zurück, der Boden hob sich, beulte die Stufen wieder aus und selbst die Spinnweben zogen sich in ihre gewohnten Ecken zurück. Wie ein schwarzes Tuch, das man über einen Käfig legte, damit der Vogel darin zum Schlafen verstummte, schloss sich das Dach der Kirche, verdeckte das Licht der Sterne und ließ das Grollen verstummen.

»Es ist … wieder … ziemlich dunkel hier«, sprach Giulia erneut das Offensichtliche aus und stupste Avery mit ihrem Ellbogen an.

Mit einem Lächeln, das sie angesichts der undurchdringlichen Dunkelheit nicht erkennen konnte, beschwor Avery erneut seine Flammen und ließ sie dieses Mal wie kleine tanzende Bälle um seine Finger kreisen.

»Wenn ich dich nicht hätte …«, flüsterte sie und Avery schmunzelte. »… wäre ich nicht einmal hier gelandet!«, grummelte sie scherzhaft und verpasste seiner Schulter einen Schlag mit der Faust.

»Du musst unbedingt damit aufhören, ich krieg noch blaue Flecken.«

»Ach, du bist unsterblich, du hältst das schon aus.«

»Gutes Argument. Ich möchte trotzdem gerne verschont bleiben«, entgegnete Avery und musterte sie grinsend über seine Brille.

»Schade, das macht so viel Spaß.«

Der Gang zog sich wie der Schlund eines Drachen tief in das Gestein unter der Kirche. Von unheilvollen Schatten gerahmt, bahnte sich das spärliche Licht von Averys Flammen den Weg in die Düsternis. Das Geräusch von tropfendem Wasser auf Stein durchdrang mit einem Echo den Gang, hallte in den Ohren der beiden Eindringlinge wider. Die Abstände zwischen den Tropfgeräuschen wurden immer kürzer. Ein Luftstoß zog an ihren Füßen vorbei und wirbelte dabei den am Boden liegenden Staub auf. Der Tunnel wurde von denselben Bögen gehalten wie die Decke der Kirche auch. Zwischen ihnen erstreckte sich braunes Gestein und brach damit stetig die Anmut des filigranen Kirchenbauwerks, das wie in den Stein geschmolzen halb daraus hervorragte.

Avery befahl dem Feuer zu wachsen, sich zu einer großen Flamme zu formen und den Weg heller zu erleuchten.

»Da lang.« Er wies bei einer Abzweigung auf den rechten Gang. »Zumindest, wenn wir uns nicht verirren wollen.«

Wortlos folgte Giulia Avery und war sich wohl bewusst, dass sie ohne ihn wahrscheinlich komplett orientierungslos gewesen wäre.

»Stimmt es, dass hier auch so viele Totenschädel liegen?«

»Du kannst dir die Frage selbst beantworten, wenn du beachtest, welche Lebenserwartung wir haben.«

»Ah.« Ihre Augen weiteten sich und sie nickte verstehend.

»Die Totenschädel liegen in den Bereichen der Katakomben, in denen die Menschen ihre Tunnel gegraben haben. Irgendwann haben sie sich so schnell vermehrt und starben in einem solchen Tempo, dass sie keinen Platz mehr für ihr Toten hatten.«

»Lästige Probleme, hm?«, höhnte sie.

»Das wollte ich damit nicht sagen. Ich respektiere die Menschen.«

Wortlos schlurften sie den Pfad entlang, bis die Torbögen dichter zusammenrückten und sich hinter einer Kurve eine ebenso große Holztür wie die des Kircheneingangs vor ihnen offenbarte.

»Das ist es?«

Avery atmete tief ein und sog jeden Funken der dichten Atmosphäre in sich auf, seine Flammen zuckten und mit einem leichten Nicken zu Giulia gewandt, bestätigte er ihre Vermutung.

Er strich über die mit Liliengravuren verzierte, goldene Klinke. Als hätte sie niemand seit mindestens drei Jahrzehnten angerührt, blieben vom Staub gezeichnete Fingerabdrücke auf dem Metall zurück.

Die im Stein eingelassene Tür thronte vor ihnen, wie der Vorbote eines riesigen Schatzes. Averys Blick verfolgte die goldenen Ranken, die sich über das abgenutzte Holz erstreckten und in kleinen Knospen endeten.

»Viel mehr als die Bücher habe ich es vermisst, an einem magischen Ort zu sein, an dem ich mich wahrlich zuhause fühle«, sagte er zu sich selbst, ohne eine Antwort zu erwarten.

Giulia drückte die Klinke herunter, doch das Schloss bewegte sich keinen Millimeter. Sie versuchte es wieder, bevor Avery sie davon abhalten konnte.

Mit einer beschwichtigenden Geste, bat er sie, ein Stück zurück zu treten, um ihm aus dem Weg zu gehen.

Giulia realisierte, dass es wieder Magie erforderte und sie damit erneut nur zum Beobachter wurde.

Averys Flammen krochen die Ranken entlang, brachten das Metall zum Glühen. Als hätte der Frühling Einzug genommen, verwandelten sich die Knospen zu Blüten und sprühten abertausende Funken und ihr Licht flutete den Raum. Der Tanz der Ranken fesselte Giulias Blick und versetzte sie in eine Art Trance. Das Feuer pulsierte wie in den Adern eines Körpers, dehnte sich aus und zog sich wieder zusammen, bis die Wärme abflachte und das Metall zu alter Farbe zurückfand.

Mit einem hohen Klacken entriegelte sich das Schloss und die Tür offenbarte knarrend, was hinter ihr lag.

Vor Giulia und Avery breitete sich eine riesige Halle mit abertausenden Büchern aus. Bis zur Decke erstreckten sich die Regale, deren oberste Fächer im Halbdunkel kaum mehr zu erkennen waren. Avery nahm den Duft von altem Pergament und Lampenöl in sich auf, sich an eine Erinnerung hängend, die ihn so sehr fesselte.

»Wow!«, stieß Giulia aus.

»Ich war vor siebenundsiebzig Jahren das letzte Mal hier«, seufzte er. »Alles ist fast … unverändert.«

Giulia schwieg angesichts der auf sie einprasselnden Eindrücke. Wie ein Schatten lief die Gänsehaut ihren Rücken hinab, als Giulia mit ihrem Blick über die massiven Regale schweifte.

»Hier werden wir eine Antwort finden«, sagte Avery zufrieden.

Sie schluckte.

Avery schritt im Mittelgang voran, wohl wissend, in welchem Bereich der Bibliothek Saint Lucie das Wissen, das sie so dringend brauchten, versteckt war.

»Vererbung«, sagte Avery ungewollt nur zu sich selbst, da Giulia am Eingang hängen geblieben war.

»Giulia! Hier rüber«, erhob er seine Stimme und sie folgte ihm nach einem Augenblick, in dem sie immer noch von den Ausmaßen der Bibliothek gefesselt war.

»Vererbung des Sapye-Gens. Damit beschäftigt sich diese ganze Regalreihe«, erklärte er und deutete auf das Meer aus Druckerschwärze auf Papier zwischen ledergebundenen Buchdeckeln.

Wie als wenn sie im Supermarkt am Weinregal vorbei ging, hielt Giulia auch hier weit genug Abstand, um bloß nichts umzuwerfen. Das Horrorszenario von tausenden Büchern, die aus Domino-Regalen fielen, brannte sich schon jetzt in ihren Kopf.

»Aber wie sollen wir hier jemals etwas zu mir finden? Wir wissen doch nicht einmal, ob es etwas mit Genetik zu tun hat.«

»Das ist zumindest das Naheliegendste. Ich glaube, du kennst deine Familie nur nicht bis ins letzte Detail ...« Averys folgende Worte verhallten dumpf, als Giulia von dem Gedanken an ihre Mutter wieder eingeholt wurde.

Du kennst deine Familie nicht, pochten die Worte in ihrem Kopf nach, während sie den Mundbewegungen Averys zusah.

Er stieg auf die am Regal befestigte Leiter mit Rollen und eilte wie ein Wirbelwind umher. Die Konstruktion erlaubte es ihm, einige Bücher aufeinanderzustapeln, um sie dann schwungvoll auf den Tisch im Gang zu verfrachten.

»Kann ich dir behilflich sein?« Ihre monotone Stimme drang nicht zu ihm durch.

Avery wuselte weiter umher und als er etwa zwei Dutzend Bücher angehäuft hatte, setzte er sich mit Giulia an den Tisch.

»So. Jetzt heißt es querlesen«, stellte er fest und stierte auf die Bücher, als wären sie ein Festmahl, auf das er nach jahrelanger Hungersnot gewartet hatte.

»Alles?« Die Verzweiflung war ihr ins Gesicht geschrieben.

»Alles«, bestätigte Avery und nickte schelmisch.

Sie öffneten ein Buch nach dem anderen, überflogen Inhaltsverzeichnisse und Kapitel, blätterten Seite für Seite.

Giulia brütete gerade über einigen Seiten, deren Zeilen sie eifrig mit dem Finger verfolgte.

»Geht ein Sapye eine Beziehung mit einem Menschen ein, so entsteht als Nachwuchs ein Halbsapye – eine mindere Form der magischen Wesen«, las sie vor. *»Aber genauso kräftig und genauso unsterblich. Zeugt der Halbsapye mit einem Menschen Nachwuchs, wird ein Mensch geboren. Der Neugeborene ist unfähig, den magischen Schleier mit seinen Blicken zu durchdringen. Er ist vollwertiges Mitglied der Menschheit und der magische Funken in seinem Genom tritt nicht zum Vorschein.«* Sie nickte verstehend, ehe sie fortfuhr. *»Einem Halbsapye wird ebenso eine Taschenuhr mitgeboren, die ihn auf seinem Lebensweg begleiten soll. Die Uhr ist auch hier, wie bei einem vollwertigen Sapye, durch die magische Gravitation zu seinem Herrn nicht entwendbar …* Avery, das heißt, deine Uhr kann dir niemand wegnehmen?«

Avery schaute von dem Buch auf, das er nun zuschlug.

»Richtig. Wenige Meter schon, aber nicht auf größere Entfernung … und erst ab dem Tag der Reife.«

»Lass mich mal«, forderte sie ihn auf und deutete auf seine Uhr, die stumm auf dem alten Holztisch lag.

»Nur zu«, druckste Avery und las in einem anderen Buch weiter.

Giulia nahm die Uhr, stand auf und ging einige Meter vom Tisch weg, ehe sie abrupt stehen blieb. Eine magische Schwerkraft zog sie zurück. Sie stöhnte auf, um sich dagegen zu wehren, aber mehr als rück- oder seitwärts konnte sie nicht gehen.

»Sag ich doch«, murmelte Avery zufrieden.

»Kann ich ja nicht ahnen, dass David Copperfield das Ding höchstpersönlich an dich gekettet hat.« Enttäuschung und Faszination standen ihr ins Gesicht geschrieben, als sie sich zurück zu Avery setzte und ihm die Uhr übergab.

Sie stützte ihre Ellbogen auf, vergrub ihr Kinn in ihrer rechten Handfläche und tippelte mit den Fingern auf der Tischplatte.

»Des Weiteren besteht bei der Zeugung eines Kindes zwischen zwei Halbsapye die Chance zu jeweils fünfzig Prozent, dass ein vollwertiger Sapye oder ein Mensch hervorgeht«, murmelte sie weiter.

»Das klingt alles unwichtig und bereits bekannt. Du hast auch gar keine Uhr«, stellte Avery fest, nachdem Giulias lautes Lesen anfing, ihn bei seiner eigenen Lektüre zu stören.

»Aber was ist, wenn die Uhr woanders liegt und ich erst … wie sagtest du … reifen muss?«

»Ich sehe in und an dir aber keinerlei Anzeichen dafür. Ich glaube nicht, dass du eine Sapye oder eine Halbsapye bist. Als Aurarye würde ich deine Flügelansätze sehen – auch vor deiner Reife. Die Coronye tragen magische Kronen – das würde ebenfalls auffallen. Bei den Incendye ist es unauffälliger und wenn man nicht darüber Bescheid weiß, kann es sehr beängstigend sein. Fast schon wie Halluzinationen. Stell dir vor, deine Haut fängt irgendwann an, zu schimmern, als würde sich eine Taschenlampe dahinter befinden. Das kann schon beängstigend sein, je nachdem, wie man aufwächst. Haben die Eltern eines Sapye ihren Schützling erst einmal verlassen, kann es schlimm ausgehen …« Avery deutete Kreisbewegungen mit seinem Zeigefinger neben seiner Schläfe an.

»Was wäre, wenn es noch eine andere Form der Sapye gäbe?«, überlegte Giulia laut.

»Danach suchen wir ja, Blitzmerkerin«, lachte Avery ein wenig zu laut.

»Is' ja gut«, stöhnte sie und rollte die Augen.

»Ich werde nicht schlau aus diesen Büchern«, grummelte Avery dann und schlug das Buch, in dem er gerade gelesen hatte, zu. »Hier steht rein gar nichts Brauchbares drin.«

»Vielleicht in einer anderen Abteilung«, schlug Giulia vor und sah sich bereits die ganze Nacht hier drin verbringend.

»Ich wüsste nicht, in welcher. Und das soll schon was heißen.«

»Welche gibt es denn noch?«

»Jede Wissenschaft, die du dir vorstellen kannst. In Bezug auf das Leben, die Sapye und den Menschen.«

»Gibt es sowas wie … Anomaliewissenschaft?«, blödelte sie herum, wohl wissend, dass es sowas nicht gab.

»Giulia, wie lange sind wir hier eigentlich schon?«

»Zwei Stunden? Vielleicht anderthalb?«, schätzte sie und nahm ihr Handy heraus, um die Uhrzeit zu checken. »FÜNF STUNDEN! Mein lieber Herr Gesangsverein. Wie ist das denn so schnell passiert?«

»Die Zeit vergeht ein wenig anders hier unten. Frag mich nicht wieso – diese Vermutung habe ich schon seit langer Zeit.«

Also hatten die Incendye die Bibliothek tatsächlich mit einem Fluch belegt, der den Besuchern nur wenig Zeit zum Recherchieren ließ, dachte er.

»Immer, wenn ich hier Zeit verbracht habe, kam es mir viel kürzer vor. Aber ich hatte es immer auf meine Liebe zu Büchern geschoben.«

»Jetzt komm bitte nicht und erzähl mir was von Raumzeit.«

»Es muss doch …«

Avery war bereits wieder aufgestanden, um nach Büchern zu schauen, die er noch nicht kannte und die ihnen vielleicht weiterhelfen konnten.

»So ein … Mist! Hier findet man doch sonst alles«, fluchte er auf und ab laufend vor sich hin, von Giulias Blicken verfolgt.

»Wenigstens haben wir es versucht. Vielleicht ist es auch gar nicht so gefährlich, wie du sagtest … warte doch!«, rief sie ihm nach, als er sich schon auf den Weg Richtung Ausgang machte. Doch Avery wollte keineswegs die Flucht ergreifen. Ein weiteres Mal quollen Feuerzungen auf Averys Befehl hin aus seinen Handflächen hervor. Sie ließen pulsierendes Licht, so grell wie die Sonne selbst, aufblitzen und fraßen sich in die Fugen des Bodens. Giulia kniff ihre Augen zusammen und hielt den Arm vor ihr Gesicht. Avery kniete sich nieder und legte seine von Flammen umringte Hand auf die Steine. Er atmete tief aus und seine Brust senkte sich. Der Grund begann sich zu bewegen und genau wie in der Kirche stanzten sich Stufen hinein und eine weitere Tür offenbarte sich.

»Die Abteilung der dunklen Magie«, raunte er und sah tief in Giulias Rehaugen.

»Wenn du morgen auch noch eine geheime Treppe aus der Bühne der Oper zauberst, ist es mit mir auch vorbei.«

Doch kein Schmunzeln konnte sie Avery damit entlocken. Er war schon fast im Halbdunkel verschwunden und mit ihm das Licht, das zuvor die Bibliothek erhellt hatte. Giulia hastete ihm nach und bemühte sich, auf den noch staubigeren Treppenstufen nicht auszurutschen.

»Dort lauert aber kein Monster … oder?«, flüsterte sie in seinen Nacken, doch Avery murmelte nur etwas Unverständliches, bevor er eine unscheinbare Tür am Ende der Treppe mit einer gewöhnlichen Klinke öffnete.

»Um die normale Eingangstür ein riesen Theater machen, aber hier sparen … ich mein ja nur«, sagte sie mehr zu sich selbst als zu Avery.

»Giulia, du solltest hier aufpassen, was du anfasst. Es gibt Magie in diesem Raum, die selbst ich nie gesehen oder gefühlt habe.« Mit diesen Worten stieß er die Tür vollständig auf. Ein Grollen hallte durch den scheinbar endlosen Saal, wurde von den Wänden zurückgeworfen und verlor sich in der undurchdringlichen Schwärze.

Das Ebenbild der oberen Bibliothek erstreckte sich vor ihnen: dunkler und dichter. Eine Fledermaus schwang sich vor den beiden Eindringlingen in die Lüfte und zog hoch oben ihre Bahnen, bis sie sich unter einen Felsvorsprung hängte.

Giulia bemerkte immer mehr dieser kleinen Geräusche, die den Raum erfüllten: das Trappeln von Mäuseschritten, ein mysteriöses Schaben nahe der Regale.

Von den unendlichen Weiten der Bibliothek gefesselt, überfielen Avery die Gefühle aus 1940. Der Drang, die Suche nach dem Mörder seiner Mutter wieder aufzunehmen, flammte in ihm auf, brannte sich durch jede Zelle seines Körpers und kurz darauf erstickte die Erinnerung an sein damaliges Versagen jede Motivation in ihrer Entzündung. Sein Blick huschte zu der Stelle, an der er vor so langer Zeit gescheitert war.

»Dann lass uns anfangen«, sagte Giulia und rümpfte die Nase, als sich Spinnweben um ihr Handgelenk schlangen, während sie vorsichtige Schritte in den geheimen Teil der Bibliothek hineinsetzte.

Averys tanzende Flammen hüllten den Raum in eine Blase des Lichts, die sich gegen die dichte Dunkelheit der Bibliothek behauptete. Als wollte sich das Schwarz gegen das Feuer wehren, kämpfte es dagegen an. Jeder Funke wurde schwächer und jede Feuerzunge verlangsamte sich, je weiter sie in den Raum flogen. Giulia forderte ihn immer wieder dazu auf, etwas schneller zu gehen, da sie immer wieder in die Dunkelheit trat, wenn Avery hinter ihr an Regalen stehen blieb.

»Glaubst du wirklich, es könnte was in der Abteilung für Aramäische Flüche sein?«, flüsterte sie forsch, lehnte sich zu Avery und legte dabei die Hand seitlich an ihren Mund.

»Es war nur, … ich komme.«

Avery hatte viele dieser Bücher voller Eifer gelesen. Ihm wurde schmerzlich bewusst, dass es selbst hier unwahrscheinlich war, eine Antwort auf die Frage zu finden, was Giulias Anomalie zugrunde lag.

»Vielleicht unter *»Sonderbares«* … ich glaube, da müsste es sein«, log er.

»Ihr habt eine eigene Abteilung nur für *Sonderbares?*« Giulia fuchtelte mit ihrer Hand eine »Was zur Hölle«-Geste in die Luft.

An der entsprechenden Regalreihe angekommen, wandte sich Avery von Giulia ab, die ihren Blick Richtung »S« gerichtet hatte.

Gegenüber lag die Abteilung »T«. Als Avery den Tisch erblickte, an dem er voller Verzweiflung nach den Informationen gesucht hatte, die ihn zum Mörder seiner Mutter hätten führen können, bäumten sich die Flammen über seiner Hand auf und warfen Ruß aus. Genau hier, an diesem Tisch am Ende des Ganges, hatte er vor so vielen Jahrzehnten seine Reife erlangt. Er trat näher und erkannte die verwischten Staubspuren im Regal und auf dem Tisch. Wie Fußabdrücke im Sand, die von der ersten Welle erfasst worden waren, konnte man erahnen, dass er dort gewesen war. Avery bemerkte, dass sich rundherum keine anderen Spuren befanden.

»Ich kann hier nichts finden. Das hört sich nicht ansatzweise nach dem an, was wir suchen …«, stellte Giulia fest. »… Ist da drüben irgendetwas?«

Avery wartete und hielt für einen Moment inne, bevor er antwortete.

»Nein. Es ist nur eine Erinnerung«, sagte er mehr zu sich selbst, als Giulia zu ihm herüberlief.

»Was genau meinst du?« Sie sah, wie sehr Averys Blick am Boden haftete und sich seine Lider zusammenschoben.

»Hier … habe ich meine Kräfte erlangt«, flüsterte er und strich mit der Hand über die Lehne des Stuhles, der von damals immer noch vom Tisch weggeschoben war.

»Hm«, erwiderte Giulia und wusste nicht genau, was sie dazu sagen sollte. »Ist doch schön.«

»Ja.« Doch Avery lächelte nicht. Die Tränen sammelten sich hinter seinen Lidern. Er hielt sich die Hand vors Gesicht, damit Giulia es nicht sehen konnte.

»Was ist los?«, fragte sie, während sich ihre Augenbrauen besorgt zusammenzogen.

»Tut mir leid, ich brauche nur einen kurzen Moment«, flüsterte Avery und rieb sich die Augen, was es leichter für ihn machte, seine Tränen zurückzuhalten.

Giulia schwieg und sah seine geröteten Augen, die sie jetzt so verloren ansahen. Manchmal, so glaubte sie, schlummerte irgendetwas in Avery, das er nicht an die Oberfläche lassen wollte. Betretenes Schweigen saß als ungebetener Gast zwischen ihnen auf dem Stuhl, auf dem die Blicke beider ruhten.

»Es ist doch toll, was du alles bewirken kannst. Allein die Feuerblüten –«, schwelgte Giulia in einer ihrer jüngsten Erinnerungen.

»Ach, das ist es nicht. Schon okay.« Er setzte ein Lächeln auf und schob sich an Giulia vorbei zur Regalreihe, in der sie bereits nachgesehen hatte.

Sie beließ es dabei und fragte nicht nach.

»Du hast recht«, begann er dann wieder. »Sieht ganz danach aus, als befände sich hier wirklich nichts zu unserem Thema.«

»Und wenn wir hier nochmal nachschauen?«, warf sie ein und ging zu Regalreihen, die weiter vorn lagen.

Avery trottete hinter ihr her, von seinen Erinnerungen so sehr niedergeschlagen, dass er für einen Moment vergessen hatte, weshalb sie eigentlich hier waren.

»Jetzt können wir entweder alle anderen Bücher in den verschiedenen Abteilungen abgrasen oder es aufgeben.« Sie sah kurz von einem Buch auf, das sie vor wenigen Sekunden aus dem Regal gezogen und aufgeschlagen hatte. Die goldenen Ranken, die auf den Deckel geprägt worden waren, sammelten das warme Licht in ihren Vertiefungen.

»Aber, Avery, wenn du mich fragst, ist Aufgeben erst mal keine Option.«

»Vielleicht finden wir aber auch auf eine andere Weise heraus, warum du unsere Kräfte sehen kannst.«

»Jetzt auf einmal? Ich bin den weiten Weg nicht gegangen, um einfach mit leeren Händen wieder zu gehen«, tadelte sie ihn.

Er seufzte.

»Gut. Ich suche hier weiter.« Er verschwand in der benachbarten Regalreihe und Giulia hörte, wie er lieblos die Bücher herauszog.

»Hast du schon was gefunden?«, fragte sie.

»Hm«, drang seine Stimme durch die Bücher hindurch.

»Klingt ja fabelhaft«, entgegnete Giulia und ging zu ihm.

Als sie sein Gesicht sah, erkannte sie, wie seine Augen in die Leere starrten und die Mundwinkel nach unten gerichtet die Enttäuschung in sein Gesicht schrieben.

»Alles okay?« Sie schob sich in sein Sichtfeld.

Avery löste seinen Blick und setzte ein Lächeln auf.

»Schon in Ordnung. Ich glaube nur wirklich, dass wir hier nicht mehr fündig werden.«

Nickend stimmte sie seiner Feststellung zu und sah sehnsüchtig Richtung Ausgang, wo sie wenigstens wieder in den weniger gefährlich wirkenden Teil der Bibliothek gehen könnten. Am besten nach Hause.

Avery verstand ihren Blick und setzte sich langsam in Bewegung. Zusammen gingen sie die magisch erschaffenen Treppen hinauf, sahen, wie sie ebenerdig in den Stein verschwanden, und wandten sich dem Haupteingang zu.

Die Tür war zugefallen.

»Was zur …«, setzte Avery zweifelnd an. »Wie kann das sein?«

Sofort beschwor er die Flammen und ließ sie zu mächtigen Zungen heranwachsen, die sich um die Ranken der Pforte schlängelten. Das Feuer stieß Rauch aus. Der Gestank nach Verbranntem breitete sich aus, ehe seine Flammen versiegten und die geschlossenen Türen makellos zurückließen. Die Ranken spiegelten makellos die schwindenden Funken wider und zeigten keine Zeichen eines Glühens.

»Mist«, fluchte Giulia und erntete ein frustriertes Grummeln Averys.

Er versuchte es noch einmal, ließ die Funken durch seine Adern strömen, bis sie aus seinen Handflächen auf die Tür rasten und zu Flammen verschmolzen. Dieses Mal heftiger. Schweißtropfen, die seine Schläfe hinunterliefen, und die Zornesfalte, die sich auf seiner Stirn abzeichnete, zeigten mit dem Zittern seiner Hände, dass er all seine Kraft abrief. Breitbeinig drückte sich Avery gegen die Feuersbrunst, die aus seinen Händen hinaus auf beide Türen brach. Auf dem staubigen Boden rutschten seine Füße zurück und die glühenden Blutbahnen in seinen Armen traten pulsierend hervor.

Doch die Pforte blieb weiterhin verschlossen.

Giulia blieb angesichts des Infernos, das sich gerade vor ihr aufgetan hatte, wie angewurzelt stehen.

»D-d-as kannst du?«, stotterte sie mit großen Augen und wischte sich den Angstschweiß von der Stirn.

»Argh! Wenn ich muss«, stöhnte Avery und klopfte seine Ärmel ab, auf die sich eine Rußschicht gelegt hatte.

»Wir müssen einen anderen Weg finden«, stellte Giulia fest und ließ ihren Blick durch den Raum schweifen.

»Vielleicht ist der Mechanismus in die Jahre gekommen und einfach eingerastet und … rostig«, fabulierte sie dann vor sich hin.

»Das Werk eines Incendye-Schmieds weist keine solchen Fehler auf.«

»Was willst du damit sagen?« Doch Giulia begann langsam zu verstehen. »Wir wurden eingesperrt«, erkannte sie schließlich und schlug die Hand vor ihren Mund. Averys Schweigen bestätigte es und schon im nächsten Moment lief er in die Tiefen der Bibliothek hinein.

»Warte auf mich, verdammt!« Giulia hechtete hinterher.

»Wenn ich mich recht erinnere, liegen parallel zum Ende der Bibliothek einige Gänge der offiziellen Katakomben – aber für die Öffentlichkeit verbotene Bereiche«, erklärte er unter schnellem Atem, während er zügig voranschritt.

»Sollen wir ein Loch graben oder was? Mit unseren Händen? Oder mit diesen überaus stabilen Büchern, die so universell anwendbar sind, dass sie –«

»Warte doch einmal«, beruhigte er sie.

Avery schlich an der hinteren Wand entlang, ging dabei mit seinem Ohr ganz dicht an das Gestein und lauschte. Ein leichtes Klopfen zwischen seinen Schritten würde vielleicht Aufschluss darüber geben, wo die Parallelgänge lagen.

»Glaubst du wirklich, dass das funktioniert?«, jammerte Giulia und sah sich dabei fahrig in der Umgebung um. »Die Wände sind doch sicher meterdick.«

»Nicht ganz.«

»Ich bin nicht überzeugt von dem, was du da tust.«

Avery blieb stehen, klopfte ein zweites Mal auf dieselbe Stelle und harrte einen Moment aus.

»Hier.«

»Weißt du, ohne dich wären wir gar nicht in dieser Lage. Das ist doch alles total verrückt hier mit der Bibliothek. Wofür gibt es das Internet? Ich meine, wir hätten so viel einf–«

»Ich bin mir sicher. Hier führt ein Weg entlang.«

»Na sicher. Du warst hier seit Jahrzehnten nicht mehr und bist sonst immer durch die Entzündmichtür spaziert und willst mir jetzt erzählen, dass du weißt, was du da tust, um uns hier rauszukriegen?«

Solange Giulia ihrer Angst Luft machte, legte Avery seine Hand auf das Gestein. Die Luft im Raum erhitzte sich – anders als bei dem Feuer, das er zuerst gewirkt hatte. Giulia konnte dieses Mal ganz deutlich die Hitze spüren und trat einen Schritt ob der unerträglichen Temperatur zurück. Ein Glühen breitete sich von Averys Fingerspitzen Richtung Stein aus und strahlte unter einem Leuchten, das heller als die Sonne selbst war. Giulia hielt ihren Unterarm schützend vor ihr Gesicht, um nicht geblendet oder verbrannt zu werden. So wie es sich anfühlte, konnte selbst die kochend heiße Luft Schaden anrichten. Auch ihr lief nun der Schweiß das ganze Gesicht hinab. Mit einer Geste seines Zeige- und Mittelfingers spaltete Avery seine Kraft und legte einen schützenden Bereich um sie. Die heißen Wellen in der Luft zogen unbeeindruckt an Giulia vorbei, als hätte jemand einen Fels in die Brandung gestellt, um sie unversehrt zurückzulassen.

Je intensiver das Glühen wurde, desto stärker schmolzen die Ecken und Kanten der Felswand. Averys Hand versank in der Wand, wie ein glühend heißes Messer, das man in ein Stück Butter steckte.

Die steinerne Masse zog sich wie ein Tausend Grad heißer Kaugummi und sank in sich zusammen auf den Boden.

Avery sollte recht behalten: Genau dort, wo vorher der Stein geglüht hatte, befand sich nun die Öffnung zu einem Schlund, der in die Dunkelheit verschwand. Die Masse auf dem Boden zischte und rauchte, bis sie in Sekundenschnelle wieder zu alter Farbe und Konsistenz erstarrte. Seine Finger spreizend, entfachte er ein weiteres Feuer, um ihnen den Weg zu leuchten.

»Du schaffst mich«, keuchte Giulia und wischte sich den Schweiß von der Stirn.

Selbst triefnass sieht sie gut aus – das ist wahrscheinlich das, was sie heutzutage unter »Glow« verstehen, dachte Avery und musterte sie fasziniert.

»Und da kommen wir raus?«

»Ich weiß es nicht«, gab Avery zu und lächelte schief.

Giulia hielt ihre offene Hand fragend in Richtung Tunnel.

»Was wenn wir da nicht mehr rauskommen? Weiß Gott, wo dieses wirre System überall hinführt. Du bist doch hier nur in der Bibliothek entlang geschlichen, in deinen jungen Jahren. Wie alt bist du nochmal? Siebenundneunzig?!«, lenkte sie argwöhnisch und ungewollt vom Thema ab.

»Siebenundneunzig, genau.«

»Mit einem Fossil bin ich hier.« Sie schlug die Hände über dem Kopf zusammen und ließ sich in einen Stuhl sinken, der sie sofort wieder hochschrecken ließ.

»ARGH! Heiß! Verdammt!«, fluchte sie und lachte über sich selbst.

Avery schmunzelte.

»Wart's nuuur ab. Irgendwann lern ich auch einen Zaubertrick … den mit dem Auseinander–Sägen und du bist die Testperson, Mister Unsterblich.«

Avery lachte, sodass seine Schultern auf und ab wippten.

»Kommst du?«, hakte sie nach und er verstummte.

So verschwanden sie in die Tiefe.

»Wir laufen schon viel zu lange durch diese unendlichen Gänge. Langsam muss doch mal einer nach draußen führen. Oder wenigstens mal eine Ratte. Dann hätte ich nicht das Gefühl, komplett abgeschnitten vom Rest der Welt zu sein.«

Doch Avery folgte unaufhörlich den Gängen, die sich in den Stein fraßen, und kommentierte Giulias Sorgen nur mit einem kurzen Seufzer. Sein Feuer spiegelte sich an den benetzten Felswänden, die es ihnen durch ihre Enge gerade so erlaubten, aneinander vorbeigehen zu können.

Nach einer Stunde, in der sie ziellos umhergewandert waren, blieb Giulia stehen, lehnte sich mit dem Rücken gegen die steinerne Wand und atmete tief ein und aus.

»Giulia, wir sind sicher bald draußen. Ich glaube, jeder Weg führt hier irgendwann an einen Punkt, an dem man hinausgelangt.«

»Ich hab keine Lust mehr. Wir laufen schon viel zu lange«, wiederholte sie sich.

»Komm schon. Ich hab's im Gefühl. Wir können ja auch schlecht hier versauern.«

»Ich bin hundemüde. Keine Ahnung, wie lange ich hier noch mit dir rumgeistern kann.«

»So viel wie du redest, kannst du gar nicht hundemüde sein«, scherzte Avery und Giulia antwortete nur mit einem Gähnen.

Sie raffte sich auf, trottete an Avery vorbei und er folgte ihr.

Obwohl die Luft ohne das Sonnenlicht so kalt war, hätte man sie durch die hohe Luftfeuchtigkeit schneiden können.

»Da, schau!«, wies er sie auf einen Lichtschimmer hin, als sie hinter einer Abzweigung in einen breiteren Gang traten.

»Und dann werden wir –« Sie gluckste. »Nein, werde ich – sterben … warte, was?« Sie blinzelte, als sie realisierte, was Avery gesagt hatte, um den Schein am anderen Ende des Ganges zu erkennen. Avery war schon wieder ein Stück voraus und sie eilte hinterher, ehe sie ohne Licht dastand.

»Wirst du wohl nicht immer von mir weglaufen? Wir stecken hier gemein-« Der Anblick eines Kanals ließ sie verstummen. Das Wasser reflektierte das einfallende Licht gegen die oberste Wölbung der Kanalisation, die sich vor ihnen erstreckte. Von grünen Flechten und der Geräuschkulisse von rauschendem Wasser geziert, breitete sich das Abwasser wie ein Fluss vor ihnen aus.

Das Echo von herabfallenden Kondenstropfen hallte in den Schlund, der womöglich so viel mehr als nur Ratten beherbergte.

Giulia seufzte glücklich, beugte sich nach vorn und bereute es sogleich, als sie der Fäkaliengestank bis ins Mark erschütterte. Trotzdem sprang sie auf einen Vorsprung, der unter ihnen lag.

»Komm runter, tat nicht weh.«

Avery sprang – wenn auch zögerlich – hinterher. Giulia packte ihn am Oberarm, als er beim Auftreten auf den Boden taumelte.

»Hab dich.«

Avery bedankte sich, kratzte sich verschmitzt am Hinterkopf und lächelte schief.

»Na immerhin ein Kanal. Da muss es einen Ausweg geben«, stellte Giulia fest und drehte sich bereits um, nach einer Tür oder Leiter Ausschau haltend. Über ihnen lagen Metalldeckel, durch deren Schlitze das spärliche Mondlicht hinabfiel.

»Da hinten ist eine Leiter. Zumindest sieht es so aus«, sagte Avery und entdeckte das rostige Gestell, das an der gegenüberliegenden Wand seitlich an einem Vorsprung festgeschraubt war.

»Scherzkeks. Ich schwimm da nicht durch«, lehnte Giulia ab und rümpfte die Nase, während sie einen Blick in die braune Brühe warf.

»Ich wüsste nicht, wie wir sonst hier rauskommen sollen.«

Sie tauschten stille Blicke aus.

»Ich schwimm da nicht durch!«, beharrte sie weiterhin und schüttelte sich angesichts der Vorstellung, zwischen halb aufgeweichten Verdauungsendprodukten herumzupaddeln.

Ihre verschränkten Arme zogen sich wie Schraubzwingen zusammen, als ihr Avery auf die Schulter klopfte.

»Komm schon! Entweder du bleibst hier oder du schwimmst durch die Fäka-«

»Scheiße. Durch die Scheiße«, entlarvte sie Averys beschönigende Bezeichnung.

»So kann man es natürlich auch ausdrücken«, lachte er und zwinkerte ihr zu. »Auf!«

»Du kannst doch nicht ernsthaft von mir erwar–«

Sein lautes Lachen unterbrach sie. Er schmunzelte, sah sie über den Rand seiner Hornbrille an. Mit offenem Mund und zusammengezogenen Augenbrauen, verstummte sie.

»Glaubst du wirklich, wir müssen da durch? Denkst du, ich habe Lust darauf?«

Ein heftiger Schlag fuhr gegen sein Schultergelenk und ließ es knacken.

»Man schlägt keine alten Männer!«, rief er zu einem unsichtbaren Publikum durch die Kanalisation.

»Jetzt bring uns schon hier raus«, sagte sie und bedachte ihn mit einem Blick mit der Sanftheit eines Schlagbohrers.

»Ok, Abstand halten bitte …« Er versuchte eine neutrale Stimmlage zu finden. »… wenn du unversehrt bleiben möchtest.« Avery begann, sich auf seine Hände zu konzentrieren.

Giulia tat, wie ihr geraten wurde, und zog sich hinter einem kleinen Vorsprung zurück.

Avery wandte sich zu einem vorstehenden Felsen nahe des Eingangs zu den Katakomben um. Beide Hände formten ein Dreieck, aus dem er Funken sprudeln ließ. Das dynamische Lichtspiel wurde von den Wänden unscharf gespiegelt und verging in den Weiten des Kanals. Der Funkenflug wurde stärker, intensivierte sich in einem Strahl, der sich in den Fels bohrte. Avery senkte seine Hände und die gebündelte Energie folgte der Bewegung, schlug mit Rauch und ächzenden Flammen aus, bis die Verbindung des Felsen getrennt war und er mit einem Donnergrollen von seinem Platz gelöst wurde. Die ganze Masse krachte zu Boden, um über den Kanal zu fallen. Das Wasser spritzte hoch und durch die Erschütterung breiteten sich lange Wellen nach links und rechts aus. Als selbstgemachte Brücke lag der Fels nun quer über dem Wasser.

»Ich geb's auf. Superman.« Giulia rollte genervt mit den Augen, lächelte.

Ein verschmitztes Schmunzeln entglitt Avery und seine Brille zurechtrückend, folgte er Giulia über den Fels hin zur Leiter, die nach oben führte.

»Siehst du das?«, flüsterte sie, als sie durch einen Spalt des Kanaldeckels linste. »Ich glaube, wir sind im Kreis gelaufen. Ich sehe die Kirche.«

»Siehst du Menschen?«

Giulia verstand und schüttelte den Kopf.

»Mach mir mal Platz«, bat Avery und drängelte sich neben Giulia auf die Leiter.

»Was machst du da?«, wich sie ihm voller Unverständnis aus.

»Ich glaube nicht, dass einer von uns den Deckel da alleine bewegen kann.«

Gemeinsam drückten sie die Metallscheibe nach oben und hievten sich nach draußen – zuerst Giulia, dann Avery. Sie zogen den Deckel wieder an Ort und Stelle zurück und verwischten ihre Spuren mit einer Schneeschicht aus dicken Flocken.

Giulia atmete auf, klopfte ihren Mantel zurecht und richtete ihre Haare. Avery stand daneben in seiner üblichen, leicht krummen Haltung und grinste vor sich hin.

»Avery, sowas machen wir nie wieder.«

Er zuckte nur mit den Schultern und ging bereits mit beiden Händen in den Manteltaschen Richtung Metro-Station.

»Ich bringe dich noch nach Hause«, sagte Avery.

»Aber warte mal. Wie geht es denn jetzt weiter?«

»Ich weiß es ehrlich gesagt nicht. Das war die einzige Anlaufstelle, die mir eingefallen ist. Offensichtlich gibt es noch keine Antwort darauf, wieso du meine Kräfte sehen kannst.«

»Ja, aber aufhören können wir nun auch nicht.«

»So ist es einfacher. Vielleicht klärt es sich irgendwann ...« Er senkte wieder seinen Kopf, so wie er es immer tat und ging einen Schritt schneller.

»... von selbst? Oder wie stellst du dir das vor, Avery?«

Zum Glück tanzte Giulia jeden Tag, sodass sie bei Averys Tempo nicht außer Atem kam. »Avery, du kannst das doch jetzt nicht einfach so ruhen lassen.«

Wieder das Schulterzucken.

»Es hat Spaß gemacht – das alles – mit dir. Es muss zwar einen anderen Weg geben, aber ich habe keine Ahnung, wo andere Bibliotheken oder Wissenssammlungen über uns versteckt sind. Ich kenne hier auch keine Sapye, die uns helfen könnten. Gesehen habe ich auch keinen mehr seit Ewigkeiten.«

»Wenn du meinst.« Aus Giulias Stimme wich der witzelnde Unterton und Avery fuhr herum, als er den Ernst in ihrem Tonfall erkannte.

»Avery, ich sag dir, damit löst man keine Fälle. Mit deiner Einstellung, meine ich. Du hast uns mehr oder weniger sicher durch diesen Irrgarten geführt. Aber jetzt sind wir eben wieder am Anfang. Du solltest vielleicht mehr wagen.«

»Wagen? Ich wüsste ja nicht mal *was*. Wenn wir es so herausfinden – gut. Aber wo soll ich danach suchen?«

Giulia schnalzte mit der Zunge und blieb stehen, während Avery mehrere Schritte ging, ohne zu bemerken, dass er sie langsam zurückließ.

»Avery!«, rief sie. »Ich finde alleine nach Hause.«

Und so trennten sich ihre Wege.

Vom Theater hatte Avery sich krankgemeldet. Er wusste nicht, ob er sich jemals wieder dort hinbegeben würde. Wie ein großer Wald voller Gefahren schottete ihn die Angst ab, umzingelte ihn und versperrte ihm den Weg. Angst davor, sich noch einmal mit Giulia auseinandersetzen zu müssen. Angst davor, es wieder zu versuchen und doch keine Antwort darauf zu finden, warum sie die Dinge hinter dem Schleier sehen konnte. Er redete sich Tag und Nacht ein, dass sich dahinter nichts Böses oder Gefährliches verbergen würde. Er war noch nie ein guter Lügner gewesen – vor allem nicht sich selbst gegenüber.

Und so starrte er aus dem Fenster hinaus, sah den Schneeflocken bei ihrer Reise auf dem Weg nach unten zu und fühlte sich hinter den halbtransparenten Vorhängen sicher. Genau das war es, was er nie gewollt hatte – und doch entschied er sich schon wieder dafür.

Wahrscheinlich regte sich Giulia noch immer über ihn auf, dass er so schnell aufgegeben hatte, obwohl sie beide dank ihm so heldenhaft aus der Bibliothek geflüchtet waren.

Der Wind drückte seine Last gegen die Fenster und erzeugte ein Geräusch, das dem von klappernden Zähnen ähnelte. Durch jede Ritze zog die Kälte und nagte an Averys Knöcheln. Die Wärme in seinem Herzen hatte sich teilweise aus seinen Gliedern zurückgezogen. Wäre die Wohnung nicht so grottenschlecht isoliert gewesen, hätte Avery so schnell keine Bleibe in Paris gefunden. Dass es je nach Wetter an allen Ecken zog, konnte den Funken in seinem Blut nichts anhaben – was ihn natürlich zum perfekten Mieter machte. Gesetzt den Fall, dass er sich nicht so viele Gedanken um alles machte und damit sein inneres Feuer aus der Bahn warf.

Avery raffte sich auf, um Wasser zu erhitzen und sich dann wieder mit seinem Tee an das Fensterbrett zu setzen. Den Blick in den Himmel gerichtet, konnte er die dicke Wolkenschicht beobachten. Kalt und diffus ließ sie das Sonnenlicht zu ihm hindurch.

Würde er nach dem Wochenende wieder ins Theater gehen, würde er vermutlich Giulia begegnen, die ihn zur Rede stellen könnte. Wenn er jedoch weiterhin Zuhause versauern würde, konnte er auch gleich wegziehen.

Je länger er über die verschiedenen Szenarien grübelte und jede Möglichkeit hin- und her wälzte, umso mehr wurde ihm bewusst, dass er sich zwangsläufig für ein Leben hier oder ein Leben außerhalb von Paris und seiner Umgebung entscheiden musste.

»Eigentlich lächerlich«, grummelte Avery in seinen nicht vorhandenen Bart. »Wie ich mich hier verschanze.«

Währenddessen schweifte sein Blick durch den Himmel und hangelte sich von Flocke zu Flocke, ehe sie hinunterrieselten, um auf der Straße zu vergehen. Der Neuschnee hatte lange auf sich warten lassen und so hatten sich die Salzkörner bis zum Asphalt durchgegraben. Das zwischenzeitige Nippen an seinem warmen Tee ließ seinen Puls herunterfahren und seine Glieder entspannen.

»Du bist echt bescheuert«, sagte er nun laut zu sich selbst.

Ein Blick auf die Uhr an der Wand verriet ihm, dass er den halben Vormittag am Fenster verbracht hatte und über sein Scheitern, das nicht einmal seine Schuld gewesen war, nachgedacht hatte.

Und obwohl er es wusste und laut aussprach, fesselten ihn die Selbstzweifel an seinen Stuhl wie ein unsichtbarer Peiniger, der ihn immer wieder am Aufstehen hinderte.

So zog sich Averys Feuer weiter langsam zurück, bis er trotz des Tees auch an seinen Händen fror. Das Kribbeln in seinen Fingern und Zehen ließ er geschehen, als könne es ihn wachrütteln.

Es ist doch nicht deine Schuld. Du hast deine Kräfte eindrucksvoll eingesetzt, grübelte er weiter, doch der entscheidende Teil seines Bewusstseins blieb für seine Worte taub.

Den Blick weiter nach draußen auf das Schneegestöber gerichtet, fiel ihm eine Absonderlichkeit auf, die ihn aus seinen Gedanken riss. Vom Himmel fiel zwischen den kleinen wattigen Punkten etwas auf sein Fenstersims.

Avery stand zögerlich auf, stützte sich auf das Fensterbrett und schob sein Gesicht nah an die Scheibe. Da lag sie, unbeschwert und makellos:

Eine weiße Feder.

Vorsichtig entriegelte er das Fenster, um es einen Spalt breit zu öffnen und die Feder genauer in Augenschein zu nehmen. Er nahm sie in die Hand, schloss das Fenster und drehte sie beobachtend hin und her. Der Daunenteil, der am Federkiel ansetzte, bewegte sich durch jede noch so winzige

Luftbewegung. Makellos. Es erinnerte ihn an die Feder einer Taube oder eines Schwans. Doch woher in aller Welt sollte zu dieser Jahreszeit eine solche Feder stammen? Ob der Wind sie von ganz woanders hergeweht hatte?

Averys Gedanken blieben an der Feder hängen, als die Stunden vergingen und er schließlich auf seinem Stuhl die Augen schloss und zu träumen begann.

17

Es hämmerte jemand an seiner Tür.

»Avery! Lass mich rein!«, rief Giulia und pochte weiter gegen die Tür.

Was zum Geier wollte sie hier? Sollte sie nicht im Theater sein? Oder war Averys Zeitgefühl durch seinen Mittagsschlaf so durcheinandergeraten, dass er nicht mehr wusste, wie viel Uhr es war? Zu dieser Jahreszeit konnte man sowieso anhand der Sonne nicht wirklich erkennen, ob es nun elf Uhr nachts oder sechs Uhr abends war. Also schnellte sein Blick unverzüglich zur Wanduhr. Kurz vor sieben.

»AVERY!«

Giulias Penetranz konnte zur wahren Herausforderung werden. Also öffnete Avery mit verwuschelten Haaren die Tür.

»Na endlich!«, tönte sie und schob sich an ihm vorbei, um sich nicht weit von der Küchenzeile auf einen Stuhl fallen zu lassen. Sie klatschte eine Zeitung auf den Tisch und bedeutete Avery mit hochgezogenen Brauen, er solle sie lesen. Sofort.

»Was tust du hier?«, sagte er, von einem Räuspern unterbrochen, aber er verstummte, als er ihre geröteten Augen sah.

»Sieh dir das an!« Sie deutete wieder auf die Titelseite.

Avery trat an den Tisch, strich das raue Papier glatt und las.

»Grausamer Leichenfund. Polizei ermittelt«, prangte die Headline in überdimensionalen Buchstaben auf der Titelseite.

»Die Polizei arbeitet auf Hochtouren an der Aufklärung eines Mordes, der sich gestern nahe der Metro-Station Saint Paul ereignet hat. Océane S. (20), Ballerina in der Opéra Garnier, wurde zwischen fünf und sechs Uhr morgens grausam ermordet. Von außen unversehrt, legte die Obduktion Unfassbares frei: Unter der Haut der jungen Frau befand sich verbranntes Muskelgewebe. Wie zuverlässige Quellen berichten, ziehen sich durch den ganzen Körper Verbrennungen bis hin zu den Knochen, die ebenfalls von dem mysteriösen Feuer betroffen sind. Paris steht vor einem Rätsel. Vor einem Mord, der den Naturgesetzen trotzt.«

Mit jedem Wort, das Avery vorlas, brachen kleine Schluchzer aus Giulia hervor.

»Weißt du, was das bedeutet?«, brach es aus Giulia hervor, als ihre feuchten Augen sie aus dem Konzept brachten. »Das war einer von euch!«

Von Avery erntete sie wieder nur betretenes Schweigen. Er war zusammengezuckt, als sie es ausgesprochen hatte.

»Das kann nicht sein«, flüsterte er, ohne sie anzusehen.

»Was soll es sonst gewesen sein?!« Ihre Stimme bebte.

Wer konnte schon einen Menschen von innen heraus komplett verbrennen? Es war ganz offensichtlich, dass es einer der Incendye gewesen sein musste.

Averys Gedanken sprangen zu allen Gesetzen und Wesen, die ihm einfielen. Ein Naturgesetz der Sapye verhinderte, dass sie den Menschen Schaden zufügen konnten. Wie war es einem von ihnen also möglich gewesen, einen Menschen … zu ermorden?

»Jetzt sag schon was!«

Ihr Schreien ließ ihn zusammenfahren, legte eine Gänsehaut auf seine Arme. Er riss sich zusammen, damit seine Stimme nicht brach, bevor er etwas sagen konnte.

»Ich … weiß es nicht.«

»Wie, du weißt es nicht, Avery?«

»Ich kann mir nicht vorstellen, dass es einer der Sapye gewesen sein soll.«

Wenn da draußen jemand fähig war, einen Sapye zu töten, konnte er nicht ausschließen, dass es auch jemanden gab, der wusste, wie man die Naturgesetze der Sapye überwand.

Giulia drehte sich abrupt von ihm weg. Ihr Brustkorb zitterte.

»Giulia, ich … Es liegt nicht in unserer Natur …«

»Scheiß drauf! Océane ist ermordet worden! Sie. Ist. *Tot!*«

Ihr schmerzverzerrtes, hochrotes Gesicht trieb einen Schauer über seinen Rücken. Ein Kloß setzte sich in seinem Hals fest.

Avery spürte die aufgeladene Luft zwischen ihnen beiden. Wie Wellen die Gischt trieb die Angst die Tränen hinter Averys Lider.

»Wir MÜSSEN herausfinden, wer das getan hat. Du kannst nicht so tun, als wüsstest du nicht, dass das kein Mensch gewesen sein kann. Nachdem, was ich gesehen habe, wozu du fähig bist, kann es nur jemand wie DU gewesen sein!« Den letzten Satz spuckte sie förmlich aus.

»Du glaubst doch nicht etwa, dass ich –« Er sah in ihre schmerzverzerrten Augen, doch sie konnte seinem Blick nicht standhalten. »Was um Himmels willen soll ich damit denn bezwecken, einfach jemanden umzubringen?« Avery erhob seine Stimme ein wenig. Auch wenn er verstand, was Giulia gerade durch den Kopf gehen musste, fühlte es sich wie ein Messerhieb in die Magengrube an. Noch dazu hatte er so oft betont, dass er keinerlei Anwesenheit anderer Sapye in Paris gespürt hatte. *Scheiße.*

»Giulia, du musst mir glauben. Ich habe damit rein gar nichts zu tun.«

»Deine Kraft spricht gegen dich, Avery. Ich wünsche mir, dass du recht behältst. Wirklich«, flüsterte sie und sah zu Boden.

»Wie soll ich dir meine Unschuld beweisen? Zu dem Zeitpunkt hatten sich unsere Wege getrennt, gerade als wir …«

»Aus der Bibliothek geflüchtet waren.«

»Richtig.«

»Lass uns zusammen nach dem Mörder suchen«, forderte Giulia ihn auf.

Avery atmete auf. Obwohl er in ihren Augen die einzige Möglichkeit für den Täter darstellte, erkannte er, dass sie offen dafür war, sich vom Gegenteil überzeugen zu lassen.

»Wir können doch nicht einfach in die Ermittlungen der Polizei eingrei-«

»Müssen wir! Nur *wir* können das lösen«, beharrte sie mit gefestigter Stimme.

Avery grübelte und schob seine Brille zurecht.

»Wie willst du das anstellen?«

»Das finden wir schon noch raus.« Sie schlug ihre drahtigen Beine übereinander und vergrub die Hände in ihren Armbeugen.

Avery trat an das Fenster und starrte auf die Straße hinab, in der die Menschen immergleich und emsig über die Gehwege quollen.

Lass es nicht wie bei Mutter einfach geschehen, sagte er in Gedanken zu sich selbst – die Bilder von der Zeit im Kopf, zu der er irgendwann aufgegeben hatte und sein Mut wie eine Glaskugel, die zu Boden fiel, in tausend Stücke gebrochen war.

»Du hast recht. Océane hat es verdient, dass man ihren Mörder findet. Seltsam, dass sowas an dem Tag passiert, an dem wir …«

»Nenn' es nicht SOWAS. Mord. Es war Mord!«, blaffte Giulia.

»Es kann kein Zufall sein, dass es genau dann passiert ist. Ich kenne auch niemanden, der seine Kräfte so missbrauchen würde … missbrauchen *könnte*«, dachte Avery laut.

»Bist du nun dabei oder nicht?«, hakte sie nach.

»Ja«, schoss es schneller, als er wollte, aus seinem Mund. Giulia stand auf. Sie wandten sich einander zu und Giulia murmelte ein »Danke«. Eine Gänsehaut erfasste Avery und legte ein müdes Lächeln auf sein Gesicht.

Avery erkannte, wie wichtig ihr die Sache war. Sicherlich würden sie für ihre James-Bond-Aktion einige Krankmeldungen bei Thérèse hinterlegen müssen und es würde bestimmt einiges an Geschick und Durchtriebenheit erfordern, in Fällen der Polizei herumzuschnüffeln. Doch obwohl er nicht wusste, was sie erwarten würde, wusste Avery, dass es das Richtige war, Giulia dabei zu unterstützen und zu versuchen, dem Mörder auf die Schliche zu kommen.

Die Wärme kehrte in seine Gliedmaßen zurück und erfüllte ihn in alter Ruhe. Anscheinend ging ein Teil der Wärme auf Giulia über, die für einen Augenblick ihre Augen schloss, als sich ihre Finger entspannten.

»Wir dürfen uns nichts anmerken lassen«, zerbrach Giulia die energiegeladene Atmosphäre endgültig.

»Wie meinst du das?«

»Im Theater. Wir dürfen nicht auffallend oft fehlen … oder über den Fall reden.«

Den Fall. Giulia klang bereits wie ein Doppelagent oder der Rächer der Enterbten, der mit allen Wassern gewaschen war.

»Stimmt«, bestätigte Avery.

»Nachher denkt noch jemand, wir hätten etwas damit zu tun«, fuhr sie fort. »Außerdem glaube ich, dass man besser arbeiten kann, ohne Aufmerksamkeit zu erregen.«

Avery wartete einen Moment, bevor er antwortete.

Mutig von ihr, dachte er. *Obwohl sie gesehen hat, was meine Kräfte anrichten können, und ich für sie momentan als Einziger für den Mord infrage komme, will sie mit mir zusammen nach dem Mörder suchen.*

Er öffnete seinen Mund und Giulia stoppte, als sie gerade etwas sagen wollte.

»Danke«, flüsterte er.

Sie blinzelte und legte ihre Stirn in Falten.

»Wofür?«

»Du vertraust mir mehr, als dir bewusst ist.«

Giulia presste ihre Lippen aufeinander und nickte.

Sie drehte sich abrupt von ihm weg und zog ihren Mantel zurecht.

»Wo gehst du hin?«

»Nach Hause. Jetzt muss ich meinen Kopf frei bekommen. Wir sehen uns morgen im Theater.«

»Als wenn nichts gewesen wäre?«

»Als wenn nichts gewesen wäre.«

Avery nickte, Giulia erwiderte die Geste und verschwand schnurstracks durch die Wohnungstür.

1877

Die Musik erklang, als die Ouvertüre eröffnete.

Ein Raunen ging durch den mit Samt geschmückten Saal, als sie ihre ersten Schritte auf die Bühne setzte. Mit der Leichtigkeit einer Feder tänzelte sie über das Parkett, frei von Schmerz, frei von Leid. Nur sie und die Musik flogen durch den Raum.

Ihre Arme zu Flügeln ausbreitend, nahm sie jeden Ton des Orchesters auf, wies ihren Körper dazu an, zu tanzen und in der Musik zu vergehen. Jeder Schritt saß perfekt. Sie war die Melodie und die Melodie schenkte ihr das Leben auf der Bühne. Mit jedem Windhauch, den sie in ihren Pirouetten an sich vorbeiziehen ließ, tanzte sie sich in Ekstase. Sie drehte und drehte sich, ließ ihre künstlichen Flügel aufschwingen und endete. Endete sich tief verbeugend, unter der Anstrengung bebend.

Ihren Kopf noch immer nach unten gerichtet, warf sie zögerlich einen Blick nach vorn, wo das Publikum sie niederstarrte.

Ein erneutes Verbeugen lockte nicht den erhofften Applaus, sondern Unruhe aus den Menschen heraus. Jemand schrie, ein anderer warf seine zerknüllte Karte auf die Bühne. Ein Dritter spuckte auf den Boden und eine Frau drehte sich wortlos um und ging.

Pelagaja versteinerte in ihrer Verbeugung. Ihr Kopf drehte sich fort, die Lider schmerzlich zusammengepresst. Bitterlich spannte sich ihr ganzes Gesicht an und eine Träne lief einsam ihre Wange hinab.

Der Saal leerte sich und noch immer blieb sie in Position, unfähig sich den Menschen wieder zuzuwenden. Als sie keine Stimmen mehr hörte, vernahm sie ein einzelnes Klatschen.

»Bravo«, sagte der Mann, der als Einziger sitzen geblieben war.

Sie richtete sich auf, schloss die Hände vor ihrem Körper und schluckte.

»Bravo, meine Liebe. Du hast es geschafft, einen ganzen Saal hinfort zu jagen.« Ein hämisches Grinsen schnitt eine Grimasse in sein Gesicht.

»Aber Pi … Ich …« Sie fand keine Worte für ihre Gefühle, die sie in eben diesem Moment zu jeder Sekunde erdrückten.

Pi musterte sie nur abschätzig und ging.

Der Schnee war geschmolzen, die Wolken aufgezogen und Blitze schossen, gefolgt von einem Grollen, durch den Himmel. Paris schlummerte unter einer Decke aus Dunkelheit und verschloss seine Augen und Ohren vor dem, was hoch oben wütete. Durchsetzt von unheilvollen Schwaden, ächzte das Himmelsgewölbe unter jedem Schlag, während die Menschen in ihren Häusern Unterschlupf suchten.

In einem Zimmerchen im siebten Stock saßen Avery und Giulia und brüteten über ihrem Laptop. Der Fernseher lief im Hintergrund und wie das Donnergrollen vermengte sich die Geräuschkulisse zu einem Brei, den die beiden nicht mehr wahrnahmen. Die Nachrichten berichteten seit gestern dauerhaft über den mysteriösen Mordfall, doch jede Fährte, die in den Medien erwähnt wurde, führte vom eigentlichen Mörder weg.

»Was wollen sie denn mit diesem Junkie? Nur weil er kein Alibi hat und auf einer der Überwachungskameras gesehen wurde … high«, sagte Giulia und wandte sich wieder vom Fernsehbildschirm ab.

»Ich weiß es auch nicht. Vermutlich versuchen sie, ihre Verantwortung in der Öffentlichkeit zu erfüllen und einen Sündenbock zu finden.«

Die Oper war ab diesem Tag aufgrund von Océanes Tod für eine Woche geschlossen, was Avery und Giulia ein perfektes Zeitfenster verschaffte, um mit der Suche nach dem Schuldigen anzufangen.

Sich im Schneidersitz auf dem Boden ausbreitend, schlugen sie ihr Lager auf und recherchierten, was das Zeug hielt.

»Und wenn wir zuerst mal den Tatort untersuchen?«, fragte Giulia, doch ihr Gegenüber schüttelte bereits den Kopf.

»Keine gute Idee, am Tatort rumzuschnüffeln, wenn wir nicht wissen, wo genau Kameras die Straßen überwachen. Außerdem wurde in den Medien nie gesagt, an welcher Stelle Océane ermordet wurde.«

Sie nickte verstehend, als er fortfuhr.

»Außerdem kann man Spuren von Magie schon nach kurzer Zeit nicht mehr spüren.«

Damit vergruben sie einvernehmlich ihre Köpfe in den Zeitungen und verschiedenen Presseseiten im Netz.

»Da!«, rief Giulia und zeigte auf den Artikel von »Le Monde« online. »*Über die genauere Beweislage wollte der Pressesprecher nichts aussagen.* Das tut die Polizei so – wichtige Details auslassen, die den Ermittlungen in die Quere kommen könnten. Zumindest, wenn sie der Allgemeinheit bekannt wären.«

»Du weißt, dass du gerade gesagt hast, dass wir in Polizeiakten schnüffeln sollen, die wahrscheinlich doppelt und dreifach gesichert sind«, zweifelte Avery.

»Darum geht es.« Giulia nickte.

»Du hast immer Ideen.« Doch noch während Avery sprach, wurde ihm bewusst, dass ihre Chancen um ein Vielfaches größer wären, wenn sie über mehr Beweismaterial verfügen würden.

Aber sie würden nicht einfach dort einbrechen können. Der Polizei zu erzählen, dass sie bei den Ermittlungen helfen wollten, weil Avery Feuerkräfte besaß und der Mörder nur jemand wie er gewesen sein konnte, war sicher keine Option.

Der Wind schlug heulend gegen die Fenster, rüttelte an den Rahmen. Im gelbweißen Licht der einzelnen Glühbirne, die in Giulias Wohnung wie ein überdimensionales Glühwürmchen hing, wirkten beide wie zwei Teenager am Anfang eines jeden Horrorfilms.

»Und wie kommen wir da rein?«, fragte Avery und ging im Kopf bereits jede Möglichkeit durch, wie er mit seinen Kräften einbrechen könnte, ohne dass es jemand bemerkte. Es gab keine.

Während Avery seine Gedanken hin- und her wälzte, dachte Giulia darüber nach, wie es wohl sein würde, Fotos ihrer toten Kollegin zu sehen, wenn sie die Akten durchwühlen würden. Sie hatte eine Leiche eines Menschen ihres Umfelds noch nie zuvor gesehen und überlegte, was es mit ihr anstellen würde.

Viel schlimmer als der Tod, so glaubte Giulia, war es Menschen zu verlieren, die noch lebten. Menschen an andere Menschen zu verlieren. Oder an Dinge, Gefühle. Hätte sie damals gewusst, dass sich ihre Mutter nicht mehr bei ihr meldete, weil sie bereits gestorben war, wäre Giulia um die vielen Nächte nach der Frage des *Warum* herumgekommen. Stattdessen wusste sie genau, dass sie sich absichtlich nicht bei ihr meldete.

Gleichzeitig war ihr bewusst, dass sie selbst nicht besser war. Patty hatte sie geliebt wie eine eigene Tochter und doch hatte sich Giulia von ihr abgewandt.

Sie drehte sich zu Avery um.

»Wie ist das?«

»Was?«, sagte er und legte die Stirn in Falten.

»Einen Menschen sterben zu sehen, meine ich.«

Averys Augen weiteten sich, wichen Giulias Blick aus. Seine Arme verschränkten sich und wie so oft zogen sich die Funken zu seinem Herzen zurück. Seine Gliedmaßen erkalteten augenblicklich.

»Es ist wie ein Schrei in deinem tiefsten Inneren. Ein Schrei, den du nicht hinauslassen kannst, weil dir jemand die Kehle zuschnürt, dich mit Zorn und Trauer erstickt. Du realisierst und zerbrichst vielleicht daran.«

Sie schwiegen sich für einen unendlichen Moment an.

»Das Leben gibt so viel und nimmt nicht weniger. Es ist sicherlich einfacher, einen Menschen gehen zu lassen, zu dem man nur eine leichte Bindung hatte«, sagte er.

Giulia sah tief in seine Augen, die sie glasig und unschuldig anschauten. Die dunklen Strähnen hingen in seine Stirn hinein und seine Brille war ein Stück verrutscht.

Giulia schob die Brille mütterlich ein Stück nach oben. Sie fragte sich, was nun durch seinen Kopf ging.

»Giulia … ich habe vor langer Zeit meine Mutter verloren.«

Ihre Hand wich von ihm zurück.

»Das tut mir leid.«

»Wie tötet man eine Unsterbliche?« Avery sah ihr jetzt genau in die Augen.

»Ich weiß es nicht«, hauchte Giulia und zog ihre Augenbrauen zusammen.

»Möglicherweise steckt ein und dieselbe Person dahinter. Wenn es jetzt noch Menschen trifft, ist vielleicht bald niemand mehr sicher.«

Giulia nickte, strich über seinen Rücken und ließ das Licht des Laptopbildschirms wieder aufleuchten.

»Ich schlage vor, wir schleichen uns nachts hinein«, warf Giulia ein, ehe sie die angespannte Stimmung nicht mehr aushalten konnte.

»Kannst du vergessen. Dort sind sicherlich mehrere Alarmanlagen. Ich denke, die beste Möglichkeit wäre tagsüber, wenn viel los ist. Wir müssen es irgendwie so dort rein schaffen …«

»Schauspielern kann ich«, warf Giulia direkt ein.

»Meinst du, dir kauft jemand die Rolle einer Detektivin ab?«, sagte er und fing an zu schmunzeln.

»Vielleicht müssen wir doch nachts rein und die Alarmanlagen ausschalten. Maschinen austricksen ist vielleicht einfacher, als Menschen aufs Glatteis zu führen. Wenn du zum Beispiel den Draht der Sirene mit deinem Feuer durchtrennst«, schlug sie vor.

»Ich war noch nie in diesem Präsidium. Ich habe keine Ahnung, wie es aufgebaut ist.«

»Vielleicht sollten wir einfach weniger denken und mehr wagen. Was soll schon passieren? Dass sie uns rausschmeißen?«

»Oder uns wegen Hausfriedensbruch verurteilen«, donnerte Averys rationaler Hammer auf das Gespräch hinab.

»Wieso bist du nur immer so negativ?« Sie holte tief Luft.

»Avery, wir werden uns dort einschleichen. Egal, was du sagst«, beschloss sie felsenfest und klappte energisch ihren Laptop zu.

Der Wind heulte noch immer sein Klagelied, doch Blitz und Donner hatten sich zurückgezogen. Der Himmel über Paris kam gemächlich zur Ruhe und die vorbeiziehenden Wolken legten das kaum sichtbare Licht der Sterne am Firmament frei.

So verweilten Avery und Giulia einige Momente, beschlossen den perfekten Zeitpunkt für den Einbruch und Giulia verschwand in ihrem Schlafzimmer, während Avery es sich auf der Couch gemütlich machte.

Die Schneeflocken schmolzen zu Tropfen, die auf die Dächer einschlugen. Sie fraßen sich in die Schneeschicht am Boden und hinterließen tausende kleine Krater. Das Wasser klebte Averys Haare an seinen Kopf, nur Giulias starke Locken konnten dem Wetter standhalten. Vom Wind in Bewegung gesetzt, reflektierte die Wolkensuppe das Streulicht der Stadt. Avery nahm Giulia an der Hand und sie steckten beim Gehen die Köpfe zusammen, um nicht weiter aufzufallen.

»Ich kann mir gut vorstellen, dass sie zur Straße hin Überwachungskameras aufgestellt haben«, flüsterte sie in sein Ohr.

»Mein Gedanke, Giulia. Da vorne ist es.«

Auf der in goldenem Laternenlicht getauchten Straße fuhren einzelne Autos und wenige Fußgänger waren auf den Gehwegen unterwegs. Die Scheinwerfer der Fahrzeuge warfen ihre Lichtkegel auf dem Asphalt, wo sie ineinander verschwammen.

Im Gleichschritt gingen sie auf das Präsidium zu.

»Siehst du die Gasse da vorne? Von dort können wir uns dem Gebäude unauffällig nähern … und jetzt pass auf.« Avery legte einen Zahn zu.

Giulia hakte sich in seinen Arm ein, immer noch den Kopf gesenkt, aber die Augen auf das Ziel gerichtet. Die Überwachungskameras waren so verteilt, dass kein toter Winkel entstand. Jeder Zentimeter stand unter Beobachtung dieser scheinbar uneinnehmbaren Festung. Sie spürte, wie Avery seine Hand ruckartig bewegte, aber ihr Blick haftete an den Kameras.

Da geschah das Unfassbare: Die Metallschirme über den Linsen fingen an sich zu krümmen. Vor Hitze dampften sie, als der Regen weiter auf sie einprasselte. Avery schmolz das Metall so, dass es über das Glas der Kameralinsen floss. Mit einer weiteren Handbewegung ließ er sie abkühlen und alles was zurückblieb, waren an der Fassade festgeschraubte, nutzlose Metallkästen. Giulias Blick fuhr zu Avery herum. Ihr Mund stand halb offen und ihr Griff versteifte sich.

»Was zur Hölle?«, sagte sie so laut, dass man es gerade noch als Flüstern bezeichnen konnte.

Avery grinste und zwinkerte ihr zu. Sie schmunzelte und ging einen Schritt schneller, worauf er sich räusperte und seinen Blick wieder nach vorn wandte.

»Jetzt müssen wir nur noch von der Seite rein, damit uns auch kein Fußgänger sehen kann.«

Sie bogen in die Gasse neben dem Polizeipräsidium ein.

Dort fiel kaum Licht von der Straße aus ein. So dicht und hoch die Häuser hier gebaut waren, so gut konnten sich die beiden zwischen ihnen verstecken. Der Überwachungskamera, die für diesen Bereich aufgehängt worden war, hatte Avery auch die Sicht verschmolzen.

»Da. Die Tür«, bemerkte Giulia und deutete einige Meter weiter nach vorn. Sie zog ihren Arm aus Averys Armbeuge, angesichts dessen, dass sie nicht mehr beobachtet wurden. Er nickte stumm und folgte mit seinem Blick ihrem Arm.

»Gib mir eine Sekunde«, flüsterte Avery und näherte sich dem Schlüsselloch. Als er das Metall berührte, floss die Kälte auf seine Fingerspitzen. Als würde er Gegenwind erzeugen, strömte die Glut von seinem Herzen hin zu seiner Schulter über seinen Arm bis zu den Fingerkuppen. Die Hitze verdrängte die Kälte auf dem Metall und brachte es zum Glühen, ehe Giulia einen Schritt zur Seite trat, um sehen zu können, was er tat.

Das Schloss leuchtete orange, dann gelb und schließlich weiß. Giulia kniff die Augen zusammen, Avery hingegen weitete sie. Seine Kraft durchzog seinen ganzen Körper, pulsierte in seinen Adern und belebte jede seiner Zellen.

Auch um das Schlüsselloch herum erhitzte sich die Metalltür, sodass sich der Glutfleck ausbreitete. Er zog die Hand weg. Das Schloss tropfte dann als Rinnsal vollständig aus der Tür heraus. Auf dem Weg hinab wurde das flüssige Metall von Regentropfen attackiert, brachte das Wasser zum Verdampfen und erkaltete schließlich, kurz bevor es den Boden erreichen konnte. Wie Wachs zogen sich tropfenartige Erhebungen die Tür hinab.

Giulia stand mit offenem Mund da. Der Schweiß trat bereits in winzigen Tropfen aus ihren Schläfen und sie war fasziniert, aber froh, als Avery aufhörte, die Tür weiter zu erhitzen.

»Sollte reichen, Giulia.«

Damit drückte er die Klinke herunter.

Der Flur, der sich nun vor ihnen erstreckte, schluckte fast jegliches Licht. Er war mit Wänden aus grau gestrichenen Backsteinen versehen und eine weitere Tür befand sich ein paar Meter von Avery und Giulia entfernt. Die Reinigungsgeräte, die links und rechts standen, deuteten darauf hin, dass sie sich genau dort befanden, wo sie hinwollten. Avery hatte es nach vorheriger Recherche für schlauer gehalten, dort hineinzugehen, wo um diese Uhrzeit garantiert niemand mehr arbeiten würde.

Avery entzündete eine Flamme. Das Licht erhellte den Flur und damit die Tür, die sich vor ihnen befand. Sie war ganz anders als die Tür davor aus kunstvoll verziertem Holz angefertigt. Ein Mosaikfenster in der Mitte verriet, dass sich auch dahinter die Dunkelheit erstreckte.

»Lass uns reingehen«, flüsterte Giulia direkt in Averys Ohr. Er erschrak, atmete ruckartig ein und seine Haare im Nacken stellten sich auf.

Er nickte.

»Zieh dir am besten jetzt die Kapuze ins Gesicht. Wir müssen auf Nummer sicher gehen«, bemerkte sie und versteckte ihre Locken, die durch den Regen fast zur Afrofrisur geworden waren, unter der Kapuze ihres Mantels. Avery tat es ihr gleich und löschte seine Flamme.

Auf leisen Sohlen schlichen sie zur Tür, öffneten auch diese und befanden sich nun in einem weiteren Flur, der von zahlreichen Glastüren gesäumt war. Durch das Glas drang das spärliche Licht von draußen hinein. Wahrscheinlich wurde es von den Fenstern der Räume nach innen gelassen.

Rote Lichter leuchteten überall an den Türen. Die Alarmanlage. Im spärlichen Schein wurde inmitten des Ganges etwas kleines Schwarzes sichtbar. Die Kamera war genau in die Richtung von Avery und Giulia gerichtet.

Angst fraß sich durch Averys Glieder, als er sich zu ihr nach hinten lehnte und ihr zuflüsterte, dass sie sich nicht bewegen solle. In Schockstarre blieb sie genau so stehen. Man hätte eine Stecknadel fallen hören können. Selbst ihr Atem blieb aus, als sich kalter Schweiß auf ihren Händen und auf ihrer Stirn breitmachte. Das einzige Geräusch war das Reiben von Stoff an Stoff, als Giulia ihr Zittern nicht bändigen konnte.

Millimeter für Millimeter hob Avery seinen Arm, streckte Zeige- und Mittelfinger aus und winkelte die restlichen an. Sie wusste, was er vorhatte. Das Licht, das durch das Glühen oberhalb der Kamera erzeugt wurde, erhellte Avery und Giulia schützte sich in seinem Schatten.

Ehe die Kamera nutzlos wurde, erkannte Avery durch den hellen Schein der Glut die Ausmaße der Alarmanlage. An allen Türen, an jedem Schloss, befand sich ein Kartenleser, mit dem man die Alarmanlage entsperren konnte. Genau wie die Glastüren und der Bereich für die Reinigungskräfte passte sie nicht zum Rest des alten Gebäudestils. Sie war nachträglich angebracht worden – mit der Option, dass jeder Polizeibeamte auch nachts ohne weitere Störungen in die Räume gelangen konnte. Das war ein Hinweis dafür, dass es sich dabei um die Büros der Ermittler handeln konnte. Mit viel Glück waren sie hier richtig.

Sieben Türen. Drei auf beiden Seiten und eine ganz am Ende.

Wie sollen wir da jemals die richtigen Unterlagen finden?, schoss es beiden gleichzeitig durch den Kopf und mit einem Blick verstanden sie genau, was der andere dachte. Sie gingen weiter in den Flur hinein und näherten sich den Milchglasscheiben.

Alles, was sie erkennen konnten, waren die unscharfen Silhouetten von Schreibtischen und anderen Büromöbeln. In der letzten Tür befanden sich drei Schreibtische, die zu einer U-Form angeordnet waren.

»Von da oben aus scheint die Alarmanlage auf die einzelnen Türen zu laufen.« Giulia deutete an die Decke, wo sich ein weiteres Kästchen befand. Avery nickte und verstand.

»Wir müssen jeden Raum durchsuchen. Uns bleibt nichts anderes übrig«, stellte Giulia fest und zog ihre Augenbrauen zusammen.

»Noch können wir wieder flüchten.«

»Zum Teufel nochmal, du rennst nicht schon wieder vor jedem Problem weg, Avery!«, donnerte ihre Stimme.

Zu laut.

Eine Tür im Stockwerk über ihnen fiel ins Schloss.

Wie angewurzelt blieben die beiden stehen. Die Schockstarre löste sich erst, als sie Stufen knarren hörten. Sie waren eindeutig nicht allein, und: Sie waren zweifelsohne dem Untergang geweiht.

Averys Hände setzten sich schneller in Bewegung, als er es ihnen befehlen konnte. Eine gezielte Flamme gegen die Elektronik der Alarmanlage setzte diese außer Gefecht. Die roten Lichter an den Türen erstarben augenblicklich und die Schritte beschleunigten.

Im angrenzenden Flur ging das Licht an. Fahrig schwirrte Averys Blick umher, Giulias ebenso. Sie wussten, die Schritte waren nur noch wenige Meter von ihnen entfernt. Zurückgehen war keine Option. Der Quergang lag genau im Sichtfeld desjenigen, der ihnen so dicht auf den Fersen war.

Von ihren Instinkten geleitet, verschwanden Avery und Giulia im letzten Raum. Gerade in dem Moment, als sie die Tür hinter sich schlossen, in der Falle saßen und sich versteckten, stand der Nachtwächter mitten im Flur, dessen Ende zugewandt.

Seine massige Statur füllte die Breite des Raumes zur Hälfte aus und an seinem Gürtel hing der Holster einer Pistole, die er mit beiden Händen nach vorne hielt. Er sah nach oben. Giulia konnte aus ihrem Versteck unter dem Schreibtisch einen Blick erhaschen. Der Blick des Wärters wanderte nach oben, wo Avery die Alarmanlage demoliert hatte. Seine Beine setzte er Schritt für Schritt nach vorn, bis er bei der ersten Reihe der Glastüren angekommen war. Er presste sich gegen die Wand, um dann die erste Tür aufzustoßen. Das quietschende Geräusch von Schranktüren drang zu Avery und Giulia durch, als der Wärter den Raum absuchte.

Den beiden trat der kalte Angstschweiß auf die Stirn. Ihre Blicke trafen sich. Giulia versteckte sich unter dem mittleren der drei Schreibtische und Avery kauerte in einer Nische hinter einem Sessel. Er spürte, wie sich das Zittern seiner Hände auf seine Knie übertrug. Über seinem ganzen Körper hatte sich eine Gänsehaut ausgebreitet und der ohrenbetäubende Lärm seines Pulses klopfte gegen sein Trommelfell.

Giulia konnte Avery von ihrem Standpunkt aus sehen. Ihre Blicke fesselten sich mit geweiteten Augen aneinander und selbst zum Blinzeln steckte ihnen die Angst zu stark in den Gliedern. Sie hörten deutlich, wie der Wärter bereits im dritten Raum angekommen war.

Giulia schob ihren Kopf aus dem Versteck. Avery fuchtelte mit den Händen herum, doch sie ließ sich nicht davon abbringen aufzustehen.

Was tust du?, formte Avery tonlos mit seinen Lippen, ehe sie anfing, die Papierberge zu durchwühlen. Giulias Blick wechselte in regelmäßigen Abständen von der Glastür zum Schreibtisch.

Wächter im vierten Raum.

Sie schob geräuschlos Papiere zur Seite, fahrig auf der Suche nach den Unterlagen über Océane, die sie so dringend brauchten.

Der Wärter trat aus dem vierten Raum und Giulia duckte sich.

Wächter im fünften Raum.

Sie grub schneller. Mit jeder Sekunde raste ihr Herz stärker, ließ ihre Hände immer mehr zittern und in ihrem Kopf spielte sich bereits das Szenario ab, dass sie ertappt wurden.

Wächter im sechsten Raum. Vorletzter.

Unter weiteren Dokumenten spürte sie dickeres Papier. Sie zog es zwischen den Blättern ein Stück weit heraus, las den Namen Océane Sulpice und riss es zusammen mit den angrenzenden Unterlagen vom Schreibtisch. In ihrer Brust hämmerte ihr Herz, die Hände zitterten und als sie sich erneut unter dem Tisch versteckte, drückte sie die Unterlagen so unkontrolliert an ihr Herz, dass sie knickten.

Wächter im siebten Raum.

Giulia hielt sich Nase und Mund zu, bevor ihre Atemgeräusche sie verraten würden. Der Boden knarzte, als der Mann auch diesen Raum nach Eindringlingen absuchte und um die drei Schreibtische herumschlich. Aus ihrem Versteck sah sie seine Schuhe, wie sie sich in ihr Blickfeld schoben und stehen blieben. Er ließ die Waffe sinken und das Rascheln ließ Giulia vermuten, dass er die Papiere von der Tastatur des Computers wieder auf die Ablage zurückschob. Mit einem Klacken zog er erneut die Waffe und Giulia erkannte, wie er sich umdrehte, einige Schritte zurückging und hinter einem Schrank nachsah. Erneut blieb er stehen. Giulias Herz hämmerte. Er ging wieder in ihr Sichtfeld, doch aus diesem Blickwinkel konnte er sie nicht sehen. Giulia klammerte sich an die Dokumente und presste ihre freie Hand an ihren Mund, weil sie ihren Atem zu kontrollieren versuchte.

Der Wächter ging in die Knie.

Als sein Blick ihre schreckensgeweiteten Augen traf, handelte er schnell wie ein Blitz. Er riss seine Hand mit der Waffe nach vorne, doch Giulia presste sich an die andere Seite gegen die Schubladen des Tischs und trat mit aller Kraft gegen seinen Arm. Der Wächter schrie vor Schmerz auf und ließ die Pistole fallen. Avery feuerte den Sessel gegen die nächste Wand und befreite sich aus seinem Versteck. Giulia fixierte seinen rechten Ellbogen mit ihrem Fuß an der Wand des Tisches, sodass sein Gesicht und der linke Arm des Wächters gegen die Schubladen gedrückt wurden. Sie hechtete heraus. Der Wächter befreite sich, packte Giulia am Kragen, doch Avery warf sich dazwischen. Sie sprintete aus dem Zimmer.

»Raus hier! Komm schon!«, schrie sie Avery an, während sie sah, wie der Wächter die Pistole auf ihn richtete.

Wenn er sie benutzte, wäre Averys Unsterblichkeit entlarvt.

Giulias Füße brannten auf dem Boden wie Feuer. Jede Zelle ihres Körpers wollte weiterlaufen, doch Avery saß noch immer fest.

»Hände hoch! Wir wollen hier keine Verletzten.« Der Wächter wandte seinen Blick mit keiner Sekunde ab. Er fixierte sich gänzlich auf Avery.

Nur eine Bewegung und er wird nicht zögern, mir eine Kugel ins Bein zu jagen, dachte er.

Der Wächter zuckte mit der Waffe. Reflexartig schossen Averys Flammen in die Höhe und feuerten die Pistole aus der Hand gegen die Decke. Der Mann krümmte sich vor dem Schmerz, den ihm die Flammen zugefügt hatten.

Avery, ein Incendye, der dem Naturgesetz unterworfen war, niemals einen Menschen zu verletzen, blieb wie angewurzelt stehen. Jedes Haar an seinem Körper stellte sich auf. Dass er soeben etwas Unmögliches angerichtet hat, ließ seine Knie weich werden. Sein Kragen sog den Angstschweiß auf und von seinen Händen breitete sich ein Zittern auf seine Gliedmaßen aus. Er sah in seine Handflächen. Dass ein Sapye einem Menschen Schaden zufügen konnte, war ungefähr genauso möglich wie dass ein Mensch fliegen konnte.

Wie zum Henker konnte das passieren? Zuerst der Mord durch einen Incendye an Océane und jetzt das?

»RENN!«, schrie Giulia aus Leibeskräften, während Avery diese ewigen Sekunden vor dem Mensch am Boden stehen blieb.

Sie rüttelte ihn damit aus seinen Gedanken und kurz darauf setzten sich seine Beine in Bewegung.

1877

Ein Fuchs wagte sich in die kleine Gasse und suchte den Windschatten einer Hauswand. Der unaufhörliche Sturm fegte durch die Straßen, heulte an ihren Kanten und brachte die hölzernen Läden der Fenster zum Klappern. Der Fuchs nahm einen Satz und sprang auf einen Wagen, der neben dem Gemäuer stand. Dort rollte er sich zu einem Fellknäuel zusammen und versuchte so, sich vor der Kälte zu schützen. Seine Knopfaugen schimmerten im Rot des Abends, als er seinen Kopf reckte und in das blinde Fenster neben ihm schaute. Ein Mann mit Bart hob die Hand gegen eine Frau, die ihm unter Tränen gegenüberstand.

»Ich hab dir gesagt, du sollst deine Sachen packen!«, donnerte seine Stimme durch die Kammer, in der sie ihm weinend gegenüberstand. »Scher dich zum Teufel! Nein, ich –« Er befreite sich von ihrem Griff. »– ich will dich nicht mehr sehen!«

»Pi. Lass mich nicht im Stich!« Unter zitterten Lippen brach ihre Stimme. Sein Handrücken traf ihre Schläfe. Stechend durchzuckte der Schmerz ihren Kopf.

»Geh mir aus den Augen!«

Gaja klaubte ihre quer durch den Raum verteilten Sachen auf, wo sie an der Schwelle ungeachtet dessen, dass sie die Hälfte wieder fallen ließ, durch die Tür entfloh.

Ihren Rock hatte sie mit den wenigen Kleidungsstücken in ihrer Hand nach oben gerafft und ihre nackten Füße flogen über das Kopfsteinpflaster. Der Wind peitschte unermüdlich in ihr Gesicht und Tränen trübten ihren Blick. Sie hastete weiter, die Kälte an ihr nagend, von unten ihre Beine hochfressend.

Immer mehr an Geschwindigkeit zunehmend raste sie die Straße entlang und bemerkte nicht, wie viele Menschen sie anstarrten. Die Wut schnürte ihr die Kehle zu, die Scham senkte ihren Blick und die Trauer zerriss ihr das Herz. Sie war allein, sie fühlte es – und als sie auch die Anwesenheit der Menschen nicht mehr spürte, schossen die Flügel aus ihr heraus.

Mit einem Mal schwang sie sich nach oben, mit großen Schlägen der Sonne entgegen. Ihre prächtigen Federn reflektierten samtig weich das Licht, stießen die Luft unter ihnen hinweg und trugen sie immer weiter in die Ferne.

Blicke voller Unverständnis, zerschossen von Panik, folgten ihrem Flug. In den Straßen fror das Treiben augenblicklich ein, als die Menschen eine Frau ohne Schuhe gen Himmel flogen sahen. So verharrten sie, ehe ein jeder nach Hause rannte, um sich vor dem zu retten, was sie gesehen hatten.

Über den Wäldern Russlands ihre Flügel ausbreitend, erkannte Gaja, wie gut es sich anfühlte, wieder zu fliegen. Die Gefühle, von denen sie vorher so beherrscht worden war, machten einem kleinen Anflug von Beruhigung Platz. Der bittere Beigeschmack ihrer Einsamkeit steckte ihr dennoch schwer in den Knochen.

Unter ihr sahen die Nadelbäume kaum größer aus als die Häuser in Moskau. Wenige Kilometer vor ihr drückte sich schwarzer Rauch gen Himmel empor. Der Temperatursturz ließ ihre Füße kribbeln und als sie spürte, dass der Energieschub langsam nachließ, steuerte sie die Rauchfahne in der Ferne an.

Je tiefer sie flog, umso häufiger musste sie den Baumstämmen ausweichen, schlug scharfe Kurven, drehte sich um neunzig Grad, zog ihre Flügel zusammen und streckte sie wieder. Vögel kreuzten ihre Bahn, stießen Rufe aus, die sie nicht verstehen konnte, und sie fühlte sich doch willkommen im Reich des Himmels.

Mit einer Spirale ließ sie sich auf das Moos nieder, das ihre Ladung abfederte. Nur noch wenige Meter entfernt konnte sie eine Hütte erkennen, aus der das Licht eines Kamins seine Strahlen warf. Kaum angekommen zogen sich die Flügel in ihre Schulterblätter zurück und hinterließen einen Schimmer magischen Lichts, der wie leuchtender Rauch ihren Rücken hinabfiel.

Sie klopfte behutsam an der hölzernen Tür an.

Als auch nach einigen Momenten des Wartens keine Antwort erfolgte, zog sie am rostigen Knauf, ehe sich die Wärme, die aus der geöffneten Tür trat, um ihren Körper schlängelte. Gaja zog die Tür wieder hinter sich zu und bewunderte den Raum, in dem sie nun stand.

Die von Bären- und Schafsfellen behangenen Wände sowie der brennende Kamin luden sie dazu ein, auf dem Sessel neben einem Stapel von Büchern Platz zu nehmen.

Wem diese Hütte wohl gehört?

Behutsam setzte Gaja einen Schritt vor den anderen, ließ sich in den Ledersessel sinken und vergrub ihre Hände in der Decke, mit der sie ihre verdreckten Füße versteckte. Ihr Blick wanderte nach links auf den Stapel der alten Bücher, der sich ihrem Arm entgegenstreckte.

An den Rücken konnte sie ablesen, dass es sich um Märchen und Erzählungen handelte, die dort neben ihr aufgetürmt waren. Sie nahm das oberste Buch und begann zu lesen.

Der Wind drückte unaufhörlich gegen die Fenster der Hütte, kämpfte stetig gegen die Kälte von draußen an, züngelte, tanzte und schrumpfte immer im Wechsel. Gaja las, aber verlor sich in den Buchstaben, bis sie zu schlafen begann. Das Feuer untermalte die Szenerie mit einem Knistern, das ihr das Einschlafen erleichterte.

Wer war sie nun? Wohin sollte sie gehen?

»Pi«, flüsterte sie im Schlaf.

Sie sah Pi vor sich. Eine viel jüngere, kindliche Version von ihm. Ihr jüngeres Ich schaute zu dem etwas älteren, großen Jungen auf. Ein Glitzern von Faszination und Angst in ihren Augen.

»Hey, Kleine! Wo hast du dich denn verlaufen?«

»Tut mir leid, ich –«

»Keine Sorge. Ich erzähle deiner Mutter nichts.«

Gajas Brustkorb senkte sich vor Erleichterung.

»Ich habe es zuhause nicht mehr ausgehalten.«

»Wo wohnst du denn?«

»Da drüben.« Sie deutete eine Straße weiter auf ein Eckhaus, dessen Dach schief nach oben ragte.

»Du bist also die kleine Karpakowa.«

Gaja nickte und verzog ihren Mund zu einem schiefen Lächeln.

»Pjotr. Freut mich.«

»Gaja.« Sie hob die Enden ihres Rockes für einen kurzen Knicks an. »Sehr erfreut.«

»Willst du nicht mit zu mir kommen? Meine Mutter hat Essen vorbereitet.«

Während sich vor Giulias Hauseingang ein kleines Knäuel aus weißen Federn sammelte, schien sich der Nebel zu lichten und ließ seit Tagen die ersten Sonnenstrahlen auf die Erde nieder. Die Federn wurden nach und nach von den Schritten der vorbeiziehenden Fußgänger davongeweht und stoben in die entferntesten Richtungen.

Die Geräuschkulisse des Fernsehers erdete Avery und Giulia. Als seien sie dadurch nicht allein mit sich und mit den Erfahrungen, die sie in der letzten Nacht hatten machen müssen. In ihrer Wohnung saßen sie auf dem Boden in der Mitte des Wohnzimmers, das sogar nur halb so groß wie Averys Einraumwohnung war. Die Wände mit Regalen zugepflastert, auf denen Tanzpokale übereinander balancierten, wirkte das Apartment noch ein wenig enger.

»Es kann doch niemand ahnen, dass dein Feuer einfach unkontrolliert aus deinen Händen herausschießt! Du solltest dir keine Vorwürfe machen. Der Mann wird schon wieder.«

»Er hat sich vor Schmerzen gekrümmt, Giulia. Es ist eine Katastrophe, wenn die Sapye Menschen verletzen können.«

»Trotzdem. Ich glaube nicht, dass du ihn so stark verletzt hast, dass er Narben davontragen wird – oder gar Schlimmeres.«

Giulias Worte verhallten im Nebel von Averys Gedanken, bis sie gänzlich verblassten. Geistesabwesend starrte er durch das Fenster hinaus auf die Straße.

Scheiße.

Noch nie hatte er einem Menschen Schaden zugefügt. Er fragte sich, ob überhaupt jemals ein Sapye zuvor einen Menschen verletzt hatte … bis auf Océanes Mörder. Seine Gedanken kreisten immerzu um die Tatsache, dass er womöglich eine Schande für seine ganze Spezies war, deren Zweck, auf Erden zu weilen, zwar schon längst überholt, aber dennoch seit Anbeginn ihrer Existenz Priorität Nummer eins gewesen war.

Er legte seine Finger an das beschlagene Glas. Die winzigen Wassertröpfchen flohen vor Averys Wärme und lösten sich in Luft auf, als die Scheibe aufklarte. Dicker Nebel thronte an diesem Tag über den Dächern von Paris und so weit Avery schauen konnte, war kein Sonnenstrahl in Sicht.

»Jetzt müssen wir nur noch herausfinden, was es damit auf sich hat.« Avery deutete auf die Unterlagen, die Giulia so heldenhaft aus dem Präsidium gestohlen hatte.

Das Foto zeigte eine Nahaufnahme des Leichnams. Zu sehen war eine Stelle zwischen den Schulterblättern, in der ein winziges Symbol in die Haut geritzt worden war.

Eine Feder.

»Du sagtest, es handele sich hierbei um das Symbol der Auraryе?«

Avery nickte stumm, während Giulia auf das Foto deutete. Ein anderes zeigte eine weitere Absonderlichkeit, die in den Medien ebenfalls nicht erwähnt wurde. Neben ihrem toten Körper waren weiße Federn gefunden worden. Der Bericht beschrieb die Federn als nicht definierbar. Es gab Parallelen zu bestimmten Vogelarten, aber wenn die Form stimmte, passte die Größe nicht. Sie beschrieben sie als eine Art mutierte Feder, die auf Unwissende unscheinbar wirkte, aber bei jedem Vogelkenner Fragen aufwarf.

Avery stand auf und ging zum Fenster, während er die rechte Hand an sein Kinn und die Stirn in Falten legte.

In einem Bericht war die Rede von weiteren seltsamen Morden, bei denen Federn am Tatort gefunden worden waren. Von ihnen wurde jedoch keiner direkt in Paris verübt.

»Das Symbol der Auraraye. Ich glaube, wir sollten diesen Strohhalm ergreifen und alles daransetzen, etwas darüber herauszufinden, wieso die Feder in ihren Rücken graviert wurde«, sagte Avery.

Giulia schweifte mit ihrem Blick zum Fenster, als sie Avery, der noch immer nach draußen starrte, reden hörte. Sie nickte zustimmend.

Die mächtigen Wesen mit ihren Flügeln hatte Avery zuletzt vor Jahrzehnten gesehen. Avery fröstelte es bei dem Gedanken, mit Giulia ohne Unterstützung eines Sapye einem Mörder gegenüberzustehen.

»Wo fangen wir an?«, murmelte sie mit verschränkten Armen vor der Brust. Ihren Wollpullover hatte sie über ihre Handgelenke gezogen und sich ein Pflaster auf die Lippe geklebt, die sie sich beim Einbruch aufgebissen hatte.

»Ich denke, wir sollten irgendwie Kontakt zu anderen Sapye aufnehmen«, warf er in den Raum.

»Wieso?«

»Etwas Besseres fällt mir nicht ein.« Er zuckte mit den Schultern und sah, wie Giulia ihren Kopf skeptisch schief legte.

»Woher sagtest du nochmal, hast du dieses Buch über die Sapye?«, fragte Avery.

Giulia hob eine Augenbraue, sah ihn an und runzelte die Stirn.

Immer noch skeptisch und zögernd, stand sie auf und verschwand in ihrem Schlafzimmer. Avery hörte, wie sie in einer Art Kiste kramte und kurz darauf wieder im Wohnzimmer erschien. Kurz nachdem sie den Wälzer auf den Tisch gelegt hatte, wandte sich Avery von der Fensterscheibe ab und beobachtete Giulia aus dem Augenwinkel. Als sie sich auf die Couch setzte und damit das Sichtfeld auf das Buch frei machte, wurde Avery förmlich vom Einband angezogen. Der Wälzer lag flach auf dem Tisch, die goldenen Ranken traten hervor und schimmerten matt und abgenutzt im spärlichen Schein der Deckenleuchte. Die Furchen der Prägung gruben sich fein in das Leder und definierten die Verzierungen, die sich über das ganze Buch erstreckten. Er trat näher, berührte den Einband und strich über die Initialen des Autors.

»L. Y.«, flüsterte er. »Wer bist du?«

Behutsam hob er es an und drehte es, hin und her, bis er es einmal vollständig begutachtet hatte. Auch auf der Innenseite war kein Verlag zu finden – geschweige denn eine Auflagenzahl.

»Ist dieses Buch eigentlich ein Einzelstück?«, fragte er, nur um sichergehen zu können, dass er mit seiner Vermutung richtig lag.

»Ich weiß es nicht.«

»Wer könnte wissen, was es mit dem Autor auf sich hat?«

Giulia wandte ihren Blick ab. Sie spürte, wie ihr Kiefer sich anspannte und sich ein flaues Gefühl in ihrem Magen ausbreitete. Mit aller Kraft kämpfte sie gegen das Zutagetreten ihrer Gefühle an, sodass ihr Äußeres regungslos blieb. Selbstbewusst sah sie Avery an.

»Patricia Pan. Sie kennt sich damit aus«, sagte Giulia mit fester Stimme, die ihre Gefühle wie das sinkende Venedig auf Holzpfeilern trug.

Damals, als sie noch ein Kind gewesen war, war es ihr so viel leichter gefallen, Schwäche zu zeigen. Dass sie Patty einmal so im Stich lassen würde, wäre ihr in jungen Jahren niemals in den Sinn gekommen. Als hätte jemand den Stöpsel des Meeres der Gefühle gezogen, in dem Giulia drohte zu ertrinken, brach Avery die Stille.

»Wo können wir sie treffen?«

»Sie hat einen Antiquitätenladen nicht weit von der Oper«, traten die Worte monoton, aber freundlich aus ihrem Mund.

»Ich finde, wir sollten ihr einen Besuch abstatten. Vielleicht weiß sie etwas über den Autor, der uns womöglich helfen kann. Ich kann mir vorstellen, dass er weiß, wo sich die Aurarye verstecken.«

»Hmh. Ja«, murmelte Giulia und lächelte.

Patty noch einmal unter die Augen zu treten, würde vermutlich in ihr selbst einen unbändigen Sturm auslösen. Einen Tornado, in dessen Auge sie sich die ganze Zeit über befunden hatte. Solange sie sich mit der Windstille bewegte, hatte sie nichts zu befürchten. Doch sich aus der Fessel zu befreien und sich erneut dieser schmerzlichen Erfahrung zu stellen, würde ihr das Herz zerreißen.

»Vielleicht solltest du sie alleine besuchen. Ich glaube nicht, dass ich mitkommen sollte«, gab sie zu bedenken.

»Giulia?«, fragte Avery und bemerkte das Lächeln auf ihrem Gesicht, das sich nicht auf ihren Augen widerspiegelte.

»Ich kann da einfach nicht noch einmal hin.«

Jetzt versagte ihre wenig überzeugende Fassade, bröckelte und fiel in sich zusammen.

»Patricia Pan … hat einmal zu meiner Familie gehört. Sie war praktisch meine einzige Familie. Und ich habe sie für meine Karriere im Ballett von mir gestoßen. Hab sie eine alte Frau, mit der niemand mehr reden möchte, genannt. Hab sie –«

Bevor Giulia weiterreden konnte, legte Avery einen Finger auf seine Lippen. Er schloss seine Arme um sie und hielt inne. Giulias Puls verlangsamte sich, die Spannung in ihrem Rücken entkrampfte sich. Wort- und tonlos lagen sie einander in den Armen, bis sich Giulia langsam wieder von Avery löste. Ein stilles »Danke« stand in ihrem Gesicht geschrieben.

»Vielleicht kannst du dich mit ihr versöhnen. Ich kann dir beistehen und dir Rückhalt bieten«, schlug Avery vor, doch Giulia wich leicht zurück, verschränkte die Arme vor der Brust.

»Weißt du, wie sie mich angesehen hat, als ich letzte Woche dort war? Ich war verzweifelt und hilflos. Und keinen Deut besser als damals, als ich sie abgewiesen hatte.«

»Versuch es«, sagte er und gab nicht auf.

»Ich glaube nicht, dass es besonders hilfreich ist, wenn ich dort mit dir aufkreuze. Dann sagt sie uns vielleicht erst recht nichts.«

»Und dennoch hat sie dir das Buch gegeben.«

Averys Bemerkung stimmte sie nachdenklich – und er hatte recht: Wäre Patty komplett gegen sie, hätte sie nicht geholfen, indem sie ihr das alte Geschichtenbuch gegeben hatte.

»Meinst du wirklich?«

»Wag es. Ich bin ja da. Im Zweifelsfall flüchten wir.« Er lachte und zwinkerte sie an.

»Na gut. Aber nur, weil du sonst immer derjenige bist, der sich nichts traut«, bemerkte sie und winkte ab, als Avery etwas zu seiner Verteidigung entgegnen wollte.

»Patty war wie eine Mutter für mich, die ich nie wirklich hatte«, flüsterte sie mehr zu sich selbst als zu Avery.

»Ich finde, ihr solltet euch beiden noch einmal eine Chance geben. Manchmal ist das Leben mit Familie nicht so einfach. Glaub mir.«

»Hm.«

Im Hintergrund lief noch immer der Fernseher. Giulia schaute auf, als sie das Intro der Tagesnachrichten hörte. Die Sendung begann mit einem Beitrag zu Océanes Mord – so wie auch in den letzten Tagen. Wieder ein Mordverdächtiger.

Aufgrund einer Zeugenaussage wurde ein Phantombild erstellt.

Als Giulia sah, wer sich darauf befand, lief es ihr eiskalt den Rücken hinab.

Avery.

Avery trat mit geweiteten Augen an den Fernseher heran. Die Worte der Moderatorin drangen nicht zu ihm durch und je länger er auf sein Phantombild starrte, desto stärker brodelte die Angst in ihm. Das Bild war nicht perfekt – aber dennoch: Er erkannte sich.

»… steht im dringenden Tatverdacht, Océane S. getötet zu haben. Keenan Churchill, leitender Ermittler des Falls, bittet um Hinweise zu seinem Aufenthaltsort.«

»Der Wachmann vom Präsidium«, flüsterte Avery. »Er hat mir direkt ins Gesicht gesehen. Er hat meine Flammen nicht gesehen, aber gespürt.«

»Glaubst du, sie haben …«

»Eins und eins zusammengezählt, ja. Zuerst wird jemand auf unerklärliche Weise von innen vollkommen verbrannt und dann bricht jemand im Präsidium ein, um Daten über denselben Fall zu stehlen. Der Einbrecher verbrennt den Nachtwächter mit unsichtbarem Feuer«, flossen die Worte aus Averys Mund hervor. Obwohl bereits der nächste Beitrag in den Nachrichten ausgestrahlt wurde, klebte sein Blick noch immer an der Stelle, an der vor einigen Sekunden sein Phantombild abgebildet worden war.

»Scheiße!«, fluchte Giulia und ging im Raum auf und ab. »Wir müssen der Polizei die Wahrheit sagen. Wir müssen beweisen, dass du –«

»Ein Unsterblicher bin? Mit Feuerkräften, die die einzig mögliche Mordwaffe für den Fall darstellen?«

Schweigen.

»Giulia, sei mir nicht böse. Das Allerbeste wird sein, dass ich einfach die Stadt verlasse und erst wiederkomme, wenn alle gestor–«

»Du wagst es nicht! Wir stecken zusammen da drin! Wir müssen uns beeilen und den Fall schneller auflösen, als die Polizei die falsche Spur verfolgt.«

Die falsche Spur. Offenbar war sich Giulia inzwischen sicher, dass es Avery nicht gewesen sein konnte.

»Avery, lass uns so schnell wie möglich zu Patty gehen. Jeder Hinweis kann jetzt alles für uns bedeuten.«

Er nickte stumm und sein Puls raste.

»Ich habe wohl sowieso nichts mehr zu verlieren.«

Giulia seufzte, legte eine Hand auf seine Schulter und sah ihn mit ihren dunklen Augen an.

»Es ist doch so. Wer weiß, wie viele Menschen jetzt mein Gesicht kennen. In die Oper kann ich nicht mehr zurück.«

»Nicht, wenn wir das Ganze aufklären. Ich weiß, wir finden einen Weg. Lass uns danach suchen und gleich heute zu Patty gehen.«

Die scheinbar ewige Stille zwischen den beiden und der Blickkontakt, dem Giulia irgendwann auswich, sprachen mehr als tausend Worte. Avery sah zu Boden, seufzte und nickte.

»Dann heißt es kämpfen.« Seine Schultern sanken hinab. »Mich wundert nur eines …«, flüsterte er und wandte sich Giulia zu.

Sie sah ihn mit einem fragenden Ausdruck an, die Brauen zusammengezogen. Giulia spürte, was Avery sagen wollte, und Gänsehaut machte sich auf ihren Gliedmaßen breit. Sie verschränkte ihre Arme.

»Wieso … gibt es von *dir* kein Phantombild?«

Die Fülle an Unverständnis wich nicht aus ihrem Ausdruck.

»Der Wächter hat dich doch auch gesehen. Wieso gibt es keinen Bericht darüber, dass eingebrochen wurde? Warum wirst du mit keiner Silbe erwähnt?«

»Vielleicht …« Sie atmete tief durch. »… legen sie ihre Aufmerksamkeit auf den Mörder.«

»Ich bin kein Mörder.«

»Ich weiß, Avery. Ich weiß. Vielleicht wird auch nach mir gesucht. Aber sie sind sich bewusst, dass dich Paris sowieso verurteilen wird. Wenn sie sich bei dir so sicher sind, dass du etwas damit zu tun hast, dann sind sie sicher vorsichtig, wen sie durch die Medien jagen.«

Avery grummelte. »Wir werden sehen.«

1877

Das Geheul zum Mond ließ die Bewohner des Waldes erzittern, über den dichten Laubteppich huschen und in ihre Löcher kriechen. Die Sterne am Firmament leuchteten, als hätte jemand tausende Diamanten in den Himmel geschüttet. Jenseits der Stadt in den Wäldern Russlands war der Himmel so klar wie nirgendwo und doch lag eine unterschwellige Bedrohung in der Luft. Hinter einem gestürzten Baum, dessen Wurzeln die Erde mit ihren spinnartigen Ausläufern aus dem Boden hievten, lugte der Wolf hervor. Das Fell auf seinem Nasenbein legte sich in zornige Falten, als seine grauen Augen den Mann, der durch das Dickicht stapfte, verfolgten.

Der ungebetene Gast des Waldes, der noch eben am Boden in die Richtung eines Tors aus zwei riesigen Bäumen gegangen war, riss sich mit seinen braunen Schwingen in die Lüfte. Der Wolf huschte hinter die Baumwurzel.

Als hätte es die Schwerkraft nie gegeben, glitt der Mann durch die Lüfte und drehte sich um seine eigene Achse. Geschickt wich er den Bäumen aus. Seine dunklen Locken zogen sich durch den Wind glatt und schmiegten sich an seine Stirn. Von oben und vom Licht des Vollmonds angestrahlt, sah der Wald wie von Moos bewachsen aus.

In seiner linken Hand hielt der Mann ein totes Eichhörnchen, das er wenige Stunden zuvor selbst erlegt hatte.

Bescheidene Jagd … aber es wird wohl für den guten Geschmack reichen, dachte er und zog sein Tempo an.

Nicht dass er hätte essen müssen. Es hielt ihn lediglich bei Kräften und wenn er trotz Unsterblichkeit keine Schwächeanfälle erleiden wollte, dann musste er der lästigen Beschäftigung des Essens nachkommen.

Von Weitem konnte er bereits seine kleine Hütte mitten im Wald erkennen. Das Licht des Kamins loderte noch immer, jedoch ein wenig schwächer. Die Adlerflügel, die aus seinen Schulterblättern wuchsen, winkelten sich an und versetzten ihn in den Sinkflug. Er drehte sich neunzig Grad um sich selbst, dann wieder zurück und gerade, sodass er von den Ästen nicht getroffen wurde. Die massigen Federn stellten sich gegen den Wind und die Schwingen flatterten ein wenig, ehe er mit einem Ruck den Boden berührte. An der einsamen Hütte angekommen, öffnete er die Tür und trat ein.

Er zuckte zusammen. Der Anblick einer jungen Frau, die in seinem Sessel schlief, ließ ihn erschaudern. Seelenruhig lag sie da, den Kopf auf die Armlehne gelegt und die Füße auf die gegenüberliegende angehoben. Er schlich auf den Sessel zu und achtete tunlichst darauf, keinen Laut zu erzeugen. Die knarzenden Dielen breiteten sich wie ein Mienenfeld vor ihm aus. Zehenspitzen um Zehenspitzen setzte er auf den Boden auf, um geschickt und fast lautlos auf das Sofa zu sinken, das nur wenige Zentimeter neben dem Sessel stand.

Der Himmel ruhte in der Nacht und die Sterne funkelten ihre Muster in das Nachtschwarz über ihnen. Als sich mit einem Pastellgrün am Horizont die Sonne ankündigte und schließlich von einem warmen Gelb begleitet wurde, brach der Tag an. Und so wartete er Stunde um Stunde, bis die mysteriöse Frau mit den nackten Füßen aufwachen würde.

Pelagaja regte sich. Das Leder unter ihr klebte an ihrer Wange und ihr Genick hatte sich in der Nacht so verspannt, dass es schmerzte, den Kopf anzuheben. Ihre Augen ließen sich noch nicht ohne Anstrengung offenhalten. Sie seufzte müde.

Sie strich sich die Haare aus dem Gesicht und fasste sie in einer Strähne hinter ihrem Ohr zusammen. Der junge Mann neben ihr wurde aufmerksam und wandte seinen Blick nicht von ihr ab. Als Gaja schließlich den Kopf erneut anhob und um sich sah, sprang sie auf. Ein spitzer Schrei war ihr entglitten, doch der junge Mann blinzelte nur und blieb ungerührt sitzen.

»Es, es tut mir furchtbar leid! Herr –«

Er lächelte sie an und die kleinen Fältchen an seinen Augen verrieten ihr, dass es ein ehrliches Lächeln war.

»Nenn mich Mya.«

»Mya«, sagte Gaja und zögerte dabei so lange, dass es sich etwas weniger unangebracht anfühlte, den Besitzer ihrer nächtlichen Herberge beim Vornamen zu nennen.

»Wie heißt du?«

»Oh, wie dumm von mir! Entschuldigen Sie, äh. Du. Entschuldige.«

»Also?« Schelmisch verbreiterte sich sein Grinsen.

»Pelagaja Karpakowa. Sehr erfreut.« Sie streckte ihm die Hand entgegen, doch Mya schaute ihr nur skeptisch auf die Finger.

»Was treibt dich hierher?«, fuhr er direkt mit seiner nächsten Frage fort.

»Lange Geschichte. Ich hoffe, du bist mir nicht böse, dass ich hier einfach so … reingeplatzt bin. Es war niemand da, da dachte ich … und es war die einzige Hütte hier weit und breit.« Sie zupfte an ihrem Kleid herum.

»Na ja. Wie ich sehe, muss ich immerhin nichts vor dir verbergen.« Er deutete auf die Kette, die von ihrer Taille in ein kleines Täschchen an ihrer Hüfte verlief. »Eine Taschenuhr.« Er beäugte sie genauer.

»Das ist einfach nur –«

»Eine *Taschenuhr.*« Dieses Mal sagte er es mit einem verschwörerischen Unterton.

Er griff in seine Hosentasche und zückte dann die linsenförmige Uhr. Ein goldener Adler breitete seine Flügel über den gesamten Radius aus und zwischen den einzelnen Federn saßen eingelassene Smaragde. »Das ist meine.« Er ließ den Deckel aufspringen und Gaja sah die magischen Zeichen, die in das Ziffernblatt eingelassen waren. Ihr Mund blieb offen stehen und ihre Hand schnellte ebendort hin, um ihren Ausdruck zu verdecken.

»Tu doch nicht so überrascht. Glaubtest du, du bist die Einzige?«

»Aber wie konntest du wissen, dass – …«

»In meinem Alter hat man allerlei Erfahrung gesammelt und es ist nicht wirklich schwer, die Sapye von den Menschen zu unterscheiden. Mal ganz davon abgesehen, dass die Uhr da in deiner Tasche nicht mehr tickt. Wie mir scheint, bist du eine Auraryе.«

Sie machte einen Knicks und hob dabei ihr Kleid an.

»Sehr wohl, Mya.«

»Auch noch Tänzerin.« Er musterte ihre perfekte Haltung und die Muskelstränge, die sich sichtbar über ihren ganzen Körper zogen.

Der kalte Schweiß drang durch ihre Schläfen.

Sie versuchte die Situation mit einem Lachen aufzulockern.

»Du musst keine Angst vor mir haben. Du bist hier sicher, vor was auch immer du ...« Ihre dreckigen Füße zogen seine Aufmerksamkeit erneut auf sich. »... geflohen bist.«

Sein unnachgiebiger Blick sog Gaja in eine Spirale aus Faszination und Furcht. Eine Spirale, die sie unaufhörlich hinabglitt und durch die sie sich bereits ihrem Untergang in den Augen des Fremden verloren sah.

»Lange Geschichte«, bemerkte Gaja und nahm es einfach hin, dass Mya eine unfassbar gute Auffassungsgabe besaß.

»Ich habe alle Zeit der Welt«, versicherte er ihr und deutete auf die stillstehende Taschenuhr in seiner Hand. Schon fühlte sich Gaja dazu gedrängt, ihm ihr Herz auszuschütten.

»Mein Geliebter, Pi. Er ist Komponist ... ich war seine größte Inspiration und ... die Uraufführung ... sie ist ...« Ihre Stimme brach und die Rätsel, in denen sie sprach, ergaben für einen Außenstehenden nicht viel Sinn.

»Red weiter. Schließlich möchte ich den Grund erfahren, warum du bei mir eingebrochen bist«, versuchte er sie lächelnd aus der Reserve zu locken.

»Die Uraufführung kam nicht gut beim Publikum an. Ich habe mein Bestes gegeben, doch es war nicht gut genug für ihn. Er sagte, es sei ihm unverständlich, wie ich glauben könne, dass er mich verehre, wenn mich nicht einmal das Publikum liebt.« Sie stockte erneut.

Mya deutete mit seiner flachen Hand auf den freien Platz neben sich und nach kurzem Zögern setzte sich Pelagaja neben ihn. Seine Ausstrahlung hatte so etwas außerordentlich Einladendes und Vertrauenswürdiges, dass es ihr schwerfiel, ihm etwas abzuschlagen.

»Wie geht es weiter? Erzähl mir alles.«

Mya legte seine Hand auf ihr Knie und sah ihr tief in die Augen.

»Nun ja.« Ihr Blick wanderte auf den Boden und sie spielte an den Falten ihres Kleides herum. »Pi hat mich rücksichtslos rausgeworfen.« Die Tränen stiegen in ihre Augen, liefen in Rinnsalen ihre Wangen hinab und glänzten im Sonnenlicht. »Ich bin nichts mehr wert für ihn.« Sie schluchzte unter dem Wasser, dass ihr nun auch in die Nase lief.

»Dabei habe ich mir meine komplette Zukunft mit ihm ausgemalt. Meine ewige Zukunft. Ich kann mir kein Leben ohne ihn vorstellen. Er war … er ist mein Ein und Alles.«

»Es muss sehr schwer für dich sein, so abgelehnt worden zu sein«, unterstützte Mya sie.

»Ja!« Das kam lauter, als sie es eigentlich sagen wollte. Ihre Stimme war so brüchig, dass sich Mya schwertat, alles genau zu verstehen. Gajas blaue Augen glänzten unter den Tränen.

»Und was geschah dann?«, hauchte er. »Du kannst mir vertrauen.«

»Ich bin ohne Hab und Gut geflohen. Hierher«, sprach sie und wischte sich eine Träne aus dem Gesicht.

Mya stand auf und ging zur Küche, die am anderen Ende des Raumes lag. Aus einem Schrank nahm er zwei Taschentücher, die er ihr mit einem Schmunzeln entgegenstreckte.

Wie ein Häufchen Elend hatte sie ihre Tänzerhaltung verloren und ihr Gewicht nach vorn auf ihre Knie gestützt. Sie zog ihre Beine auf das Sofa und das warme Leder ließ ihre Füße entkrampfen. Mya beobachtete, wie ihre Augen in die

Leere starrten. Wie ein Schatten lag eine düstere Aura um sie herum.

Er spürte, dass Dunkles in ihr heranwuchs und es damit ihr Herz zerfraß.

Draußen unter der Scheibe krabbelte eine Maus, die sacht gegen die Fensterstreben drückte, als wolle sie hineingelassen werden. Der Morgen brachte nicht nur einen Sturm, sondern auch Gewitter, das sich in pechschwarzen Wolken am Horizont zusammenbraute. Mya trat an eines der Fenster heran und schaute nach draußen, sein Spiegelbild im Glas ignorierend.

Gaja beobachtete, wie im Glas seine grünen Augen das anbahnende Gewitter reflektierten. Die grade Nase, die am Ende spitz zulief, formte damit eine ähnliche Linie wie sein Kinn, das von einem Architekten hätte stammen können. Die Knochen und die Haut legten sich wie von einem Lineal abgemessen zu makellosen Flächen zusammen. Schwarze Locken auf seinem Kopf reichten ihm bis zur Hälfte seiner Stirn, weniger dicht, sondern leicht wie Federn.

Zu Mya drang Gajas Schluchzen nicht mehr durch. Als säße Watte in seinen Ohren, verklang das Geräusch dumpf in weiter Ferne.

Durch Gaja erinnerte er sich an den Moment, zu dem er das letzte Mal Gesellschaft gehabt hatte.

Ein Wanderer aus einem fernen Land war zu ihm gekommen – mehr notgedrungen als gewollt. Er hatte zwar den Grund vorgeschoben, dass er die Hütte außerordentlich schön fand und sehen wollte, wer der Besitzer einer solch zauberhaften Behausung sei, doch Mya hatte genau gewusst, dass der Mann sich verlaufen hatte und Unterschlupf suchte. Mya hatte ebenfalls sofort bemerkt, dass es sich um einen einfachen

Wanderer gehandelt hatte … nichts weiter. Wie sich herausgestellt hatte, hatte Mya richtig gelegen.

»Wissen Sie, es kommen nicht oft Menschen hierher.« Mya zog das Wort »Menschen« leicht in die Länge.

Er musterte ihn von oben bis unten, doch der Wanderer lächelte ihn an und nahm durch seine lockeren Arme und den geraden Rücken eine sympathische Haltung ein.

»Haben Sie schon einmal von den Sapye gehört?«

»Den was?« Der Gast kniff die Augen zusammen und gluckste.

»Magische Wesen. Unsterblich.« Mya raunte die Worte wie ein Märchenerzähler.

»Natürlich kenne ich Geschichten. Viele davon. Aber die Sapye kenne ich nicht.«

»Mhm.«

Der Gedanke, es einfach zu versuchen, schoss Mya in den Kopf. Würde er den Menschen entgegen dem Naturgesetz verletzen können? Die Bücher, die er dazu gelesen hatte, sprachen von Theorien, die dies möglich machen konnten.

Seine Hand spannte sich an, bereit dazu, einen Angriff zu starten.

Mya spürte, wie sich die magischen Federkiele dicht unter seiner Haut zusammendrängten und freigelassen werden wollten. Wie bei einem Staudamm löste er die Blockade und im nächsten Moment prasselten die Federn auf den Wanderer ein. Mya weitete seine Augen und eines seiner Lider zuckte, als er beobachtete, was geschah. Wie ein schwereloses Geschwür wuchs die Ansammlung an Adlerfedern, bäumte sich auf und schoss durch den Wanderer hindurch.

Völlig unbehelligt saß er dort, sagte kein Wort und starrte Mya auf die Hände.

»Ist alles in Ordnung mit Ihnen?«, flüsterte der Wanderer und ein Kratzen erfüllte seine Stimme. Einen Moment lang reagierte Mya nicht darauf.

»Entschuldigen Sie –« Myas Blick wurde vom Wanderer und den Federn in der Luft gelöst. Er blinzelte und sogleich glitt sein Blick zu Boden.

»Alles in Ordnung. Es ist besser, Sie gehen weiter auf Ihre Wanderschaft«, riet er ihm.

Ohne ein einziges Wort zu sagen, schnappte sein Gast sich seinen Beutel und ließ die Tür hinter sich ins Schloss fallen.

Damals hatte es nicht funktioniert, obwohl er schon so viel dunkle Energie aufgebracht hatte, um überhaupt einen Menschen angreifen zu wollen. Der Gedanke veranlasste ihn dazu, sich wieder zu Gaja umzudrehen.

Die dunkle Aura sprudelte ganz deutlich in ihrem Herzen. Genau das, worüber er in den Büchern gelesen hatte … eine Macht, so düster wie die wolkenbehangene Mitternacht bei Neumond. Niemals hätte er geglaubt, dass sie ihm so auf dem Silbertablett serviert werden würde.

Sie hatte den Rücken seitlich zu ihm gewandt und hielt noch immer ihre Knie nach oben an ihr Kinn gezogen, während die Tränen still an ihren Wangen herunterliefen.

»So dunkel wie die wolkenbehangene Mitternacht …«, flüsterte er zu sich selbst.

Damit beschloss er, Pelagaja eine Herberge in ihrer misslichen Lage zu schenken.

Der Regen schob sich unaufhörlich weiter zu den Fenstern und traf auf das Dach der Hütte. In der prasselnden Geräuschkulisse saßen nun beide vor dem Kaminfeuer und sprachen kein Wort – bis sie nach einigen Stunden einschliefen.

Der Holzgeruch stieg Avery in die Nase und eine winzige Note von altem Pergament schwang mit. Auch Giulia nahm den Duft wahr, doch sie kannte ihn im Gegensatz zu Avery nur zu gut. Jede Erinnerung an Patty war unvermeidlich an diesen Geruch gekoppelt. Wie ein weißes Shirt, das man mit einer roten Socke gewaschen hatte und es dadurch nie wieder zu seiner alten Farbe zurückkehren konnte.

Die Dielen knarrten unter dem Gewicht der beiden und der Staub auf dem Fußboden wirbelte auf, als sie beim Eintreten einen Windhauch durch die Tür mitbrachten.

»Madame Pan?«, rief Avery in das Halbdunkel hinein. »Mein Name ist Avery Durand … ich komme wegen eines ganz besonderen Buches.«

Doch in diesem wie auch im Raum hinter dem Tresen war keine Regung zu hören. Nicht einmal die Kerzen auf dem Tresen brannten. Nur die kleine Öllampe an der Decke kämpfte gegen die Dunkelheit an. Die Vorhänge der Schaufenster waren zugezogen und durch die gestapelten Sessel und Stühle trat auch kein Lichtstrahl hinein.

»Madame Pan!«, rief er erneut, dieses Mal lauter.

Ein Knarzen ertönte. Es kam aus dem Hinterstübchen und es versetzte Giulia in eine Schockstarre.

»Sie kennen Giulia?«, krächzte eine Stimme dumpf hinter der verschlossenen Tür.

Avery drehte sich zu seiner Freundin um, lächelte matt und bereitete seine Antwort vor. »Wissen Sie, wir möchten alles über dieses Buch erfahren, das Sie ihr gegeben haben. Es erzählt die Geschichte der Sapye.« Und unsicher, ob er den nächsten Satz sagen sollte, spannte sich sein Brustkorb an und er sprach die Worte aus: »Die Geschichte meines Volkes.«

Eine unheilschwangere Stille preschte durch den Raum. Giulias Blick schnellte auf ihn zu und ein weiteres Knarzen hinter der Tür stoppte sogleich.

In Giulias Kopf machte sich die Angst breit, Patricia könnte denken, jemand würde sich nur wieder über ihre Geschichten lustig machen. Als wäre es nur ein dummer Streich, der von Giulia angezettelt worden war, um sie wieder bloßzustellen.

Ihre Hände verkrampften sich, die Adern traten hervor und die Gelenke verblassten zu einem blutleeren Weiß. Die Spannung hielt an, bis die Klinke der alten Eichentür klickte und sich das Holz ein Stück bewegte.

Einen Spalt breit öffnete sich die Tür. Avery sah zuerst nur eine vom Alter gezeichnete Hand, dann ihre graue Haarmähne, die sich langsam mit ihrem Gesicht hinter der Tür hervor schob.

»Was sagtest du da?« Patricias Augen waren wie von einem Schatten belegt, ihre Stirn in noch tiefere Falten gezogen und ihre Mundwinkel nach unten gerichtet. »Junge. Wiederhole das!«

In ihrer zittrigen Stimme schwangen Zweifel und Wut mit.

Avery griff nach Giulias ebenso zitternder Hand, die sich unmittelbar hinter seiner befand.

Patty stand ihnen gegenüber, sich auf ihrem Gehstock stützend und weder Avery noch Giulia aus den Augen lassend.

»Das Buch erzählt die Geschichte meines Volkes. Die Geschichte der Sapye«, sprach er mit gefestigter Stimme.

»Wer *bist* du?«, blaffte sie.

»Ich heiße Avery Durand. Ich bin ein Incendye.«

»Beweise es!«, spuckte sie die Worte aus.

»Ich glaube nicht, dass Sie das sehen können.«

»Zeig sie mir.«

»Was genau?«

»Die Uhr!« Sie wedelte mit ihrer freien Hand in der Luft herum.

Behutsam vergrub Avery seine rechte Hand in der Manteltasche und zog die goldene Uhr mit dem Hirschsymbol hervor. Er ließ Giulias Hand los und trat zur Theke, legte die Uhr auf den Tresen und ging wieder einen Schritt zurück, um ihr Freiraum zu lassen.

Ihren Blick von Giulia und Avery lösend, fasste Patricia ihre knochigen Finger um das Schmuckstück. Sie drehte es behutsam hin und her und öffnete die Uhr mit einem leisen Klicken.

Sie senkte ihren Kopf, als sie etwas Unverständliches murmelte, um den eingelassenen Rubin strich und die Uhr immer wieder vom Zifferblatt auf die Rückseite drehte. Der Lockenkopf hob sich – ihre Augen geweitet. Sie durchbohrte Avery mit ihren Blicken und schien genau zu wissen, was sie vor sich in den Händen hielt.

»Sie ist echt«, flüsterte sie. Patricia umschloss die Uhr fest mit ihrer Hand und kaum merklich schlich sich der Anfang eines

Lächelns auf ihr Gesicht. »So lange habe ich gewartet … endlich wieder einen von euch zu sehen.«

»Sie kennen also andere Sapye?«

Patty reckte ihren Kopf und sah den Wälzer in Giulias Tasche hervorstehen. »Das Buch«, setzte sie an und hielt inne. »L. Y. Das steht für Lucas Yard. Mein Vater hat es verfasst.«

Ein Kloß steckte in Giulias Hals. Vor ihr offenbarte sich eine ganz neue Patty.

Patricia ergriff erneut das Wort, als selbst Avery keine Antwort fand und nur aufmerksam lauschen wollte. »Mein Vater trägt Flügel. Man nennt sie Auraryе … Giulia.«

Ihr eigener Name in Pattys Mund ließ Giulia zittern.

»Das heißt … Sie sind auch eine Sapye?« Doch Avery zweifelte, noch als er seine Frage aussprach, denn er spürte die Anwesenheit von Magie auch hier nicht.

»Nein. Meine Eltern wurden jeweils von einem Menschen und einem Sapye zur Welt gebracht. Sie sind Halbsapye und ich wurde als Mensch geboren«, flüsterte sie und sah von den beiden weg in die Leere.

Avery war noch nie zuvor jemandem mit solchen Eltern begegnet. Es musste schwer sein, die Eltern nicht altern zu sehen, während man sich selbst immer weiter dem Tod entgegenrennen sah. Loszulassen. Vermutlich befanden sich ihre Eltern schon nicht mehr in Paris.

»Wo sind Ihre Eltern jetzt?«, fragte Avery trotzdem.

»Den letzten Brief bekam ich vor drei Jahren. Da waren sie gerade in Italien. Sie können sich nur alle paar Jahrzehnte hier bei mir aufhalten.« Sie hielt inne. »Ihr beiden wisst sicher, warum.«

Mit einem verstehenden Nicken löste sich Giulia aus ihrer Starre. »Patty …«, schaffte sie es, mit aller Kraft ein Wort zu fassen.

Patricia sah zu ihr auf, die lockigen Strähnen in ihrem Gesicht. Die knochige Hand auf ihrem Stock zitterte und ließ das Holz beben. Mit zusammengepressten Lippen wartete sie darauf, dass Giulia fortfuhr.

»Ich will nur, dass du weißt … dass ich dich noch immer wie ein …« Ein Kloß im Hals blockierte sie kurz. »… wie ein Familienmitglied liebe.«

Patricia atmete abrupt aus, sah zu Boden und stützte sich mit ihrer freien Hand auf dem Tresen ab.

»Ich wusste, du würdest zurückkommen.«

Und mit diesen Worten ließ die Anspannung Patty und Giulia los, als sei Licht in den Raum gekehrt. Giulias Schultern senkten sich, ihr Blut floss langsamer und ihre Hände entkrampften.

»Ich will, dass du weißt, dass ich es sehr bereue, was ich getan habe. Ich wünschte, ich könnte es rückgängig machen«, flüsterte sie gerade so laut, dass sie sicher war, dass Patty es verstehen würde. Avery trat einen Schritt zurück, ließ Giulia zu ihr hindurch, schloss die Hände vor seinem Mantel und schaute nach vorn auf den Boden.

Giulia nahm Pattys Hände in ihre und spürte die Wärme, die von ihr ausging. Die Falten zogen sich noch tiefer in ihre Haut, seitdem Giulia sie das letzte Mal umschlossen hatte. Bei der Berührung erinnerte sie sich wieder an den Duft warmer Sommernächte und an das Geräusch zirpender Grillen unter der Abendsonne. Da war es wieder: das wohlige Gefühl in ihrem Bauch. Wie nach einem Frühstück im Sonnenschein mit warmer Zimtmilch und Honig.

»Giulia, deine Mutter wusste, dass sie nicht alleine auf dich aufpassen können würde. Also hab ich es getan. Ich kenne dich besser als jeder andere Mensch und ich wusste, du hattest einen

Fehler gemacht.« Sie atmete schwermütig und sah ihr tief in die Augen. »Und ich wusste, du würdest es irgendwann erkennen.«

Ein Lächeln schlich sich auf Giulias Lippen und als sei Patty ihr Spiegel, lächelte auch sie aus ganzem Herzen zurück.

»Ich glaube die Geschichten … Ich glaube alles davon. Mir hätte viel früher auffallen müssen, dass sie wahr sind«, beteuerte Giulia.

»Du warst ja noch ein Kind«, sagte sie, legte den Kopf schief und schmunzelte, sodass ihre graue Lockenmähne halb in ihr Gesicht fiel. »Ich dachte nur, ich sollte dich frühzeitig an die Geschichten heranführen …«

Avery räusperte sich und trat mit einem verschmitzten Lächeln einen Schritt nach vorn. »Frühzeitig heranführen?«

Er wusste nicht, ob Patricia Pan über Giulias Fähigkeiten Bescheid wusste und so fiel er nicht mit der Tür ins Haus.

Sie hingegen nickte und schwieg. Ihren Blick hatte sie wieder auf Giulia gerichtet.

»Madame Pan … warum hielten Sie es für wichtig, Giulia über die Geschichten der Sapye aufzuklären?«

»Es gibt Dinge, die muss man hinnehmen. Mein Vater legte mir nahe, ich solle Giulia alles über die Sapye erzählen. Ihr aus seinem Buch vorlesen.« Sie schluckte. »Er sagte, es sei von absoluter Wichtigkeit – wieso weiß ich leider nicht. Aber mein Vater weiß, was er tut.«

Hastig kreuzten sich Giulias und Averys Blicke, bis sie sich beide wieder der alten Frau zuwandten, die fragend blinzelte.

»Ich kann ihre Kräfte sehen.«

Patricias Nägel krallten sich in den Tresen und ihre Stirn zog sich zusammen.

»Du kannst WAS?« Ihre Stimme bebte vor Verwunderung und Schock. »Bist du etwa eine Sapye?«

Patty musterte ihren ehemaligen Schützling von oben bis unten, scheinbar nach der Uhr und anderen Anzeichen Ausschau haltend.

»Nein, ich bin keine Sapye. Kannst du ihre Magie denn auch sehen, Patty?«

»Ja, nur zu deutlich. Ich sehe auch ihre Flügel … ihre Kronen und Funken«, flüsterte sie, als könne jemand ihrem Gespräch lauschen.

Avery hob erstaunt seine Augenbrauen und Giulia kniff ihre Lider für einen Moment zusammen.

»Patty, weißt du irgendwas darüber, ob meine Eltern vielleicht …«

»Nein, Liebes. Tut mir leid. Deine Eltern sind vollwertige Menschen. Das hat zumindest mein Vater gesagt.«

»Ich kann demnach auch keine Halbsapye oder Ähnliches sein«, folgerte Giulia, mit einem »Hab ich doch gesagt«-Blick zu Avery gewandt.

»Hat er vielleicht etwas darüber gesagt, wieso Giulia davon erfahren soll?«, hakte Avery noch einmal mit allem Taktgefühl, das er gerade angesichts seiner Ungeduld aufbringen konnte, nach.

»Keine Silbe. Es war wichtig für ihn. Mein Vater war schon immer ein Mysterium für mich. Wie ihr euch sicher vorstellen könnt, findet man nicht leicht Anschluss zu einer Familie, die so anders ist als man selbst. Meine Eltern sind beide schon Hunderte Jahre alt. Muss eine ziemliche Enttäuschung für sie gewesen sein, als sie *nur* einen Menschen geboren haben. So wie ich meine Mutter kenne, wusste sie bis zu meiner Geburt nichts darüber, dass sie nur eine halbe Sapye ist.« Sie holte tief Luft. »Aber ich schweife ab. Habt ihr das Buch schon genau durchforstet, ob nicht vielleicht ein Hinweis darüber darin stehen könnte?«

»Ich habe es komplett gelesen«, sagte Giulia und zuckte mit den Schultern.

»Wisst ihr … wenn ich genau darüber nachdenke, fällt mir ein, dass mein Vater vor vielen Jahren, als ich noch ein Kind war, etwas von einer Prophezeiung gesagt hat. Was darin vorkam, ist mir bis heute noch schleierhaft. Als Kind merkt man sich solche Sachen eher nicht.«

»Ich denke, wir sollten Ihren Vater kontaktieren. Wir müssen herausfinden, was mit Giulia passiert oder passiert ist. Magie hat ihre Schattenseiten und ich kann es nicht zulassen, meine einzige Freundin zu gefährden«, schmiedete Avery Pläne.

Giulia stemmte die Hände in ihre Hüften, legte den Kopf schief und öffnete erstaunt ihren Mund.

»DU ergreifst gerade jetzt die Initiative?« Sie gluckste, doch Patty murmelte etwas Unverständliches und verschwand in ihrem Hinterzimmer. Ehe Avery nach ihr rufen konnte, um zu fragen, ob alles in Ordnung sei, kehrte sie mit einem Briefumschlag in der Hand zurück.

»Hier, das ist die Adresse, von der mein Vater zuletzt eine Nachricht geschickt hat.«

Er nahm den Brief entgegen.

»Avery, wir können doch dort nicht hinreisen«, sagte Giulia besorgt, als sie das Funkeln in seinen Augen sah, das die Motivation, den mysteriösen Autor kennenzulernen in sein Gesicht schrieb.

»Weder du noch ich haben Kohle dafür. Außerdem haben wir eine Mission«, fügte sie hinzu.

»Giulia, aber …«

»Nichts aber. Nein. Wir fahren da nicht hin.« Sie zog die Augenbrauen hoch und räusperte sich.

»Wegen dir sind wir doch erst ins Polizeipräsidium eingebrochen. Da dürfen wir nicht einmal einen Autor in Italien suchen?«, fragte Avery, grinste und richtete sich auf.

Patty wurde hellhörig: »Eingebrochen?! Giulia?«

Als sei Giulia wieder ein Dreikäsehoch, fuhr sie zusammen, als sie von Pattys argwöhnischen Blick getroffen wurde.

»Wir haben nur nach Hinweisen zu Océane gesucht.« Sie senkte ihren Kopf und pulte am Saum ihres Mantels herum.

Patricia blieb für wenige Sekunden still und als sie ihre Stirn in Falten legte und mit zwei Fingern ihre Schläfe massierte, sah man förmlich die Rädchen in ihrem Kopf rattern.

»Das junge Mädchen, das ermordet wurde. Ich erinnere mich«, murmelte Patty, den Blick auf einen unbestimmten Punkt auf dem Boden gerichtet. Giulia verschloss ihre Arme vor der Brust.

»Patty, wir glauben, sie wurde von einem –«

»Incendye getötet«, vervollständigte sie den Satz, während sie schnaubend und auf ihren Stock gestützt ausatmete. Avery und Giulia tauschten Blicke aus, ehe Patty sich erklären konnte: »Innere Verbrennungen. Das ist wider die Naturgesetze.«

Mit gesenktem Kopf drehte sie sich zu Avery um, dessen Augen bereits auf Patricia gerichtet waren. Kalter Angstschweiß und der Anflug einer Gänsehaut machten sich auf seinem Nacken breit.

»Jetzt weiß ich, wieso du mir so bekannt vorkommst. Du bist der Junge vom Phantombild.«

Giulias Puls beschleunigte.

»Avery hat nichts damit zu tun. Wir sind auf der Suche nach dem wahren Mörder«, verteidigte sie ihn sofort.

»Ihr müsst aufpassen. Nicht, dass ihr euch in etwas … verstrickt, aus dem ihr nicht wieder rauskommt«, raunte sie und sofort fiel die Anspannung von Avery ab, als sich seine Vermutung, Madame Pan könnte ihn für den Mörder halten, in Luft auflöste.

»Wir haben Fotos ihrer Leiche gesehen«, fügte er rasch hinzu. »Das Symbol der Auraryе wurde auf ihrem Nacken eingeritzt.«

Patricias Blick wanderte auf den Boden und verharrte dort für einen Moment, als würde sie all ihre Erinnerungen und Gedanken nach einer Antwort darauf, warum sich das Symbol auf der Leiche befand, durchforsten.

»Die Auraryе sind sonderbare Wesen. Wie ein flüchtiger Hauch von Perfektion … Fantasie und einer Prise Glückseligkeit. Als würde die Welt einen Moment stehen bleiben«, riss sich Patricia selbst aus ihren Gedanken.

Giulia wandte sich zu Avery um, eine Braue nach oben gezogen. Sie erntete nur ein Nicken, das ihr zu verstehen gab, dass Giulia Patricia ernst nehmen sollte.

Sie fuhr fort: »Ich kann mir auf die Feder keinen Reim machen. Innere Verbrennungen deuten auf die Feuerkräfte eines Incendye hin … aber wieso dann das Zeichen der Auraryе? Mir war nicht bewusst, dass Sapye zu Bösem fähig sind.«

»Etwas scheint aus den Fugen geraten zu sein«, fügte Avery schwer atmend hinzu.

Patty wandte sich von den beiden ab und verschwand wieder im Hinterzimmer. »Wartet hier.«

Ein leises Klacken, ein Schlüssel, der sich drehte, und das Knarzen von Holz drangen hinter der massiven Tür hervor. Patricia trat wieder in den Raum, eine Hand zur Faust geschlossen. Mit wenigen Schritten näherte sie sich den beiden und öffnete ihre Hand. Ein Blitzen, die Spiegelung auf glattem Metall und die Wärme, die das Gold der Feder ausstrahlte, fesselten Averys und Giulias Aufmerksamkeit.

»Wir Menschen würden sagen, es ist ein schlechter Ehering.«

Avery schaute sie skeptisch an, doch sogleich fuhr sie fort: »Meine Eltern heirateten und besiegelten ihren Schwur mit zwei Federn, die sie fortan bei sich trugen. Mein Vater gab mir eine der beiden, als sie mich wieder verlassen mussten. Ihr müsst wissen … es sind nicht nur goldene Federn.«

Eine erwartungsvolle Stille erfüllte den Raum und jeder Atemzug war zu hören.

»Sie sind Wegweiser. Die beiden Anhänger leuchten auf, wenn sie sich auf einige Kilometer annähern. Auf diese Weise sollen Liebende immer wieder zueinander finden.« Sie seufzte. »Und jetzt habe ich sie. Ihr wisst schon, um zu meinen Eltern zu finden, sollte ich sie suchen.« Sie hielt inne und betrachtete die metallische Feder für einen weiteren Augenblick. »Nehmt sie und sucht ihn. Findet ihn.«

Mit offenstehendem Mund sah Giulia sie an. Avery trat gleichermaßen erstaunt einen Schritt zurück.

»Kinder, ich spüre es … Ihr solltet mit ihm reden. Vielleicht seid ihr die Einzigen da draußen, die die magische Welt und die unsere vor dem Bösen retten können.«

Wieder tauschten Avery und Giulia bedeutungsschwere Blicke, bevor Avery schließlich den Anhänger behutsam in seine Hand schloss. Patricia nickte bestimmend.

»Findet ihn! Es scheint so zu sein, wie Avery bereits gesagt hat. Etwas gerät hier aus den Fugen. Er wird euch erkennen, wenn ihr ihm die Feder zeigt.«

Ihre Schultern fielen ein Stück nach vorn, als sie seufzend ausatmete.

»Er heißt Lucas Yard.«

Avery nickte und war sich von nun an zu jeder Sekunde bewusst, was er hier in den Händen hielt und wie wichtig es war, die Feder auf keinen Fall zu verlieren. Pattys Vater würde womöglich den ersten Lichtstrahl ins Dunkle bringen.

Die Chance bestand.

»Was glaubst du? Hält er sich immer noch in Italien auf?«, murmelte Giulia und starrte auf das schimmernde Gold der Feder, die auf Averys Tisch lag.

»Bevor wir ihn finden können, müssen wir Nachforschungen anstellen. Vielleicht können wir so die Suche etwas eingrenzen.«

»Wie sollen wir denn über einen Sapye recherchieren? Google?«, höhnte Giulia.

»Ich glaube, da gibt es etwas, das uns helfen könnte.«

Avery ignorierte, dass er einen Stapel Papier von seinem Bett riss, als er aufsprang und festen Schrittes auf seine sich vor ihm aufbäumende Regalwand zuging. Er griff nach einem Schächtelchen, das sich zwischen zwei Büchern versteckte. Das Schwarz der Pappe war schon längst durch Staub ergraut und mit einem hohlen Geräusch öffnete Avery sie. Giulia stand auf, beäugte die Schachtel und runzelte die Stirn.

»Kreide?«, fragte sie, immer noch verwirrt.

Ohne ein weiteres Wort zu verlieren, platzierte Avery die Schachtel auf dem Boden, schob einen Stuhl zur Seite und befreite den Boden von dem viel zu alten, von Staub durchzogenen Teppich. Die darunterliegenden Holzdielen zogen ungleichmäßige Muster, malten mit ihren Astlöchern Bilder wie Pfauenfedern. Zwischen ihnen lagen die Zeichen der Zeit in Form von hauchdünnen Staubrändern.

Das Ratschen von Kreide auf Holz füllte den Raum, und die Striche auf dem Boden zogen Giulias Aufmerksamkeit auf sich.

Avery zog makellose Formen, verband sie mit gleichmäßigen Linien, zeichnete geometrische Symbole und pustete schlussendlich die überflüssige Kreide von seiner Zeichnung auf dem Boden fort.

Ihr Blick wanderte von Avery zum Boden und wieder zurück zu Avery, der schmunzelnd neben seinem Werk kniete.

»Ist das euer … Bat Symbol?«

Avery verdrehte die Augen, deutete auf seine Zeichnung und ergriff das Wort: »Das ist ein magisches Zeichen, das uns hilft, unsere Kräfte zu kanalisieren. Der Feder wohnt ganz offensichtlich Magie inne. Wir müssen es schaffen, sie zu verstärken und damit ihre Reichweite potenzieren. Ich habe das noch nie gemacht … allerdings viel darüber gelesen.«

Avery erinnerte sich nur zu gut an die Passage im Buch »Über die Sapye und das Überschreiten ihrer Kräfte«, das er vor so vielen Jahren in der geheimen Bibliothek gelesen hatte.

Averys Augen fixierten das Symbol auf dem Boden.

Er schloss seine beiden Zeige- und Mittelfinger zusammen, überkreuzte sie, bildete mit seinen Daumen ein Dreieck und atmete tief aus. Er schloss seine Augen. Als er sie wieder öffnete und seine Hände voneinander löste, gruben sich Furchen in das Parkett, aus denen ein orange-rotes Leuchten hervorbrach. An den Stellen, auf denen Avery zuvor die Kreide aufgetragen hatte, pulsierte Lava wie aus den Tiefen eines tobenden Vulkans. Rauch stieg auf und kitzelte in seiner Nase. Seine Hände öffnend, hob er sie an und mit ihnen löste sich das glühende Zeichen unter einem krachenden Ächzen vom Boden. Dort hinterließ es keinerlei Spuren – auch nicht, als Feuer in Tropfen herunterfiel. Als würde Avery mit drehenden Bewegungen seiner Finger einen winzigen Tornado um es schlängeln lassen, begann es zu rotieren und Funken zu sprühen. Der Energiestrom, der von seinen Armen darauf überging, zog an seinen Gliedmaßen. Von dem magischen Zeichen ging eine Vibration aus, die sich auf seinen Körper übertrug und die Bücher in den meterhohen Regalen zum Beben brachte. Hinzu kam ein nervöses Zittern seiner Hände, das mit seinem beschleunigenden Puls gegen seine Konzentration ankämpfte.

Einzelne Papiere flatterten heraus, warfen ihre harten Schatten an die Wand und sanken raschelnd zu Boden.

Giulia hielt den Atem an. Sie trat einen Schritt zurück und blinzelte, um ihre Augen schneller an die Helligkeit anzupassen. Kurz nachdem sie den Schweiß von ihrer Stirn gewischt hatte, zog sie verwirrt ihre Augenbrauen zusammen.

Wieso war das magische Feuer so warm, obwohl es den Boden unversehrt ließ?

Mit einer ruckartigen Geste ließ Avery die Rotation des äußeren Kreises beschleunigen und die des inneren gegenläufig verlangsamen. Eine Hand auf das Funkenschauspiel gerichtet, nahm er mit der anderen die goldene Feder von Giulia an sich. Er versteckte sie in seiner Faust und nur wenige Sekunden später, drang von dort ein Licht hervor, das das Blut in seinen Adern sichtbar machte.

Als er die Faust öffnete, befreiten sich die Feuerzungen, die den Anhänger wie auf Wolken in das Zentrum des Symbols trugen. Dort angekommen, verdrehten sich die Kreise so ineinander, dass der Eindruck einer Kugel entstand. Die Kugel hellte auf, stieß Funken aus und entschleunigte. Als bestünden die Feuerzeichen aus Metall, fielen sie klirrend zu Boden und vergingen in denselben Kreidestrichen, bis jegliches Leuchten von ihnen verschluckt wurde.

Ob ihrer Neugier vergaß Giulia, dass sie Avery fragen wollte, wieso das magische Feuer die Luft erwärmt hatte, und kniete sich gemeinsam mit ihm auf den Boden. Der Anhänger lag nun inmitten der Kreidezeichnung. Das blitzende Metall reflektierte den spärlichen Schein der Deckenlampe in ihr Gesicht. Giulia erkannte in der verzerrten Spiegelung Averys Ausdruck. Seine Mundwinkel zog er schroff nach unten und sein düsterer Blick verfinsterte sich. Sein Atem setzte so lange aus, bis er nach einigen Sekunden nicht mehr auf die Feder starrte. Enttäuscht und verwirrt senkte er seine Schultern, zog die Knie nach vorn, stützte sein Kinn darauf ab und umklammerte sie. Giulias Blick schnellte zu ihm.

Während die beiden in Averys Wohnung über der Feder brüteten, schoben sich drei Männer hinter einer alten Frau, die in der untersten Etage wohnte, durch die von ihr geöffnete Tür ins Treppenhaus. Schleichend bewegten sie sich die knarzende Treppe hinauf. Madame Thomas, Averys Nachbarin, kam ihnen entgegen und stieß eine Rauchwolke ihrer Pfeife aus, ehe sie die drei Männer von oben bis unten mit hochgezogenen Augenbrauen musterte.

Einer der Männer hielt den Finger vor seinen Mund und hielt ihr seinen Polizeiausweis vor die Nase. Madame Thomas' aufgemalte Brauen rutschten noch weiter nach oben. Über ihre Brille beäugte sie das Foto auf dem Ausweis und drehte sich wortlos um, um sich an ihnen vorbeischieben zu können.

»Giulia … Ich fürchte fast … es hat nicht funktioniert.«

»Was meinst du?«

»Ich habe versucht, den Magieradius der Feder auszuweiten. Damit wir wissen, wo Pattys Vater steckt. Je länger die Magie auf die Feder wirkte, umso mehr habe ich ihre Reichweite erhöht. Nachdem sie die Magie des Siegels aufgenommen und geleuchtet hat, müsste sie eigentlich nun erneut leuchten. Entweder hat es nicht funktioniert …« Er hielt inne und seufzte. »… oder Lucas ist bereits gestorben. Angesichts dessen, was meiner Mutter geschehen ist, würde ich es als Möglichkeit nicht ausschließen. Die Magie der beiden Federn ist an die Liebe der Eltern von Patty gebunden. Eine solche Liebe ist unsterblich, solange keiner der beiden stirbt.«

Avery hielt inne und fuhr fort, als auch Giulias Mimik entglitt.

»Er muss nicht tot sein. Wir wissen nicht, was zwischen den beiden passiert ist, seit Patty sie das letzte Mal gesehen hat. Ein auf ewig gebrochenes Herz schlägt zwar, aber die Seele ist für immer verloren.«

»Liebe«, flüsterte Giulia. »Liebe ist wie Magie?«

Avery nickte und sah weg. »Ich würde sagen, es ist ihre stärkste Form.« Als Avery diese letzten Worte aussprach und sich schon von der Feder abgewandt hatte, fuhr er herum.

Das Metall fing an zu glimmen; kaum merklich und flüchtig wie ein Hauch von Frühlingswärme. Er schlug seine Augen auf und riss den Anhänger vom Boden.

»Es hat funktioniert!« Sein Lächeln war nicht zu übersehen und Giulia reckte ihren Kopf, um einen besseren Blick erhaschen zu können.

»Sie glüht«, flüsterte Giulia und erwiderte Averys Euphorie mit einem Lächeln.

»Giulia! Der Zauber hat längst aufgehört zu wirken!«

Sie zog ihre Augenbrauen hoch und Avery fing sofort an zu erklären: »Der Zauber hatte schon wenige Sekunden danach aufgehört zu wirken. Das heißt, die Feder macht das ganz von alleine. Vielleicht habe ich einen Fehler gemacht. Aber das hier … das ist nicht von mir.«

»Das heißt …« Giulia kombinierte und als sich ihr Gesicht gleichzeitig mit dem von Avery aufklarte, wurde es ihr bewusst.

»Er hält sich im näheren Umkreis auf!«

Avery bestätigte Giulias Erkenntnis mit einem Nicken und ergänzte: »Jetzt müssen wir ihn nur noch aufspüren!«

Doch sogleich schoss Avery eine Frage in den Kopf: Wenn Pattys Vater sich hier aufhielt, wieso spürte Avery dann so eine unendliche Leere von Magie in Paris? Was musste geschehen sein, dass die Umgebung Avery so sehr das Gefühl gab, das einzige magische Wesen zu sein?

In diesem Moment klopfte es an der Tür.

»Aufmachen, Polizei!«, schallte die Stimme durch die geschlossene Tür in Averys Wohnung, dicht gefolgt von einem erneuten Hämmern gegen das Holz.

Avery und Giulia fuhren herum und erstarrten.

Sein Atem wurde flacher, die Anspannung in seinen Muskeln ließ seine Hände zittern und wie ein aufgescheuchtes Tier, zog sich sein inneres Feuer zurück. Ein Blitz des Fluchtreflexes durchzuckte seinen Kopf. Er sprang auf, zog Giulia am Handgelenk zum Fenster hin, riss es auf und wollte bereits seinen Fuß auf das Fensterbrett setzen, als es wieder gegen die Tür donnerte.

»Avery Durand! Es liegt ein Haftbefehl gegen Sie vor. Öffnen Sie sofort diese Tür oder wir verschaffen uns mit Gewalt Zutritt«, fraß sich die Stimme des Mannes in Mark und Bein.

Avery stemmte sein Fenster nach oben, setzte seine Hände auf dem Sims auf, drückte sich ab und schwang sich auf einen Absatz, der vor seinem Fenster an der Fassade prangte. Sein Blick wanderte nach unten, wo sich die Menschenmassen durch die Straßen drückten. Sein Puls pochte ihm bis zum Hals und der Anblick der Höhe ließ seine Gelenke erstarren.

»Avery, was hast du vor?«, rief Giulia gerade so laut, dass sie ihn aus seiner Schockstarre retten konnte. Insgeheim hoffte sie, dass das, was jetzt kommen sollte, Klarheit darüber schaffen würde, wer Océane ermordet hatte. Ob es Avery wirklich nicht gewesen war. Doch noch bevor sie ihren Gedanken zu Ende denken und sich Averys Hände von dem Fensterrahmen lösen konnten, barst das Holz und Keenan Churchill, der Ermittler, den sie aus den Nachrichten kannten, stürmte mit zwei weiteren Männern in den Raum.

Scheinbar von seinem Gehirn getrennt, agierten Averys Hände von allein, ließen los und er huschte auf dem Absatz einen seitlichen Schritt weiter, ehe er von magischen Flammen erfasst wurde.

Giulia schlug die Hände vor ihren Mund, als sie den Polizeibeamten sah, wie er aus seinen Handflächen eine Feuerpeitsche schießen ließ. Die sich windenden Flammen umklammerten Averys Taille, hoben ihn an und rissen ihn zurück durchs Fenster, wo er auf den Boden krachte.

»Sie werden beschuldigt, Océane Sulpice ermordet zu haben. Sie sind hiermit verhaftet!«, schallte Keenans Stimme durch den Raum, während er die Flammen noch enger um Averys Körper schlängeln ließ.

»Ich …« Averys Miene verfinsterte sich und seine Stimme bebte. »Ich habe … niemanden getötet!«, spuckte er Keenan seine Wut vor die Füße.

Averys Sehnen traten hervor, als er gegen die Fessel Keenans ankämpfte. Feuer drängte sich in seine Luftröhre, schnitt ihm den Atem ab und schoss dann als Sturm auf seinen Gegner. Keenans Flammen zerbrachen auf der Stelle, was die beiden anderen Männer in Alarmbereitschaft zu versetzen schien.

Simultan erhoben sie ihre Arme, worauf sie ihre Hände überkreuzten. Als würde Averys Wohnung in einem Meer aus Gold versinken, drang das flüssige Metall durch die Fugen des Parketts. Giulia sprang aufs Bett und presste sich gegen die Wand. Als befände sich ein Ungeheuer unter ihnen, schoss eine goldene Ranke aus der Flüssigkeit und packte Averys Bein. Sie zwang ihn in die Knie. Mit einem Fausthieb, aus dem Feuer schoss und der das Metall zum Glühen brachte, gelang es ihm, sich von ihr loszureißen, worauf sie flüssig in sich zusammensank. Keenan nutzte die Gelegenheit. Er feuerte eine weitere Brunst auf ihn ab, doch Avery spaltete die Flammen mit seinen eigenen und traf Keenan am Hals. Sofort fraß sich die Hitze in seine von dicken Muskelsträngen unterwobene Haut und legte die Fasern frei.

Keenan schrie auf, spie Flammen, doch an der Stelle, an der gerade noch eine klaffende Wunde gelegen hatte, zurrte sich die Haut schon wieder wie von einem magischen Faden zusammen.

Die Temperatur in Averys Wohnung war mittlerweile so weit angestiegen, dass die Luft flimmerte. Als hätte man die Hölle aufgeschnitten, kämpfte die kalte Luft vom offenen Fenster gegen die aus der Wohnung an.

Die Augen des Ermittlers waren inzwischen von geweiteten Adern durchzogen. Er rührte den Kopf, knackte mit den Halswirbeln und fixierte schnaubend Avery an. Seine Nasenflügel blähten sich auf, Rauch stieg aus ihnen hervor und Avery konnte gerade so den Flammen ausweichen, die der leitende Ermittler über den Boden schoss.

Als das Gold zurückgeflossen war, hatte sich Giulia in die entfernteste Ecke des Zimmers gedrängt und die Handflächen fest an die raue Tapete gepresst. Die Flammen, die über den Boden preschten, krallten sich an ihrer Hose nach oben.

Giulias Schrei ließ den Kampf verstummen. Als hätte man sie gewürgt, stieg das Blut in ihren Kopf. An die Stellen, an denen die Hose versengt wurde und das Blut aus der Haut trat, zu fassen, bereute sie sofort, als sie ihre Hände wie von einer heißen Herdplatte wegriss. Der Schmerz zwang sie auf den Boden.

Als Keenan sah, was seine Flammen angerichtet hatten, zog er die Feuerzungen zurück und hastete zu der jungen Ballerina, die sich am Boden krümmte.

»Aufhören!«, befahl er den beiden Coronye, die mit ihm gekommen waren. »Julian! Philippe!«

Die zwei Männer senkten ihre gehobenen Hände und ließen das Gold in ein magisches Nichts zurückfließen.

Zum Äußersten geweitet, starrten Averys Augen zu Giulia am Boden. Als wäre die Luft zu einer dichten Masse gefroren, schienen die Bewegungen langsamer zu werden. Wie angewurzelt blieb Avery stehen. Die Ausrufe der drei Polizisten drangen nicht zu Averys Ohren durch – er hörte nur seinen eigenen Atem, der immer schneller wurde.

Benommen sah er, wie die Eindringlinge auf Giulia zugingen und sie am Kopf berühren wollten.

»Hände weg von ihr, verdammt!«, brach Avery seinen Schockzustand.

Als hielte er ein echtes Schwert, riss er seine Faust diagonal von oben herab, um eine Feuerklinge auf die Beine der drei niederzuschmettern.

Mit ihren Schreien platzte das Fleisch an ihren Waden auf und Blut schoss über den Boden. Ihre Körper sanken dumpf auf die Knie.

Sie fixierten Avery an, während Giulia hinter ihnen noch immer ihr Gesicht unter Schmerzen verzog.

Als Avery zitternd seine Finger spreizte und sich bereits Funken in der Luft bildeten, flossen Goldtropfen aus der Luft zusammen zu einem gekrümmten Schild, der die Polizisten und Giulia von ihm in der Ecke des Raumes abschirmte.

»Wir wollen ihr nur helfen!«, versuchte Keenan Avery zu beruhigen, doch die Feuersbrunst schlug auf den Schild ein und brachte ihn zum Glühen.

»Ich sagte: WEG VON IHR!«, schnaubte Avery erneut und drückte sein Gewicht gegen den Rückstoß seiner Flammen an, die noch immer auf das Metall rasten. Die beiden Coronye stöhnten auf und die Barriere versagte.

Doch im Begriff, sie mit seinen Kräften von Giulia wegzureißen, erkannte Avery, dass die Wunden an Giulias Beinen bereits heller wurden, als die Polizisten ihre Hände auf den Kopf seiner Freundin legten. Avery hörte das Geräusch – ähnlich einer Orange, die man auspresste –, als sich Keenans Fleischwunde nahe seiner Halsschlagader erneut öffnete. Wie von einer unsichtbaren Klinge, grub sich die Öffnung wieder in seine Haut, wodurch das Blut auf seine Schultern tropfte. Auf ebensolche Art und Weise öffneten sich die Verletzungen an den Waden der drei und benetzten den Boden. Die Coronye, die Keenan Churchill zuvor Philippe und Julian genannt hatte, konnten ihre Schreie nicht mehr unterdrücken, während Keenans Blick starr auf Giulia gerichtet war und sich jeder Zentimeter seines Körpers anspannte, um gegen den Schmerz anzukämpfen.

»WAS passiert hier?« Die Wut hallte definitiv in Averys Stimme nach, obwohl sich seine Gliedmaßen lockerten. Die Tatsache, dass sich die Wunden an Giulias Beinen zurückzogen, beruhigten seinen Herzschlag.

Als sich ihre Augen öffneten, war der Schmerz, der sich eben gerade noch so unbarmherzig an ihren Beinen entlanggefressen hatte, kaum noch zu spüren. Die Polizisten um sie herum rangen nach Atem und Keenan drückte mit seiner freien Hand gegen die klaffende Wunde an seinem Hals.

Als Giulia ihren Kopf unter den drei Händen wegzog, atmeten die Männer tief aus und husteten. Julian stützte sich röchelnd mit einer Hand auf dem Boden ab und Philippe lehnte sich mit dem Rücken gegen die angrenzende Wand. Dort, wo Keenans Halsverletzung klaffte, schien die Zeit nun rückwärts zu verlaufen. Das Blut zog sich zurück in die offenen Adern und die gerissenen Muskeln schlossen sich wie feine Arme, die nach einander griffen. Überdeckt von nun makelloser Haut, war jegliche Spur der Wunde verschwunden. Ebenso bei den Coronye. Alle drei erhoben sich und standen nun breitbeinig vor Giulia.

Avery, immer noch seine Fäuste geballt, kreuzte seine Unterarme, bis er sie augenblicklich nach außen riss, um eine Stichflamme aus seinen Händen gegen sie zu schießen.

Von links und rechts beschworen die Coronye erneut ihre Schilde und hielten sie wie Gladiatoren vor sich. Keenan stampfte mit dem Fuß auf den Boden, worauf er eine Wand aus Glut zwischen ihn und Averys Stichflamme heraufbeschwor. Averys Angriff wurde unter weißem Glühen und grauem Rauch gänzlich von der Wand absorbiert und er hörte Keenan dahinter aufstöhnen.

»Ich glaube dir.« Er knurrte und schob die Wand ein Stück näher an Avery heran. »Ich dachte, du seist der Einzige, der dazu fähig ist …« Das Zischen der aufeinanderprallenden Kräfte, kämpfte gegen seine Stimme an. »… Menschen zu verletzen.«

Averys Flamme bäumte sich auf und das weiße Glühen auf Keenans Schild wurde heller.

»Hör auf uns anzugreifen! Ich habe die Kleine verletzt. Das macht mich mindestens genauso fähig für den Mord wie dich, als du den Wachmann verletzen konntest!«

Avery reckte seinen Kopf, wurde hellhörig und senkte seine Arme. Augenblicklich erstarb die Flamme. Das Zischen hörte auf, was die Coronye dazu brachte, ihre Schilde in winzige Goldtropfen und dann in Luft aufzulösen. Keenan führte seine Hände parallel zu seinem Körper herunter, wodurch die Wand aus Glut spurlos im Boden versank.

»Lasst mich jetzt verdammt nochmal zu ihr durch!« Avery preschte mit ausgefahrenen Ellbogen zwischen Keenan und Phillipe zu Giulia.

Er kniete sich mit weit geöffneten Augen zu ihr hinab und als er ihr müdes Lächeln sah, stieß er die Luft aus seinen Lungen und sein Brustkorb senkte sich.

»Keine Sorge«, brachte sie mit halbgeschlossenen Lidern hervor.

Avery legte eine Hand auf ihre Schulter, ließ sie wieder los, als er langsam aufstand und sich den Ermittlern zuwandte.

»Was ist eigentlich in euch gefahren?«, fauchte er die Beamten an.

Keenan räusperte sich, doch bevor er sprechen konnte, kam ihm Avery zuvor.

»Ihr flutet Paris mit meinem Phantombild, stürmt einfach meine Wohnung und erkennt JETZT, dass ich gar nicht schuldig bin?!« Am liebsten hätte Avery sie hochkant mit einem Feuersturm aus dem Fenster gejagt.

Keenan richtete seinen Blick nach unten.

»Du musst verstehen, dass wir der Zeugenaussage des Wächters, den du verbrannt hast, nachgehen mussten. Für uns war es eindeutig, als auch noch die Dokumente gestohlen wurden.«

Mit bebenden Lippen setzte Avery seine Antwort aus und sah Keenan nicht mehr in die Augen. Die beiden Coronye hielten sich zurück, während Keenan einen Schritt nach vorn trat.

»Wir wussten, dass ein Incendye da draußen sein Unwesen treibt, und nachdem uns der Wächter von einem Einbrecher erzählt hat, der ihn mit etwas Unsichtbarem Verbrennungen zugefügt hatte, mussten wir einfach nach dir suchen. Ich sehe ja jetzt ein, dass du nicht derjenige bist, der die Menschen ermordet, wenn ich es theoretisch auch könnte.

Nur eines wundert mich … wieso hast du unsere Unterlagen gestohlen?«

Als Antwort grummelte Avery nur und verschränkte die Arme. Keenan hielt seine Handflächen offen nach außen und bedeutete ihm damit, dass es nicht als erneuter Angriff zu verstehen war.

Nach wenigen Sekunden rührte sich Avery. Noch immer Schlug sein Herz bis an seine Ohren.

»Wir wollen Océanes Mörder finden.«

Die Polizisten tauschten bedeutungsschwere Blicke aus, bevor Avery fortfahren konnte.

»Ich meine, was würdet ihr tun, wenn ihr wüsstet, dass der Mord von jemandem begangen wurde, den die Polizei gar nicht entlarven *kann*?«

»Glaubtest du etwa, du seist der einzige Sapye in Paris?«, sagte nun der Coronye, den Keenan Julian nannte, und schob sich an seinem Kollegen vorbei. Als er die Schirmmütze aus seinem Gesicht zog, breitete sich ein flaues Gefühl in Averys Magengrube aus.

Der Mann kam ihm bekannt vor. Averys Mund blieb offen stehen, als er nun den Freund seiner Eltern erkannte: Julian McLawson höchstpersönlich stand vor ihm.

»Hallo Avery. So sieht man sich wieder«, bemerkte Julian unter dem schelmischen Grinsen, das noch immer auf seinen Lippen lag.

Genau. So sieht man sich wieder, nachdem du mir nicht geglaubt hast, dass man meine Mutter zur Strecke gebracht hat.

»Ach, durch IHN habt ihr also so schnell zu mir gefunden? Natürlich«, fiel es Avery wie Schuppen von den Augen und nicht nur deswegen warf er Julian einen strafenden Blick zu.

Keenan nickte. »Aber dein falscher Ausweis, mit dem du dich hier in Paris gemeldet hast, hat uns die Suche ein wenig erschwert. Durch einen geheimen Tipp sind wir an deine Adresse gekommen.«

Avery zog wütend seine Augenbrauen zusammen, kurz bevor er hörte, wie sich Giulia hinter ihm wieder aufrappelte. Sie hustete, bevor sie sprechen konnte.

»Scheiße, ey. Ich werde nie verstehen, was mit euch Sapye los ist!« Sie hielt die Hand an ihre Stirn.

»Setz dich erst mal hin, du bist noch ganz wacklig auf den Beinen«, redete Avery ihr zu.

»Nichts werde ich tun.« Sie wandte ihren Blick zu Keenan »Zur Hölle mit dir! Mann, das Feuer tat verdammt weh.« Sie zog die Wörter an den falschen Stellen etwas in die Länge, sodass eine gewisse Benommenheit in ihrer Stimme mitschwang.

»Was habt ihr da mit mir gemacht? Mir wurde ganz schwindelig davon. Aber immerhin sind meine Beine jetzt nicht mehr entstellt.«

»Wir haben unsere Magie vereint.«

»Ja. Klingt absolut logisch. Voll.«

Avery sah zu Giulia, um sich zu vergewissern, dass es ihr wirklich wieder gut ging. »Tut es noch weh?«

»Nein, Avery. Wirklich. Ich bin ok.«

Avery wandte sich nun wieder den drei Männern zu: »Ihr habt einen Weg gefunden, eure Heilkräfte zu übertragen?«

Philippe nickte und deutete zu Julian.

Dieser fuhr fort: »Nachdem ich eine Änderung in unserem magischen Gleichgewicht bemerkt hatte, wurde mir bewusst, dass unsere Magie zu mehr befähigt ist, als zu dem, was wir bisher kannten. Zusammen mit Keenan und Philippe habe ich diese Technik erweitert und sie so weit gebracht, dass wir nun Menschen heilen können. Sofern sie verletzt sind und es uns die Umstände erlauben, dass wir die Heilung unbemerkt anwenden können. Schon praktisch als Polizist.«

Nach dieser kurzen Selbstbeweihräucherung entspannten sich Averys Gliedmaßen.

Immerhin etwas, das er nicht falsch gemacht hat, dachte er.

»Und wie erklärst du dir den Mord an Océane, Möchtegern Kommissar?« Dieses Mal wurde Giulias Stimme ein Stück lauter und gefestigter, was ihr mehr Nachdruck verlieh.

»Das kann ich dir so nicht erklären. Aber wie mir scheint, läuft irgendwas in unserer Welt gewaltig schief. Alles läuft aus dem Ruder. Außerdem sieht es so aus, als könntest du unsere Kräfte sehen, obwohl du ein Mensch bist.«

»Keenan Churchill.« Giulia sprach seinen Namen ganz langsam aus und hob die Brauen. »Was geht Sie das an, dass ich hinter euren Schleier schauen kann?«

»Weißt du, wir wollen auch nur, dass alles wieder normal wird. Die Menschen, die verletzt und umgebracht werden. Du. Wir wissen nicht, was noch kommen wird.«

»Glaubst du mir jetzt, verdammt?« Averys Hände begannen zu zittern, als er sich traute, Julian diesen Satz an den Kopf zu werfen. Julians Miene verfinsterte sich. Er öffnete seinen Mund, wollte etwas sagen, doch schon wurde er rasch von Avery unterbrochen.

»Spar's dir. Okay. Es ist lange her.«

Keenan, der Coronye namens Philippe und Giulia tauschten Blicke untereinander aus, die verrieten, dass niemand sonst eine Ahnung hatte, wovon die beiden redeten.

»Julian hatte mir damals nicht geglaubt, dass meine Mutter umgebracht wurde. Es ist an der Zeit, dass wir den Mörder finden. Ich bin überzeugt davon, dass er auch für Océane und die anderen Fälle verantwortlich ist. Nur deshalb sind wir bei euch eingebrochen. Eigentlich dachte ich, ich wäre hier der einzige Sapye weit und breit.« Avery folgte mit leerem Blick den wehenden Vorhängen des Fensters.

Keenan nickte mit einem Brummen und legte die Stirn in Falten.

»Ich hab dasselbe gefühlt. Irgendwie kalt. Die ganze Stadt. Und damit meine ich nicht dieses vermaledeite Schneewetter. Wären Phil und Julian nicht, hätte ich kaum daran geglaubt, dass es hier noch weitere Sapye gibt. Bis du uns quasi auf dem Silbertablett serviert wurdest.«

»Womöglich ein weiteres Zeichen dafür, dass unser Gleichgewicht aus den Fugen gerät«, fügte Phil hinzu und schaute zu Julian, der nur ernst nickte und ergänzte:

»Wenn bei einem Uhrwerk auch nur ein Zahnrad nicht richtig läuft, funktioniert kurz darauf die ganze Uhr nicht mehr. Wenn ihr versteht, was ich meine.«

Betretenes Schweigen.

»Avery …«, begann Keenan erneut und er schaute auf. »Wir können uns gegenseitig dabei helfen, den Mörder zu finden.«

Von der Seite überschattete ihn ein »Ach-ist-das-so?«-Ausdruck Giulias.

»Wenn wir euch helfen, können wir auch vielleicht herausfinden, was mit Giulia los ist.« Keenan deutete zu ihr und rasch klarte sich ihr Gesichtsausdruck auf, als sie sich von allen Anwesenden beobachtet fühlte.

»Wir können schon allei–«

»Giulia, sei vernünftig. Mit der Polizei zusammenzuarbeiten, noch dazu mit Sapye, ist auf keinen Fall eine schlechte Idee. So müssen wir nicht wieder in das Polizeipräsidium einbrech–« Avery verstummte, als ihm aufging, dass er lieber nicht nochmal die Straftat thematisieren sollte, die sie tatsächlich begangen hatten.

Giulia kniff die Augen zusammen und verschränkte die Arme. »Wenn du meinst.«

Avery nickte und seit die Polizisten in seine Wohnung gestürmt waren, stahl sich ein erstes Lächeln auf seine Lippen.

»Giulia und ich haben von einer Freundin einen magischen Anhänger bekommen. Mit dem soll es uns gelingen, einen Halb-Auraryе namens Lucas Yard zu finden. Angeblich wird er uns dabei helfen können, Antworten auf die Fragen zu Océanes Tod zu finden.« Als Avery zu Ende gesprochen hatte, stand er auf und nahm die goldene Feder vom Boden. Der Kampf hatte sie nicht ein bisschen in Mitleidenschaft gezogen – sie lag makellos und schimmernd in seiner Hand. Als beschützte die Magie das Gold.

Behutsam übergab Avery Keenan das Schmuckstück, das aus dem Inneren heraus leicht glühte, und hing gebannt an seinem Gesichtsausdruck.

»Ein Liebesbann …«, flüsterte Keenan. »… damit sich Liebende immer wieder finden.«

Avery nickte und nahm die Feder wieder an sich. Keenans Blick folgte dem Anhänger.

»Giulia und ich werden gemeinsam auf die Suche nach Lucas gehen und ihn hoffentlich finden. Vielleicht weiß er ja wirklich etwas. Nach allem, was wir wissen, scheint er ein mächtiger Aurarye zu sein.«

»Wahrhaftig«, murmelte Julian. »Liebe ist so eine große Macht. Wer die Magie der Liebe in ein Objekt setzen kann, der muss große Kräfte besitzen.«

Avery nickte bestätigend.

»Wer auch immer das ist«, warf Keenan ein.

»Das …« Avery schürzte die Lippen. »… wissen wir eigentlich auch nicht so genau. Wir setzen alles daran, dass er uns vielleicht sagen kann, wo sich die Aurarye aufhalten. Schließlich wurde ihr Symbol in Océanes Rücken geritzt.«

»Guter Punkt. Mehr können wir oder ihr im Moment sowieso nicht tun. Schließlich sind all unsere Hinweise heute verpufft. Wir werden alle Berichte und Beweismittel noch einmal durchforsten, während ihr beiden den Halb-Aurarye sucht«, kam Philippe zu Wort. »Bitte begebt euch nicht in allzu große Schwierigkeiten. Giulia hängt nun unglücklicherweise mit drin und von ihr kann man nicht erwarten, dass sie einen Angriff einfach so übersteht, wie wir es tun.«

»Ich bin nicht unsterblich, nein«, sprach Giulia den Fakt aus, verschränkte die Arme und ihr Blick wanderte zu den wallenden Vorhängen am Fenster.

»Das heißt nicht, dass sie nicht von großem Nutzen sein kann«, verteidigte sie Avery.

»Wer ungeschoren von einem Einbruch in das Pariser Polizeipräsidium davonkommt, der hat es sich redlich verdient, mit von der Partie zu sein«, bestärkte Keenan sie.

Ihr Gesichtsausdruck erhellte sich und ihre Zähne blitzten zu einem Lächeln auf.

Auf Keenans Weg zurück nach Hause legte sich Dunkelheit über Paris und der letzte Sonnenstrahl verlor sich zwischen den Fassaden.

Keine Menschenseele war dort zu sehen, nur die undefinierbare Geräuschkulisse der umliegenden Verkehrswege surrte im Hintergrund. Keenan setzte Schritt um Schritt nach vorn in die unheilschwangere Kulisse, die den kürzesten Weg zu seiner Wohnung offenbarte.

Die Gedanken hämmerten gegen seinen Schädel und angesichts dessen, dass er auf keine der Fragen von heute eine Antwort wusste, zog er nachdenklich die Stirn in Falten. Vielleicht würde es ihm gelingen, den Verbrecher zu entlarven. Aber wie? Und vor allem: Was, wenn er ihn gefunden hatte? Wie bekämpfte man – sollten ihre Vermutungen stimmen – einen derart mächtigen Sapye, der magische Gesetze für die ganze Welt aushebeln konnte? Was wenn es mehr als nur einer war? Eine ganze Gruppe?

In all den Jahrhunderten, die er nun schon auf der Erde weilte, hatte er niemals so eine Zerstörungswut gesehen.

Welcher Sapye tötete? Brachte Menschen um, die fast noch Kinder waren? Vor Müdigkeit und Erschöpfung rieb er sich die Augen. Er ging einem Mann mit Hut in einem Anzug mit grünen Nadelstreifen aus dem Weg.

Keenan ging unbeirrt weiter – gleiches Tempo, die gleiche aufrechte Haltung, den Blick nach vorn gerichtet. Das Geräusch, das hinter ihm klackte, ließ ihn unbeeindruckt. Flackernde Lichter der Straßenlaternen und alten Leuchtreklame konnten ihn nicht von seinem Fokus ablenken.

Ist jetzt wirklich niemand mehr sicher? Wenn selbst wir Sapye den Menschen und uns selbst nicht vor diesem Arsch retten können?, schoss es durch seinen Kopf.

Seit Keenan im alten Afrika seine Reife relativ spät – mit 39 Jahren – erlangt hatte und von da an unzerstörbar zu sein gewesen schien, war seine innere Ruhe bis heute sein fester Anker gewesen. Doch seine Unsterblichkeit schien ab sofort erschütterbar zu sein. Das, was er am meisten fürchtete, war nun möglich geworden: der unfreiwillige Tod. Und mit seinen Ermittlungen gegen den Mörder befand er sich auf Messers Schneide.

Ein Geräusch, ein weiteres Klacken, näherte sich von hinten links. Als hätte jemand einen Stein mit dem Fuß nach vorn geschossen.

Da. Schon wieder.

Keenan wandte den Blick nicht ab und verfolgte weiterhin den Weg nach Hause.

Da war es erneut. Das Geräusch kam näher.

War es ein Kind, das auf den Straßen rumlungerte, um Passanten zu erschrecken?

Die Gestalt hinter ihm kickte ein Steinchen nach vorn, blieb dann stehen und hielt kurz inne, um so viel Abstand zu dem Polizisten einzuhalten, dass sie gerade so nicht in ihn hineinlief.

Als Keenan schließlich herumfuhr, traf sein Blick nur wenige Zentimeter von seinem eigenen Kopf entfernt ein pechschwarzes Augenpaar. Océane starrte ihn an. Die Miene der jungen Ballerina war von Zornesfalten durchzogen und ließ Keenan im Zentrum seines Wesens erschüttern.

Noch ehe er schreien oder sein Feuer beschwören konnte, krallten sich die drahtigen Finger des Mädchens in seinen Hals. Obwohl Keenan röchelte und nach Luft rang, hob Océane ihn wort- und mühelos an. Kein Ton kam über ihre schmalen Lippen, die sie aufeinanderpresste, als sei es ihr verboten worden zu sprechen. Kristalle, die sich mit einem Konstrukt aus Silberdrähten auf ihrem Kopf zu einer Krone wanden, reflektierten das harte Licht der Laternen. Die Flügel, die sie trug, waren von weißen Federn geschmückt und formten sich zu einem Kleid, das ihrer Rolle als Ballerina gerecht wurde. Straßendreck beschmutzte ihre Füße und an ihrem Körper zeichneten sich die Schnitte der Obduktion ab. Von ihnen waren nur noch blutunterlaufene Schatten zurückgeblieben.

Keenan rang nach Luft, versuchte mit seinen Fingern die Krallen, die sich wie Schraubstöcke um seinen Hals festgezogen hatten, zu lösen. Eine weiße Feder, die zu Boden fiel, landete sanft auf dem Asphalt.

Wie an den Tatorten.

Der Druck in Keenans Kopf nahm stetig zu und das Knistern von platzenden Adern kribbelte an seinem Trommelfell.

Ihm wurde augenblicklich klar, wer hinter den Morden stecken musste. So stand die Mörderin vor ihm, hatte ihn in ihrer Gewalt und schien unbesiegbar.

In Océanes Gesicht breitete sich ein Hauch von Verzweiflung aus. Eine Träne aus ihren schwarzen Augen tropfte auf den Boden. Ihre Brauen zitterten, als wollten sie sich im Ausdruck zu ihren Tränen neigen. Unnachgiebig bohrte sich ihr Blick in Keenans Pupillen, als sie einen Spalt breit ihren Mund öffnen konnte.

»Halt dich …« Sie hielt inne, musterte ihn mit ihren Augen von oben bis unten ab. »… aus meinen Angelegenheiten raus«, flüsterte sie und drückte fester zu.

Noch nie zuvor war Keenan ein Sapye begegnet, der Aurarye und Coronye in einem Körper vereinte. Die Kristallkrone auf Océanes Kopf glühte silbern und der Laternenschein brach sich in schimmernden Partikeln, die wie ein Sternenregen an ihren geraden Strähnen herabfielen. Die winzigen Lichter vergingen, als sie auf die Flügel und ihr Federkleid trafen.

Als könnte sich ihr Mund nicht zwischen Schmerz und Befriedigung entscheiden, zuckten ihre Mundwinkel kaum merklich auf und ab. Wie ein Strom durchzog die Anspannung ihren Körper, wodurch sie wie eine Mischung aus Porzellanpuppe und Metallstatue wirkte. Zerbrechlich und stark zugleich. Langsam wurde Keenans Luft knapp und auch wenn er wusste, dass er Luftnot überstehen würde, jagte ihm die Vorstellung, was sie mit ihm tun würde, wenn er erst mal bewusstlos wäre, eine verdammte Angst ein.

Als hätte sie seine Gedanken gehört, ließ sie ihn los und zu Boden krachen. Während Keenan ächzend die Flammen heraufbeschwor und Océane von unten aus fixierte, genügte ein kleiner Wink ihrer Hand und ein Schwall flüssiges Gold drückte sich aus den Ritzen der Gehwegsteine, um sich dann um Keenans Körper zu schlängeln. Seine Flammen lösten sich in Luft auf. Wie metallisches Wasser, das seinem Meister gehorchte, schmiegte sich das Gold um seine Arme und Keenan zerrte an ihnen, wollte sich befreien, doch Océane ließ keinen Millimeter an Bewegung zu.

Als er das verhärtete Gold an seinen Handgelenken mit seiner inneren Glut zu schmelzen begann, legte Océane ihren Kopf schief. Ein breites Grinsen vertrieb den ambivalenten Gesichtsausdruck aus ihrer Miene. Sie zog mit einer Geste ihres Zeigefingers das Gold zurück in den Erdboden und hielt inne. Das Feuer, das ihr Keenan entgegen schoss, wehrte sie gekonnt mit ihren Flügeln ab. Unter ihren Fingernägeln, die an Klauen erinnerten, sprossen Federkiele hervor, die Keenans Flammen und damit seine Versuche, sich zu wehren, im Keim erstickten. Unbarmherzig beobachtete sie den Polizisten, der noch immer röchelnd am Boden lag.

Zum ersten Mal blinzelten Océanes Augen. Die junge Frau verlor jeglichen Ausdruck und ihre Schultern sanken aus ihrer Anspannung zurück in eine natürlichere Haltung. Sie drehte sich auf dem Absatz herum und ging die Straße entlang, bewegte sich in die Richtung, aus der sie gekommen war.

Erschöpft sah ihr Keenan nach, die Handflächen auf den Asphalt gestützt. Langsam verschwanden die Blutergüsse an seinem Hals und die inneren Verletzungen in der Nähe seiner Luftröhre schienen sich zurückzuziehen.

Seine Hände schnellten zu seiner Kehle. Als habe sie seine Luftröhre mit ihren Federn aufgefüllt, rang er nach Atem, hustete, warf sich auf den Rücken und verzerrte sein Gesicht, als Steine auf dem Asphalt unter ihm in seinen Rücken stachen.

Als Océane hinter einem Mauervorsprung verschwunden war, brach Keenan in sich zusammen. Seine Haut wurde aschfahl, die Haare kräuselten sich silbrig und die Falten gruben sich in seine Wangen. Es erfasste seine Gliedmaßen und breitete sich wie ein Virus bis in die letzte Zelle seines Körpers aus.

Das Einzige Geräusch, das nun durch die einsame Nacht hallte, war das Ticken seiner Uhr.

1877

Der Himmel hatte sich aufgehellt und die flauschigen Wolken trieben an der Sonne vorbei. Das Blau am Firmament blitzte dazwischen kräftig auf und hing wie ein blauer Schein über der Erde. Viele Vögel im Wald hatten sich aus ihren Verstecken getraut und sangen ihre Lieder. Ein Adler zog seine Kreise und ein Habicht auf einer Fichte richtete seinen Blick in die Ferne.

Nicht weit von dem Dickicht der russischen Wälder entfernt lag Myas Hütte. Zusammen mit Gaja saß er einige Tage, nachdem sie sich in sein Haus geschlichen hatte, auf dem dunklen Ledersofa und richtete seinen Blick ins Feuer. Trotz der gellenden Sonne zog eine kalte Brise über das Land.

Pelagaja starrte Mya an und versuchte aus seiner Mimik abzulesen, ob er auch wirklich nicht scherzte.

»Bist du sicher, dass ich noch länger hierbleiben kann? Ich meine, macht es dir keine Umstände? Ich werde natürlich alles daransetzen, bald wieder ein Zuhause zu finden«, stotterte Gaja, die noch immer eine leicht geduckte Haltung einnahm und ihre Schultern hochzog.

»Du bist mein willkommener Gast«, bestätigte ihr Gegenüber und nickte. »Ich weiß, du bist …« Sein Blick wanderte zu ihrer Brust, wo er die unbändigen Energieströme einer zerstörten Liebe spüren konnte. »… wahrlich etwas ganz Besonderes.«

Das Blut wich aus ihren Wangen und so glich ihr Hautton immer mehr dem Blond ihrer Haare.

»Weißt du, Gaja. Ich denke, du hast mehr verdient. Pjotr weiß nicht, was er an dir hatte. Schau dich an.«

Mya fasste ihr Kinn an, drehte es mit Daumen und Zeigefinger zu sich. Ihren Blick nach unten gesenkt, wagte sie es erst nach einigen Sekunden in seine Augen zu sehen.

»Ich bin nichts Besonderes«, hauchte Pelagaja.

Mya rutschte ein Stück auf sie zu, sodass seine Oberschenkel ihre berührten. Er legte seinen rechten Arm um sie und drückte sie an sich. Seine Hand bedeutete ihr, sich ihm anzunähern, und zögerlich legte sie ihren Kopf auf seine Schulter.

»Gaja, du hast deinen Wert. Lass dir nie wieder einreden, du seist nichts Besonderes. Ich spüre, dass du einzigartig bist und stolz auf dich sein kannst.«

Ein Lächeln mischte sich mit ihren zusammengekniffenen Augen zu einem Ausdruck, der Unbehagen ausdrückte. Auf eine seltsame Art fing er sie mit seinem Charme ein. Kaum hatte sie sich von Pjotr abgewandt, tauchte da dieser junge Mann auf, der sie so magisch anzog. Sein Haar legte sich in Wellen seitlich über seine Stirn und seine smaragdgrünen Augen wogen Gaja in Sicherheit.

»Ich danke dir«, flüsterte sie. »Wir kennen uns kaum und du schenkst mir so viel. Eine Herberge … und auch Kraft.«

»Selbstverständlich. Ich kann dich doch damit nicht alleine lassen.« Er legte wieder sein entwaffnendes Lächeln auf, das bis hoch in die Fältchen an seinen Augen trat.

»Das würde nur nicht jeder tun, verstehst du. Ich bin dir wirklich dankbar. Wenn ich irgendetwas für dich tun kann, musst du es nur sagen. Ich kann dir helfen, Feuerholz zu sammeln … oder Hausarbeit erledigen. Wenn du möchtest.«

»Das wäre ganz wunderbar. Aber jetzt brauchst du nichts für mich zu tun. Ich bin dir jedoch dankbar für jede Hilfe, die du mir anbietest.«

Die Stille breitete sich zwischen ihnen aus wie der Duft eines schweren Parfums. Für einen ewigen Augenblick sahen die beiden einander tief in die Augen. Gaja tauchte tief in das Grün seiner Iris ein.

Doch Mya sah in ihren Augen nur eines.

Er brach die Stille und stand auf.

»Ich habe deine Taschenuhr gesehen. Du bist der Schwan, richtig?«

»Ja.« Ihre Antwort kam etwas verzweifelter über ihre Lippen, als sie es vorgehabt hatte.

»Ja?« Mya imitierte ihren Tonfall.

»Es ist so … meine Flügel haben Pjotr zu seinem Werk Schwanensee inspiriert. Weißt du, wenn ich jetzt meine Flügel benutze und sie dann sehe, pocht seine Erinnerung noch stärker in meinem Kopf. Die Erinnerung an das Leben, das mir jetzt einfach genommen wurde. Das Leben, was ich vielleicht in Wirklichkeit nie gehabt hatte.« Ihre Stimme brach mit einem Mal, als Mya zu Boden sah. »Alles in Ordnung?«

Er schien zu grübeln, legte einen Zeigefinger an sein Kinn und es dauerte nur wenige Sekunden zu lange, dass er antwortete.

»Es scheint, als befände sich eine starke Macht in dir.«

»Eine was?« Sie runzelte die Stirn und schob ihre Unterlippe ein Stück nach vorn, als sie darüber nachdachte, was er damit wohl meinen könnte. »Ja, meine Reife war recht früh … aber ich bin nie wirklich stark gewesen, wenn du das meinst.«

»Nein, nicht die Magie der Auraryе. Ich meine die Magie, die gerade in dir wuchert.« Er deutete auf ihr Herz.

»Meinst du?«, sie legte ihre Hand auf die Brust und ihr Mund öffnete sich angesichts der Verwirrung einen Spalt breit.

»In deinem Herzen scheint Einiges zu rumoren – wie gigantische Wellen, die auf dem tosenden Meer gegen Felsen schlagen.«

Gajas Herz setzte einen Schlag aus, als er diese Worte sprach. Genau so fühlte es sich an. Wie ein tosendes, unbarmherziges Meer, das alles in sich verschlang, was nicht stark genug war – und sie selbst war es definitiv nicht. Ein kalter Schauer lief von ihrem Rücken bis zu ihren Händen entlang und ein mulmiges Gefühl breitete sich in ihrer Magengrube aus.

»Du hast recht. Mein Herz schmerzt einfach nur. Es ist alles zu viel zu verkraften – so viel, dass ich für einen Moment dachte, es würde mich auseinanderreißen. Seelische Schmerzen sind ein schweres Los. Ich glaube, das geht jedem so, dessen Liebe nicht erwidert wurde. Eigentlich dachte ich, wir würden die Ewigkeit zusammen verbringen.« Sie seufzte.

Moment. Was hat sie da gerade gesagt?, dachte Mya.

»Heißt das, er ist auch ein Sapye?«, hakte er nach.

»Ja«, drang das Wort aus ihrem Mund hervor.

»Hm«, brummte Mya und wandte ihr grübelnd den Rücken zu. »Wenn du wüsstest«, flüsterte er so leise zu sich selbst, dass sie es nicht hören konnte.

»Was sagtest du?«

»Nichts.«

Seine Stimme gab jetzt nur noch monoton seine Worte wieder und in seinem Kopf brodelten die einzelnen Punkte eines Plans.

»Gaja. Du solltest diesem Typen an den Kragen gehen.«

»Wie meinst du das?«

»Du weißt schon.«

»Mich rächen? Was soll ich denn anstellen? Vor allem gegen einen Unsterblichen?«

Myas Blick wanderte erneut auf Gajas Brust, wo er ganz deutlich die Magiestränge spüren konnte. Das, wonach er so lange schon gesucht hatte, wurde ihm auf einem Silbertablett serviert. Bereitwillig zu ihm gekommen, verletzlich, filigran.

»Du hast alles Nötige in dir. Du bist stärker, als du glaubst. Der Schmerz gibt dir Kraft und damit wächst auch deine Magie.« Er zeigte erneut auf ihr Herz und hob die Augenbrauen an.

Das Sonnenlicht, das von den Fenstern aus den Raum flutete, wurde von Staubpartikeln in der Luft reflektiert und zog harte Schatten in Gajas Gesicht. Die Muster der Streben fielen auf sie, sowie auf den unregelmäßigen Holzboden, der teilweise von roten Teppichen bedeckt wurde. Sie legte den Kopf schief, schob ihre Lider leicht über ihre Augen, musterte ihn und schaute schließlich auf ihre eigene Brust.

»Du meinst, ein …«

»… gebrochenes Herz ist stark. Stärker als manch einer glaubt«, vervollständigte er ihren Satz und nickte wieder mit diesem Lächeln, das er über Jahre hinweg perfektioniert hatte.

»Was …« Ihre Augen öffneten sich wieder vollständig und ihre Pupillen verengten sich. »Was genau willst du damit sagen?«

»Du solltest ihn konfrontieren. Zeig ihm, was für ein einfältiger Idiot er ist und dann lass ihn zurück. Zeig ihm, dass du stark bist, denn du bist nicht sein Spielball. Auge um Auge, Zahn um Zahn.«

Seine Worte hallten noch in Gajas Kopf nach, als sie in Gedanken wieder zu Pjotr abdriftete. Sie erinnerte sich daran, wie er sich manchmal weggedreht hatte, als sie ihn hatte küssen wollen – mit der Begründung, er müsse arbeiten.

Jedes Mal hatte es ihr einen Stich ins Herz versetzt, wenn sie so abgelehnt worden war. Ein Schmerz, der sich von ihrer Mitte in die entlegensten Regionen ihres Körpers ausgebreitet hatte. Dieser Schmerz hatte sich seit der Trennung von Pjotr um das Hundertfache erhöht und pulsierte in jeder ihrer Zellen.

Auch wenn sie nur die kleinste Sache falsch gemacht hatte – wie zum Beispiel seinen Schreibtisch nicht nach seinen Vorstellungen aufzuräumen –, hatte sie sich Schläge eingefangen. Impulsiv und unberechenbar hatte sich Pjotrs Ego über sie gestellt, sich vor ihr aufgetürmt – unmöglich zu bezwingen. Und seit jeher hatte sie gespürt, dass sie für diese Beziehung kämpfen sollte: dass sie alles, was er tat, hinnehmen und darauf hoffen würde, es würde besser werden.

Mya ging auf und ab, streifte dabei mit zwei Fingern die Bücherstapel, die sich um ihn herum erhoben. Gaja verfolgte ihn mit seinen Augen, als sie bemerkte, dass ihn etwas zum Nachdenken angeregt hatte. Seine Lederschuhe streiften das von Staubadern durchzogene Parkett, hinterließen dumpfe Geräusche auf dem Teppich, den er betreten hatte. Auf einen Stuhl, der sich nur wenige Zentimeter von einem Bücherstapel entfernt befand, ließ er sich nieder. Er schlug ein Bein über das andere und seine Anzugshose mit den smaragdgrünen Nadelstreifen reflektierte das Licht des Kaminfeuers in winzigen Schimmerreflexen.

Mya legte seinen Zeige- und Mittelfinger auf Nasenrücken und Kinn, als er die Augen schloss.

Gaja begann ihre Finger im Stoff ihres Kleides zu versenken. Das Vogelzwitschern von draußen erstarb und hüllte die Hütte in einen scheinbar schalldichten Kokon mitten im Wald.

»Hast du schon einmal darüber nachgedacht, wie es wäre, die magischen Gesetze zu umgehen?«

»Du meinst …«

»Schluss machen mit dem Bravsein. Es gibt nicht nur Licht in der Welt der Magie. Es gibt tiefe Schluchten magischer Theorien, von deren Umsetzung wir abgehalten werden. Das Uhrwerk der Unsterblichen ist fein justiert und es lässt keine Änderungen im Gefüge zu … es sei denn …«

Was schwebte Mya da vor? Was sollte so ein Bruch gegen die magischen Gesetze sein? Gajas Herz schlug nur noch schneller, als es sowieso schon gegen ihre Brust hämmerte. Ihre Adern wurden mit Adrenalin gefüllt, das jeden Millimeter ihres Körpers in einem Rausch erfasste.

»Was meinst du, Mya? Es tut mir leid, ich glaube nicht, dass ich verstehe, was du mir sagen möchtest.«

»Keine Sorge, Gaja.« Er zog die Worte unerträglich in die Länge. »Wie wäre es, wenn du Pi alles nehmen könntest? Es wäre nur fair.«

Sie kniff ihre Augen zusammen und ihre Hände verkrampften sich im Stoff ihres Kleides.

»Gaja …« Jetzt stand er auf, ging zu ihr und legte eine Hand auf ihre Schulter. »… überleg doch mal. Was wäre, wenn du ihm seine Kräfte rauben könntest? Er würde den Rest seines Lebens als Sterblicher verbringen und dir würde die Genugtuung zuteil, die du so dringend brauchst. Es sei denn, du möchtest, dass diese dunkle Energie in dir dich immer weiter auffrisst.«

»Mich auffrisst?«

»Magie kann unberechenbar sein … ganz besonders von dieser starken Sorte.«

»Und du glaubst, es würde mich davon befreien, wenn ich meinem Schmerz Platz gebe und ihn freilasse?«

»Jetzt verstehen wir uns.« Er tätschelte ihre Schulter und drehte sich erneut um. Er trat an das Fenster und beobachtete die vorbeiziehenden Wolken. Auf einem Ast nicht weit von der Lichtung entfernt, auf der seine Hütte stand, erkannte er einen Adler, der einen Habicht mit seinen Klauen und dem Schlagen seiner Schwingen von seinem Ast vertrieb.

Er drehte den Kopf über seine Schulter, legte das Lächeln auf sein Gesicht und fuhr fort.

»Ich habe viel darüber gelesen, viele dunkle Wissenschaften kennengelernt. Die Incendye haben intensiv geforscht und in ihren geheimen Bibliotheken habe ich über eine Theorie gelesen, die wie für dich gemacht sein könnte.«

Gaja presste ihre Lippen aufeinander, legte ihre Ellbogen an ihren Körper an und fummelte an ihren kaputten Nägeln.

»Was ist das für eine Theorie?«, flüsterte sie und presste schnell wieder die Lippen aufeinander.

»Du kennst die Naturgesetze. Wir können Menschen kein Leid zufügen. Man könnte meinen, wir Sapye seien allein dafür geschaffen, gut zu sein. Aber untereinander müssen wir wohl oder übel miteinander klarkommen. Egal, wie schlecht wir uns auch manchmal gegenseitig behandeln.« Er hob die Augenbrauen und spielte damit ganz offensichtlich auf Pjotr an. »Richtig?«

»Richtig.«

»Falsch! Es gibt einen Weg, wie man sich als Sapye rächen kann. Was bringt es, jemanden zu verletzen, wenn er sich sowieso wieder durch die Heilkräfte erholen würde, die er besitzt?«

»Nichts.«

»Genau.«

Mya wusste, er musste jetzt den richtigen Nerv treffen und sein Plan würde aufgehen. Wie beim Entschärfen einer Bombe sah er sich zwei Drähten gegenüber, zwischen denen er sich entscheiden musste. Entweder sie würde seinen Plan akzeptieren oder sich von ihm abwenden, womit alles verloren wäre.

»Also die Theorie besagt, dass es nur ein großes Vakuum braucht, eine dunkle Energie, um die Energie eines anderen in sich aufzunehmen und ihn … sagen wir … menschlich zu machen.«

»Das heißt, Pjotr würde all seine Kräfte verlieren, wenn …«

Mya nickte und das Grinsen, das sein Gesicht erfasste, wurde ehrlich.

»… wenn du deinen Schmerz gegen ihn verwendest. Richtig.«

»Aber das ist so falsch.«

»Ich wüsste nicht, was daran falsch sein sollte. Ich finde, es ist eine gerechte Strafe für ihn. Er hat dich schließlich so niedergeschmettert und ist der Verantwortliche dafür, dass dein Herz solche Höllenqualen erleidet. Glaubst du nicht, es wäre gerechtfertigt?«

Sie wandte sich von ihm ab und richtete ihren Blick in das Feuer des Kamins. Die Flammen züngelten so weit nach oben, dass sie schwarze Rußschlieren an der Wand darüber hinterließen. Das Holz knisterte und ließ Gajas Anspannung abflachen.

Mya verzog seine Miene und setzte sich wieder neben sie. Eine Berührung mit seiner Hand auf ihrer Schulter bewirkte, dass sich auch ihr Stirnrunzeln entspannte.

»Ich kenne Pjotr nicht. Aber ich denke, es würde dir guttun, wenn du dich nicht noch einmal auf ihn einlässt. Das, was da in dir erzeugt wurde, kommt nicht von einem einfachen Liebeskummer vom Verliebtsein. Das ist tiefgreifender. Ich an deiner Stelle würde mir vor Augen halten, was ich wert bin und was er verdient. Was verdient er?«

Sie blieb still, schaute zu Boden und drehte ihren Kopf erneut von Mya ab.

»Was verdient er?«, wiederholte Mya, dieses Mal nachdrücklicher und mit einem kaum hörbaren Beben in der Stimme.

»Jemanden, der ihm …«

Mya hob die Augenbrauen, öffnete seinen Mund einen Spalt breit und hing gebannt an ihren Lippen.

»Der ihm zeigt, wie es ist. Wie es ist, Schmerzen zu fühlen und hilflos zu sein.«

Myas Gesichtsausdruck erhellte sich wie die aufgehende Sonne und das Grün in seinen Augen blitzte vor Begeisterung.

»Wie recht du hast«, flüsterte er zustimmend und zäumte seinen Tonfall, um nicht zu viel Begeisterung zu zeigen.

30

Die Sonne strahlte auf die Dächer von Paris und ließ einen Hauch ihrer Wärme auf ihnen zurück. Sie blendete die Menschen mehr, als dass sie wärmte. Durch eine eisige Barriere aus Wind kämpften sich die Pariser, während sie ihre Mützen und Schals tief ins Gesicht gezogen hatten.

Eine weiße Taube landete auf dem von Reif überzogenen Glas einer Straßenlaterne und flatterte ein letztes Mal mit ihren Flügeln, ehe sie ihren Schnabel vor der Kälte in ihrem Gefieder versteckte.

Wenige Meter unter ihr huschten zwei junge Menschen durch die Lücken der Menschenmassen.

»Er kann nicht mehr weit sein!«, beteuerte Avery, ging schneller und lief nun einige Schritte vor Giulia. Er deutete auf die Feder, deren Glühen sich verstärkte, je weiter sie die Straße entlanggingen. Giulia sah weiter nach vorn, wohingegen Avery mit gesenktem Kopf die Feder fixierte. Ein Wunder, dass er nicht in die Leute hinein donnerte. Giulia beobachtete zu ihrer Freude das Schauspiel vom faszinierten Avery, der voller Tatendrang alles daransetzte, Lucas Yard ausfindig zu machen.

»Komm schon, Feder«, begann er nun sogar mit dem Anhänger zu sprechen – gefolgt von einem Augenrollen und Seufzen Giulias. Es schien, als würde er die Menschen um ihn herum vergessen. Wo er sonst so vorsichtig war und niemandem auffallen wollte.

Giulia erinnerte sich, als er davon erzählt hatte, wie er im Winter dicke Mäntel anzog, nur damit man ihn nicht seltsam beäugte, wenn er – von seinem inneren Feuer gewärmt – in T-Shirt und Shorts durch die Straßen wandern würde. Selbst für einen der unauffälligsten Jobs in der Oper hatte er sich beworben, statt mit dem enormen Wissen, das er besaß, ein Studium abzuschließen.

In einigen Momenten war Giulia neidisch auf die Freiheiten, die Avery hatte. Gerade jetzt, wo sie und er den ganzen Tag miteinander verbrachten.

Wenn man alle Zeit der Welt besaß und einem nie was geschah – man konnte alles tun, worauf man Lust hatte. Stattdessen investierte Giulia alles, um aus ihrem einzigen, begrenzten Leben alles herauszuholen. Nicht umsonst war sie zur Primaballerina in einem der wichtigsten Stücke der Pariser Oper aufgestiegen. Wer weiß, wie lange sie noch tanzen würde? Ein Frösteln, das nicht vom Wetter erzeugt wurde, durchfuhr ihren Körper. Dadurch, dass sie Avery kennengelernt hatte, hatte es ihr nur zu deutlich vor Augen geführt, dass sich ihr Leben wie ein Laufband anfühlte – sich immerzu anstrengen und hetzen zu müssen, doch nie wirklich irgendwo anzukommen, stimmte sie melancholisch. Ihre Schultern sanken herab und mit einem aufgesetzten Lächeln wirkte sie dem entgegen.

Spätestens in ihren Vierzigern würde sie niemand mehr auf die Bühne stellen wollen. Und dann? Kindern das Tanzen beibringen und die eigene Leidenschaft nicht mehr im Rampenlicht ausleben? Wahrscheinlich wäre es ihrer Karriere sowieso nicht zuträglich, unsterblich wie Avery zu sein. Man würde sich an sie und ihr nie alterndes Gesicht auf der Bühne erinnern – auch wenn es ihr sicher alle Zeit der Welt geben würde zu trainieren.

»Mach doch mal einen Schritt langsamer!«, forderte sie, als sie wieder aus ihren Gedanken auftauchte.

»Er muss hier irgendwo sein.«

»Avery, wir steuern gerade auf den Louvre zu. Da werden tausende Menschen sein. Wie sollen wir ihn da finden?«

»Die Feder findet den Weg. Ich habe ein gutes Gefühl bei der Sache.«

Durch die seitlichen Tore des alten U-förmigen Gebäudes, drängten sie sich an Touristen aus aller Welt vorbei, bis sie im Innenhof mit der weltberühmten Glaspyramide standen.

»Schau! Die Feder lodert fast!«, sagte Avery mit einem Funkeln in den Augen.

»Pack sie lieber nicht auf den Präsentierteller. Bevor sie noch jemand sieht!«

»Ach. Das ist Magie. Das können nur die Sapye sehen«, winkte Avery ab und erkannte anhand von Giulias hochgezogener Augenbraue, was sie sagen wollte. Er schloss den Liebesbann in seiner Handfläche ein. »Ist gut. Du hast recht. Wir wissen nicht, ob es noch andere wie dich gibt.«

Giulia nickte seine Bemerkung zufrieden ab und wich einem Mann aus, der sie fast anrempelte, weil er seinen Blick auf den Boden gesenkt hatte.

»Immer rücksichtsloser, diese Touristen«, meckerte sie und sah ihm nach. Sie runzelte die Stirn. Sein Anzug mit den smaragdgrünen Nadelstreifen auf schwarzem Stoff kam ihr irgendwie bekannt vor.

»Avery, wenn er irgendwo hier sein soll – wie gedenkst du denn, ihn genau zu finden?«, hakte Giulia noch einmal nach.

»Warte doch einfach ab«, sagte Avery, als er einen Schritt schneller ging und sich Giulia im Gedränge bemühte, zu ihm aufzuschließen. Dieses Mal ließ er die Feder nur einen Spalt breit aus seiner Hand hervorlugen, um Giulias Rat zu befolgen und keine Aufmerksamkeit auf sich zu lenken, wenn er wie ein Irrer einer goldenen Wünschelrute folgte.

»Es scheint, als wolle sie uns zum Eingang führen«, murmelte er.

»Zum Eingang?«

»Ja, zur Pyramide. In den Louvre«, bestätigte Avery Giulias Befürchtung.

»Wenn Lucas DA drin ist …«

Ohne dass sie weitersprechen musste, wusste Avery worauf sie hinauswollte. Es machte alles nur noch komplizierter.

Wieso konnte er sich nicht woanders verstecken? In einem Wald zum Beispiel.

Die Glaspyramide streckte sich vor ihnen in die Höhe. Metallstreben und Bolzen hielten das Gerüst zusammen, trugen jede Scheibe zuverlässig. Die Sonne brach sich in ihnen und warf ein grafisches Muster auf den hellen Stein am Boden.

Avery seufzte, als er nach einer Stunde in der Menschenschlange endlich die beiden Tickets in der Hand hielt.

»War ja klar, dass wir auch noch dafür anstehen müssen, um zum mysteriösen Lucas Yard zu kommen«, höhnte Giulia und rollte die Augen und sah nach oben, wo die Pyramide thronte.

»Wie Patricia sagte – er wird uns vielleicht weiterhelfen können. Da wir nicht gerade viel Auswahl haben, wer uns helfen könnte, müssen wir uns eben an diesen Strohhalm klammern. Ob es nun bequem ist oder nicht.«

»Mhm.«

Giulias Blick wanderte von dem beigen Boden, der die Silhouetten der Menschen spiegelte, zu den riesigen Plakaten, die in die einzelnen Bereiche des Museums wiesen. Sie blinzelte, als sie von der Reflexion eines Glasgeländers an einer enormen Wendeltreppe geblendet wurde. In diese Lobby passte ihre Wohnung locker hundertmal hinein.

»A, wo glaubst du, würde er sich aufhalten?«, lachte sie ihn schelmisch an. Im gleichen Moment versuchte sie sich Orientierung zu verschaffen, in dem sie ihre Augen zusammenkniff und auf die Schilder stierte.

»Du nennst mich jetzt A? Wer bist du dann? G?«

Sie wandte sich zu ihm.

»Ich bevorzuge Black S.«, entgegnete sie und wartete Averys Stirnrunzeln ab. »... mein Agentenname soll schließlich cool klingen. S für Swan.«

Nachdem Avery mit dem Finger nach rechts gezeigt hatte, gingen sie zu einem breiten Gang, von dem aus verschiedene Abzweigungen in die Weiten des Museums führten.

»Ach was und ich bin dann einfach nur A?« Avery verpasste ihr lachend einen Stupser mit dem Ellbogen. Doch schon im nächsten Moment fiel sein Blick auf die Feder, die heller aufleuchtete, als er sich um ein paar Grad gedreht hatte.

»Renaissance. Die Feder sagt Richtung Renaissance-Abteilung.«

»Moderne Kunst ist so viel cooler.«

Wortlos schob er Giulia in die richtige Richtung. Sie sträubte sich kurz und garantierte ihm, dass sie schon noch wisse, wie man zu laufen habe.

Avery erinnerte sich an die Zeit, zu der er vor etlichen Jahren mit seiner Mutter den Louvre und seine Vielzahl an Exponaten besichtigt hatte. Célestine hatte ihm schon als kleinem Jungen die Künste der Großmeister der Renaissance näherbringen können. Egal, in welchem Museum sie gewesen waren: Wenn es um Malerei gegangen war, hatte sie stundenlang über Maltechniken und die Interpretation der Werke gesprochen.

»Eigentlich untypisch für eine Incendye«, hatte sie ihrem kleinen Sohn damals ins Ohr geflüstert. »Das habe ich von deiner Großmutter.« Sie verschränkte ihre Daumen, damit sie mit den restlichen Fingern Flügel formen konnte, die den Schatten ihrer Hand davonfliegen ließen. Sie verstrubbelte die dunklen Strähnen Averys und betrachtete das Gemälde, das sich vor ihr befand.

»Das ist Johannes, der Täufer. Von Leonardo da Vinci«, erklärte sie, legte ihre Hand konzentriert an ihr Kinn und musterte den Auftrag der Farbe.

»Ist das etwa …«

»Was meinst du, Mama?« Avery sah zu ihr auf und zog am Gürtel ihres Mantels. Sie ging näher heran, um dann ihre Augen zusammenzukneifen. Sie trat gefährlich nah an das Gemälde heran. Avery beäugte den Wärter, der seine Mutter aufmerksam musterte.

»Das ist doch Urlatein.« Die magische Schrift der Sapye. »Aber es glimmt. Es ist mit Magie geschrieben«, flüsterte sie, sodass es nur Avery hören konnte.

»Mit Magie geschrieben?« Der Kleine reckte den Kopf, um besser auf das Bild sehen zu können. »Mama, ich sehe nichts.«

Sie streichelte abermals den Kopf ihres Jungen und raunte: »Eines Tages wirst du jede Form von Magie sehen können. Wenn du alt genug bist und das hier …« Sie deutete auf seine Hosentasche, in die er seine Taschenuhr gezwängt hatte. »… aufhört zu ticken. Du kannst zwar unsere Fähigkeiten sehen, aber noch bist du zu jung für alle Formen unserer Magie.«

Avery zog seine Unterlippe vor und legte die Stirn in Falten.

»Aber was steht da, Mama?«

»Ich kann es nicht ganz entziffern, es ist sehr klein geschrieben. Ich muss es auch übersetzen.«

Sie starrte wenige Sekunden länger auf das Gemälde, formte lautlose Worte mit ihren Lippen, bis sich ihr Gesichtsausdruck schließlich aufklarte und sie vorlas:

»Lucas Yard empfängt Sie.«

»Scheiße. Jetzt weiß ich, wieso mir sein Name so bekannt vorkam«, fluchte Avery und beschleunigte sein Tempo.

Erstaunt über die plötzliche Erkenntnis setzten sich auch Giulias Beine in Bewegung.

»Meine Mutter hat …« Er schluckte und kämpfte gegen seinen beschleunigenden Atem an. »… damals auf einem Gemälde seinen Namen stehen sehen.«

Giulia ging gerade so schnell, dass sie nicht rannte.

Averys Puls klopfte.

»Johannes der Täufer. Da Vinci. Da finden wir ihn!«

Das Geräusch ihrer Schritte hallte gegen die Wände und vermengte sich mit dem Getuschel der Menschen, die die Gänge fluteten.

»I'M WALKING HERE!«, blaffte ein Tourist, den Avery in seinem Eifer an der Schulter angerempelt hatte.

»Sorry, Sir!«, rief Avery und hielt beschwichtigend seine offenen Handflächen von sich weg vor seine Brust, ehe er sich wieder umdrehte. Avery und Giulia mussten ihr Tempo verlangsamen, als sich das Gedränge verdichtete.

»Gerade, dass es von Da Vinci ist … das passt so gut«, sagte Avery.

»Wieso das?«

»Da Vinci war auch ein Sapye. Angeblich wurde er von einer Auraryе als Incendye geboren – was wohl seinen Drang zur Kunst und Wissenschaft erklärt.«

»Das heißt, eure Gruppierungen haben wirklich verschiedene Wesenszüge?«

Giulia deutete eine Treppe nach oben, wo sie einen Wegweiser sah.

»Häufig. Es ist wahrscheinlicher, dass du als Incendye den Nobelpreis bekommst als als Auraryе – sagen wir es mal so. Wenn du eine Sapye wärst, wärst du vermutlich eine Auraryе«, sagte Avery, während er ihr und dem Schild folgte.

»Was soll DAS denn jetzt heißen?«

»So … ich … das … so war das nicht gemeint!«, stolperte er über seine Wörter. »Du bist so eine talentierte Tänzerin, da liegt es nur nahe, dass du dich zu den Künsten hingezogen fühlst … und du damit wahrscheinlich eine Auraryе wärst.«

»Das bin ich aber nun mal nicht. Und man muss nicht nur eines sein.«

»Wenn du als Auraryе auch Incendye als Vorfahren hättest, dann –«

Sie verdrehte die Augen, krallte sich in den Rücken seines Mantels und drückte ihn weiter in die Richtung, in der sie *Johannes der Täufer* vermuteten. Wohl wissend, dass er mit seinem Gefasel wieder in ein Fettnäpfchen getreten war, verzog Avery seinen Mund zu einem Lächeln, das mehr schlecht als recht bei Giulia ankam.

»Wo hängt das Bild genau?«

»So genau kann ich es nicht sagen. Seitdem ich hier war, haben sie viel umgebaut und wahrscheinlich ist das alles jetzt anders ausgestellt und –«

»Ja-ha …« Sie schob ihn weiter. »Wir müssen in die Renaissance-Abteilung, sagtest du. Und behalt das goldene Flatterding im Auge, wenn es sich wieder meldet.«

»Irgendwie habe ich es mir spektakulärer vorgestellt …«

»Was bitte ist denn daran NICHT spektakulär?«, bewunderte Avery das Bild Da Vincis.

»Größer könnte es schon sein, wenn du mich fragst.«

Er gluckste.

»Was sagst du?«

»Nichts, nichts.« Er lenkte ab, indem er sich dem Gemälde näherte. Seine rechte Hand erwärmte sich, als die Feder stärker denn je leuchtete.

»Nur … wo ist es …«, grübelte er und ging noch dichter heran. Mit seinen Augen scannte er jeden Zentimeter des Bildes, bis er schließlich am Finger des Mannes auf dem Gemälde stehen blieb.

»Da! Die Schrift!«

Nun fokussierte auch Giulia das Gemälde und konzentrierte sich auf die Stelle, auf die Avery mit seinem Zeigefinger deutete. Die winzigen Buchstaben schimmerten golden, mit einem leichten Glimmen, das dem der Feder ähnelte.

»Lucas Yard empfängt Sie«, las Avery vor – mehr für sich als für Giulia. Die Worte hallten in seinem Kopf nach und katapultierten ihn sofort wieder in die Zeit vor dem Tod seiner Mutter.

»Avery ich lese hier nur Lucas Yard und dann irgendwas auf diesem Urlatein.«

»Stimmt, Giulia. Es wundert mich aber außerordentlich, dass du auch die Schrift sehen kannst – nicht nur unsere Fähigkeiten.«

»Wieso sollte ich sie nicht sehen?«

»Als Kind konnte ich es nicht.«

Sie zuckte mit den Schultern und ging einen Schritt zurück.

»Und jetzt? Das ist ein Gemälde mit einem Satz drauf. Wie soll's weitergehen?«, sprach sie das Offensichtliche an.

»Vielleicht …« Avery hielt inne und sah um sich. Überall Menschen. Mehr als hundert Augenpaare konnten ihn sehen.

»Da unten!« Giulia deutete auf den unteren Rand des Gemäldes.

Wenige Millimeter vom Rahmen entfernt zeichneten sich dünne Linien ab, die ebenso glommen wie die Inschrift. Die Silhouette stellte ganz klar eine Feder dar. Eine Feder derselben Größe wie die, die den Liebesbann beherbergte.

»Du hast recht. Vielleicht sollte ich einfach –« Er näherte die Feder in seiner Hand der auf dem Gemälde und das Glühen wurde so hell, wie es Avery und Giulia noch nie zuvor gesehen hatten. Das Licht ging auf Averys Hand über, bis sich aus der Feder goldene Fäden spannten und sich um seinen Arm schlängelten. Den beiden standen vor Ehrfurcht die Münder offen. Er riss das Amulett wieder an sich, worauf die Fäden ihre Bestandteile in winzigen Partikeln zu Boden regnen ließen, um dort zu vergehen.

»Wir dürfen nicht riskieren dabei gesehen zu werden, wie wir hier die Gemälde anfassen.«

Giulias Blick wanderte umher, bis er schließlich an dem Mann vom Security Personal hängen blieb.

»Der da schaut uns an«, flüsterte sie Avery zu, der den Rand seines Blickfelds unbemerkt auf den Wachmann richtete.

»Scheiße nochmal!«, fluchte Avery.

Giulia wandte sich wieder dem Werk von Da Vinci zu und blieb an einer weiteren Stelle hängen.

»Avery, da glimmt es … weiß.«

»Wo?«

»Na da!« Sie wies mit dem Zeigefinger auf die andere Ecke. Avery näherte sich dem Bild wieder, musterte die Ecke genau. Der Wachmann räusperte sich hörbar, worauf Avery zusammenzuckte. Doch er wandte seinen Blick nicht von der Stelle ab, auf die Giulia deutete.

»Ich erkenne nichts.«

»Es ist nur ganz schwach … Venyate sur plym in invisibylya. Was bedeu–«

»Kommet auf der Feder in Unsichtbarkeit«, beantwortete Avery ihre Frage, noch bevor sie sie stellen konnte.

»Das heißt, die Feder soll uns dabei helfen, ungesehen zu ihm zu kommen?«

»Scheint so«, sagte Avery und grübelte. Was wenn sie ein Schlüssel und nicht nur ein Wegweiser war? Inwieweit sie dadurch ungesehen zu Lucas Yard gelangen sollten, stellte Avery und Giulia vor ein Rätsel.

»Berühr das Gemälde. Mit der Feder«, forderte Giulia ihn auf, als der Wachmann seinen Blick von ihnen abgewandt hatte, weil er zwei Touristen erklären musste, dass sich »Das letzte Abendmahl« nicht im Louvre befand.

Avery zögerte, doch Giulia riss ihm den Anhänger aus der Hand, drückte ihn gegen das Holz und in dem Moment, in dem Avery nach der Feder greifen wollte und stattdessen nur Giulias Arm erwischte, kippte der Raum.

Schwarz breitete sich in Nebelschwaden um sie herum aus, die Menschen, die zuvor noch die Gänge und Säle des Gebäudes gefüllt hatten, verblassten wie Geister und verschwanden, nachdem sie von den Schwaden erfasst worden waren.

Das Dunkel erhob sich vor ihnen. Es versperrte die Sicht und ließ jegliche Wärme aus dem Raum verschwinden. Ein rauchiger Geruch stieg in Averys Nase.

Menschenseelenallein rückten sie dicht an dicht zusammen, Avery noch immer Giulias Arm umklammernd. Wie Fraktale folgte auf jede Nebelwölbung eine kleinere und darauf eine weitere. Wie bei einem endenden Gewitter, fraßen sich Lichtstrahlen durch das Schwarz und vertrieben an einigen Stellen den Rauch, der dicht und schwer wie Tinte unter Wasser auf den Boden getrieben wurde. Ein Fluchtreflex zuckte durch Averys und Giulias Beine, als sich die Schwaden auf dem Boden ausbreiteten, doch sie waren bereits umzingelt.

Eine Gestalt trat auf sie zu. Alles, was sie von dem Mann erkennen konnten, war, wie er seine Finger spreizte. Wie bei einem kontrastreichen Aquarell floss das Licht über die Kanten seiner Silhouette hinweg, um auch leichte Konturen eines Gesichts freizulegen. Die Hand des Mannes erhob sich und der Nebel flüchtete vor einem Sturm aus schwarz-bläulichen Federn, die sich auf einen Wink des Mannes hin aus dem Nichts aus der Luft heraus bildeten. Wie ein gigantischer Fischschwarm bäumten sich die Federn als Wolke in der Luft auf, schimmerten und folgten in der schwebenden Formation einer einzigen Richtung. Als hätten sie ein Eigenleben entwickelt, vermieden sie es, Giulia und Avery zu treffen, vertrieben lediglich den schwarzen Nebelschleier, bis sie hinter ihnen zusammen mit den Rauchresten verschwanden. Die Sicht auf den Unbekannten und die endlose Weite des prunkvollen Raumes hinter ihm wurde freigelegt.

»Wie ich sehe, habt ihr endlich zu mir gefunden.« Sein Echo verhallte im Palast.

31

»Du musst Giulia sein … und du …« Er musterte Avery und sein Blick wanderte zur Kette, die seine Taschenuhr mit seiner Hose verband. »Du bist sicher Avery.« Die Stimme des Mannes erzeugte ein Echo, das seinen Worten so viel Volumen verlieh, dass er noch größer auf Avery wirkte.

Giulia und Avery schauten einander an und richteten ihre Blicke dann wieder auf Lucas Yard, der sie durchdringend musterte und keine Miene verzog. Dem, was er sagte, folgten seine Gesichtszüge nicht. Mehr oder weniger verharrten seine Mundwinkel genau in derselben Position und Giulia fragte sich, ob er in der Zeit, in der er sie anstarrte, irgendwann noch blinzeln würde.

In seinem Gesicht erkannte Giulia Pattys tiefliegende Augenform. Ein so dunkles Braun, dass es wie schwarz aussah, hüllte seine Iris ein und reflektierte dort einen bläulichen Schimmer.

»Woher kennen Sie unsere Namen?«, fing sich Avery und ergriff das Wort.

»Ich weiß vieles.«

Scheinbar zog er seine Augenbrauen einen Millimeter nach oben – kaum zu erkennen. Mit diesen Worten drehte er sich auf dem Absatz herum und ging auf eine Treppe zu, die eine größere Fläche als der Empfangsbereich in der Oper hatte.

»Wenn ihr Informationen haben wollt, dann folgt mir. Patricia wird euch nicht umsonst hergeschickt haben.«

Ohne sich nochmal umzudrehen stieg er die Treppenstufen hinauf.

Sofort setzten sich Giulias Beine in Gang und sie zog Avery mit sich. Sein Blick schweifte durch das pompöse Gebäude. Engelsfiguren zierten die Decke, daneben die Abbildung von Königen … und schließlich die der Herrscher des Feuers. Die Dreifaltigkeit der Sapye. Zweifelsohne handelte es sich hierbei um einen magischen Ort sondergleichen. Selbst Avery hatte so ein Gebäude noch nie zuvor gesehen.

Von Marmorsäulen gesäumte Gänge breiteten sich vor ihnen aus. Eine Halle mit Kuppel öffnete ihre Pforten und darüber schoss das Sonnenlicht durch goldgerahmte Mosaikfenster. Schimmernd brach sich das Licht und hinterließ regenbogenfarbige Lichtkanten, die am Boden Bilder malten. Die marmornen Böden unter ihnen waren durchzogen von Goldadern und Rissen, die der Fläche eine wirre Textur verliehen.

Ob der angenehm kühlen Luft, die durch den Palast strömte, atmete Giulia tief ein und schloss kurz ihre Augen.

Als sie zu Lucas aufschließen konnten, weil er vor einer Statue zum Stehen gekommen war, wurde Avery skeptisch. Hier führte kein weiterer Weg entlang.

Die Skulptur vor ihnen stellte einen großen Coronye dar. Die Goldkrone mit spitzen Zacken und Edelsteinen verziert, hob die Statue ihre Hand, die das Gold zu einer stürmischen Welle beschwor. Das Gesicht des Coronye bestand aus ganz ähnlichem Marmor, der den Boden zierte. Der einzige Unterschied war die Farbe. Blau. Feine Goldadern durchzogen seine Haut und wirkten so, als seien es Tränen, die seine Wangen herunterliefen. So verharrte die Statue in ihrer Position und richtete ihren Blick nach vorne.

Giulia reckte ihren Kopf so, dass sie über Lucas' Schulter sehen konnte. Dieser legte seine Hand auf den Sockel der meterhohen Statue und fing an, Symbole zu zeichnen. Seiner Fingerspitze folgten Haarrisse in den Stein und aus dem Sockel quoll Licht hervor. Giulias Augen weiteten sich.

»Ouverya porta« schrieb Lucas auf den Sockel und die Statue erhob sich. Aus dem Boden heraus zog sie mit dem Sockel eine Tür nach oben. Jetzt berührte der Coronye aus Gold fast die Decke mit seinen erhobenen Fingerspitzen.

»Das musste sein«, ergänzte Lucas, als er Giulias schnellen Atem hörte. Fälschlicherweise konzentrierte sich Avery auf das weniger Wichtige. Sein Blick klebte an den Augen der Statue, die sich gerade vom Boden aus erhoben hatte. Der Coronye strahlte eine ungeheure Macht aus.

Eine Macht, die Avery in ihren Bann zog.

Jetzt räusperte sich Lucas, als er bemerkte, dass Avery gar nicht dabei zusah, was er im Begriff war zu tun.

»Es ist wichtig«, erklärte er kurz. Avery rüttelte sich aus seinen Gedanken und folgte Lucas, der die Tür mit einem einfachen Schlüssel öffnete. Das Schloss war mit allerlei Ranken, Blüten sowie Ornamenten verziert und ein Kronensymbol prangte auf dem Türknauf.

Mit einem Ruck zog Lucas das alte Holz nach vorn. Ein dunkler Raum breitete sich vor ihnen aus und die Dunkelheit schien undurchdringlich und dicht zu sein. Nur die seitlichen Wände waren zu erkennen – wie ein Stollen oder ein Tunnel.

Das Schwarz tanzte ähnlich wie die Nebelschwaden, die sie an diesen Ort gebracht hatten, und züngelten wie wilde Schlangen, die man zu lange in einem Käfig gehalten hatte, nach draußen.

Lucas trat näher, stellte sich breitbeinig hin, atmete tief ein und hob seine Hand.

»Der König tat einiges, um zusätzliche Magie zu verbergen …« Mit diesen Worten verschwand sein Arm in der Dunkelheit. Darin schien er nach etwas zu greifen. Er zog eine Taschenuhr mit gebrochenem Glas heraus.

»Wem gehört die?«, schoss es aus Avery hervor.

Auf dem goldenen Deckel war ein Kranich abgebildet, der seine Flügel spannte und in Richtung eines Sternenhimmels flog.

»Das weiß niemand so genau. Der König bewahrt die gefallenen Taschenuhren von Sapye auf, die sie aufgaben, um ihrer Unsterblichkeit ein Ende zu setzen. Sie besitzen Restmagie, die andere Sapye nutzen können. Nur wissen das nicht viele …«

Lucas verschloss seine Hand und goldene Lichtstränge schlängelten sich um seine Finger. Es schien, als würde ein Energiefluss stattfinden, als sich kleine Leuchtpunkte entlang der Stränge in seine Adern pflanzten. Als die Lichtstrahlen erloschen und von der Uhr aus zu Goldstaub zerfielen, warf Lucas die Uhr wieder zurück in die Dunkelheit. Damit schloss er die Tür und verriegelte sie wieder.

»Dem König lag viel daran, dass die Magie von Sapye, die freiwillig ihr Leben hinter sich gelassen hatten, nicht missbraucht wird. Aber ich … gebrauche diese Magie nur zu guten Zwecken«, erzählte Lucas, noch immer mit starrem Gesichtsausdruck.

»Sie stehlen die Magie gestorbener Sapye?«, fauchte ihn Avery an.

Sein Gegenüber hob eine Augenbraue.

»An deiner Stelle würde ich niemanden anschuldigen, der mir helfen kann.«

Lucas hielt inne und schweifte mit dem Blick durch den lichtdurchfluteten Raum.

»Ich wusste, ihr zwei würdet herkommen. Und weshalb. Ich wusste es, bevor ihr es wusstet.« Instinktiv rutschte Averys Fuß ein Stück nach außen, einen sicheren Stand zum Kampf suchend. »Spar dir das. Ich werde euch kein Haar krümmen. Ich bin ein Seher.«

»Ein Seher?« Avery runzelte die Stirn, weil er dachte, dass es die nur in Geschichten gab.

»Ja, ein Seher. So schwer ist es nun wirklich nicht zu verstehen«, höhnte Lucas und zeigte damit die erste Gefühlsregung. »Ich kann die Zukunft – zumindest in Teilen – vorausahnen. Das heißt nicht, dass es auch tatsächlich so passieren wird, aber es ist wahrscheinlich. Dafür brauche ich unbedingt zusätzliche Energie.«

»Dann …«, begann Avery. »Können Sie uns sicher sagen, wer Océanes Mörder ist. Was hat es mit dem Federsymbol auf sich?«

Er sah an den beiden vorbei, bis er sich nach kurzer Zeit wieder auf das Gespräch besann.

»Das Zeichen soll euch nur auf eine falsche Fährte bringen. Genau wie ihre Verbrennungen.« Er murmelte etwas so leise, dass nur er es hören könnte. »Wisst ihr, ich kann euch nicht sagen, wer sie umgebracht hat. Aber ich kann euch zeigen, wohin ihr gehen müsst, um es herauszufinden. Dafür habe ich die Magie aus der Kranich-Taschenuhr gebraucht.« Als er seinen Satz beendete, zog er aus der Innentasche seines Mantels eine uralte Karte, die Avery sofort als die der Katakomben von Paris erkannte. Lucas schloss die Augen und presste das Papier zwischen seinen Zeigefingern und Daumen so fest, dass es drohte zu knicken.

»Da – genau da.« Erneut überraschte er Avery mit einer Änderung in seiner Mimik. Lucas presste die Lippen aufeinander.

Ein Lichtpunkt erschien an der Stelle, auf die Lucas gedeutet hatte. Der Punkt befand sich an einer Kreuzung vieler Gänge, die an dieser Stelle in einen großen unterirdischen Raum mündeten.

Sofort sprang die Erinnerung der Fluchtaktion aus der Bibliothek Saint Lucie vor wenigen Tagen in Averys Gedanken. Der Gestank des Abwassers, das die Katakomben hin und wieder kreuzte, und die Ratten, die jede Ritze ihr Zuhause nannten, verpassten Avery einen reflexartigen Schauer über den Rücken.

Warum zur Hölle sollte in diesen Gängen die Lösung liegen? Und dazu gerade noch fernab von den Hauptgängen, die bekannt waren – oder denen, die die Sapye für sich beansprucht hatten?

Das beklemmende Gefühl fiel von ihm ab, als Lucas das Wort ergriff: »Giulia, nimm dich in Acht. Es könnte für dich verheerender ausgehen, als dir lieb ist. Denk daran: Du bist ein Mensch. Mehr kann ich dazu nicht sagen. Es wird morgen Abend sein, dass ihr dort an diese Stelle gehen müsst. Dadurch werdet ihr früher oder später herausfinden, wer an dem Chaos schuld ist.«

Giulia nickte verstehend und das Risiko ignorierend, legte sie die Stirn in Falten und grübelte.

Wenn wir gleich morgen Abend dort sein sollten, wäre es besser, wenn wir schon mal heute dorthin gehen würden, dachte sie.

Der Lichtpunkt auf dem Papier begann zu flackern und eine Ader trat an Lucas' Schläfe hervor.

»Ich habe für diesen Zauber nur die Kranich-Uhr benutzt«, sagte er ohne jegliche Betonung. »Ich kann es nicht mehr länger aufrecht halten. Aber ich denke, ihr wisst nun genug für eure Mission.«

Avery legte eine Hand an sein Kinn und stemmte die andere in seine Hüften.

»Lucas, ich denke, du solltest uns schon erklären, wo du uns da hinschickst.«

»Ich erinnere mich nicht daran, dir das Du angeboten zu haben, Avery.« Lucas schaute ihn über imaginäre Brillengläser schräg an, tadelnd. Avery räusperte sich, strich die dunkle Strähne zurück, die ihm ins Gesicht gerutscht war und korrigierte: »Herr Yard.« Lucas nickte und ein Anflug eines Lächelns schlich sich auf sein Gesicht.

»Ich habe doch gesagt, meine Seherkraft ist oft ungenau.«

Als Avery erneut seinen Mund öffnete, hob Lucas den Zeigefinger, worauf sein Gegenüber verstummte.

»Was ist das hier genau?«, schaltete sich Giulia dazwischen und deutete auf die Wände um sie herum »Und wieso schotten Sie sich hier vom Rest der Welt ab?«

»Es ist so …« Er ging den Marmorboden auf und ab, während seine Anzugschuhe ein klackendes Geräusch als Echo im Palast hinterließen. Er sah hinauf zum Kronleuchter, der locker den Raum eines Einfamilienhauses einnahm. »Ich mag Menschen nicht besonders.«

Warum sagt ein Sapye so etwas?, schoss es Avery durch den Kopf.

»Hier befindet sich viel ungenutzte Magie …«

Er nutzt die Magie der Sapye, die sich umgebracht haben. Eiskalt lief es Avery den Rücken hinunter, als ihn seine Gedanken in eine Richtung trieben, die ihm ganz und gar nicht gefiel.

»… Magie, die meine Kraft als Seher erweitern kann. Außerdem mag ich die …« Er strich über das Bein einer Goldstatue. »… Einrichtung.«

Die Einrichtung?

»Es ist wohl besser, ihr geht jetzt wieder. Ihr habt jetzt was zu tun.«

Giulia schaute sich um und zog ihre Schultern hoch.

»Aber wo denn? Ich sehe keinen Ausgang.«

»Das ist mir bewusst, Mädchen.« Lucas musterte sie erneut von oben bis unten. »Ich zeige euch, wo es nach draußen geht. Es ist etwas einfacher, hier herauszukommen als hinein. Glaubt mir.«

Dir glaube ich gar nichts, dachte Avery. Er ließ Lucas nicht aus den Augen, als er eine einladende Geste mit seiner Hand machte und damit Giulia und Avery auf einen Torbogen am linken Ende des Raumes hinwies.

»Tretet einfach durch das Tor und die Nebelschwaden bringen euch zurück.«

»Und wenn die Leute im Louvre uns sehen?«

Lucas senkte den Kopf und verzog seinen Mund zu einem Lachen, das seine Zähne aufblitzen ließ.

»Ihr steht noch dort und starrt wie hypnotisiert auf das Gemälde.«

Als Lucas Averys ungläubigen Blick sah, ergänzte er: »Eine Täuschung. Wer hätte euch denn das Bild berühren, geschweige denn euch ungestraft davonkommen lassen? Und dann taucht ihr wieder aus dem Nichts auf?« Er flüsterte »Kinder« zu sich selbst.

»Ich habe euch nur geholfen, weil ihr Freunde von Patty seid und es nicht in meinem Interesse liegt, die Welt untergehen zu sehen und dafür selbst meine Hände schmutzig zu machen.«

Wenn ihr nur wüsstet, dass ich dem Mann mit den smaragdgrünen Augen das Gleiche erzählt habe, dachte er und schwieg.

Bevor Giulia oder Avery etwas entgegnen konnten, drehte er sich abermals von ihnen fort, hob die Arme in die Luft und zwischen seinen Schulterblättern fraß sich etwas durch seine Anzugjacke. Federn wie Nadeln wuchsen aus seinem Rücken hervor, breiteten sich aus, fächerten sich auf und erstreckten sich zu riesigen Flügeln. Flügel der Aurarye. Das schwarze Federkleid schimmerte bläulich in der einfallenden Sonne und trug ihn in Richtung der Kuppel. Der Wind, der durch seinen Aufstieg erzeugt wurde, traf den Boden ungnädig und driftete zu Avery und Giulia, die ihre Jacken festhalten mussten. Lucas umkreiste den Kronleuchter, ohne ihn auch nur mit einer Federspitze zu berühren, und verschwand durch das mittige Loch in der Kuppel.

Beim Austritt aus dem Palast zog er seine Flügel ein, um das Gebäude nicht zu beschädigen, und nahm erneut Schwung, um dann auf einem nahegelegenen Turm außerhalb von Averys und Giulias Reichweite zu landen.

»Was für ein Typ«, seufzte Giulia leicht genervt und schüttelte den Kopf.

»Wenn du mich fragst …« Avery hielt inne, bis Giulia ihn fragend ansah. »Ich verdächtige ihn.«

Als sie die Renaissance-Abteilung gemeinsam verließen, grübelte Avery über die Geschehnisse nach. Das war keine einfache Magie gewesen, die sie gesehen hatten. Auch keine komplexe Magie. Eher die der gottähnlichen Sorte.

»Ich glaube, Lucas hat diesen Palast von einem mächtigen Coronye gestohlen«, warf Avery in den Raum, während er und Giulia die scheinbar endlosen Gänge des Louvres zügig entlangschritten.

»Woher willst du das wissen? Ja, ich meine, die riesige Statue deutete darauf hin, dass dort Coronye gelebt haben, aber er könnte das Gebäude auch verlassen vorgefunden haben.«

Avery schnaubte und antwortete nur mit einem knappen »Hm«.

»Warum denkst du, dass der Tempel von einem besonders mächtigen Coronye stammt?«

»Die Magie, die uns dort hineinbefördert hat, muss alt sein. Den Geist vom Körper zu trennen oder gar temporäre Doppelgänger zu erschaffen – das war wohl keinem einfachen Sapye möglich. Solche Zauber kann nur ein Coronye der ersten Generation dort hinterlassen haben.«

Als sie nun wieder in der Lobby angelangt waren, konnte Avery durch die Glaspyramide beobachten, wie sich Gewitterwolken am Himmel verdichteten und das Licht der langsam untergehenden Sonne überdeckten.

Lucas verschwieg ihnen etwas. Dessen war er sich sicher.

1877

Der Wind zog durch die Gassen Moskaus und pfiff zwischen den Häusern sein Klagelied. Am Himmel brauten sich die Wolken zusammen, die des Windes am Boden ungeachtet schwer am Firmament klebten. Die Dämmerung trat bereits langsam ein und die Sterne versteckten sich über der Wolkendecke. Unnachgiebig fraß sich die Kälte der beginnenden Nacht in den Asphalt, wurde von der Luft durch die ganze Stadt gefegt und trug totes Laub mit sich davon.

Mya und Pelagaja schlichen auf leisen Sohlen über das Kopfsteinpflaster, das von den einsetzenden Regentropfen das Licht der Laternen reflektierte. Das Hemd, das sie von Mya bekommen hatte, hatte sie sich grob in die Hose gestopft und fast bis oben hin zugeknöpft. Die Ärmel waren hochgekrempelt und die Hose mit den smaragdgrünen Nadelstreifen hielt sie mit einem Gürtel zusammen und die passende Anzugjacke legte sie über ihre Schultern. Als sich eine kalte Brise in ihr Hosenbein verirrte und sie erschaudern ließ, zog sie sich die Jacke über.

»Hier, so erkennt dich sicher niemand«, sagte Mya und setzte ihr den Hut auf, den er zuvor noch selbst getragen hatte. In einem vom Nieselregen benetzten Fenster betrachtete Gaja ihr Spiegelbild. Die Häuser drängten sich dicht aneinander und ragten so weit in die Höhe, dass nur das Licht aus einzelnen Wohnungen die Gasse erhellte. Ihre spitze Nase und ihr gradliniges Kinn ergänzten ihr Aussehen in der Kleidung Myas perfekt. Vereinzelt lugten Haarsträhnen unter dem Hut hervor, unter dem sie sich einen Dutt gebunden hatte.

Als sie den Hut ein Stück zurechtrücken wollte, sah sie, wie ihre Hände zitterten. Schuld war nicht die Kälte. Eine Frage pochte so unaufhörlich in ihrem Kopf, dass sie sie nicht ignorieren konnte.

Würde es das Ganze wert sein?

Pjotrs Kräfte rauben und für sich beanspruchen, war das wirklich richtig? Für einen scheinbar unerträglich langen Moment sah sie sich selbst in die Augen, presste die Lippen aufeinander und atmete tief aus. Hinter ihr schob sich Myas Gesicht in das Spiegelbild. Das Wasser verzerrte seine Züge, doch je näher er trat, umso klarer wurde sein Abbild.

»Gaja …«, hauchte er in ihr Ohr, strich eine Strähne aus ihrem Dekolleté nach hinten über ihre Schulter und küsste sie auf die Wange. »Was ist los?«

Ein Blitz zuckte über sie hinweg. Das kalte Licht schlug ihre Schatten hart zu Boden und offenbarte Gajas glasige Augen.

Sie setzte ein Lächeln auf und blinzelte. So gut es ging, versuchte sie zu überspielen, dass ihr all das hier Angst bereitete. Angst, Pjotr wieder gegenüber zu stehen.

»Ich spüre, dass du zitterst«, flüsterte Mya und legte beide Hände auf ihre Oberarme. »Ist dir kalt?«

Er sah von ihren Armen an ihr herab bis zum Boden, wo sich Wasserrinnsale zwischen den von Schuhen polierten Kopfsteinen gebildet hatten.

»Ja. Sehr«, stammelte sie und drehte sich zu ihm um, sodass ihre Nasenspitze fast die von Mya berührte.

»Du hättest dich wärmer anziehen sollen«, sagte er, legte den Kopf schief, musterte sie und grinste.

»Ja«, antwortete sie und versuchte die Situation durch ein gespieltes Kichern aufzulockern. Sie ging einen Schritt zurück und fuhr zusammen, als ihr Rücken die Hauswand berührte. Mya schob sich wieder dichter an sie heran.

»Du musst nicht aufgeregt sein.« Er zog eine gespielte Schnute. »Du wirst seine Kräfte nehmen und das war's. Dann gehen wir und er kann ohne seine Kräfte – und ohne *dich* – sein trostloses Leben weiterführen. Wer weiß, ob er jemals wieder solche Stücke komponieren kann, wenn ihm seine magische Begabung fehlt. Du weißt, wir Auraryе haben eine besonders kreative Ader.«

Gaja nickte hastig und grinste breiter. Noch immer zitterte sie. Die Nervosität hatte sich fast auf ihren ganzen Körper ausgebreitet und kämpfte sich unerträglich weiter. Mya streichelte über ihre Schultern, sah ihr tief in die Augen und flüsterte: »Du bist stark. Du trägst nun genügend Macht in dir, um alles zu erreichen. Wenn du nur willst.«

Sein eindringlicher Blick löste Unbehagen in Gaja aus. Zusammen mit der Nässe und der Kälte, die durch die Gassen strömten, ballte Gaja ihre Hände zu Fäusten, während ihre Ellbogen starr ihre Arme streckten. Gleichzeitig spürte sie so einen unausstehlichen Druck in sich. Von ihrem Herzen ausgehend. Einen Druck, der entladen werden musste und nach Rache schrie. Einen Druck, der es ihr unmöglich machte, sich dem zu widersetzen, was Mya ihr sagte – und der es unmöglich machte, der Stimme ihres Bauchgefühls zu folgen.

War das die dunkle Macht, von der Mya so oft sprach?

Sie nickte und das falsche Grinsen verschwand. Es wich einem Ausdruck, der von Schmerz und dem Wunsch nach Rache geprägt wurde.

»Du schaffst das«, ermutigte er Gaja und schaute in die Gasse, die sich unmittelbar rechts von ihm befand. Er nahm sie am Handgelenk und zog sie dort hinein. Seine Schritte und die Gajas rasten über das Kopfsteinpflaster – wie der Wind, der ihnen folgte. Lautes Plätschern erzeugte nicht nur der Regen, sondern auch eine kaputte Dachrinne, die zerfressen an einem der schäbigen Häuser hing. Der Dreck zog sich von der Straße bis zu den Hauswänden nach oben, wo er schwarze Muster in den Putz malte.

Angst, Wut und Rache trieben Gaja voran. Sie löste Myas Griff und rannte ihm von selbst hinterher.

»Hier sagtest du?«, fragte er und deutete auf eine Kreuzung, auf der ein Haus stand, in dem ein winziges Licht brannte.

Gaja nickte betreten und wurde vollkommen vom Anblick des Hauses eingenommen. Der Anblick der Türschwelle, über die sie geflüchtet war, ließ ihren Atem stocken. Die Erinnerungen hafteten wie in Pech getränkt an jedem Stein, jedem Balken, jeder Scheibe. Je mehr Erinnerungen in ihr Gedächtnis gerufen wurden, desto stärker flammte die dunkle Energie in ihr auf.

Sie spürte es in sich. Wie es lebte. Wie es pochte. Wie es aus ihr ausbrechen wollte und dabei ihren Verstand unter Wasser drückte.

»Es ist an der Zeit«, flüsterte Mya in ihr Ohr und legte wieder eine Hand auf ihre Schulter.

Die Worte gruben sich in ihre Gedanken und verschwammen hinter einem Schleier aus Schmerz, der sie anschrie. Als handelte ihr Kopf ohne Zustimmung ihres Bewusstseins, nickte er Mya zu.

»Ich bin bereit. Er verdient seine Kräfte nicht. Er ist ein schlimmer Auraryе. Eine Schande«, presste sie die Worte hervor.

Mya durchfuhr ein wohliger Schauer, als er in ihre blutunterlaufenen Augen sah. Jede Ader zog sich tiefrot über ihren Augapfel, hinterließ Spuren der toxischen Mischung aus Zorn und Schmerz. Ihre Lippen presste sie aufeinander und unter dem Druck zitterten sie unkontrolliert. Mya spürte, wie sich die Energiestränge um Gajas Herz verdichteten und stärker pulsierten. Sein Blick wanderte zu ihrem gebrochenen Herzen, haftete fasziniert daran und verlor sich schließlich in dem Fenster, vor dem Gaja stand.

»Es ist Zeit.«

Sie blähte ihre Nasenlöcher und eine Zornesfalte zeichnete sich auf ihrer Stirn ab.

Um sie herum prasselte der Regen auf die Dächer und hüllte sie in eine Geräuschkulisse, die kaschierte, was geschehen sollte.

Einen winzigen Moment lang zögerte Mya, bevor er gegen das ungleichmäßige Holz der Tür klopfte. Ein leises Klacken ertönte und schließlich hörten sie ein Geräusch. Schritte kamen auf sie zu. Die schweren Lederstiefel malträtierten unter seinem beschwerten Gang den Boden. Scheinbar endlos ging er auf die Tür zu. Das Holz knarzte, als Pjotr öffnete und Mya mit großen Augen anschaute.

»Was wollen Sie …?«, fragte er. Als Gaja hinter der Hauswand hervortrat, zog er seine Stirn in Falten.

»ICH HABE DOCH GESAGT, DU SOLLST …«, spuckte er die Wörter buchstäblich aus. Zusätzlich zu seinem hochroten Kopf drückten sich die Adern an seiner Schläfe hervor. Der Wahn legte sich auf seine Mimik wie eine grässliche Maske zur Masleniza.

Gajas Herz pulsierte stärker – und mit ihm die finstere Energie. Die dunkle Magie in ihrem Herzen wuchs zu einem Maximum an, von dem sie zehrte.

Mya sah Pjotr genau in die Augen, blieb ruhig, legte den Kopf schief und lächelte.

»Erfreut sind wir nicht gerade, hier zu sein. Wissen Sie, Herr Tschaikowski, wir müssen da etwas …« Er hielt inne, rümpfte die Nase angesichts des Alkoholgestanks, der aus dem Haus quoll. »… geraderücken.« Mya fletschte die Zähne und gluckste. Aus seinem Ärmel schoss eine Feder genauso scharf und groß wie ein Fleischermesser. Die Kanten der Adlerfeder verhärteten sich und blitzten im spärlichen Licht des Hauses.

»Am besten, Sie lassen uns herein. Sonst kann das hier noch böse enden. Wir wollen doch nur reden.«

Mya sah, wie sich Pjotrs Augen weiteten und er von ihm zu Gaja hinüber und dann wieder zu Mya blickte.

»Kommt herein«, bat er und machte eine ausladende Bewegung mit seiner Hand, die deutlich zitterte. Gaja würdigte ihn keines Blickes, als sie an ihm vorbei in die Stube trat.

Pjotrs Blick, der auf sie herabging, spürte sie an jeder Stelle ihres Körpers. Wie eine Schicht aus Pech, die sich auf sie legte, drängten ihre Gliedmaßen danach, sich vor Ekel zu schütteln. Sie rümpfte ihre Nase, und verschloss die Hände vor ihrem Rumpf, um nicht unkontrolliert Pi einen Schlag ins Gesicht zu verpassen.

»Schön haben Sie es hier«, brach Mya die Stille, als sie nun zu dritt im Raum standen.

Pjotr nickte. Sein Blick wanderte zwischen Mya und Pelagaja hin und her.

»Was wollt ihr hier? Und wer bist du?«

»Sie«, korrigierte ihn Mya und hob sein Kinn. Gleichzeitig beäugte er die Bilder an der Wand, die für ihn eine Grausamkeit von aufgetragener Farbe darstellten.

»Wie ich heiße, spielt keine Rolle. Pelagaja kennst du. Ich habe gehört, dass du sie von dir gestoßen hast. Darf man wissen, wieso?« Mya grinste breit und hob die Brauen.

Pjotr verlagerte sein Gewicht nervös vom einen aufs andere Bein.

»Also?« Mya wurde ungeduldig.

»Es war nie etwas zwischen uns …«

Diese Worte gruben Fangzähne in Gajas Fleisch. Sie pumpten Gift in sie hinein und nährten das, was in ihr wuchs.

»Pelagaja war meine Muse.«

Mit zwei festen Schritten lief sie auf ihn los. Mya packte sie gerade noch am Handgelenk, um sie zurückzuziehen.

Pjotr erstarrte. Angstschweiß drang aus seiner Stirn und Myas Grinsen verbreiterte sich.

»Du hast mir Liebe vorgegaukelt und mich wie Dreck behandelt. Ich habe alles für dich getan!«, schrie sie.

Pjotr ging allmählich einen Schritt nach dem andern zurück.

Während der Wind draußen tobte und die Wassertropfen auf das Dach hämmerten, schien niemand zu hören, was in Pjotr Tschaikowskis Wohnung geschah. Vereinzelte Menschen drängten sich durch die Gassen, entflohen dem Regen, der ihnen in die Gesichter peitschte, und suchten den Weg nach Hause.

Die drei Sapye, die sich im Schein der Öllampe in seinem Haus versammelt hatten, blieben abgeschottet. Das Grundgerüst mit den schiefen Balken, die sein Zuhause aufrecht hielten, wirkte wie eine halb eingesunkene Marionette.

Nach einem betretenen Moment der Stille, wandte sich Mya Pelagaja zu und nickte. Sie verstand.

»Pjotr. Mit welchem Recht soll jemand wie du unsterblich sein?« Bei diesen Worten durchbrachen die Flügel Gajas Schulterblätter mit einem Geräusch, das dem von reißendem Stoff glich. Die weißen Federn berührten die Wände des Raumes. In dem Moment, als Pjotrs Gesichtszüge entglitten, wandte auch Mya seinen Blick auf Pelagaja.

Das strahlende Weiß, das aus ihrem Rücken trat, verfärbte sich nach und nach. Jede einzelne Feder vibrierte, flatterte und hüllte sich in das tiefste Schwarz, das Mya je in den Flügeln eines Sapye gesehen hatte. Pelagaja hat sich wahrhaftig in den schwarzen Schwan verwandelt. Zu wutentbrannten Falten verzogen, glich ihr Gesicht mehr dem eines wilden Tieres, das darauf wartete, endlich jagen zu dürfen. Nun schossen auch Pjotrs Flügel hervor. Sie erreichten kaum die Wände seiner Behausung und kläglich fielen einzelne Federn der Habichtflügel herab. Schon sein altes Äußeres bedeutete, dass er keine großen Kräfte besitzen konnte. Mya spürte, wie sein Herz beschleunigte, wo nun der entscheidende Moment eintreten würde.

Pelagaja stürzte sich mit einem Satz auf ihn und drückte ihn mit ihren knochigen Fingern gegen die Steinwand. Sein Kopf rieb gegen den Putz und erzeugte ein Knistern, das Gaja ein hämisches Lachen entlockte. Die Nägel bohrten sich in seine Haut. Er rang nach Luft, hustete.

Myas Augen weiteten sich fasziniert.

»Ich rieche deine Angst«, flüsterte sie in Pjotrs Ohr und sofort spürte sie seine Gänsehaut an seinem Hals. Er röchelte und nun platzten die Adern in seinen Augen.

Jede Regung seiner Angst sog sie mit einem tiefen Atemzug genüsslich in sich auf und das Blut in ihren Adern begann vor Erregung zu brodeln.

Gajas Blick bohrte sich in die Augen Pjotrs und schlug Gräben in sein Bewusstsein. Gräben, die ihn so tief erschütterten, dass die Todesangst in ihm aufschäumte. Als sei er nicht schwerer als ein Sack Federn, drückte sie ihn nach oben, bis seine Füße frei in der Luft hingen.

»Tu es!«, schrie Mya, als die Flamme der Öllampe sich in seinen aufgerissenen Augen spiegelte.

Gajas Blick fuhr herum.

Sie fletschte die Zähne.

Dieses Mal wich auch Mya angesichts ihres wahnsinnigen Blicks zurück, der vor Kontrollverlust und Dunkelheit strotzte. Nach einer Sekunde fing er sich wieder und nickte.

»Du weißt, was zu tun ist.« Seine Stimme wurde nun ruhiger. Er achtete darauf, sie nicht zu verärgern. Angesichts der Macht, die in ihr pulsierte, tickte sie wie eine Zeitbombe. »Seine Uhr«, flüsterte Mya.

Ihr Blick fuhr erneut herum und in Pjotrs Gesicht. Dieser hielt es nicht mehr aus, sie anzusehen, und drehte seinen Kopf, so weit er konnte, von ihr weg.

Mit einem Ruck riss sie seinen Kiefer wieder in ihre Richtung. Mit tiefer, von Wut verzerrter Stimme, flüsterte sie in sein Ohr: »Wo. Ist. Sie?«

Panisch zappelte er, rang nach Luft. Durch seine Bewegungen hörte Gaja ein verräterisches Rasseln: das der Taschenuhrkette in der Innentasche seiner Weste.

Als habe sich vor ihr ein köstliches Mahl von selbst auf dem Silbertablett serviert, fletschte sie die Zähne und wanderte mit ihrer freien Hand an die Tasche. Gaja riss das Metall aus der Weste, umklammerte es mit ihren Händen und starrte die Uhr an.

Mya beobachtete die Szene gebannt, folgte jeder ihrer Bewegungen aufmerksam und lachte laut, als Gaja alles genauso tat, wie er es ihr gesagt hatte.

Ein Blitz fuhr auf die Erde hinab und durchflutete den Raum mit hartem Licht. Das Donnergrollen vibrierte fast gleichzeitig im Boden, breitete sich in die schiefen Wände aus und lenkte Gajas Blick von der Uhr weg zu Pjotr.

»Du sollst büßen!«, schrie sie.

Pelagaja drehte die goldene Uhr in ihren Händen und musterte sie. Der Habicht auf dem Metall spiegelte das Licht der Öllampe und in den kleinen Verzierungen saßen funkelnde Aquamarine.

Ihre Fingernägel bohrten sich auf den Knopf, der sie öffnete. Das Metall sprang auf und entblößte das Ziffernblatt, wo die Zeiger auf ihren Positionen ruhten. Das darüberliegende Glas besaß keinerlei Kratzer oder Verunreinigungen. Gaja spürte, wie diese Uhr mit Pjotr verbunden war und die Magie seines Körpers dort ihren Anker fand. Gajas Augen richteten sich auf Pjotr und fasziniert legte sie ihren Kopf schief.

»Hm …«, murmelte sie. »Wie ein kleines Lebewesen.« Ein hämisches Lachen entfuhr ihr und durchschoss die Stille mit einer unheilvollen Atmosphäre. »Es wäre doch zu schade, wenn sie … ihre Bindung zu dir verlöre«, flüsterte sie in sein Ohr und fast berührten ihre Lippen seine Haut. Sie biss sich auf die Unterlippe und starrte erneut auf die Taschenuhr.

Während Mya sie gebannt fixierte, fühlte er, wie von ihrem Herzen aus Energieströme durch die Luft pulsierten und Kälte auf Myas Haut legten.

»W-w-was hast du vor?«, keuchte Pjotr, dessen Lungen jede Anstrengung unternahmen, Sauerstoff durch den gewürgten Hals zu schleusen.

»Wir werden sehen, wie gut du noch komponieren wirst, wenn erst einmal deine Kräfte verschwunden sind.«

»Was zur Hölle –«, keuchte er und hustete, »… redest du da?«

Sein Hals und seine Luftröhre wurden immer wieder von ihrem Würgegriff gequetscht, worauf sie kurz darauf heilten und dann wieder verletzt wurden. In einem Kreislauf ewigen Schmerzes setzten sich seine Zellen wieder zusammen, ehe sie erneut Blutungen hinterließen.

»Wie fühlt sich das an?«, flüsterte sie direkt an seine Ohrmuschel und ohne auf eine Antwort zu warten, entlud sie all die dunkle Macht in sich auf die Taschenuhr.

Die dunklen Ströme ergossen sich auf das Metall, verschluckten das Licht und jagten Schreie durch Pjotrs Kehle. Wortlos und mit offenem Mund beobachtete Mya, wie sein Plan aufzugehen schien. Die schwarzen Energiestränge verdunkelten den Großteil des Raumes, sodass Pjotr kaum zu erkennen und Gaja nur zu erahnen war.

Als seine Schreie erstarben, wurden sie von einem leisen Geräusch abgelöst.

Das Ticken Pjotrs Uhr erfüllte den Raum.

33

Die Sonne küsste den ungleichmäßigen Horizont der Stadt, ehe sie sich unter den Sternen schlafen legte. Wie mit Aquarell gemalt zogen sich Wolkenstreifen über das Firmament und reflektierten das orangene Streulicht der Laternen. Der Mond formte seine Sichel und stach mit beiden Enden in die Wolkenschwaden. Die mächtige Stadt ruhte unter ihm, als ahnten die Menschen wie Tiere vor einem Gewitter, dass sich etwas zusammenbraute. Fernab von den Zentren gingen einzelne Menschen ihrer Wege, wohl bedacht darauf, möglichst schnell nach Hause zu kommen und sich vor der Nacht zurückzuziehen.

Avery und Giulia hielten es für richtig, erneut bei Nacht in die Katakomben hinabzusteigen. Sie begaben sich in die Nähe des markierten Standorts, den Lucas ihnen gezeigt hatte. Nur wenige Kilometer von der Pariser Oper entfernt sollte der Ort sein, an dem sie Antworten finden würden.

Die Brise fraß sich mit all ihrer Kälte durch die Knopflöcher von Giulias Mantel und ließ sie frösteln. Mit aller Kraft zehrten die Minusgrade an der Wärme, die ihr Körper ausstrahlte. Es war kaum verwunderlich, dass Avery trotzdem seinen Mantel offenließ und erkannte, dass Giulia zitterte.

»Lass mich kurz –« Er legte seine Hand auf die ihre, doch Giulia zog sie erschrocken zurück.

»Mir ist warm genug. Aber danke.«

Avery deutete auf einen Gullydeckel, der sich nur wenige Meter vor ihnen befand. Er erzählte ihr, er habe in der Nähe schon einmal die unterirdischen Gänge besucht – die Teile, die für die Menschen unsichtbar waren.

»Auch Gebäude, besonders Eingänge, unterliegen unserem Schleier. Sofern er noch seine Arbeit zuverlässig tut. Ich hoffe es zumindest«, erklärte er, als er den Gullydeckel anhob.

»Schon wieder Kanalisation?«, ächzte Giulia und rümpfte die Nase.

»Nicht ganz. Wir werden durch einen Gang sofort in die Katakomben gelangen.«

Sie seufzte und half Avery dabei, das Metall zur Seite zu ziehen.

»Ladies first.« Er deutete auf das Loch, das sich vor ihnen in die Tiefe erstreckte. Giulia verschränkte die Arme und biss sich auf die Unterlippe.

»Spaß, Black S.«. Er benutzte zur Belustigung ihren ausgedachten Agentennamen. »Ich gehe zuerst. Dann kann ich wenigstens etwas Licht da unten machen. Du sollst ja schließlich nicht auf einer verwesenden Ratte ausrutschen.«

Avery zwinkerte ihr zu und stieg hinab. Aus dem Loch, das in die Kanalisation führte, drang jetzt tieforangenes Licht von Averys Flammen. Je heller es leuchtete, desto heißer wurde es. Giulia folgte ihm.

Die Leiter war leicht angerostet und rutschig durch die Feuchtigkeit, die dort unten herrschte. Als sie unten ankam und ihren Mantel abklopfte, stieg Avery wieder einige Stufen nach oben, um sie wieder zu sich zu winken und ihr damit zu bedeuten, dass er unmöglich den Kanaldeckel alleine wieder in sein Loch schieben konnte.

Gemeinsam schlossen sie den Eingang.

»So. Unbemerkt abgetaucht, Agent –«

»Jaja«, tat Giulia sein Gefasel ab. »Wo müssen wir hin?«

Giulia blinzelte, als knapp neben ihr ein Wassertropfen auf den Boden platschte.

Avery ließ seine magischen Flammen nach rechts wachsen und sie begannen, in einen Gang zu züngeln, der nur wenige Schritte von der Leiter entfernt lag.

Das Feuer loderte und malte orange-gelbe Lichtspiele an die Steinwände.

Manchmal wurde Giulia so sehr von den warmen Farben gebannt, dass es hypnotisch auf sie wirkte. Als ob sie in eine neue Welt gezaubert wurde; eine Welt, die so nah bei ihr lag und doch nicht zu greifen war.

Ihr Blick folgte den Funken, die nun aus Averys Handflächen strömten. Die feuchten Wände trugen eine Frostschicht, die den Stein mit einer Glasur aus Kristallen überzog und die Lichtpunkte reflektierte.

Mit einem Satz stieß sich Avery von einer Stufe ab, die in den Tunnel führte, reichte Giulia die Hand und schaute nach links und rechts, um sicherzustellen, dass ihnen niemand folgte. Aus dem Schlund, der vor ihnen lag, wehte ein lauer Wind, der Giulias Locken tanzen ließ.

Avery blinzelte und versuchte seine Augen an die Dunkelheit zu gewöhnen. Das Licht seiner Flammen, die er nun als Kugel geformt in seiner Hand schweben ließ, traf auf keine Abzweigung. Auch als er die Feuerkraft verstärkte und das Licht immer weißer wurde, war nichts in der Ferne zu erkennen. Was auch immer dort war, es hatte sich einen Ort ausgesucht, den niemand so leicht finden würde.

»Es ist besser, ich gehe voran«, flüsterte Avery und setzte bereits einen behutsamen Schritt nach vorn.

»Wie du meinst«, sagte Giulia und hätte gerne erwidert, dass sie nicht zu *zerbrechlich* sei, um einen dunklen Tunnel entlang zu gehen. Aber um nicht schon wieder eine Diskussion über ihre Schwäche als menschliches Wesen zu entfachen, stimmte sie zu und blieb Avery dicht auf den Fersen.

Je weiter sie vorankamen, desto düsterer wurde es. Verirrte Fledermäuse hingen von der Decke herab. Spinnentiere krabbelten auf sie zu und flüchteten Richtung Ausgang.

Giulia und Avery passierten Stellen, an denen Totenschädel aufgehäuft in die Wände gelegt worden waren, wie riesige Bücherregale, die man lieber mit Knochen statt Büchern gefüllt hatte.

Der Gang verlief stetig tiefer und die Decke erhöhte sich, bis sie schließlich in einen sehr beengten, aber hohen Tunnel gerieten. Ein paar Ratten kreuzten ihren Weg und drückten sich durch Spalte in den Wänden. Avery rümpfte die Nase, als sich der modrige Geruch von Kadavern mit dem der Kanalisation mischte. Während Giulia dichter an ihn gerückt war und tunlichst vermied, ihm auf die Füße zu treten, wurde auch Avery von einem flauen Gefühl im Magen heimgesucht. Nun hielten sie sich im Teil des Höhlensystems auf, der so tief und fernab jeglicher Zivilisation lag, dass sie, wenn sie Hilfe bräuchten, niemanden finden würden. Aus den Wänden stachen die Armknochen von Menschen hervor, die einzelnen Handknochen wie Konfetti am Boden verteilt.

Die erste Abzweigung lag vor ihnen.

»Welche Richtung, Avery?«, flüsterte Giulia.

»Ich weiß es ni-« Avery hielt inne, als er etwas bemerkte. Kalt und nass lief ihm der Angstschweiß den Rücken hinab. »Links. Da liegt eine Feder.«

Jedes Haar an Giulias Körper stellte sich auf.

»... eine weiße Feder. Wie an den Tatorten«, flüsterte Avery. »Ich schätze ... wir werden unsere Antwort finden.« In Averys Stimme schwang trotz seiner Unsicherheit ein Stück weit Erlösung mit. Vielleicht würde er nun endlich auf den Mörder seiner Mutter treffen. Auf den grausamen Sapye, der schuld an allem war.

Giulia legte ihre Hand auf seine Schulter. Mit allem Mut, den sie in sich trug, flüsterte sie: »Ich habe keine Angst.«

»Giulia, wenn etwas passiert und du zu Schaden kommst, ist das allein meine Schuld. Du bist nur wegen mir hier.«

»Schon vergessen, dass ich auch wissen möchte, was eigentlich mit mir los ist und wieso ich durch den Schleier blicken kann?«, entgegnete sie. »Ich bin stark. Ich komme mit.«

Avery atmete tief durch, seufzte. Wenn Giulia etwas zustoßen würde, konnte er sicher nicht mehr in den Spiegel schauen. Mit diesem Wissen müsste er dann den Rest seines ewigen Lebens zurechtkommen.

Er dachte daran, dass er seine beste Freundin um jeden Preis beschützen musste, und wie eine Stichflamme, schoss die Erinnerung daran, was ihm seine Mutter damals gesagt hatte, in seinen Kopf.

»Es ist gefährlich, sich mit Menschen anzufreunden. Dein Schicksal ist es, unsterblich zu sein, und jeder Mensch, den du lieben lernen würdest, würde irgendwann sterben.«

Mit diesen Worten riss es Avery aus seinen Gedanken und er sah zu Giulia. Die weiße Feder wog sich im Windhauch, der aus dem angrenzenden Gang kam. Es fröstelte Avery, als er daran dachte, was alles am Ende dieses Weges lauern könnte.

Zumindest hatte Lucas allem Anschein nach die Wahrheit gesagt: dieser Ort würde Antworten liefern. Aber dass sie womöglich in die Keimzelle des Verbrechers eindringen würden, hatte sich Avery nicht ausgemalt.

Giulia legte ihr Gewicht leicht gegen Avery und bedeutete ihm, in den linken Gang zu gehen.

1877

Noch immer pulsierte die Energie durch den Raum und blies die Spinnweben in die Ecken der Decke. Auf dem wenig stabil wirkenden Tisch, der mitten in dem winzigen Wohnzimmer stand, wehte ein Windhauch die Flamme der Lampe aus. Draußen grollte noch immer der Donner, doch das Gewitter war bereits weitergezogen, sodass die Blitze nicht mehr die Wohnung erhellten.

Die Energiestränge lösten sich auf und legten den Blick auf Pjotr und Pelagaja frei. Das Weiß zog sich über seine grauen Haare bis in seinen Bart. Falten gruben sich wie tiefe Furchen durch sein ganzes Gesicht und erstreckten sich bis über seine Gliedmaßen. Wie ein Vorhang, der durch Wind gegen ein Fenster gedrückt wurde, fiel seine Haut ein und nahm die Farbe der Steinmauer hinter ihm an. Pelagajas Griff öffnete sich und sein toter Körper sank zu Boden. Der Staub unter ihm wirbelte auf und das dumpfe Geräusch seines Aufpralls, das dem eines fallenden Sandsacks ähnelte, ließ Gajas Puls rasen.

Mit geweiteten Augen starrte sie ihn an. Dann die Uhr in ihrer Hand. Glasig stiegen die Tränen in ihre Augen. Gegen sie anzukämpfen wagte sie sich nicht angesichts dessen, was gerade geschehen war.

»MYA!« Panik bebte in ihrer Stimme. Sie konnte den Blick nicht von der Leiche abwenden. Auch die Taschenuhr donnerte auf die Holzdielen.

»Es ist alles …«, begann Mya.

»NICHTS IST GUT! ER IST TOT, VERDAMMT!«, schnitt sie ihm das Wort ab, worauf der Wahn in ihrem Gesicht in Verzweiflung umschlug.

»DU HAST GESAGT, ER WÜRDE NUR SEINE KRÄFTE VERLIEREN!«, brüllte sie aus Leibeskräften und spuckte, während sie schrie.

»Das stimmt«, sagte Mya monoton und hob beschwichtigend die Hände. »Ich hätte nicht gedacht, dass es … so etwas anrichten würde«, log er.

Er trat näher an Gaja heran und nahm sie in den Arm. Sie erwiderte die Umarmung nicht und doch hielt er sie fest. Durch seine Berührung spürte er, wie sich ihr Puls verlangsamte. Auch ihre Federn vibrierten, schlugen und verwandelten sich in ihre ursprüngliche Farbe zurück. Tränenrinnsale liefen ihre Wangen hinab, als sie nun ihren Kopf auf Myas Schulter legte.

»Alles gut«, flüsterte er. »Er hat es verdient.«

Gaja sah in die Leere.

»Du hast ihm seine Kräfte genommen. Nun ist er …«

»Tot ist er!«, schluchzte sie und benetzte den Stoff über seiner Schulter mit ihren Tränen.

»Das ist nicht dein Fehler. Ich wusste nicht, dass das passieren würde. Es sieht ganz so aus, als habe ihn sein bisheriges

Leben eingeholt. Möglicherweise … war er auch zu schwach, um ohne seine Kräfte weiterzuleben.«

Gaja erwiderte Myas Lügen mit einem Schluchzen.

Sein geübter mitfühlender Gesichtsausdruck schlich sich mit heruntergezogenen Mundwinkeln und einem Stirnrunzeln auf sein Gesicht. Im Innern hüllte sich sein Herz in Wärme und Freude und es schlug vor Aufregung schneller, als er realisierte, dass er jemanden gefunden hatte, der wahrhaftig das Uhrwerk der Unsterblichen ins Ungleichgewicht stürzen konnte. Der Grundstein war gelegt.

1877

In einem düsteren Geflecht aus Wolken und Rauch thronte der Palast des blauen Königs. Die Marmorsäulen, die den Eingang umrahmten und hoch oben in einem Bogen mündeten, zeichneten sich detailgenau von der goldenen Architektur ab. Das Tor, welches den Eingang verschlossen hielt, ließ weder Worte noch Geräusche nach draußen.

Ein König mit tiefblauer Haut saß auf einem Thron. Fast steinern wirkte sein Gesicht mit den darin befindlichen Goldeinschlüssen. Sein Blick schweifte durch den Saal, der sich zu seinen Füßen erstreckte. Auf dem Podest wirkte er nicht nur durch seine überdurchschnittliche Körpergröße wie ein Herrscher von unendlicher Macht.

Eine Handvoll Coronye kniete einige Meter vor ihm entfernt am Boden. Die Kronen gesenkt und die Speere auf dem Boden aufgestützt, machten sich Anstrengung und Nervosität auf ihren angespannten Gesichtern breit.

»Vielen Dank, dass ihr gekommen seid. Wir haben uns heute aus einem wichtigen Grund versammelt«, erhob der

König auf dem Thron seine Stimme. »Vor wenigen Stunden habe ich eine Veränderung im magischen Gefüge festgestellt.« Ein Schauer fraß sich seinen Rücken hinab, als er die Worte aussprach. Das Raunen seiner Untergebenen ging durch den Raum und die Coronye drehten ihre Köpfe zueinander, sahen sich an.

Der König spürte, wie die Spannung um ihn herum intensiver wurde, wie sich eine negative Energie im Raum ausbreitete. Als hätte er es geahnt, stand einer der Wächter Coronye auf.

»Erlaubst du, Lyke?« Der Mann hielt inne und wartete die Reaktion des Königs ab, der für einen Moment seine Augen schloss und somit einwilligte. »Willst du damit sagen, dass das Uhrwerk der Unsterblichen einen …« Er schluckte. »… Fehler aufweist?«

Die scheinbar nicht vorhandene Reaktion des Königs sprach stille Zustimmung aus.

»Ich weiß nicht, wer oder was es war. Ich spüre ganz deutlich, dass sich etwas Grundlegendes verändert hat. So unerschütterlich das Uhrwerk auch erscheinen mag …« Er schweifte mit seinem Blick durch die Runde der Coronye, die sich nach und nach erhoben. »… so kann es doch sein, dass jemand ein Schlupfloch gefunden hat.«

»Was genau bedeutet das für die Sapye?«, fragte einer der Wächter unaufgefordert und erntete sofort einen düsteren Blick des Coronye, der zuvor gesprochen hatte.

Der König löste die Spannung zwischen den beiden mit einem wohlwollenden Nicken.

»Nun, Yver. Da es in unserer Geschichte noch nie vorgekommen ist, ist es unmöglich, das vorauszusagen. Erst müssen wir den genaueren Umständen auf den Grund gehen.«

Die Brauen des Coronye, den er Yver genannt hatte, schoben sich langsam nach oben und Unverständnis machte sich auf seinem Gesicht breit.

»Bis dahin …«, hallte die Stimme des Königs kraftvoll durch den Saal, »müssen wir aufmerksam sein. Ich bitte euch – haltet Augen und Ohren offen. Wenn euch etwas auffallen sollte, teilt es mir umgehend mit. Tragt es noch nicht nach außen … Ab sofort müssen wir mehr denn je zusammenhalten. Meine Wächter, ich werde mich persönlich verpflichten, herauszufinden, was geschehen ist. Solange haltet ihr die Stellung.«

Er wartete und sah in Gesichter, deren Blicke ihm versicherten, dass er den Coronye diese Aufgabe anvertrauen konnte.

»Meine Seherkräfte dringen ebenfalls nicht bis zum Grund hindurch. Es muss von großem Ausmaß sein«, fügte er hinzu und ein weiteres Raunen schwappte durch den Raum.

»Vorerst … ziehe ich mich zurück«, sprach er und als sei in diesem Satz ein Schlüsselwort gefallen, schlugen die Wächter mit den Speeren auf den Boden, verbeugten sich und drehten sich auf dem Absatz um, um aus der Halle zu marschieren.

Sein nachtblauer Mantel mit den goldenen Rändern streifte den Boden. Als sei es das leichteste der Welt, trugen ihn Goldwellen tausende Stufen nach oben bis zu einem Saal, der von so unermesslicher Größe war, dass ein ganzes Dorf darin hätte leben können.

Eine Stille, in der gleichzeitig das Unheil so präsent war, hüllte sich um den König, der den Saal betrat. Mit einem Wink seiner Hand bedeutete er der Tür, sich geräuschlos zu schließen. Der Saal, den außer ihm noch niemand von dieser Erde betreten hatte, hieß ihn still willkommen. Dadurch, dass er auf winzigen Goldströmen davongetragen wurde, erzeugte auch er keinen

Laut. Ähnlich wie eine Mischung aus Schlittschuhlaufen und Surfen glitt er weiter in den Raum hinein und blieb vor einem Gebilde aus Zahnrädern, Zahlen und Mechanismen stehen. Auf dem Boden zeichneten sich Symbole und Zifferblätter ab. In den Furchen der Linien sammelten sich geschliffene Saphire, die das Licht, das durch die Kuppel an der Decke einfiel, spiegelten und in tausend Farben brachen.

Der König ging einen weiteren Schritt auf die antike Gerätschaft zu. Sie glich einem Uhrwerk, das sehr viel komplexer war, um nur die Uhrzeit anzuzeigen. Jedes ihrer Bestandteile bewegte sich, drehte sich um sich selbst oder tickte.

Sie spiegelte ein perfektes Abbild des magischen Gefüges der Welt wider. Eine Verbildlichung des Uhrwerks der Unsterblichen.

Der König untersuchte die Scheiben, Rädchen und Zahnräder aus Gold im Detail. Es schien alles den richtigen Bahnen zu folgen. Unaufhörlich drehten sich Ringe um die Achsen von Zifferblättern und Rädern und der Sekundenzeiger, der so groß wie Lykes Arm war, tickte trotz seiner Masse so leise wie der einer normalen Taschenuhr. Noch tiefer bohrte er seinen Blick in die Komplexität des Gerätes hinein, fixierte nacheinander jeden Zacken, jede Kante.

Als er sich bereits wieder umdrehen wollte, wurde seine Aufmerksamkeit von einer Unregelmäßigkeit gefangen.

Ein Zahnrad klemmte.

Kalter Schweiß trat aus seinem Nacken. Wie naiv von ihm, dass er tatsächlich geglaubt hatte, sein Gefühl hätte ihn trügen können.

Das Zahnrad, das kaum größer als ein Nagelkopf war, versuchte sich frei zu kämpfen, wehrte sich, zuckte hin und her. Doch eine unsichtbare Kraft hielt es davon ab. Auch wenn dieses

Uhrwerk nur ein Modell war, bildete es durch seine magische Verbundenheit zu jedem Zeitpunkt die Wirklichkeit ab. Die Realität bestimmte sein Äußeres und jedes seiner Bestandteile repräsentierte einen Teil der Magie in der Welt. So auch dieses winzige Zahnrad.

Der König legte den Kopf schief und grübelte. So klein wie das Zahnrad auch sein mochte – die Auswirkungen auf das Gleichgewicht würden enorm sein, wenn es nicht korrigiert würde. Wie bei einer Schalenwaage, die zuvor in der absoluten Waagerechten gestanden hatte – und bei der man nun einen Bruchteil des Gewichts auf einer Seite entfernt hatte. Eine Schale würde langsam aber stetig sinken.

So wirkte sich das klemmende Zahnrad auf die umliegenden Teile des Uhrwerks aus. Wie ein Parasit, den man auf nährendem Boden freigelassen hatte.

Der König hörte ein Klicken. Ein Zahnrad, das nicht weit von dem blockierten Rad lag, rutschte einen Zahn zu viel in sein Nachbarteil. Noch tickte das Uhrwerk. Doch wenn er nichts dagegen unternahm, könnte diese kleine Änderung fatale Folgen nach sich ziehen.

Jeder Sapye kannte die Legenden um das sagenumwobene Gleichgewicht, das sich wie die Wurzeln eines riesigen Waldes über die ganze Welt erstreckte. Jeder wusste, dass es die Welt zusammenhielt und garantierte, dass die magischen Gesetze eingehalten wurden.

Wenn jetzt alle Magiegesetze gebrochen werden können, wird wieder Krieg ausbrechen, dachte er. *Sobald die Menschen uns erkennen, würde Krieg herrschen. Nur dieses Mal würden sich die Sapye wehren können und die Menschheit wäre dem Untergang geweiht.*

Um das Zittern seiner Hände zu unterbinden, stützte er sich auf das goldene Geländer, das vor dem Apparat stand.

Nur einen Finger breit von dem stockenden Zahnrad entfernt sah er den Ring, der das vierte und letzte Gesetz symbolisierte. Den Schleier.

Er presste die Lippen aufeinander und das warme Licht, das von oben durch die Decke fiel, sammelte sich in einem Reflex in den Goldeinschlüssen unterhalb seiner Augen.

Kann das möglich sein?

Der Ring, der um eine metallische Mondsichel kreiste, bewegte sich zwar, aber Lyke erkannte die Unregelmäßigkeit.

Die Rotation verlief nicht mehr in perfekten Kreisen, sondern verschob sich nur um einen Millimeter in eine Ellipse. Sein Brustkorb hob sich an und verharrte, als sein Atem stockte. Er blinzelte und sah genauer hin, um sich zu versichern, dass er nicht träumte.

Auf dem unterarmgroßen Ring waren die Namen seiner früheren Verbündeten eingraviert. Vor tausenden von Jahren hatte er den Schleier zusammen mit den anderen Ursapye und einigen anderen der älteren Generationen erschaffen.

»Qynn, Myles, … Ophelya, Yana, Freya …«, murmelte er einige der Namen. »… Lyke.«

Der Moment, in dem er und die anderen sich hatten eingestehen müssen, dass es so etwas wie eine friedliche Koexistenz mit den Menschen nicht geben konnte, war eine der bittersten Stunden seines Lebens. Die menschliche Gier, ihre Angst und die Wut, die tief in jedem noch heute schlummerte, hatte es für die Sapye unmöglich gemacht, die Menschen davon zu überzeugen, mit ihnen in Frieden zusammenzuleben.

Lyke sah sich um. Sicherheitshalber zog der König eine Goldbarriere hinter dem Tor auf – denn das, was er jetzt tun würde, erforderte einige Mengen Magie und würde ihn für den Moment verwundbar machen. Als er sich wieder dem Apparat zuwandte, berührte er ihn.

Ein gleißendes Licht verjagte alle Schatten. Lykes Umhang schlug angesichts des Energieimpulses aus, zerrte an seinen eisernen Schultern. Jedes Stück Metall des überdimensionalen Apparates begann zu glühen, bis sie alle gänzlich weiß geworden waren.

Der Blick des Königs tauchte in schleierhafte Gestalten und nebelige Welten. Die Welt durch seine Fähigkeit als Seher zu beobachten, übertrug sich auf den Apparat. Zusammen mit den Zahnrädern, die in unmittelbarer Verbindung mit dem magischen Wurzelgeflecht dieser Erde standen, spürte er es pulsieren: das Uhrwerk der Unsterblichen.

Wie in einen Organismus – so komplex und kleinteilig – tauchte sein Bewusstsein in ein dichtes Geflecht aus den Existenzen der Sapye ein. Geschichten, Menschen, Glück und Leid – alles, was das magische Geflecht erreichte, erreichte nun auch der König.

In einem Dickicht aus Energiesträngen erkannte sein inneres Auge einen Bruch – so winzig, dass er ihn fast übersehen hätte. Und um ihn herum schwoll das Gewebe wie bei einer Entzündung an, rötete sich. Je näher sich dem Bruch mit seinen Blicken näherte, desto deutlicher konnte er durch den Nebel und das Geflecht erkennen, was sich dahinter verbarg.

Näher und näher rückten die Bilder, die Menschen und die Sapye und immer klarer erkannte er ein spezifisches Detail: eine Hütte im Wald. Ein Flügelpaar. Weiße Federn. Ein Gesicht … und ein gebrochenes Herz.

Aus dem linken Gang wog sich noch immer der Hauch eines Windes. Das Tunnelsystem lag eigentlich so tief unter der Erde, dass keinerlei Luftbewegung hätte möglich sein sollen. Dass in diesem Gang etwas lauern würde, das nicht leblos oder gar menschlich war … dessen war sich Avery mit absoluter Sicherheit bewusst.

Er bemerkte, wie ihn Giulia leicht in die Richtung drückte, und so ging er zögernd einen Schritt nach vorn. Furchen, die über ihnen in den Stein gegraben worden waren, erstreckten sich zu einer Art natürlichem Gewölbe. Je weiter sie hinein gingen, desto definierter wurden die Vertiefungen. Avery glaubte zu erkennen, wie ein Kreuzgang zwischen Felsen in die Decke stach.

Je tiefer sie ins Ungewisse liefen, desto mehr veränderte sich der Tunnel um sie herum. Der Naturstein glättete sich zu einer Wand und allmählich konnten Giulia und Avery nebeneinander laufen. Breiter und breiter öffnete sich der Gang vor ihnen. Er fuhr mit seinen Fingerspitzen an dem kühlen Gestein entlang, ließ damit Steinchen und Staub herunterrieseln und richtete mit leicht offenstehendem Mund seinen Blick nach oben. Giulia drehte ihren Kopf von links nach rechts, um alle Details des sich oben verschnörkelnden Kreuzganges wahrzunehmen.

Averys Flammen, die gegen die Dunkelheit ankämpften, loderten noch immer in seiner Hand, doch das Schwarz, das sich um sie legte, war so dicht geworden, dass ihr Licht kaum einen Meter weit reichte.

Avery kniff die Augen zusammen und streckte die Hand weiter von sich weg, damit das Feuer den Weg nach vorn erhellen konnte. Die Dunkelheit machte keine Anstalten zu weichen, sodass er die Flammen zu einer Art Schlange wachsen ließ, die sich mit ihrem Kopf nach vorne in den Tunnel schlängelte. Als sich die rot-orangenen Lichter durchkämpften, schossen sie rauschend auf ein Hindernis. Das Feuer traf auf der Fläche auf und driftete in alle Richtungen an die Grenzen des Tunnels. Giulia stoppte mitten im Schritt und tippte Avery an, ohne ihren Blick nach vorn abzuwenden.

Die Tür vor ihnen erstreckte sich baumhoch in den Erdboden über ihnen. Der Kreuzgang zeichnete sich genau vor der Tür vollends klar in den Stein ab – kein Stück des Natursteins war mehr über ihnen zu sehen. Durch die Ritzen trat der Windhauch und erzeugte dadurch ein Säuseln, das zu ihnen flüsterte.

Er rief sie.

Mit gerunzelter Stirn blieb Avery vor der Tür stehen und musterte sie, während Giulia ohne Kommentar zur Klinke ging und sie, bevor er sie davon abhalten konnte, drückte.

Die gigantische Halle, die sich vor ihnen in unermessliche Größe ausbreitete, ruhte in Totenstille. Nicht der Wind, der die Felsformationen an der Decke umspielte, erzeugte eine Gänsehaut auf Giulias Armen, sondern sein leises

Heulen, das düster in den Weiten verhallte. Leuchtende Kristalle, die aus der Ferne wie Glühwürmchen aussahen, erhellten den höhlenartigen Raum, erzeugten ein grün-bläuliches Licht. Es schimmerte und spiegelte sich in den zahlreichen Artefakten, die die komplette Höhle füllten. Avery senkte mit staunenden Augen seine Hand, worauf sein Feuer erstarb und nun einzig der kalte Farbton der Kristallformationen die Umgebung flutete. Wie in einem Refugium alter Goldschätze türmten sich Statuen, Waffen, Kelche, Kronen und Throne zu Bergen auf. Neben ihnen lagen Täler, die es erlaubten, zwischen ihnen hindurch zu gehen.

Giulia wagte den ersten Schritt nach vorn, während sie die Goldberge um sich herum fixierte. Als störte sie das Geräusch ihres eigenen Atems, hielt sie ihn an.

Wie halb geschmolzen und dann wieder zusammengefügt, lag der Naturstein in den Wänden um den Saal herum. Zwischen den Säulen und Verzierungen ragten immer wieder Felsbrocken und spitze Steinkanten hervor.

»Ich glaube, es ist keine gute Idee … lass mich lieber alleine dort hineingehen«, versuchte Avery Giulia erneut davon abzubringen weiterzugehen.

Doch als sie hörte, was Avery sagte, ging sie erst recht weiter in den Saal hinein. Avery fluchte und packte ihren Unterarm, solange sie noch in seiner Reichweite war. Giulia machte eine ruckartige Bewegung und riss sich damit aus Averys Griff los. Unweigerlich folgte Avery Giulia in den Raum hinein. Lieber ging er mit ihr zusammen, als sie alleine zu lassen.

»Das sieht ganz und gar nicht gut aus«, jammerte Avery und spürte erneut den Wind, der die Haarsträhnen aus seinem Gesicht blies.

»Gerade das sagt mir, dass wir hier eine Antwort finden werden. *Ihn* finden werden«, erwiderte Giulia stur und setzte unaufhörlich einen Schritt vor den anderen.

An den Seiten direkt hinter dem Eingang erkannte Avery zwei Schalen, die er als Fackelschalen identifizieren konnte. Mit einem Schnippen entzündete er mit zwei einzelnen Funken die Flüssigkeiten in den goldenen Schalen. Was darauf folgte, ließ ihn erschaudern: Wie ein Lauffeuer breitete sich das Fackellicht an den Wänden der Höhle entlang aus. Avery folgte dem Weg des Feuers mit seinem Blick und auch Giulia hielt inne, als sie in der Ferne zwischen den Bergen aus Gold das Licht sah. Sie befanden sich in einem Kreis aus Flammen.

Ihre Füße rutschten zwischen den Goldmünzen am Boden. Als würden sie durch aufgelockerten Saharasand stapfen, fiel es ihnen schwer, Halt zu finden.

Eine Vorahnung beschlich Avery. Der Wind konnte keinen Weg in diesen Saal gefunden haben. Er musste erzeugt worden sein – von jemandem oder etwas.

Er spitzte seine Ohren und verschloss die Augen vor den unendlichen Weiten, die sich um ihn herum erhoben.

Wie ein Surren, nein, ein Flattern, hörte er immer deutlicher in einem Echo das Schlagen von Flügeln, das von den Goldbergen und den Wänden um sie herum widerhallte. Es wurde stetig lauter – und der Wind ebenso.

Giulia kniff die Augen zusammen und kämpfte sich stöhnend weiter nach vorn.

»Wir kommen ihm näher!«, arbeitete sie mit ihrer Stimme gegen die unsichtbare Kraft, die ihre Füße tiefer in die Goldmünzen drückte.

»Geh nicht so weit ohne mich!«, rief Avery.

»Was sagst du?«, fragte sie eher halbherzig, als sie immer weiter voranschritt und Avery Not hatte, ihr zu folgen.

»WENN DU ALLEINE WEITERGEHST …« *Scheiße, wenn das der Auraryе hören würde.* »… kann ich dich nicht beschützen!«

Giulia ging unbeirrt weiter.

»Was tust du denn, verdammt?«, fluchte Avery und holte einen Schritt auf.

Die Windgeschwindigkeit war zu seinem Höhepunkt angewachsen und das Flügelschlagen stoppte von jetzt auf gleich.

Sie hörten nur wenige Meter entfernt das Klirren und Schleifen von Münzen, die durch Schritte fortgeschoben wurden.

Jemand kam geradewegs auf sie zu.

Avery stellte sich schützend vor Giulia und beschwor die Flammen über seinen Händen, die er zu Fäusten ballte. Das Geräusch näherte sich, bis es sich hörbar hinter den aufgetürmten Gegenständen vor ihnen befand. Das Geräusch der Schritte, die sich durch den Boden voran gruben, verklang, als sich derjenige, der auf sie zukam, stehenblieb.

Stattdessen sahen die beiden, wie sich hinter einem Thron, der halb in Münzen versank, ein Fuß hob. Die verdreckten Zehenspitzen vollends gestreckt, hob die Person ihr Bein in die Luft. Über ihre Haut zogen sich rosafarbene Narben, als habe sie jemand einmal aufgeschnitten und dann wieder wie Frankensteins Monster zusammengesetzt.

Sie trat aus ihrem Versteck hervor und starrte Giulia und Avery mit ihren in Pech getauchten Augen an.

Zu einem stillen Schrei geformt riss Giulia ihren Mund auf. Jedes einzelne ihrer Nackenhaare stellte sich auf und weigerte sich unnachgiebig, sich je wieder an ihren Körper anzulegen. Von innen heraus ergriff sie ein Schmerz, der ihre Eingeweide würgte.

Averys Flammen loderten auf und sein Blick verfinsterte sich, indem sich seine Brauen zu einem Ausdruck der Wut zusammenzogen. Die Angst, die ihn ergriff, wusste er angesichts des Adrenalins, das durch seine Adern strömte, abzuschütteln. Sein Puls hämmerte gegen seinen Unterkiefer und klopfte unaufhörlich gegen sein Trommelfell.

»Océane«, flüsterte Giulia mit brüchiger Stimme und Tränen stiegen in ihre Augen. Ein halbes Blinzeln durchzuckte ihre Lider, als sie ihrer ermordeten Freundin in die Augen sah.

Océane legte ihren Kopf in einem so starken Winkel zur Seite, dass es den Eindruck machte, sie habe die Halswirbel eines Vogels. Ihr scheinbar in Stein gemeißeltes Gesicht nahm keinerlei Mimik an und sie observierte Giulia mit ihren schwarzen Augäpfeln.

Als Giulia ihren Blick von Océane abwenden konnte und ihn auf die enormen Flügel richtete, legte sie verstört die Hand vor ihren Mund. Die mächtigen Schwingen streckte Océane kerzengerade in die Luft, mehr als dreimal so groß wie sie selbst. Die weißen Federn waren zu einem Dickicht angeordnet, das die Flügel unheimlich massig erschienen ließ. Von den Ansätzen ihrer Schwingen aus breiteten sich die Federn wie eine zweite Haut über ihren Körper aus.

Stromlinienförmig liefen sie zu einem Ballkleid zusammen, das ihren von der Obduktion geschundenen Körper verhüllte. Auf ihrem Kopf thronte eine Krone aus Kristallen, die von Silberdrähten gefasst und zusammengehalten wurden. Im spärlichen Licht der Feuerschalen blitzten die Oberflächen der Kronenspitzen auf.

Océane legte den Kopf von einer Schulter zur anderen und löste ihren Blick mit einem Lidschlag von Giulia. Als sie die Augen wieder öffnete, fokussierte sie Avery. Er wurde von ihrem leblosen Blick eingefangen, als sei er in jede Richtung von Löwen umzingelt.

Die Tatsache, dass Océane anscheinend ihren eigenen Tod vorgespielt hatte, obwohl sie die ganze Zeit eine Auraryе gewesen war, erschütterte Averys Weltbild zutiefst. Sein Bewusstsein war gelähmt und als sei er in Trance, sah er sich selbst dabei zu, wie er angewurzelt stehen blieb. Gleichwie die Zunge einer Schlage zischten Océanes Hände nach vorn und beschworen einen Schwarm aus Federn, der auf Avery zustürzte. Als Océane abrupt ihre tiefschwarzen Augen auf die Federn richtete, zuckten Averys Beine, als ob sie dem Angriff ausweichen wollten – doch die Federn hatten ihn bereits mit voller Wucht auf den Brustkorb getroffen. Der Schmerz wütete durch seine Nervenbahnen, zerfraß seine Gedanken, sodass er sich auf nichts anderes konzentrieren konnte, und zerrte an jedem Muskel. Er riss seinen Arm nach oben, doch die Kiele rissen den Ärmel auf und gruben sich messerscharf in sein Fleisch. In Rinnsalen quoll das Blut zwischen den Schnitten hervor. Avery schrie auf. Die Federn prallten noch immer auf ihn und trieben seitlich an ihm vorbei.

Giulia hechtete zu ihm, doch der Wind, der von den Federn ausging, drückte sie immer wieder zurück. Die Goldmünzen unter ihren Füßen rutschten und ließen durch den Druck, der gegen ihre Beine lastete, keine Bewegung zu. Ihre Kehle schien beinahe zu bersten, als sie Averys Namen schrie.

Unter den Schmerzen, die ihn fast zerrissen, gelang es Avery, jede verfügbare Energie in seinem Körper zu bündeln und in Form eines Feuersturms aus seinem Mund zu katapultieren.

Wie ein Tsunami breitete sich die Hitze im Raum aus und Giulia taumelte vor der Hitze rückwärts und fiel gegen einen Thron.

Avery zerschlug den Strom, der auf ihn einprasselte, und mit einem Druckimpuls stoben die Federn auseinander. Wie ein Drache, der eine Prinzessin beschützte, spie Avery sein Feuer mit voller Kraft auf Océane. Sie blähte ihre Nasenflügel und spreizte ihre Finger, zwischen denen sich Federkiele wie Nadeln hervorgruben und auf Avery einschossen. Doch bevor sie ihn erreichen konnten, schmolz ihre Gesichtshaut unter dem Kontakt mit der lodernden Brunst, die auf sie einschlug. Avery entblößte damit die Hälfte ihres Gebisses und die Muskelstränge, die vor Schmerzen zuckten. Ihr Mund formte ein Lächeln, doch was war es, das er in ihrem Ausdruck erkannte? Ein Anflug von Angst? Die Federn, die ihren Körper bedeckten, flackerten auf und verkohlten, als bestünden sie aus Stroh. Das Metall unter ihr heizte sich auf und ihre Füße, Knöchel und Beine fingen an zu glühen. Die Adern an ihren Beinen traten hervor, doch an ihren Händen, die sie den Flammen schützend entgegenstreckte, sah Avery bereits Knochen hervorblitzen. Ihre Finger verloren von der Kuppe an ihre Haut und als hätte sie sie in Säure getaucht, schmolzen sie zu dünnen Stielen zurück.

Avery keuchte. Die Brunst flackerte, leuchtete auf und zog sich in seine Handflächen zurück. Wie bei einer Pflanze, die neue Wurzeln schlug, wuchs Océanes Haut nach und verschloss all ihre Wunden. Auch über ihre Finger legten sich Hautlappen und Sehnen. Was zurückblieb, war das Blut auf den Federn, die nicht beschädigt worden waren und damit nicht nachwuchsen.

Giulia konnte ihre Augen nicht ihr ablassen, als sie sah, wie Océanes Mundwinkel zwischen einem Lächeln und bitterster Trauer hin und her zuckten.

Ihr Freundin zitterte am ganzen Leib, doch ihre Lippen entschieden sich für das boshafte Lächeln einer Massenmörderin.

Ohne eine Sekunde zu zögern, schwang sie sich in die Lüfte. Das verschaffte Avery und Giulia einen winzigen Moment Zeit.

»Giulia! Versteck dich!«

Stattdessen drückte sie sich von dem Thron weg und hastete auf Avery zu, der seine Hand auf seinen Brustkorb legte, wo nun ein klaffendes Loch wieder zusammenwuchs. Die kaputte Kleidung blieb zurück und legte die Sicht auf die heilende Wunde frei. Avery wankte und schrie sie erneut an, sie solle von ihm wegbleiben und sich verstecken.

Doch als Giulia nicht umkehrte, schossen wieder Flammen aus seinen Händen hervor. Sie schnitten ihr den Weg ab und zwangen sie zurückzuweichen. Ihre Hände zu Fäusten geballt und die Stirn von einer Zornesfalte durchzogen, wich sie zurück.

Averys Blick suchte fieberhaft die Decke des endlosen Raumes nach Océane ab. Als er genau hinhörte, vernahm er das dumpfe Schlagen ihrer Flügel und schnellte mit dem Kopf herum. Wenige Meter hinter ihm bewegte sich einer der riesigen Goldhaufen. Als hätten sie ein Eigenleben entwickelt, rasten Gegenstände auf ihn zu. Einer Statue konnte er gerade so ausweichen, doch eine Krone schnitt seine Schläfe auf. Warmes Blut rann hervor und lief seine Wange hinab.

Je näher Océane kam, desto schwieriger wurde es für ihn, sein Feuer zu fühlen. Ein Schwert flog geradewegs auf ihn zu, als er sich vom Thron nach rechts stieß. Er wich aus und spürte den Wind an seiner Wange, den das Schwert im Flug erzeugt hatte. Allerdings trafen ihn nun etliche Goldmünzen in die Magengrube und auch Teile einer Ritterrüstung brachen seine

Knochen. Das Knacken der Brüche verknotete seinen Magen und ließ den Schmerz bis in seine Fingerspitzen ausstrahlen. Wie hinter einer Panzerglaswand, drangen Giulias Schreie zu ihm durch. Doch der Strom an fliegenden Goldartefakten trennte sie von Avery. Zwischen zwei der Haufen sah Océane Giulia nicht.

Als der Berg verschwunden war, gaben die fliegenden Gegenstände den Blick auf Océane in der Luft frei. Erneut hob sie ihre Hand und eine Unzahl an Goldmünzen schoss aus dem Boden hervor. Der Schmerz zwang Avery die Knie. Als müsste er sich übergeben, drückten sich die Flammen reflexartig seine Kehle hinauf. Sein Feuer ergoss sich auf den Boden vor ihm und alle Handbreit klafften Schnittwunden auf seinem Körper, die sich stetig wieder zusammenzogen, nur um dann wieder von einer Münze aufgerissen zu werden. Avery spuckte Blut und die rote Flüssigkeit legte sich dick und schwer auf das Metall.

Vogel der Freiheit. Herrscher des Goldes. Beides vereinte Océane in sich.

Avery richtete seinen Oberkörper auf und wurde von einem Schild getroffen, der durch seinen Aufprall seine Schulter krachend zerschmetterte. Er schrie, keuchte und verlor das Gefühl in seinem Arm. Unter seiner Haut kribbelte es, als sich das Gelenk wieder zusammenfügte. Als stünde sie direkt vor ihm und er könnte ihren Kiefer zertrümmern, riss er seine Faust durch die Luft, aus der er einen Feuerball geradezu auf Océane schoss.

Mit einem ruckartigen Schlag ihrer Flügel, konnte sie sich gerade so zur Seite katapultieren, sodass nur ihre Federspitzen Feuer fingen und einen Augenblick später durch den Wind erloschen.

Die Krone auf ihrem Haupt funkelte und brach das warme Licht der Höhle.

Océane breitete ihre Arme aus und die Flügel taten es ihnen gleich. Sie huschte aus seinem Sichtfeld. Avery sank wieder keuchend in sich zusammen. Er hörte sie nicht mehr, als sich das Flügelschlagen verlangsamte und er das leise Klirren von verschobenen Goldmünzen wahrnahm. Noch immer lagen zwischen ihm und Giulia tonnenweise Goldstücke und Artefakte.

Doch das Einzige, was Avery momentan sehen konnte, waren die blutrot eingefärbten Münzen unter ihm. Er spürte, wie sich seine verletzten Organe wieder an Ort und Stelle rückten und der Schmerz mit jedem Herzschlag verblasste.

Ein Klirren ertönte. Giulia schob sich hinter einer Engelsstatue hervor und sah Océane, wie sie ihre Augen vor Schrecken weitete und auf Avery zuging. Giulias Kiefer spannte sich an und ein Stich fuhr durch ihren Rumpf, als sie Océanes Lippen sah. Als wollte sie schreien und jemand hatte ihren Mund zugenäht, bebten sie aufeinander, während ihr Kehlkopf unter der ledrigen Haut zitterte. Océane setzte ein Bein vors andere, doch ihr Oberkörper folgte den Bewegungen nicht. Giulia ließ sich in ihr Versteck zurückfallen, als sie realisierte – Océane ging nicht auf ihn zu … sie wurde getrieben.

Von den Fingerspitzen bis hin zu den Schultern spannten sich die Arme der Aurarye an, sodass jeder einzelne Muskel unter ihrer ausgedörrten Haut hervortrat.

Den richtigen Moment, erneut zuzuschlagen, erkannte sie, als Avery wieder den Kopf heben konnte. Sie sah in sein Gesicht. Mit zusammengekniffenen Augen schrie es ihr stumm *»Das wirst du bereuen!«* entgegen.

Ähnlich der Haltung eines Kranichs setzte sie erneut zum Angriff an.

»HINTER DIR!«, schrie Giulia aus Leibeskräften.

Océane fuhr herum. Avery drückte sich stöhnend vom Boden auf. Er überkreuzte seine Hände, riss sie auseinander und donnerte zwei glühende Sicheln auf sie.

Mit einem Satz fiel sie in die Hocke, wich damit den Flammen aus und feuerte gleichzeitig ihr Bein nach vorn, um Avery mit einen Windimpuls von den Füßen zu reißen.

Seine aufgeschürften Knie gruben sich in das Metall auf dem Boden und jagten so erneut Schreie durch seine Kehle. Wütend krallte er sich in die Münzen. Das Glühen, das sich nun von seinen Fingern auf das Gold übertrug, fraß sich in Sekundenschnelle zu Océane. Mit einem Zischen verbrannten ihre Füße. Als wollte sie schreien, spannte sich ihr Hals an, doch ihr Mund blieb verschlossen. Sie schwang sich in die Höhe.

Kurz bevor sich Avery aufrappeln konnte, bohrten sich von unten dicke Federkiele in seine Unterschenkel. Wie ein Blitz fuhr der Schmerz durch seine Nervenbahnen. Er zitterte so stark, dass das Glühen flackerte und ihm schließlich entglitt.

Der Schmerz betäubte die Angst und ließ seine Gedanken verstummen. Er stützte sich auf, riss die Waden aus den Federkielen, die im Boden stecken blieben und bezog erneut auf beiden Beinen Stellung vor Océane.

Seine Gegenspielerin nahm Schwung und vollführte eine Pirouette, durch die ein Federtornado auf ihn zustürmte, der die umliegenden Gegenstände mit sich riss. Avery stampfte auf und riss die Hände in die Luft. Keuchend zog er einen Wall aus Feuer aus dem Boden. Der Tornado zerschellte an der Feuerfront und ließ die Artefakte zu Boden rauschen. Avery ließ die Flammen sinken und setzte schon im nächsten Moment einen Hieb mit seiner Faust nach vorn. Die Goldmünzen, die am

Fuße der Feuerwand aufflammten, breiteten ihre Hitze aus – so weit, dass sie den Boden unter Océane erfasste.

Averys Faust spannte sich härter an, seine Fingerkuppen bohrten sich in die Handinnenflächen. Die Glut verstärkte sich und der Boden unter Océane verflüssigte sich. Unter der enormen Hitze nachgebend, schmolz das Gold, ließ Océane bis zu den Knöcheln einsinken und kurz darauf von der Hüfte an unbeweglich werden. Avery knackte mit seinem Genick, als er mit seiner abrupten Kopfbewegung zwei Feuerschlingen aus dem Boden schießen ließ. Wie zwei lebendige Peitschen schlugen sie schallend aus und packten ihre Handgelenke. Von den Schlingen erfasst, konnte Océane auch ihren Oberkörper nicht mehr bewegen.

Das Potenzial, das er in diesem Moment ausschöpfte, überraschte ihn selbst. Dass er mit seinem eigenen Feuer sogar jemanden in Schach halten konnte, der zwei Wesensgruppen in sich vereinte, füllte ihn mit Hoffnung in diesem unerbittlichen Kampf.

Océane stöhnte auf, riss an ihren Fesseln, doch als sei das Feuer aus Stahl, blieben sie an Ort und Stelle. Ihre kaum zu erkennenden Pupillen huschten von einem Fleck zum anderen. Sie zuckten. Ihr Körper bäumte sich auf und fiel wieder in sich zusammen. Die Tränen quollen unter ihren Liedern hervor, doch auf ihrem Weg zu ihrem Kiefer hinterließen sie keinerlei Ausdruck auf ihrem Gesicht. Als würde sie im Innern schreien, waren ihre Augen das Einzige, was sie lebendig machten.

Für einen Moment schaffte er es nicht, sich von ihrem kläglichen Blick loszureißen. Das flaue Gefühl in seiner Magengrube vermengte sich mit einem Stich, der in sein Herz fuhr, als er die Tränen in ihrer ausdruckslosen Miene sah. Schmerzverzerrt wandte er sein Gesicht hab und schloss seine Augen, wo zwischen den Lidern Tränen hervortropften.

»Das ist nicht Océane«, flüsterte er sich selbst zu.

Er ließ die Schlingen weiter wachsen, sodass sie sich um ihren Hals wickelten, um auch ihren Kopf außer Gefecht zu setzen.

Das ist sie nicht.

Sie würgte, hustete und schnappte nach Luft – doch auch daraufhin blieben Averys Fesseln unnachgiebig.

Giulia trat hinter der Barriere aus Goldgegenständen hervor und kämpfte sich bis zu Avery durch. Océanes Gesicht war getränkt von Tränen und besudelt mit Speichel und Dreck. Giulia schlug eine Hand vor ihren aufgerissenen Mund und beim Anblick ihres geschundenen Körpers schnürte sich ihre Kehle zu. Angst, Mitleid und Ekel schäumten in ihr über und zwangen sie dazu, sich gegen eine Statue abzustützen.

Wie ein tollwütiges Tier, das man gefangen hatte, fletschte Océane die Zähne und die Adern an ihrem Hals traten bläulich in Mäandern hervor.

Gerade wandte Giulia den Blick von ihr ab, als die Würge- und Schnappgeräusche nachließen. Ihre Muskelstränge entspannten sich, die Adern pulsierten zwar immer noch so stark, dass man es mit bloßem Auge erkennen konnte, doch sie schien sich zu beruhigen.

Die ganze Zeit über hatte sie nicht einmal gesprochen. Doch als Avery genau hinsah, konnte er erkennen, wie sie mit ihrem Mund die stillen Worte »Es tut mir leid« formte.

Scheiße.

Seine Sicht trübte sich, als die Tränen heftiger in seine Augen stiegen. Sie lösten das getrocknete Blut auf seinen Wangen und ließen das verblasste Rot seinen Hals hinunterfließen. Unter der Last seiner Schultern zitterte sein Brustkorb mit dem Schluchzen, das den Raum erfüllte.

»Schau da nicht hin«, wandte er sich an Giulia und verzog seinen von Blut und Wasser benetzten Mund.

Wortlos drehte sie sich mit hochrotem Kopf um, und betrachtete die Strähnen, die an ihrem tränenverschmierten Gesicht klebten.

Avery richtete nun seinen Blick starr vor seine Füße.

Er formte seine ausgestreckte Hand zu einer Faust und zwang sie so mit den Schlingen um ihre Handgelenke näher an den Boden.

Noch immer den Blick von ihr abgewandt, spürte Giulia, wie etwas auf ihr Haar fiel. Ein Tropfen.

»Avery«, flüsterte sie. »Es … regnet.«

Avery ließ seine Fesseln stillstehen und drehte sich fragend zu ihr um. Als Giulia die Stelle auf ihrem Kopf berühren wollte, tropfte es erneut, dieses Mal auf ihr Gesicht. Sie wischte mit ihren Fingern die warme Flüssigkeit weg und schaute in ihre Hände.

Ein triefendes Rot benetzte ihre Haut.

Erneut tropfte es und auch Avery sah einen Tropfen, der auf seine Arme fiel, die er noch immer in der Luft hielt, um Océane festzuhalten.

»Ist das …?«, Giulia hielt inne.

»Blut«, sprach es Avery aus.

Die Abstände zwischen den plätschernden Geräuschen verkürzten sich und allmählich wurde das Gold, das den Raum dominierte, in ein dunkles Rot gefärbt. Océane röchelte, zitterte, spuckte. Auf Avery und Giulia sammelten sich immer mehr Tropfen, genau wie Océane, die in Averys Fängen festsaß.

Giulia hielt sich schützend die Hände über den Kopf, doch über ihr Gesicht zogen sich bereits ganze Rinnsale. Je schneller der Regen von der Decke fiel, desto mehr schien Océanes Haut in sich einzufallen: Ihre Wangen legten sich nach innen und ließen die Konturen des Knochens hervorstechen. Von jeglicher Jugend verlassen, zog ein inneres Vakuum das Blut aus ihren Zellen. Die Adern an ihrem Hals traten erneut hervor, pumpten die Röte in ihren Kopf, bis sich auch in ihrem Gesicht dicke Ströme direkt unter der Haut abzeichneten.

Avery erschauderte innerlich. Seine Kleidung verdunkelte und sog all den Regen auf, der unaufhörlich über ihn lief. Die Flammen um sie herum brachen ihr Licht in der roten Schicht, die sich wie eine Glasur über die Berge aus Gold gelegt hatte. Als Avery das Metall unter Océanes Beinen weiter schmolz, um sie tiefer hineintauchen zu lassen und ihr damit ein ewiges Gefängnis aus Gold zu schaffen, zog ihr Gesicht abermals seine Aufmerksamkeit auf sich.

Dort, wo vorher noch die wulstigen Adern in ihrer aschfahlen Miene gewuchert hatten, lagen nun tiefe Furchen. Das Plätschern verstummte und Giulias Blick richtete sich nach oben. Obwohl auch die Decke vollkommen rot durchtränkt war, hatte sich der Blutregen beruhigt.

Averys Augen weiteten sich, als er sah, wie Océane aufhörte zu würgen. Ihre Arme leisteten keinerlei Widerstand mehr und der Kopf fiel auf ihre Schulter, ungeachtet dessen, dass sie damit ihre Wange an der Schlinge um ihren Hals verbrannte.

Kein Zucken, keine Regung und aus ihren Augen flüchtete mit einem Blinzeln das letzte Stück Leben. Gleichzeitig spürte Avery einen Schlag, der sich vibrierend durch seinen Körper fraß und ihn aufstöhnen ließ. Giulia wandte ihren angewiderten Blick von Océanes Leiche ab und sah zu Avery.

»Alles in Or–«

Doch Avery nickte ihre Fürsorge ab und ließ die Schlingen um Océanes Körper mit einer Geste seiner Hände verblassen.

»Das ist sie nicht«, spuckte er die Worte aus.

»Was?«

»Océane war nicht diejenige, die wir gesucht haben.« Avery hielt inne, bemerkte Giulias Verwirrung und fuhr fort. »Sie ist tot. Ich habe keine Taschenuhr an ihrem Körper gesehen.«

Was haben wir übersehen? Warum hat sie versucht sich so stark gegen sich selbst zu wehren?

»Sie war gar keine Sapye?«

Er nickte betreten.

»Ich glaube es zumindest. Ich meine …« Er schluckte. »Sie hatte keine Taschenuhr.«

Giulia nickte.

»Hast du ihr Gesicht gesehen?«, warf er die Frage in den Raum, die ihm so sehr auf der Seele brannte.

»Als würde sie gegen sich selbst kämpfen«, flüsterte Giulia und starrte gedankenverloren zu Boden.

Er war nicht verrückt. Das Zögern, das er aus ihren Augen und ihrem Körper gelesen hatte, war wirklich da gewesen.

»Wie als würde sie fremdbestimmt handeln.« Giulias Worte setzten sich in seinem Kopf fest.

»Das war auch mein Gefühl.« *Nur von wem?*

Avery regte seine Fingerknöchel, schaute zu ihnen herab und spürte Giulias Blick auf sich lasten.

»Das … ich …«, stotterte er. »Ich habe sie nicht umgebracht. Das war sie.«

Giulia ging einen Schritt auf ihn zu und legte die Stirn in Falten. »Was willst du damit sagen?« Sie wischte das Blut abermals aus ihrem Gesicht.

»Dass sie sich geopfert hat.«

Giulias Ausdruck, der ihr die Fragen ins Gesicht schrieb, verstärkte sich. Tausend Gedanken schossen durch Averys Kopf, auf der Suche nach einem Grund, wieso sie den Kampf aufgegeben hatte.

Was hat es ihr gebracht, ihr Leben zu geben … und war das ihr Blut, das den Regen erzeugt hatte? Ein Zauber? Nur wofür?

Mit aller Kraft versuchte Avery eine plausible Erklärung zu finden. Gerade wollte er sich seufzend mit Giulia von Océane entfernen, als ihn ein unerwartetes Geräusch erneut innehalten ließ. Das Ticken einer Taschenuhr.

Seiner Taschenuhr.

Als sei er in kaltes Wasser geworfen worden, hörte er nur noch seinen eigenen Herzschlag, der dem Ticken seiner Uhr folgte. Es übertönte die Rufe, die Giulia mit ihrem Mund formte.

Ein Knistern, das sich auf seine Nervenbahnen legte, elektrisierte ihn mit Schmerzen und er spürte die Vibrationen an seiner Kehle, die ihm sagten, dass er schrie. In seine Muskeln fuhr ein schrecklicher Krampf, der ihn unkontrolliert nach hinten taumeln ließ. Als er seine Hand an einem herausragenden Stück Metall aufschnitt, verschwammen die Konturen und das Feuer, das die Höhle erleuchtete, zog goldgelbe Farbschlieren, die sich mit Giulias Gesicht vermischten. Er keuchte und sank zu Boden.

Sein Puls kämpfte gegen den Schmerz an, der seine Sinne betäubte und wie ein flackerndes Feuer bäumte sich die Energie in seinem Herzen auf, erstarb und glühte wieder. Die Finger in den undefinierten Boden unter sich gekrallt, verzerrte er sein Gesicht, presste seine Lider aufeinander und spürte, wie Giulia ihre Hand auf seine Schulter legte.

Sie zog sein Kinn zu sich und schlug seine Wange mit der flachen Hand.

»AVERY!«, drang ihre Stimme gedämpft zu ihm durch.

Er blinzelte heftig. Die Glut in seiner Brust breitete sich aus, tilgte die Taubheit seiner Sinne und ließ ihn hochschrecken.

»AVERY! Verdammt!«, brüllte Giulia und wischte sich die Tränen aus den Augen.

Noch immer am Boden streckte er seine Beine aus, presste sich damit gegen den Münzhaufen hinter sich und seine Augen zuckten nach links und rechts.

Giulia fiel ihm um den Hals.

»Verdammt, hast du mir einen Schrecken eingejagt!« Ihre Zähne blitzten auf, als sie sich wieder auf ihre Knie zurückfallen ließ. »Ich dachte, du …«

Giulias Stimme verhallte in den Weiten des Saales und drang nun wieder klar an Averys Ohren.

Er winkelte ein Bein an, stützte sich vom Boden ab und ergriff Giulias Hand, die sie ihm reichte. Sie hievte ihn in den Stand und hing mit einem durchdringlichen Blick an seinen Lippen.

Durch Giulias suchende Augen sprachen Verwirrung und gleichzeitig lag Schmerz in ihren zitternden Gesichtszügen, der abflachte, als Avery sich aufrichtete.

Die Flammen um die beiden herum in den Feuerschalen züngelten jetzt nur noch flach und ließen den Schein der Kristalle in den Wänden hervortreten. Der bläuliche Schimmer legte sich auf ihre Gesichter und ließ den Raum erkalten.

»Giulia … was …« Er flüsterte, keuchte zwischen den Worten und versenkte seine Hand in der Manteltasche. Er zog die Uhr hervor, ließ den Deckel aufspringen und sah, wie der Sekundenzeiger tickte.

Was zur Hölle passierte hier gerade?

Sein Mund wurde trocken und sein Kiefer schlotterte vor Angst. Vom Ziffernblatt blickte er zu Giulia, die mit offenem

Mund vom Anblick seiner Uhr gefesselt wurde. Sie wandte sich ihm wieder zu und runzelte die Stirn.

»Wie kann das sein? Wie kannst du …« Ihre Stimme erstarb, als sie ihren Blick auf Averys Haare richtete.

Mit zittrigen Fingern zog er seine Locken über seine Stirn. Eine silbrige Strähne ließ seinen Blick erstarren. In Giulias Augen erkannte er den sterbenden Hoffnungsschimmer, der ihr sagte, es sei alles nur ein Irrtum.

Ihr Körper verfiel in eine unnatürliche Stille, als ihr Blick zu seinen Augenwinkeln wanderte. Averys Brustkorb schnürte sich zusammen und ließ ihn flacher atmen, als er das Kribbeln spürte. Als würde Staub aus seiner Haut hinabrieseln, hinterließen die fallenden Partikel winzige Furchen, die sich von seinen Augen nach außen gruben. Avery legte seine bebenden Fingerkuppen auf die Stellen. Falten.

Avery schluckte – unfähig, seine trockene Kehle aus ihrem Krampf zu lösen.

Als er sie bewegte, spürte er nun auch das Knistern in seinen Fingern, hielt sie vor sein Gesicht. Ausgedörrt fielen sie in sich ein, als sei ein Lauffeuer über einen Wald gefegt. Altersflecken schlossen sich zu größeren Flächen zusammen, ließen die Adern hervorstechen und hörten genau auf der Hälfte seines Unterarms auf, sich auszubreiten – wie die Falten selbst.

»Verdammt, wir müssen dich in ein Krankenhaus bringen!«, fluchte Giulia und packte seinen Oberarm. Avery biss sich dabei auf die Lippe.

»Das bringt nichts«, flüsterte er.

»Was sollen wir denn sonst –«

»Es hat aufgehört.« Er deutete auf seine Arme, die unter dem zerschlissenen Mantel sichtbar waren. »Aber ich fühle mich immer noch etwas geschwächt.«

»Deine Mutter ist daran gestorben! Verdammt!« Sie verschränkte die Arme vor der Brust und zog verärgert ihre Brauen zusammen.

»Ich stehe doch aber vor dir. Kein Grund –«

»Natürlich mache ich mir Sorgen! Was wenn es sich ausbreitet? Was dann?«

Das Echo, das durch die Höhle schallte, verlieh ihrer Stimme noch mehr Nachdruck.

»Noch hat es das nicht und … außerdem bin ich erst siebenundneunzig Jahre alt.«

»Was soll das heißen, du bist ERST siebenundneunzig Jahre alt?«, blaffte sie zurück und ließ ihre Lippen beben, als sie ihn mit ihren Blicken durchdrang und auf eine Antwort wartete.

Seine Augen richteten sich auf den Boden, wo sich seine Silhouette im Blut spiegelte, das sich um die Münzen gelegt hatte.

»Meine Mutter wurde von nahezu drei Jahrtausenden eingeholt. Verstehst du? Mein Körper wird es aushalten.« Er seufzte.

Wird er nicht, verschwieg er und die Tränen krochen wieder seine Lider nach oben. Er blinzelte sie weg und setzte ein Lächeln auf, das von seinen Augen nicht erwidert wurde.

»Es sieht nicht gerade danach aus.« Sie deutete auf seine Unterarme, die nun die Spuren seines wahren Alters trugen.

»Mhm«, murmelte Avery. »Schau, wir müssen den wahren Mörder jagen. Mach dir um mich keine Sorgen.«

»Keine Sorgen machen? Du stirbst! Vielleicht langsam … aber du stirbst!« Die Locken fielen in ihr Gesicht und blieben dort auf dem Blut kleben.

»Viel wichtiger ist doch, dass wir den Drahtzieher finden«, warf er ein und ehe Giulia wütend dazwischenreden konnte, fuhr er fort: »Die Glut in mir ist noch da. Aber wenn meine Kräfte langsam schwinden, heißt das, dass wir uns beeilen müssen.«

»Zuerst müssen wir dich wieder in Ordnung bri–«

»Akzeptier meine Entscheidung! Der Mörder hat jetzt absolute Priorität.«

Er richtete sich auf, zog seine Schultern zurück.

Giulia wandte sich von ihm ab und sah zur massigen Tür, durch die sie hereingekommen waren.

»Meinst du, jemand hat Océane das hier angetan, um uns anzugreifen?« Sie sah stur nach vorn und mied den Blick auf ihre Leiche, die halb versunken im Boden steckte.

»Sie sah nicht selbstbestimmt aus. Wenn du mich fragst, hat sie jemand als Marionette benutzt.«

Sie schnaubte, schob ihre Ellbogen dicht an ihren Körper und ballte die Hände zu Fäusten.

»Derjenige soll bezahlen.«

Avery bemerkte den Energieimpuls, der von ihr ausging.

Was war das? Irgendwas stimmt nicht.

Giulia rüttelte ihn aus seinen Gedanken, als sie erneut das Wort ergriff.

»Wir müssen zurück.«

Damit verließen sie das Schlachtfeld. Was die beiden dabei nicht sahen, war der Mann mit den smaragdgrünen Augen hinter einem Felsvorsprung, der sie beobachtet hatte.

1877

Nach und nach stieg die Sonne am Horizont auf und tauchte den Himmel, der im Gegensatz zum dunklen Wald unter ihm Ruhe ausstrahlte, in Pastellfarben. In der Hütte brannte das Feuer, kokelte die Ränder des Kamins an und verströmte den holzigen Duft von Geborgenheit. In einem Mosaikglas auf dem Tisch in ihrer Mitte, warf eine Kerze ihre Strahlen in winzigen Lichtpunkten an die Wände und in die Gesichter der beiden, die dicht nebeneinandersaßen.

»Ich verstehe das einfach nicht.« Gaja schluckte und wischte sich die Tränen aus dem Gesicht. »Wie kann das möglich sein?« Sie hielt inne, bekam jedoch keine Reaktion von Mya, der ihr gegenübersaß und die Hand auf ihr Knie gelegt hatte. Ihr Puls hatte sich, seit sie geschlafen hatte, beruhigt, doch der Schock hallte in ihrem Körper nach.

»Sag mir, wie kann ich ein magisches Gesetz einfach so brechen? Ich wollte das nicht«, flüsterte sie und ihre Stimme brach, bevor sie ihren nächsten Gedanken in Worte fassen konnte.

»Es war auf keinen Fall deine Absicht, das weiß ich. Ich kann es mir wirklich nur so erklären, dass das, was in dir war … was in dir wuchs … stark genug war, um Pjotr mit ins Unheil zu reißen.«

Gaja wurde hellhörig und richtete sich auf.

»War?« Sie räusperte sich und das Kratzen wich aus ihrer Stimme. »Das heißt, das Unheil in mir ist verschwunden?«

Mya runzelte die Stirn und sah Gaja direkt in die Augen. Er legte seine Hand wenige Zentimeter unter ihr Schlüsselbein und schloss seine Lider.

»Es hat sich beruhigt«, flüsterte er.

Gaja schob sich ein Stück nach hinten, sodass seine Hand sie nicht mehr berührte.

»Mya, ich komme einfach nicht dahinter. Es sollte mich befreien, mich von ihm lösen. Aber alles, was mein Körper fühlt, ist Schmerz.«

Mya legte Betroffenheit in seinen Blick und sah zu Boden.

»Ich weiß, dass das sehr schwer für dich sein muss«, murmelte er. Seine Aufmerksamkeit wurde davon abgelenkt, dass er deutlich spürte, wie Pjotrs Magie noch pulsierte. In ihr.

In dem Moment, als Gaja Pjotr Tschaikowski umgebracht hatte, hatte sich seine Kraft freigesetzt und war in den Körper seiner Mörderin gefahren. Ein nicht unwesentlicher Teil davon, war auch auf Mya übergesprungen, sodass er deutlich spürte, wie seine eigenen Kräfte davon zehrten und wie die Magie in ihm nach außen drang.

Alles lief nach Plan. Die Bücher hatten recht behalten.

»Gaja, spürst du keine Veränderung in dir? Ich meine, dass es sich beruhigt hat?«

»Der Schmerz liegt jetzt nur an einem anderen Ort …«, seufzte sie. »Ich weiß, dass es falsch war, und mein Verstand sagt mir, dass ich es bereuen sollte.«

»Ich weiß. Es ist tragisch … und du konntest wirklich nicht wissen, was passieren würde. Ich genauso wenig. Aber in deinem Herzen? Schau tief hinein. Was spürst du dort?«

Gaja hielt inne und die Tränen stiegen in ihre Augen. Sie konnte ihren Blick nicht mehr aufrechterhalten und wandte sich von Mya ab. Röte trat auf ihre Wangen und von einer allgegenwärtigen Leere eingenommen, fiel ihr Blick ins Nichts. Ihre Hand tastete nach ihrer Kehle. Wie winzige Ausläufer eines Parasiten, der sich in Wurzeln ausbreitete, brannte sich schwarze Magie wie Teer von ihrem Herzen aus nach oben. Ein Schmerz, der Verlangen schürte und den sie nicht mit Wasser beruhigen konnte.

»Gier. Mein Herz ist voll von Gier, Mya.«

Gier. Genau das, wovon die Bücher sprachen.

Als sie diese Worte ausgesprochen hatte, wusste er, sie würde sich tief in ihrem Herzen verankern. Und Gaja würde sich hingeben.

Die Sonne begrüßte den nächsten Morgen, ließ den Himmel in einem diffusen Weiß erstrahlen und hinterließ auf den Dächern einen Hauch von Wärme.

Nach der letzten Nacht, die in ihren Träumen voll von Blut und Schmerzen nachbebte, waren sie aus den Katakomben geflüchtet und hatten Unterschlupf in Averys Wohnung gesucht. Bücher türmten sich auf dem Boden zu so hohen Stapeln auf, dass Giulia fast dahinter verschwand. Sie hatte die Wälzer aus Averys Regalen gezogen, um verzweifelt eine Antwort darauf zu finden, was genau mit Océane geschehen war.

»Ich sagte doch, du wirst hier nichts finden«, grummelte Avery, der rücklinks auf dem Bett lag und seine Hand an die Stirn legte. Er seufzte. »Ist das normal, dass man als Sterblicher solche Kopfschmerzen bekommt?«

Giulia sah auf. Ihr Ausdruck verfinsterte sich.

»Momentan sind diese Bücher aber die einzige Information über Magie, die wir zur Verfügung haben! Irgendwo muss doch–«, überging sie seine Frage, ignorierte, dass er sich gerade als sterblich bezeichnet hatte, und hing ihre Nase in ein weiteres Buch.

Avery kniff die Augen zusammen, als er in das grelle Licht seiner Deckenlampe sah.

Meine Güte. Meine Augen, dachte er, ehe er sich wieder Giulia zuwandte.

»Du könntest mir wenigstens glauben, dass ich sie alle gelesen habe und rein gar nichts darüber drin steht, wie man einen Körper fremdsteuert.«

Ihr fahriger Blick, in dem ein wenig Wahn steckte, ließ Averys Puls holprig werden.

Sie feuerte das Buch zu.

»Statt hier einfach nur rumzuliegen, könntest du dir auch mal Gedanken darüber machen, wie wir jetzt weiter vorgehen!«

Ihr Ausruf ließ ihn hochfahren.

»Ich … ich bin einfach nur ein wenig erschöpft.« Er hielt die Hände zu seiner Verteidigung vor sich.

»Ich dachte, nach dem Mörder zu suchen, hat jetzt Priorität, statt dich zu retten?«, provozierte sie ihn und im Beben ihrer Stimme erkannte Avery die Frustration. Die Frustration darüber, dass sie ihm nicht helfen konnte und gemeinsam mit ihm schon wieder am Anfang stand. Oder eher gesagt war ihre Situation noch schlimmer als das.

Wenn wir uns nicht bald etwas einfallen lassen, dann … werde ich tot sein, bevor wir den Mörder entlarven können. Wer kämpft dann gegen ihn? Giulia – mit Händen und Füßen?

Er sah sie mit glasigen Augen an.

»Ja, den Mörder zu finden hat Priorität.« Mit einem Satz sprang er auf und ging in der Wohnung auf und ab. Avery legte die Stirn in Falten. »Wenn Lucas wusste, wo er uns hinschickt … und vor allem WER uns dort erwartet, dann ist er für mich ganz eindeutig verdächtig. Ich meine, er ist ein Seher, der hätte wissen müssen, wie es dort für uns endet … richtig?«

Giulia antwortete nur mit einem Grummeln und schlug weitere Bücher auf.

»Er sagte doch, er sieht die Zukunft nicht immer klar. Du solltest Pattys Vater wirklich nicht diese ganzen Morde in die Schuhe schieben. Außerdem erklärt das immer noch nicht, warum die Leichen verbrannt wurden«, warf sie berechtigt ein.

Avery seufzte. Ein flaues Gefühl im Magen beschlich ihn und ließ ihn an seinen Überlegungen zweifeln.

»Aber wenn er Hilfe hatte? Von einem Incendye?«

»Und wenn? Was willst du tun? In seinen Palast marschieren und ihn so ...« Sie deutete auf seine Arme und die Falten an seinen Augen. »... mit mir ganz alleine fertig machen?«

Sein Gesichtsausdruck verfinsterte sich, er legte eine Hand an sein Kinn und trat ans Fenster, wo das Schneegestöber so dicht geworden war, dass die Flocken fast wie dicker Nebel aussahen. Im Glas erkannte er sich selbst und wie sich die Fältchen an seinen Augen nach außen zogen. Mit seiner Hand und dem Rest seines Gesichtes sah sein Körper so aus, als hätte man einen Zwanzigjährigen mit einem Mittvierziger und einem alten Herrn gekreuzt. Er zwang sich ein Lächeln auf und blinzelte die aufsteigenden Tränen weg. Seine Schultern schoben sich nach vorn und sein Rücken nahm wieder die gleiche, leicht krumme Haltung ein. Er wandte sich wieder Giulia zu.

»Nicht allein. Wir müssen unbedingt zu Keenan, Julian und Philippe. Vielleicht können wir durch sie weitere Sapye finden, die wir für uns gewinnen können.«

1877

Lyke rauschte auf den Goldwellen unter seinen Füßen durch die Wälder nahe Moskau. Obwohl er seine magische Kraft anwandte, schob er sich so gekonnt zwischen den Bäumen hindurch, dass ihn keine Menschenseele sehen würde. Die Goldwellen zogen flach über den Boden und trugen ihn nach vorn. Der unbarmherzige Wind peitschte in sein Gesicht, doch er zuckte nicht einmal mit der Wimper. Die Kälte und die rauen Gegebenheiten in der Wildnis ließen ihn unbeeindruckt zurück und er visierte stur sein Ziel an.

Auf dem Weg von Paris über Deutschland und von Polen bis in die russische Hauptstadt hatte er glücklicherweise auf einigen Strecken seine Kraft vollends ausnutzen können. Dort, wo er keine Menschenseele erwartete, war er auf einer sich auftürmenden Welle, auf deren Krone er getragen wurde, vorangeprescht. Obwohl die Menschen sein Gold nicht sehen konnten, war es keine gute Idee, von ihnen gesehen zu werden, wie man auf etwas Unsichtbarem durch die Luft flog. Zumal sich Lyke nicht sicher war, ob der Schleier noch wirkte.

Das Bild des Fehlers im magischen Geflecht hatte sich in sein Gedächtnis gebrannt und ließ ihn nicht mehr los. Alles, was er geglaubt hatte über die Welt zu wissen, schien nun in den Grundzügen erschüttert zu werden. Diejenige, die diesen Stein ins Rollen gebracht hatte, würde aller Wahrscheinlichkeit nach nicht mehr weit von ihm entfernt sein.

In der Vision hatte er die Hütte im Wald glasklar vor sich gesehen. Da war *sie* gewesen … und ein junger Mann.

Mit Adlerflügeln.

Die Gedanken hielten ihn gefangen, als er sich seinen Weg durch das Dickicht bahnte. Das Gefühl der Ungewissheit war ihm so unbekannt und legte sich wie zusätzlicher Ballast auf seine Brust. Immer wieder blitzten die Bilder auf, wie er sich die Welt vorstellte, in der die magischen Gesetze außer Kraft gesetzt worden waren.

Die Dämmerung hatte bereits eingesetzt und die Sonne tränkte den Himmel in Pastelltöne aus Rot und Orange. Die weichen Strahlen warfen ihr Licht durch die Äste hindurch und ließen Staub und Insekten in der Luft funkeln. Wäre Lyke der Grund seines Kommens nicht in jeder Sekunde bewusst gewesen, hätte er fast innegehalten um dieses Naturschauspiel zu genießen.

Je dunkler es wurde, desto stärker konzentrierte sich Lyke auf das Mondlicht, das den Wald nur spärlich erhellte. Doch nun, als sich der Himmel verdunkelt hatte, konnte er es in der Ferne deutlich erkennen: ein Fenster.

Ein Fenster zu einer Hütte, die von innen heraus glühte, als habe man ein Kaminfeuer angezündet.

Lyke riss seine Hände nach vorn, um den Goldströmen unter seinen Füßen zu befehlen, schneller zu fließen, bis er schließlich vor der Lichtung mit der Hütte stehen blieb.

Hinter den tiefen Ästen eines Baumes fand er ein schützendes Versteck, während er ganz deutlich zwei Personen in der Hütte ausmachen konnte.

Das Halbprofil einer jungen Frau ließ erahnen, wie ihr Gesicht aussah. Als habe sie Lykes Anwesenheit gespürt, drehte sie ihren Kopf zum Fenster, doch sah an ihm vorbei in die Leere des Waldes. Die Frau sah genauso aus wie jene aus seiner Vision. Der junge Mann stand auf, trat ans Fenster und sprach währenddessen. Auch er erinnerte ihn an denjenigen, den Lyke gesehen hatte.

Lyke kniff die Augen zusammen, um noch mehr erkennen zu können. Etwas, das den König sehr beunruhigte, schwang im Blick des jungen Mannes mit. Freude? Betroffenheit? Zorn? Eine undurchsichtige Mélange aus allen drei Emotionen ließ Lyke erschaudern. Wenn er es nicht besser gewusst hätte, hätte er schwören können, dass dieser Mann der Übeltäter sei.

Doch die Vision war klar gewesen: Der Riss im Gleichgewicht ging eindeutig von ihr aus. Lyke flachte seinen Atem ab, um dem zu lauschen, was in der Hütte gesprochen wurde. Doch nur ein dumpfes Murmeln trat bis zu ihm hindurch.

Verflucht.

Leise zog er sich zurück, um von einem anderen Standpunkt aus im toten Winkel der Fenster näher an das Häuschen herantreten zu können. So trugen ihn die winzigen Wellen aus Gold bis zur Holzfassade, ohne auch nur den kleinsten Laut zu erzeugen. Sein langer Mantel wurde aufgewirbelt und legte sich wieder an seinen Körper, als er sanft landete.

Lyke hob seine Finger, legte sie auf das Holz und aus winzigen Goldtropfen in der Luft formte er eine Scheibe, die mit der Oberfläche des Holzes verschmolz. Das Metall floss in die

Ritzen, bildete an der Außenseite eine Muschel, an die Lyke sein Ohr legte.

Der Schall wurde von den Wänden auf das Metall übertragen und verstärkt. So verstand er fast jedes Wort.

»Es fühlt sich verdammt gut an, oder?«

»Ja schon.« *Das war ihre Stimme.*

»Ich denke, du solltest deine Gefühle nicht unterdrücken. Dein Körper verlangt danach. Glaubst du, dass es eine gute Idee wäre, dich dem zu widersetzen? Mal ganz davon abgesehen, dass du mit jedem Mal stärker wirst.«

Die Frau antwortete zunächst nicht. Sie wartete und stand auf, ging im Raum auf und ab. »Ich spüre es. Ja. Ich werde stärker … und …«

Lyke hörte ganz deutlich, dass ihre Stimme bebte und in ihr eine unbändige Kraft freigelassen werden wollte.

»Alles in mir verlangt danach, es wieder zu tun.«

Es?

Lyke runzelte die Stirn. Was genau das Ungleichgewicht ausgelöst hatte, hatte er weder in seiner Vision sehen können, noch konnte er es aus dem Gespräch schlussfolgern.

»Mya, ich weiß, du bist ein guter Auraryе …«

Mya. Der Name des Mannes.

»Ich vertraue dir. Doch mehr als dir vertraue ich mir selbst … und dem Schicksal. Ich habe es satt, die Schwache zu sein. Ich habe es satt, mir jemals wieder von anderen diktieren zu lassen, wie ich mein Leben leben soll. Weder von einem Partner, der mich nur ausnutzt, noch von meiner jämmerlichen Mutter, die meine Ballettkarriere im Keim ersticken wollte.«

Lyke hörte, wie sie schnaubte. Sie sprach Worte, die das Bild des gebrochenen Herzens mit einbezogen und Lykes Vision zur Realität werden ließen.

»Gaja. Ich verstehe das. Ich werde dir zur Seite stehen. Du bist wirklich eine außerordentliche Sapye, die mehr verdient hat. Du verdienst alle Kraft dieser Welt … wenn ich das so bescheiden ausdrücken darf.«

Was meint er?

Die Frau, die er gerade Gaja genannt hatte, sollte Kräfte erlangen? Was würde sie über ihre Kraft als Sapye hinaus noch wollen? Oder gar aufnehmen *können?*

»Ich danke dir, Mya. Du weißt gar nicht, wie froh ich bin, dich zu haben. Du verstehst mich wirklich und weißt, was gut für mich ist. Ich fühle, dass es dir um mein Wohl geht.«

Mya lachte.

»Aber natürlich! Selbstredend. Mit deinen Kräften ist es dir einfach vorherbestimmt, die Welt zu verändern. Du bist einzigartig. Wortwörtlich. Was glaubst du denn, wie alt die Sapye der ersten Generation im Kampf gegen dich aussehen würden?«

Verdammt, wovon spricht dieser Mya?

»Ich gebe zu, es ist verlockend. Noch vor wenigen Tagen war ich wegen Pjotrs Tod so verwirrt und wusste nicht, wie mir geschah. Aber ich verstehe nun. Es hat alles einen Sinn … Ich wusste, irgendwann würde mir das gehören, was mir zusteht.«

»Und wieder hast du absolut recht. Die Magie pulsiert in dir stärker denn je. All die Schwäche, die du vorher gezeigt hast, ist einem starken neuen Du gewichen.«

Gaja hielt inne, wartete darauf, dass Mya fortfuhr.

»Und nun? Wessen Magie nehme ich als Nächstes in mich auf?«

Lyke fuhr zusammen.

Was hat sie da gesagt? Die Magie eines andern in sich aufnehmen? Dadurch musste sie jemanden … töten.

»Nicht weit von hier gibt es einen Incendye. Wenn du mich fragst, ist er nicht sonderlich stark. Reife mit knapp vierzig … wurde etwa Anfang 1800 geboren. Er lebt allein in einem Vorort. Keine Nachbarn … er ist ab Mitternacht meistens zuhause. Familie hat er keine. In zwei Tagen wäre sicher ein guter Zeitpunkt. Ich beobachte ihn nun schon sehr lange, weil ich es sehr schätze, wenn ich über die Sapye, die mich umgeben, Bescheid weiß. An diesem Tag verlässt er sein Haus nicht.«

Gajas Lachen schallte durch den Raum, so voller Gier und Durst, und zuckte Lyke kurz zusammen.

»Es wird ein Leichtes sein, ihn umzubringen.«

Lykes Welt fiel wie ein Kartenhaus in sich zusammen.

Das hat den Riss im Gleichgewicht ausgelöst.

Diese Frau namens Gaja hatte es geschafft, einen Sapye zu töten und seine Energie aufzunehmen.

Sie hat eines der Gesetze gebrochen … und das durch die Macht eines gebrochenen Herzens?

»Ganz genau«, flüsterte Mya so leise, dass es Lyke draußen nicht hören konnte. Er runzelte die Stirn und wandte seinen Blick von Gaja ab.

Behutsam ging er einen Schritt in Richtung der Wand, hinter der Lyke kniete. Mit seinen Kräften ließ er Federn auf dem Boden entstehen, die seine Schritte abdämpften, sodass die Dielen kaum hörbar knarzten.

»Spürst du das? Diese Energie?«, flüsterte er zu Gaja gewandt, die sich ungläubig umsah.

Er deutete erst auf die Wand und dann auf sein Ohr, wodurch Gaja verstand. Er formte mit seinem Mund das Wort »Sapye« und legte dann seinen Zeigefinger auf den Mund.

Mya erhob wieder seine Stimme.

»Es ist wohl besser, wenn wir erstmal schlafen gehen. Schließlich müssen wir für übermorgen gerüstet sein.«, raunte er und mit einem durchdringlichen Blick bedeutete er ihr, mitzuspielen.

Die Abendsonne tauchte den Flur in eine Vielzahl aus Orange- sowie Rottönen und füllte ihn dadurch mit einer ungewohnten Wärme. Denn das letzte Mal, als die beiden hier gewesen waren, waren sie mitten in der Dunkelheit eingebrochen und hatten eine mehr als ungemütliche Konfrontation mit dem Wachmann ausfechten müssen. Nur am Ende des Ganges brannte Licht.

Avery fühlte sich trotzdem eingeengt – nicht von der geringen Breite des Flurs, sondern von der Erinnerung, dass er den Wächter verletzt hatte.

»Die Schilder sind mir beim letzten Mal gar nicht aufgefallen«, murmelte Avery, als er die Namen an den Türen las.

»Du hast dich, sagen wir mal …«, warf Giulia ein, »… auf etwas anderes konzentriert.« Sie deutete mit einem schiefen Grinsen zur Decke, wo die mittlerweile reparierte Alarmanlage hing.

Avery zog verlegen seine Schultern nach oben und legte ein verschmitztes Lächeln auf. Giulia schien es in ihrer gewohnt aufrechten Haltung und ihrem Blick nach vorn nicht unangenehm zu sein, sich wieder an diesen Ort begeben zu haben.

»Bist du dir wirklich sicher, dass Julian und Philippe überhaupt da sind?«, fragte er.

»Ich habe dir doch gesagt, dass ich ihnen eine E-Mail geschrieben habe.« Sie zog ihr Handy hervor und deutete auf die Nachricht von Philippe, in der er die beiden bat, auf der Stelle ins Präsidium zu kommen.

»Ich werde wohl nie mit diesem Internet warm.«

Sie zog skeptisch eine Augenbraue nach oben und schüttelte den Kopf.

»Spinner. Und jetzt komm!« Sie ging bis zum Ende des Flurs, geradewegs auf den Raum zu, in dem Giulia die Unterlagen zu Océanes Fall gestohlen hatte. Er trottete hinter ihr her.

Als die beiden auf das Milchglas zugingen, näherte sich von drinnen auch schon eine Silhouette, die die Klinke drückte. Ein leises Klacken und schon lächelte ihnen Philippe müde entgegen. Sein Haar hing ihm strähnig ins Gesicht und vereinzelte Bartstoppeln verteilten sich grau-fleckig über sein Kinn.

Wie lange hatte er sich nicht mehr gewaschen?, dachte Avery und hielt präventiv den Atem an.

Als sein Blick in Averys Gesicht und dann zu seinen Händen huschte, weiteten sich seine müden Augen.

»Was zum …?« Die Verwirrung stand mit offenem Mund in sein Gesicht geschrieben.

»Später«, vertröstete ihn Giulia.

Für einen Moment zögerte er.

»Kommt rein.« Er hielt sein Lächeln nicht mehr länger aufrecht und öffnete die Tür vollständig.

»Setzt euch.« Mit einer ausladenden Handbewegung deutete er auf die große Auswahl an Sitzmöbeln in dem Büro mit den drei Schreibtischen. An dem linken saß Julian. Mit krummem Rücken vor einem Bildschirm brütend sah er nicht zu ihnen auf. Papiere und Fotos überfüllten den Tisch und türmten sich zu kleinen Haufen. Célestines Taschenuhr, die sie zur genaueren Untersuchung von Avery erhalten hatten, lag auf dem mittleren Tisch.

»Hallo«, presste er hervor, ohne den Blick abzuwenden, und stützte dann wieder sein Kinn auf seinen Handballen.

»Julian. Das musst du dir ansehen.«

»Es gibt vieles, dass ich mir …«

»Nein. Schau doch.«

»Was kann so wichtig sein, dass …« In dem Moment, als er sich umdrehte und Avery in die Augen sah, entgleisten seine Gesichtszüge.

Julians Ausdruck erinnerte Avery daran, wie er damals seine Mutter angesehen hatte. Eine Mischung aus Furcht und Ekel. Augenblicklich schnürte dieser Gedanke seine Kehle zu. Um seine Mimik nicht länger ertragen zu müssen, richtete Avery seine Augen auf Giulia. Als hätte sie gespürt, dass sie ihn beschämt und gleichzeitig voller Wut ansah, ergriff sie das Wort.

»Das ist, was wir euch sagen wollten. Avery altert.«

»Wie zur Hölle kann er dann noch vor uns stehen, wenn seine Uhr zum Ticken gebracht wurde?«, schoss die Frage aus Julian hervor.

»Ich bin siebenundneunzig Jahre al–«

»Zu jung, um in Sekundenschnelle zu sterben«, schlussfolgerte Philippe aufmerksam, bevor Avery sich erklären konnte.

Dass alle Blicke nun auf ihm lasteten, ließ ihn nervös von einem Bein aufs andere treten.

»Aber wie?«, hakte Julian nach.

»Océane hat uns angegriffen, unten in den Katakomben … und dann war da dieser Blutregen und …« Als er vor sich hin stammelte und nicht die richtigen Worte für die sich überschlagenden Ereignisse fand, legte Giulia eine Hand auf seine Schulter.

»Lucas Yard hat uns in eine Höhle in den Katakomben geschickt. Dort sind wir auf Océane getroffen …«

Die beiden Polizisten sahen sie wortlos an. Giulia ließ sich in den Sessel sinken, hinter dem sich Avery vor ein paar Tagen versteckt hatte.

»Sie wurde zu einem Mischwesen aus Coronye und Aurarye … Mit weißen Flügeln. Wir vermuten, dass sie fremdgesteuert wurde.«

Philippe stützte sich mit beiden Armen auf den Tisch und Giulia erkannte an seinem starrenden Blick, dass die Zahnräder in seinem Kopf ratterten.

»Océane Sulpice ist auferstanden?«

Giulia nickte stumm und fuhr monoton fort.

»Irgendwer hat sie dazu benutzt, uns anzugreifen. Sie hat gezögert … und gegen ihre Bewegungen angekämpft. Es war … fürchterlich.« Sie hielt inne, zog die Nase hoch und legte die Hände in ihren Schoß. »Als ihr Avery überlegen war, hat sie sich geopfert … da hat seine Uhr angefangen zu ticken.«

Sie wandte sich zu Avery, der ihren Erklärungen wortlos zugehört hatte. Julian und Philippe hingen gebannt an ihren Lippen.

»Und jetzt?«, warf Julian ein.

»Müssen wir einen Weg finden, wie wir Avery –«

»Müssen wir den Mörder schneller finden, als ich meine Kräfte verliere«, unterbrach Avery sie. Giulia grummelte.

Philippe atmete tief aus.

»Ist das euer voller Ernst?«, blaffte Giulia.

Philippe drehte sich um, schlug die Hände vor sein Gesicht und setzte sich auf den Tisch.

»Das hätten wir nun wirklich nicht gebraucht«, seufzte er und wandte sich ihnen wieder zu.

»Glaubst du, wir finden das besonders toll?«, konterte Giulia fast ein bisschen zu laut.

»Hm«, murmelte Julian. »Avery hat recht. Über den Mörder wissen wir deutlich mehr als über Averys Zustand. Aber ...«

Julian wühlte in den Unterlagen, die er vor sich ausgebreitet hatte, und zog schließlich ein leicht zerknittertes Papier hervor, das er ins kaltweiße Licht hielt.

»Dunkelste Magie kann durch einen puren Akt des Hasses ausgelöst werden.« Er gestikulierte, als sei jetzt alles klar, doch niemand sagte etwas. »Wenn sich Océane wirklich geopfert hat, war das – auch wenn es möglicherweise nicht ihr eigener Wille gewesen war – ein Akt puren Hasses. Stell dir vor, du würdest Selbstmord begehen, nur um jemandem zu schaden.« Er deutete zu Avery und dieser nickte.

»Das heißt also, es ist sehr gut möglich, dass sie dadurch deine Uhr zum Ticken gebracht hat.«

Averys Finger begannen zu zittern und sein Atem stockte.

»Du glaubst, dass der Mörder mit einer ähnlich hassvollen Tat das alles gestartet hat?«

»Ganz recht.« Er schlug die Arme hinter seinen Kopf und lehnte sich zurück. »Das hat Keenan herausgefunden.«

»Wo ist er eigentlich?«, warf Giulia in den Raum.

Mit einem Mal legte sich die Stille in die Luft. Philippes Augen röteten sich und Julian sah zu Boden. Das Schluchzen, das Philippe zu unterdrücken versuchte, ließ Giulia aufschrecken. Avery regte sich und stellte Julian zur Rede.

»Was ist mit ihm?«

Er schwieg, bis sich Philippe umdrehte und es mit Tränen aussprach.

»Er ist tot.«

Unfähig, sich noch länger auf seinen Beinen zu halten, ließ er sich in einen Stuhl fallen. Avery raufte seine Haare, spürte, wie sich sein Magen umdrehte. Giulias Unterlippe bebte.

Betreten sah Julian in seine Hände und sprach ohne jegliche Gefühlsregung.

»Niemand weiß davon. Wir wurden benachrichtigt, dass eine halbverweste Leiche mitten auf der Straße gefunden wurde. Wir konnten ihn nur anhand seiner Papiere eindeutig identifizieren. Es war wie bei Célestine. Schrecklich.«

Eigentlich hätte Avery zusätzlich zur Trauer über Keenans Tod das Gefühl von Gerechtigkeit empfinden sollen, als sich

Julian voller Scham nicht traute, in sein Gesicht zu sehen, kurz nachdem er seinen Fehler von damals einsah. Doch nur ein Gedanke schwirrte in Averys Kopf.

Der Mörder wusste genau, wer ihm auf den Fersen war und wen er ausschalten musste, um nicht gefunden zu werden.

»Scheiße! Das heißt, wir werden gejagt«, schlussfolgerte Giulia, als hätte sie Averys Gedanken gelesen.

Philippe murmelte nur ein »Mhm« und richtete seinen Blick zum Fenster hinaus.

Sie richtete sich an Julian, dann wieder an Philippe und hielt schließlich ihre Handfläche fragend nach oben gewandt vor sich.

»Was ist der Plan?«

»Wir müssen uns erstmal in Sicherheit bringen … und dann sehen wir weiter«, schlug Philippe vor und schaute noch immer in die Leere vor sich.

Sicherheit.

Das Wort verging auf Averys Zunge wie Butter und hinterließ gleichzeitig einen bitteren Beigeschmack. Würde er überhaupt jemals sicher sein, wenn seine Uhr weitertickte? Und was geschah mit Giulia, wenn er starb? Schuldgefühle keimten in ihm auf, als er in ihre Augen sah.

»In den Goldpalästen im Untergrund müssten wir sicher sein«, sagte Philippe, dessen Zittern in der Stimme mittlerweile abflachte.

»Die was?«, fragte Giulia und runzelte die Stirn.

»Das Zentrum der Coronye … du wirst schon sehen«, antwortete Julian, während er sich auf dem Holztisch abstützte und aufstand. »Aber jetzt würde ich sagen, dass wir keine Zeit verlieren dürfen und uns auf den Weg machen sollten. Wer weiß, wann es den Nächsten erwischt.«

Julian hielt inne. »Die hier brauchen wir nicht mehr, Avery. Leider konnten wir nichts finden.« Er deutete auf Célestines Taschenuhr.

Mit gesenkten Schultern ging er wortlos zum Schreibtisch, nahm sie in die Hand und als er die Augen schloss, atmete er tief ein. Jedes Mal spürte er noch immer die in der Uhr ruhende Magie seiner Mutter. Dieses Gefühl von Wärme und Zuhause ließ seine Gliedmaßen entkrampfen.

»Darf ich mal sehen?«

Avery wandte sich mit skeptisch zusammengezogenen Augenbrauen an Giulia. Nicht weiter hinterfragend ließ er die tickende Uhr in ihre Hände sinken.

»Wunderschön«, hauchte sie. Ein schlafender Igel aus Gold lag zwischen Herbstlaub und eingelassenen Bernsteinen neben seinem Jungen. Ihr Herz schlug schneller und als würde ihr Blut sie von innen heraus stärken, fuhr die Wärme durch ihren Körper. Angesichts dieses seltsamen Gefühls, das sich in ihr ausbreitete, blinzelte sie, legte die Stirn in Falten und beobachtete die Zeiger unter dem makellosen Glas. Ihre nächste Frage sollte Averys Welt auf den Kopf stellen.

»Warum tickt sie nicht?«

Jegliche Farbe wich aus Averys Gesicht und Giulia sah, wie er vollkommen regungslos auf das Ziffernblatt starrte.

Scheiße. Was ist das für ein Gefühl in mir?, schoss es durch ihren Kopf.

Dunkle Schatten traten in Philippes Gesicht und sein Blick fiel zu Boden, als er seine Hand in den Haaren vergrub. Julians Körper verharrte still – nur seine Augen richtete er auf Giulia.

Avery riss ihr die Uhr aus der Hand. Die Kette schlug gegen den Tisch und als er die Zeiger sah, fuhr sein Blick zu den beiden Polizisten, wo er nur auf ratlose Gesichter stieß.

»Vor wenigen Sekunden hat sie noch getickt!«, erhob Avery die Stimme und hielt die Uhr fuchtelnd nach oben. »Was für ein Spiel ist das?« Seine Miene verfinsterte sich und richtete sich eindeutig an Julian, weniger an Philippe.

Die Adern traten an Averys Schläfen hervor und seine Falten verzerrten sich zusammen mit seinen Brauen zu purer Wut.

»Findet ihr es witzig, mit der Uhr meiner Mutter zu spielen?«, blaffte er.

»Wir … haben nichts getan«, antwortete Julian, der sich erschrocken auf seinem Stuhl zurückgeschoben hatte.

Als hätte man tausend Ameisen in sie gefüllt, spürte Giulia ein Kribbeln unter ihrer Haut, das stetig stärker wurde und sie wärmte.

Was war das? Nervös suchten ihre Hände an ihrem Mantelsaum halt, bis sie sich in das Gespräch einschaltete.

»Was, wenn sie durch meine Berührung aufgehört hat?«

»Was willst du damit sagen?« Averys Stimme klang zittrig, nervös.

»Seit ich sie berührt habe, fühle ich so eine … Kraft.«

Julian stieß sich aus dem Bürostuhl, der gegen den Schreibtisch krachte.

»Was hast du da gesagt?«

»Es ist so ein … warmes … eigenartiges Gefühl. Überall an meinem Körper.« Sie sah an sich herab, als könnte sie die Ameisen ausfindig machen.

»Was hat das zu bedeuten?«, sagte Avery, dessen Stimme sich beruhigte, als er scheinbar realisierte, dass man ihn nicht auf den Arm nehmen wollte.

Giulia stand auf, verschränkte die Arme, um das dortige Kribbeln zu betäuben, und schlich zum Fenster. Sie kniff die Augen zusammen, als sie auf die untergehende Sonne zuging, und legte ihre Stirn in Falten.

»Was, wenn ich …«

Als sie vor dem Glas stand, hörte sie ein Rasseln und einen klackernden Aufprall. Ihr Blick fuhr herum.

Nur wenige Schritte hinter ihr lag sie vor ihren Füßen und hob sich mit ihrem schimmernden Gold vom Grau des Bodens ab. Als würde das Metall ihr zuflüstern, wurde sie in einen Bann gezogen, der es ihr unmöglich machte, die Uhr dort liegen zu lassen. Ungeachtet dessen, wie die anderen reagierten, bückte sich Giulia und griff nach ihr. Als sie sie in ihren Fingern drehte, spürte sie die Wärme stärker als zuvor. Pur und klar pulsierte die Energie in ihre Hände, ließ ihre Muskeln entspannen und ihren Herzschlag verlangsamen.Jetzt sah Giulia von der Uhr auf.

Noch immer hielt Avery seine leere Hand in der Luft und Giulia begann zu verstehen. Avery hätte sie nie fallen lassen oder geworfen. Etwas anderes hat die Uhr dazu gezwungen, auf Giulia zuzufliegen. Als sei ihr Blick an Averys Augen genagelt, sah sie ihn für einen scheinbar unendlichen Moment an.

Obwohl die Fenster geschlossen waren, bewegten sich die Vorhänge wie in einer leichten Briese unmittelbar neben ihr – so wenig, dass es kaum zu erkennen war.

»Die Uhr hat sich an dich gebunden«, sagte Philippe und sah rat- und hilflos zu Julian hinüber, der nur sprachlos die Hand vor den Mund hielt.

Soll das heißen, dass ich …?

»Das ist nur bei Sapye möglich«, tastete sich Giulia nun mit leicht erhöhtem Puls an ihre Vermutung heran.

Avery nickte und Giulia erkannte, dass sich der Schock in seinem Ausdruck lichtete.

»Das ist absolut unmöglich! Ich meine … SIE?«, warf Julian ein, stemmte seine Hände in die Hüften und biss sich auf die Unterlippe.

»Falls du dich erinnerst – gerade passieren viele abnormale Dinge, die wir nicht erklären können!«, verteidigte er Giulia.

»Avery hat recht.« In Philippes Stimme schwang ungewohnter Nachdruck mit.

»Ich habe noch nicht eine Silbe über so etwas gelesen!« Julian hob einen Stapel Papiere an und ließ sie wieder frustriert auf seinen Tisch fallen.

»Ich würde vorschlagen, wir beruhigen uns jetzt alle«, warf Giulia ein, als das elektrisierende Gefühl in ihr abebbte.

Avery hatte sich nicht eine Sekunde von ihr abgewandt und musterte sie neugierig.

»Und warum zur Hölle sehe ich keinerlei Glühen? Oder Flügel? Geschweige denn eine Krone? Was soll sie überhaupt sein? Ein Mensch mit magischer Uhr?«, blaffte Julian.

Philippe stellte sich neben ihn und legte eine Hand auf seine Schulter.

»Ich weiß, es frustriert dich, dass wir immer mehr die Kontrolle über alles verlieren. Bitte, setz dich.«

Julian – wenn auch widerwillig und mit verschränkten Armen vor der Brust – befolgte den Rat.

»Darf ich?«, fragte Philippe nun an Giulia gewandt. Als er mit seiner Hand auf ihren Arm deutete, war ihr zwar noch völlig unklar, was er vorhatte, aber seine ruhige Stimme gab ihr zu verstehen, dass er nichts Böses im Schilde führte.

Avery verfolgte ihn mit seinen Blicken, als er zu Giulia herantrat. Während sie noch immer versuchte Averys Gedanken aus seinem Gesicht abzulesen, spürte sie, wie Philippe behutsam seine Hand auflegte. Er zog seine Brauen tief in sein Gesicht und unter seinen geschlossenen Lidern bewegten sich die Augen hin und her. Sein Atem wurde schwer, verlangsamte sich und als er seine Stirn runzelte, zuckten seine Finger. In dem Moment, als er die Hand von ihr löste, schweifte sein Blick bedeutungsschwer von Avery zu Julian.

»Giulia hat definitiv Magie in sich. Und sie wächst.«

Giulias Herz machte einen Satz. Wenn sie jetzt wirklich zur Sapye werden würde – dann wäre sie früher oder später unbesiegbar. Die Energie, die jetzt in ihrem Körper steckte, verlieh ihr jetzt schon ein beruhigendes Gefühl der Bestimmung. Sie lächelte, ihr Brustkorb erhob sich langsam und sie drückte ihre Schultern nach hinten. Als hätte sie nie etwas anderes empfunden.

»Ergibt das nicht alles Sinn?«, flüsterte Avery, kniff die Augen zusammen und legte den Kopf schief. »Giulia kann unsere Kräfte sehen, obwohl der Schleier noch nicht gefallen ist. Was wenn sie dazu bestimmt war, eine Sapye zu werden?«

Deshalb hat mir Patty die Geschichten vorgelesen.

»Das wäre auch die logischste Schlussfolgerung, die mir einfallen würde«, murmelte Philippe.

Das meinte Lucas damit, als er ihr gesagt hatte, dass es wichtig sei, mich über die Sapye aufzuklären.

»Schön und gut, aber das erklärt immer noch nicht, woher sie diese Kräfte bekommen hat.« In Julians Stirn fiel eine blonde Strähne.

»Noch ist die Magie schwach in ihr. Ich denke, dass sich ihre Kräfte erst mit der Zeit entwickeln werden … auch wenn ich es nicht mit Sicherheit sagen kann«, antwortete Philippe.

»Ist das nicht gut? Ich meine, so kann ich eine viel bessere Hilfe dabei sein, den Mörder zu finden?«

»Zumindest müssen wir so nicht auf dich Acht geben«, entgegnete Julian.

Giulia hörte nicht hin und setzte sich wieder in den Sessel. Sie schlug ein Bein übers andere, vergrub die Uhr in ihrer Manteltasche und räusperte sich.

»Ich spüre, wie die Magie meinen ganzen Körper durchdringt. Es fühlt sich so richtig an … vielleicht muss es so sein.«

44

Die Katakomben schlängelten sich wie ein Netz aus Tunneln unter Paris. Wie Termiten hatten sich die Sapye dieses System erschaffen – fernab von den Gängen, die die Menschen gegraben hatten. Das Wasser, welches an den Wänden kondensierte, tropfte unter wiederkehrenden Geräuschen auf den Boden. Als hätte man sie dort unten für immer vergessen, schoben sich die beiden Polizisten, Avery und Giulia durch die beengenden Tunnel, bis sich der Weg vor ihnen verbreiterte.

»Ich denke, wir sind gleich da«, stellte Philippe fest und musterte die Umgebung.

»Bleiben wir hier unten?«, bemerkte Giulia, die noch immer Célestines Taschenuhr fest umklammerte. Sie spürte den Puls, der aus dem Metall in sie fuhr und in ihr ein warmes Gefühl hinterließ. Als würde die Uhr mit ihr auf so eine reduzierte Art und Weise kommunizieren. Wenngleich es nicht wirklich ihre Uhr war, schien sich das Uhrwerk mit dem Wechsel ihres Besitzers angefreundet zu haben. In gleichmäßigen Abständen spürte Giulia, wie die Energie im Metall schlug und sich stetig auf sie übertrug.

»Wir bleiben bis auf Weiteres in den Katakomben«, sagte Julian und beäugte Giulia, indem er sie über den Rand einer imaginären Brille ansah.

»So langsam bekommt man hier unten Platzangst«, beschwerte sie sich und verdrehte die Augen, während sie die Hände in ihren Armbeugen vergrub.

Avery bildete das Schlusslicht und hielt seinen Blick auf den Boden gerichtet, der wie ein Band unter ihm zu laufen schien. Für ihn wirkte es so, als würden seine Beine nur deswegen nach vorn getragen werden, weil sie ein Rückenwind dazu brachte. Auch wenn ihn der Alterungsprozess noch nicht vollends töten konnte, spürte er, wie schwer seine Knochen sein konnten, und gerade weil sie hier schon zehn Minuten unterwegs waren, erdrückte ihn die Last seines eigenen Körpers beinahe. Dass er den Gang mit seiner Feuerkraft erhellen musste, weil die Batterien in Philippes Taschenlampe nicht mehr funktionierten, raubte ihm nur noch mehr seiner Energie.

»Ich habe von den legendären Palästen gehört«, brachte Avery unter schwerem Atem hervor. »Genauer gesagt habe ich über sie gelesen. In dem Buch stand nicht genau, wo sich die Zentren der Coronye befanden. Dass sie hier in Paris sein könnten, hatte ich mir nicht vorstellen können.«

»Wartet nur ab. Ihr werdet staunen«, sagte Philippe und schuf damit in Averys Vorstellung ein atemberaubendes Bild von riesigen Türmen, Kuppeln und Sälen.

»Können wir nicht auf Goldwellen reiten?«, wollte Avery wissen, weil er noch immer einen so seltsamen Druck auf seinen Füßen spürte.

»Wenn ihr euch auf die Nase legen wollt, gerne«, lachte Julian. »Wir können euch nicht einfach so hier rumtragen.

Unsere Hände müssen frei sein, damit wir das Gold auf diese Art und Weise beschwören können.«

Avery seufzte. Er ließ die Schultern herabsacken und seine Arme hingen an seinem Oberkörper herab wie Weideäste.

»Wie weit ist es denn noch?«, fragte Giulia und sah auf ihre Armbanduhr. Schon halb eins. Ihre Lider machten bereits Anstalten zuzufallen, als sich ihre Frage kurz darauf von selbst beantwortete.

Wenige Meter vor ihnen lag eine Gabelung, an der sie rechts abbogen und vor einem Tor stehen blieben. Es war komplett aus Gold gefertigt und allem durch den makellosen Schimmer erkannte Avery, dass es wahrscheinlich magisch erschaffen worden war. Die Verzierungen des sich windenden Efeus waren so detailreich gearbeitet, als habe man echte Pflanzen in Gold verewigt. In den Ranken waren Kameen eingelassen worden. Die Profile von Königinnen und Königen zierten die freien Flächen zwischen den Pflanzensträngen. Unter den Abbildungen waren Namen eingraviert: Ophelya, Evelyn, Kyne, Yamato, Yann, …

Die Anzahl der Kameen wuchs so weit in die Höhe, dass Giulia sie im spärlichen Licht von Averys Flammen nicht mehr erkennen konnte. Die Breite der Tür nahm den ganzen Gang ein und ließ keinen Platz für eine Wand, die an das Tor hätte anschließen können. Dort, wo die Türklinke und ein Schlüsselloch hätten sein sollen, befanden sich zwei tiefe Gravuren. Symbole, die Giulia vorher noch nie gesehen hatte. Wie eine Krone aus vielen kleinen Zeichen, die Kristalle und Zacken formten, teilte sich das Gesamtbild über den Türspalt in zwei Hälften auf.

»Da wären wir«, stellte Philippe fest – ungeachtet Giulias *»Als ob das nicht offensichtlich wäre!«*-Blick.

Avery schob sich zwischen den beiden Polizisten hervor und betrachtete das verzierte Gold, das ihnen den Weg versperrte. Sein Blick blieb ebenso an den Kameen und dem Kronenmuster aus all den Linien und Symbolen kleben.

»Ich glaube, ihr müsst …«, setzte er an, doch Julian und Philippe traten ganz selbstverständlich nach vorn und legten ihre Hände auf die Furchen.

»Besser, ihr tretet ein wenig zurück«, warnte Julian und gestikulierte mit seiner Hand ein unwirsches »Husch, husch«, um sie dann wieder auf das Metall zu legen.

Als die beiden Sterblichen einen Schritt zurückgetreten waren, schlossen die Coronye ihre Augen. Sowohl Philippe als auch Julian verzerrten angestrengt ihre Gesichter. Gold floss wie Wasser aus ihren Fingerspitzen hervor, trat scheinbar magnetisch angezogen in die Furchen und füllte sie auf. Das Metall floss so weit, dass das Kronensymbol über den beiden Flügeln vollends eben mit der Tür wurde. Von dort aus tropfte es weiter auf unten gelegene Ranken, die mit ihren Blättern die Tropfen auffingen.

Im Licht von Averys Flamme glitzerten die Goldpartikel wie Morgentau bei Sonnenaufgang. Im Zentrum der Blätter sammelten sich sie sich, formten fast kleine Tümpel in ihnen, bis das flüssige Gold in sie hineinsickerte. Meterweise füllten sich die Schlingen unter ihnen, pumpten ihren Inhalt bis nach oben in die letzten Ecken des Tors, an den Kameen vorbei bis zu den Angeln, in denen das Tor seinen Halt fand.

Avery ließ seine Flamme wachsen, um dem Goldfluss nach oben hin mit seinen Augen folgen zu können. Die Blätter regten sich. Als würden sie aus einem langen Winterschlaf erwachen und zum ersten Mal die Sonne sehen, falteten sie sich auf.

Als auch das letzte Stück des symmetrischen Efeus erreicht war, schüttelten sich die Blätter und ließen einen Regen aus winzigen Goldpartikeln auf die Türschwelle unter ihnen nieder.

Philippe und Julian wichen dem Regen aus und verloren den Kontakt zum Tor. Doch ihre Arbeit war getan: Mit einem tief brummenden Knarren schob sich ein magischer Riegel auf der anderen Seite zurück.

Ein Poltern hallte durch den Gang, als sich die Tür bewegte.

Ein Licht so hell wie die Sonne selbst leuchtete ihnen aus dem offenen Spalt entgegen. Strahlen streiften die Kanten der Tür, trafen auf den Gang und ließen alle vier blinzeln.

Avery hob die Hand vor sein Gesicht, als er geblendet wurde. Vermaledeite Sterblichkeit. Alles, was Schmerzen involvierte, war intensiver geworden.

Je weiter sich die Tür öffnete, umso besser gewöhnten sich die Augen der vier an das Licht, als sie versuchten zu erkennen, was in ihm verborgen lag.

Giulia konnte eine Kuppel ausmachen, die sie an den Orient erinnerte: golden, spitz zulaufend und dickbäuchig. Darunter erstreckten sich Säulen aus Marmor, die von Goldeinschlüssen durchzogen waren.

Je weiter sie ihren Blick senkte, umso mehr fiel ihr all das Gold auf, aus dem der Palast zu bestehen schien. Mehrere Etagen waren in die Höhe aufgetürmt und Giulia spürte die Energieströme, die von dem Licht darüber ausgingen. Von vielen Gängen wie in einem Ameisenbau und zahlreichen Treppen durchzogen, stapelten sich die Ebenen in schwindelerregende Höhen. Die einzelnen Plattformen waren Kreise, Scheiben, die dem Hauptgebäude eine durchgehend ähnliche Geometrie verliehen. Ein riesiger Hauptturm setzte auf ihnen auf und prangte mit seiner goldenen Kuppel über den gigantischen Weiten des Raumes, in dem sich die Gebäude befanden. Als seien es kleine Wachtürme, aus denen man Eindringlinge beobachten konnte, ragten diese seitlich vor dem Eingang des Palastes aus dem Boden.

Dahinter lagen versetzt abertausende Türme und Säle, die nur Teile des reißenden Flusses und der Bäume hindurchblitzen ließen.

Avery konnte Vögel zwitschern hören, die dann in einem Schwarm ihre Kreise um diverse Türme zogen. Das Gezwitscher hallte von den Wänden wider und verlor sich irgendwann in einem sterbenden Echo. Eine Gänsehaut der Ehrfurcht schlich seinen Körper entlang. Sie arbeitete sich hoch bis zu seinem Nacken und verblieb dort, solange er die Szenerie beobachtete.

Giulia erkannte hinter einigen Säulen, winzig auf diese große Entfernung erscheinend, wie sich Coronye miteinander unterhielten, gestikulierten und lachten. Über eine goldene Brücke, die an ein altes Viadukt erinnerte, gelangten sie zu dem großen Gebäude, das allem Anschein nach der Hauptpalast war.

Ihr Blick flog weiter umher und es gelang ihr, sich von den pompösen Gebäuden abzulenken, um zu sehen, was sich vor ihnen ausbreitete: Der Weg zum Palast war gesäumt von sattgrünem Gras und glatten Marmorplatten, die bündig in den Boden eingelassen worden waren. Wenige Meter daneben lagen Furchen, die das Wasser leiteten, das aus dem Gestein der Wände um sie herum austrat. Das Rauschen ähnelte nicht dem eines Wasserfalls – denn das Wasser glitt sanft die Wege entlang, die für es angelegt worden waren. Der Geruch von Sommerregen gemischt mit Kirschblüten lag in der Luft und umspielte Giulias Geruchssinn mit einer derartigen Leichtigkeit, dass es sie nur noch mehr in dieses Paradies zog.

Avery nahm den Duft ebenso wahr. Er war etwas schwächer als die Gerüche, die er vorher gerochen hatte, doch der Gedanke an seine tickende Uhr machte ihm wieder bewusst, dass schwächere Sinne womöglich eine Begleiterscheinung seines Schicksals waren.

Philippe und Julian schlossen ihre Augen und atmeten tief aus, sodass sich ihre Brustkörbe und Schultern senkten. Bei beiden konnte Avery ein Lächeln der Leichtigkeit und Freiheit erkennen – als habe man zwei Löwen endlich wieder in die Wildnis ausgesetzt.

»Darf ich vorstellen? Die Goldpaläste. Unser Knotenpunkt, unser Zuhause, unsere Wurzel«, sprach Philippe mit geschwollener Brust.

»Wie kann es sein, dass ich das nicht … gemerkt habe? Paris schien so magieentleert wie eine Leiche zu sein. Erst taucht ihr auf und dann liegt das Zentrum der Coronye genau unter meiner Heimatstadt.« Avery stützte seinen Kopf gegen seine beiden Hände, deren Finger er ineinander gekreuzt hatte.

»Wir haben auch festgestellt, dass es in diesen Zeiten schwierig ist, andere Sapye wahrzunehmen. Noch hielten wir es nicht für nötig, euch in unser Geheimnis einzuweihen. Und wie du sicher verstehst, müssen unsere Zentren gut versteckt sein. Der Schleier kann eben nicht alles verdecken«, bemerkte Julian.

»Verstehe«, gab Avery monoton zur Antwort.

Aus einer durch das Echo undefinierbaren Richtung hörten Avery und Giulia das Geräusch von Wellen und das Kratzen wie von Schlittschuhen auf Eis.

Im darauffolgenden Augenblick erkannte Giulia hinter zwei Türmen, wie eine Coronye – dicht gefolgt von zwei weiteren – auf sich aufbäumenden und wieder vergehenden

Goldwellen, die sich an ihren Füßen verhärteten, auf die kleine Vierergruppe zugerast kam. Sie breitete ihre Hände aus und bewegte sie rhythmisch, sodass mit jeder Bewegung ein neuer Schwall Gold ihre Füße nach vorn trug. Die Wellen wurden niedriger, je näher sie kamen. Schließlich glitten sie nur noch auf dem Boden voran, der genau dort zur Goldschicht wurde, wo sie ihre Füße hinsetzten.

Avery fröstelte und Giulia spannte ihre Gliedmaßen an, als sie beide von der Frau in der Mitte argwöhnisch angestarrt wurden. Die tiefbraunen Augen, die in ihre matte, ebenholzfarbene Haut eingelassen waren, huschten von Avery zu Giulia und wieder zurück. Sie schürzte die Lippen und ballte ihre Hände zu Fäusten.

Die beiden Coronye hinter ihr verbreiterten ihren Stand und auch sie musterten die Neuankömmlinge bis ins letzte Detail. Die drei Damen vor ihnen besaßen magische Tiaren, die ihre Köpfe zierten. Die Frau in der Mitte trug eine Krone, die an eine aufgehende Sonne erinnerte. Strahlen gingen von ihr ab und endeten in zahlreichen Verzierungen, die sich schließlich in gerundete Formen wanden.

Die der beiden anderen sahen ähnlich aus. Beide formten filigrane Linien, die sich zu Tiaren verbanden und winzige Edelsteine fassten. Die der rechten Frau schob sich in die vollen roten Locken ihrer Haarpracht und die der linken war streng in ihr blondes, zu einem Dutt zusammengezurrtes Haar gesteckt. Als die Damen ihre Köpfe leicht neigten, blitzte ihr Kopfschmuck im Licht der endlosen Höhle auf.

Ihre Kleidung wurde ihrem Auftreten gerecht: Die bodenlangen Roben zeigten Efeuranken, die mit goldenem Garn in den Stoff eingearbeitet worden waren. Der weiße Samt der beiden Außenstehenden schimmerte perlmuttfarben und

reflektierte das einfallende Licht unter den leichten Bewegungen ihrer Brustkörbe in funkelnden Wellen.

Die Robe der Frau in der Mitte bestand vollständig aus goldenem Stoff, der sich perfekt an ihren Körper anschmiegte. An ihrem Hals hielt eine Brosche in Form eines Dachs die Robe zusammen. Sie verschob sich angesichts der Muskeln, die sich an dem Hals der Frau anspannten. Die Nadel erzeugte rundherum Falten, die das Licht einfingen und in sich gebündelt reflektierten. Als ginge von ihnen eine Art frischer Wind aus, kühlten Averys Atemwege ab und auch Giulia verspürte eine leichte Temperaturänderung.

War es nur ihr Auftreten oder ihre magische Energie, die ihre Bahnen so kräftig um sie zog, dass sie diese kühle Aura erzeugte?

Alle drei Frauen streckten ihre Wirbelsäulen durch und zogen ihre Schultern so weit zurück, dass ihre Haltung an die von Tänzerinnen erinnerte. Mit von oben herabschauendem Blick verrieten sie, dass es eine Haltung der Überlegenheit war.

Die Frau in der Mitte presste ihre vollen Lippen aufeinander, kniff ihre Augen zusammen und stieß ihren Atem wie ein Löwe aus.

»Warum habt ihr diese beiden hierhergebracht?«, fauchte sie, gefolgt von argwöhnischen Blicken der beiden anderen. Philippe reagierte sofort, ließ sich auf eines seiner Knie niederfallen und legte die Hand auf seine Brust.

»In allen Ehren, Ophelya, das sind Avery Durand und Giulia Vérone – und sie brauchen dringend deine Hilfe.«

Die Frau, die er Ophelya nannte, schürzte ihre Lippen und setzte ihre Beine in Bewegung. Die enganliegenden Hosen, die sich in goldenen Stoffstreifen an den Beinen entlang wanden, unterstrichen ihre festen Schritte. Sobald die Spitzen ihrer

Schuhe den Boden berührten, breiteten sich von dort Goldscheiben mit angrenzenden Sonnenstrahlen aus.

Wenige Zentimeter vor Avery blieb sie stehen und schaute auf ihn herab. Auch ohne ihre Schuhe war sie einen Kopf größer als er. Sie musste etwa zwei Meter groß sein, was ihrer Respekt einflößenden Persönlichkeit nur noch mehr Nachdruck verlieh.

Avery schlackerten die Knie, als Ophelya kein weiteres Wort sprach und ihn nur musterte. Er schaute für einen winzigen Augenblick hinüber zu Philippe, der ihm mit einem Wink bedeutete, sich zu verbeugen. Auch Julian hatte mittlerweile dieselbe Position wie sein Kollege eingenommen.

Avery tat es ihnen nach, löste seine Knie aus der von Angst erzeugten Starre, ließ sich hinab und platzierte seine Hand auf seinem Herzen.

Ophelya fuhr mit ihrem Blick herum zu Giulia, die noch immer aufrecht stand und wie von unsichtbaren Wurzeln gefangen in ihrer Position verharrte. Ophelya trat vor sie und als sie bereits ihren Mund öffnen wollte, um Giulia ihrer Dreistigkeit zu ermahnen, fiel auch sie in die gleiche Verbeugung hinab.

»JA, ist ja gut«, flüsterte sie und dachte, Ophelya würde es nicht hören. Ein verächtliches Schnauben bewies Giulia das Gegenteil.

»Was genau …« Ophelya hielt inne und richtete ihren Blick auf Philippe. »… bringt diese beiden in eine missliche Lage?«

»Ich hatte dir von ihnen erzählt. Sie gehören zu uns und helfen uns dabei, den Verursacher zu finden.«

»Was tun sie dann hier? Hier finden sie den Mörder garantiert nicht«, fauchte eine der beiden Frauen hinter Ophelya.

Philippe machte eine beschwichtigende Geste mit den Händen und versuchte seine Erklärung so weit auszuführen, dass er bei ihnen keine weiteren Aggressionen auslösen würde.

»Sie wurden in eine Falle gelockt. Allem Anschein nach hat der Drahtzieher ein ermordetes Menschenmädchen als Energiekörper genutzt, sie wiederbelebt und auf Avery angesetzt ...«

»Genau, und –«, fiel Giulia ihm ins Wort, doch Ophelyas eiskalter Blick traf sie mit einer solchen Härte, dass sie sofort verstummte.

»Es scheint, als habe man ihr keine Manieren beigebracht«, flüsterte die Rothaarige zu der Blonden.

»Das hab' ich gehört!«

»Schweig *still!*«, schrie Ophelya.

Giulia presste vor Schreck ihre Zähne aufeinander.

»Giulia, bitte, lass es mich zu Ende erklären«, ermahnte Philippe sie. »Nun stell dir vor, Ophelya, die beiden haben mit allem gekämpft, was sie hatten. Sie wurden überrascht, sonst hätten wir ihnen natürlich zur Seite gestanden. Als sie danach zu uns gekommen sind, haben wir etwas Sonderbares im Polizeipräsidium bemerkt.« Er sah Ophelya eindringlich an, senkte seinen Kopf ein Stück und signalisierte ihr so, dass sie besser an seinen Lippen hängen sollte, statt Giulia argwöhnisch zu beobachten. »Im Polizeipräsidium hatten wir die Uhr von Célestine – ich habe dir davon erzählt.«

Ophelya nickte.

»Und sie hat wieder aufgehört zu ticken. Sie hat ihren Sapye gewechselt ... und gehört jetzt Giulia.«

Ophelyas stemmte ihre Hände in die Hüften und krallte sich in den Stoff ihrer Kleidung.

»Das heißt, die Energie, die ich ausgehend von ihr spüre, gehört gar nicht ihr?« Ihre Stimme bebte.

»Ja und nein. Es war nicht ihre Schuld … es ist einfach so passiert, als sie die Uhr berührt hat. Du musst wissen, im Kampf hat Avery seine Unsterblichkeit verloren. Schau ihn dir an. Er war bei seiner Reife gerade mal zwanzig Jahre alt und jetzt ergrauen seine Haare stetig.«

Sie trat noch einmal näher an Avery heran, nahm die silberne Haarsträhne in ihre Fingerspitzen und ließ ihren Mund einen Spalt breit offen stehen.

»Das heißt, Avery muss sterben, während dieses Menschenmädchen unrechtmäßig zur Sapye wird? Ich spüre, wie sich die Magie in ihr verstärkt.«

»Wir gehen davon aus, dass es einen Weg geben muss, Averys Alterungsprozess zu stoppen«, umging Philippe gekonnt die unangenehme Wahrheit, die Ophelya ausgesprochen hatte.

»Philippe, du warst seit jeher ein vertrauenswürdiger Coronye unserer Reihen. Ich schätze, wenn du das sagst, werde ich es in Erwägung ziehen, Avery zu helfen«, sagte sie und warf erneut einen misstrauischen Blick auf Giulia.

Philippe stand vom Boden auf und alle anderen taten es ihm gleich. Ophelya verfolgte mit ihren Augen ganz genau, wie sie aufstanden und ihre Kleidung richteten.

»Wir wissen, dass Magie unendlich viele Variationen kennt. Wir wissen aber auch, dass es so etwas …« Das letzte Wort spuckte sie heraus. »… dass es so etwas wie *sie* seit Anbeginn unserer Existenz noch nicht gegeben hat. Außerdem halte ich es für ein Gerücht, dass jemand anderes dafür verantwortlich sein muss, dass Averys Uhr wieder angefangen hat zu ticken. Ich sage es ungerne noch einmal: Wenn ihr keine Beweise für einen sogenannten Sapyemörder habt, dann solltet ihr schleunigst welche auftreiben. Noch habt ihr mich diesbezüglich nicht überzeugt. Ich höre sein Ticken, ja. Aber wer weiß. Vielleicht hat er es irgendwie selbst vollbracht, den Zauber der Uhr zu umgehen. Mit dunkler Magie.« Angewidert rümpfte Ophelya die Nase.

»Ich weiß, es ist nicht immer einfach, aber gib uns doch eine Chance. Wir können früher oder später beweisen, dass jemand dahinterstecken muss. Allein schon, weil wir fast so nah an ihm dran waren, dass es nicht unwahrscheinlich ist, dass wir dem Täter unmittelbar auf den Fersen sind.«

»Mhm«, murmelte Ophelya, drehte sich von ihnen weg und wandte sich ihren beiden Kolleginnen in den royalen Gewändern zu.

Sie steckten ihre Köpfe zusammen und begannen so leise zu flüstern, dass es keiner der anderen das Gesagte verstehen konnte.

Nach einem für Avery unerträglich langen Moment, drehte sie sich wieder dem Vierergespann zu und verkündete, dass sich Giulia und Avery ab sofort unter der Obhut der Goldpaläste und von Julian und Philippe befanden.

45

Philippe und Julian beschworen das flüssige Metall unter ihren Füßen und glitten damit wie Schlittschuhläufer in die Weiten der unterirdischen Höhle hinein. Die beiden Coronye, die Avery und Giulia in den Hauptpalast führten, trugen enganliegendes Leder, das mit schimmernden Fäden bestickt war. Ihre Schultern wurden von Goldschichten ummantelt, die sich perfekt an jede ihrer Bewegungen anpassten. Mehr als die Uniform, die sie trugen, beeindruckten jedoch ihre drahtigen Gliedmaßen, von denen jeder Muskel zu erkennen war. Die Speere, die sie beim Gehen parallel zu ihrem Körper hielten, waren ebenso kunstvoll verziert. Avery und Giulia wurden zwischen ihnen bis zum Eingang eskortiert, an dem sie von zwei weiteren Coronye unter strengem Blick abgenickt wurden und eintreten durften.

Das massige Tor, das noch größer als das vorige war, drückte die Luftmassen vor sich her, sodass ein Sog entstand, der nicht nur Wind erzeugte, sondern auch Avery und Giulia bewegte. Für einen kurzen Moment stolperten die beiden je einen halben Schritt nach vorn ob des Soges und der Vibration, die die Tür über ihre Angeln in den Boden ausstrahlte.

Schon im nächsten Moment, voll von Sapye, die sich in Reih und Glied einem goldenen Teppich entlang aufreihten, erstreckte sich vor ihnen der gewaltige Hauptraum des Palastes. Von den Decken hingen Kronleuchter so groß wie die Bühne der Oper. Durch die von Mosaikfenstern übersäte Decke trat das magische Licht ein, das das Gebäude tief unter der Erde mit Leben und Helligkeit füllte.

Giulia legte ihren Kopf in den Nacken um die Decke genauer in Augenschein zu nehmen. Das Licht, das so stark wie das der Sonne über ihnen einfiel, zeigte Merkmale der Magie. Nicht wie ein leuchtender Ball, sondern eher wie ein Knäuel aus abertausenden Magieströmen. Es pulsierte. Hoch oben flutete es den Raum mit seinen Strahlen wie eine zweite Sonne.

»Wie in den Legenden«, flüsterte Avery, der ebenso seinen Blick nach oben gerichtet hatte. »Die Anwesenheit einer solch geballten Energie – von so vielen Sapye – bündelt sich in einer eigenen Lebensquelle.«

Giulia formte nur ein stummes »Wow« mit ihren Lippen und ließ ihren Blick nach unten schweifen. In der Ferne erkannte sie eine Statue, ähnlich wie die aus dem Palast, in dem sich Lucas versteckte: fast bis zur Decke ragend, blickte ein regungsloses Ebenbild Ophelyas auf die Coronye am Boden. Ihr Mantel bestand aus Gold und ihre Haut wurde durch schwarzen Marmor geformt. Allein ihre Augen, die ebenso mit Gold gefüllt waren und leicht zusammengekniffen Giulias Blick erwiderten, ließen Avery und Giulia ein Stück zurückweichen. Ihre Krone thronte über allem.

Giulia und Avery folgten dem goldenen Weg vor ihnen, umgeben von den beiden Coronye, die mit ihren Speeren wie ihre Leibwächter wirkten. Dabei waren sie vermutlich mehr zum Schutz der Coronye als zum Schutz von Avery und Giulia gedacht.

Die Coronye beobachteten sie ganz genau. Jedes Augenpaar der aufgereihten Sapye war genau auf sie gerichtet. Jeder Blick traf sie.

Am Fuße der Statue Ophelyas befand sich eine Treppe der Größe der Oper selbst, die sich an den Seiten wie ein Schneckenhorn nach oben wand.

Vor der Statue blieben die Wächter auf einer Goldscheibe stehen. Mit einer ruckartigen Bewegung fielen ihre Speere in die Waagerechte. Sie legten beide Hände an, stampften auf den Boden und drehten die Speere wieder zurück. Aus einem kreisrunden Schnitt im Boden stieg Goldstaub empor. Averys Blick huschte fahrig umher, um abzuschätzen, was mit dem Boden geschah. Doch kaum hatte er sich umgesehen, ballten die beiden Kriegerinnen die Fäuste und schlugen diagonal nach unten, sodass sich ihre Gliedmaßen anspannten. Sie rasten in die Tiefe.

Avery und Giulia krallten ihre Hände in den Arm des jeweils anderen. Beide konnten sich nur unter Mühen fangen und die ruckartige Bewegung der Goldscheibe, auf der sie in den Untergrund drifteten, ausgleichen. Wind und winzige Steinchen peitschten an ihnen vorbei. Felsformationen und Gänge offenbarten sich, als sie weiter in die Tiefe fuhren und schließlich langsam, aber stetig abbremsten. Genauer gesagt befand sich vor ihnen nun ein von Fackeln erleuchtetes Plateau. Der Boden und alles um sie herum bestand aus rotem Marmor, der immer wieder von geometrischen Goldformen unterbrochen wurde.

Avery durchfuhr es eiskalt, als er daran dachte, dass die Möglichkeit bestand, erneut in eine Falle getappt zu sein. Sein Blick kreuzte den von Giulia und ihre Augen sprachen dieselben Worte.

»Hier befinden sich eure Gemächer«, hauchte eine der beiden Coronye so rauchig, dass ihre Stimme an einen Wolf erinnerte.

»Hier seid ihr in Sicherheit.« Für mehr als Fünfwortsätze reichte es anscheinend auch bei der anderen Coronye nicht. Zögerlich traten Avery und Giulia gleichzeitig von der goldenen Plattform auf den Marmor.

Die Wächterinnen führten die gleiche Faustbewegung nach oben aus und die Goldscheibe gehorchte. Avery sah ihnen nach und wenige Sekunden später würden sie sich wieder in der Halle des Hauptpalastes befinden.

Das Zittern des Gesteins, das die beiden Kriegerinnen dadurch verursacht hatten, ließ Staub auf Averys Schulter rieseln. Er runzelte die Stirn und befreite sich vom Schmutz mit einem Wisch seiner Hand.

»Du hast nicht gerade wirklich …«, sagte Giulia mit einem spöttischen Unterton in der Stimme, der ihm gleichzeitig verriet, dass er etwas Dummes getan hatte. »Deine Klamotten haben immer noch Blutflecken, da macht ein bisschen Staub auch nichts aus.«

Avery grummelte, richtete seinen Blick von Giulia weg und erkannte zwei Schilder an hölzernen Türen, die rund und bündig in zwei Tunnel eingelassen worden waren.

In goldener Schrift stand darauf »per Yumain« und auf dem daneben »per Incendye«.

»Das heißt …«, setzte Avery an, als er ihren neugierigen Blick Richtung Schilder erkannte.

»Das bedeutet vermutlich, dass es unsere Zimmer sind. So viel kann ich mir auch herleiten. Aber danke«, bemerkte Giulia und rollte grinsend die Augen.

»Wobei die Bezeichnung Mensch auf dich nicht zutrifft.«

»Mhm«, murmelte Giulia und tastete nach der Uhr in ihrer Manteltasche.

»Bin gespannt, ob sie das Handtuch auf meinem Bett in Form eines Schwans drapiert haben«, gluckste sie und drückte die Klinke.

Avery stand nur wenige Meter hinter ihr und konnte ebenso in den Raum hineinsehen. Ein Himmelbett aus Gold, behangen mit rotem Samt, stand auf dem weißen Marmor, der kühlend und ruhig den Raum untermalte. Es befanden sich keine Winkel in den Wänden, sodass es wie das Turmzimmer von Dornröschen aussah. Nur ohne Turm. Und ohne Fenster.

Auf dem Kissen lag neue Kleidung, die der der Coronye ähnelte, und am anderen Ende des Raumes befand sich eine Wanne, gefüllt mit dampfendem Wasser und Seifenblasen, die über den Rand hervorquollen.

»Fühlen Sie sich als unsere Gäste wie zu Hause.«

Giulia fuhr herum. Ein spitzer Schrei entglitt ihr. Die dürre Frau, die neben einem Schränkchen stand, hatte sie nicht bemerkt. Mit gefalteten Händen vor ihrer bodenlangen Robe, lächelte sie fröhlich Avery und Giulia entgegen.

»Man sagte mir, Sie seien einzeln hier. Entschuldigen Sie, ich werde alles für ein Paar herrichten, so schnell ich kann.«

Ein Paar?

Giulia und Averys Blicke trafen sich abrupt, um dann wieder auseinander zu driften, als beide die Röte auf ihren Wangen spürten.

»Stimmt etwas nicht?«

»Nein, alles gut, danke! Ich schlafe im Zimmer nebenan«, brachte Avery hervor und ebendort verschwand er.

»Ihr Mann ist aber stürmisch.«

»Eigentlich ist das nicht mein Mann und wir sind wirklich einzeln hier«, antwortete Giulia mit einem Schmunzeln. »Ich bin Giulia«, stellte sie sich vor und ging zu der Coronye, um ihr die Hand zu geben.

»Wie schön! Ich heiße Ysabella. Für die Menschen bin ich Isabel«, freute sie sich und drückte Giulia die Hand.

Ysabellas Haut fühlte sich weich und makellos an – so filigran und zart, als könnte man ihre Knochen zerbrechen, wenn man sie fester gedrückt hätte.

»Liebe Giulia, ich würde vorschlagen, du machst dich frisch. Das Badewasser ist gerade fertig eingelaufen.« Ysabella deutete auf die Wanne.

»Warte mal. Du hast für die Menschen einen anderen Namen?«

»Ganz recht. So machen es viele Sapye. Weißt du das denn nicht?« Ihre Frage war ernst gemeint und von einem unschuldigen Lächeln begleitet.

»Nein. Warum legt man sich einen anderen Namen zu, der noch so ähnlich klingt wie der eigentliche Name?«

Isabel strich eine Strähne, die in ihr von Sommersprossen übersätes Gesicht gefallen war, hinter ihr Ohr.

»Wir wechseln unsere zweiten Namen immer wieder. Es würde sonst auffallen … ich meine wegen der Unsterblichkeit.« Sie hielt inne und deutete Giulias Mimik so, dass sie lächelnd fortfuhr.

»Mit ähnlichen Namen fühlt man sich wohler. Klar, irgendwann muss auch mal ein ganz anderer Name her … aber ich bin schon hunderte Jahre alt, da kehre ich hin und wieder gerne zu *Isabel* zurück.« Als sie ihre Schultern hob, klirrten die Anhänger an ihren goldenen Schulterplatten. »Ich halte mich zwar oft hier unter der Erde auf und arbeite, aber oberhalb führe ich ebenso ein normales Leben wie du möglicherweise auch.«

Das Wort »normal« klang gerade so falsch. Giulia hatte in den letzten Tagen so viel durchgemacht und erlebt. Jetzt befand sie sich hunderte Meter unter der Erde in einer Art Palast-Oase. Mit Magie und anderem merkwürdigem Zeug, das sie sich vorher nie hätte vorstellen können. Normalität schien passé zu sein.

»Ist etwas?«, flüsterte Ysabella besorgt.

»Nein, nein.«

»Gut, also. Ich arbeite hier unten und oben lebe ich mit meinem Mann. Zwar habe ich ihn seit einer Weile nicht gesehen, aber er hat viel zu tun. Auch mit …«, Ysabella lehnte sich mit ihrem Oberkörper ein Stück vor, verzog einen Mundwinkel nach unten und sah Giulia verschwörerisch an, »… dem was da lauert und uns bedroht.«

»Das heißt, ihr wisst alle davon?«

»Ophelya glaubt nicht wirklich daran. Vielleicht will sie es auch einfach nicht sehen. Ich meine, ich habe auch noch keine handfesten Beweise gesehen … aber ich spüre, dass sich da etwas zusammenbraut. Das Uhrwerk gerät aus dem Gleichgewicht.« Ihre Stimme wurde mit jedem Wort leiser.

»Es ist wahr, Ysabella. Es spielt sich Fürchterliches ab.«

Ihr Blick lastete nun auf Giulias Kleidung, die vom Blut streifenweise rot gefärbt worden war.

»Hoffentlich geht es meinem Mann gut«, flüsterte sie gedankenverloren. Ihr Blick flüchtete sich von Giulias Mantel in eine unbestimmte Leere im Raum.

»Da bin ich mir ganz, ganz sicher«, versuchte Giulia sie zu ermutigen.

»Vielleicht hast du recht.«

Die Schwere in ihren Augen schien zu wanken. Ihr Gesichtsausdruck hellte sich durch kleine Fältchen um ihre Augen herum auf. Auch das Lächeln schlich sich wieder auf ihre Lippen.

»Nun lass ich dich mal alleine, liebe Giulia.«

Beide schüttelten erneut die Hände und als Ysabella den Raum verließ, atmete Giulia die Luft von drei Atemzügen aus. Endlich ein Bett. Eine Badewanne.

Die Katzenwäsche in Averys Wohnung war kein Vergleich zu einem Bad gewesen. Giulia streifte ihre Kleidung ab, bis sie nackt ins warme Wasser steigen konnte. An ihrem Schlüsselbein und Nacken zeichnete sich durch die Verschmutzung eine getrocknete Linie aus Blut ab. Das Wasser umhüllte ihren Körper wie eine Umarmung. Eine Umarmung, die signalisierte, nach Hause gekommen zu sein. Auch wenn es nicht ihr Zuhause war, fühlte es sich so an.

Der Geruch von Lotus und Jasmin umspielte ihren Geruchssinn und legte sich unaufdringlich in den Raum. Das Wasser färbte sich rostig durch das abgewaschene Blut und die rote Farbe verdünnte sich so sehr, dass es wieder klarer wurde. Die Schauminseln, die umherschwammen, kitzelten beim steten Zerplatzen der Blasen ihre Haut. Als sie mit dem Schaum über ihre Arme strich, um sich zu waschen, ergriff sie ein seltsames Gefühl.

Im Bereich ihrer Schulterblätter baute sich ein Druck auf. Er wurde stärker, dann schwächer und wieder stärker. Mit den Schlägen ihres Herzens pulsierte auch der Druck in ihren Schultern.

Das kommt sicher von der Anstrengung.

Der Saal, viele Meter über ihr, war gefüllt von Kronleuchtern; ein Meer von Kristallen, die von der Decke hingen. In verschiedenen geschliffenen Formen und Größen hinterließen sie den Eindruck einer kostbaren Tropfsteinhöhle und brachen das Licht, ehe es von der Decke auf den Boden fiel. In einem Kreis ordneten sich die goldenen Throne an und in der Mitte verlief ein Marmorweg, der geradewegs zu einem Thron auf einer Plattform führte.

Dort saß Ophelya, beide Beine übereinandergeschlagen, ihre Hände in die Lehnen ihres Throns gekrallt. Jeder einzelne der kleineren Throne war besetzt mit Coronye, die sich unterhielten. In den Weiten des Raumes sah man die Mosaikfenster, die von wenigen Metern unter der Decke bis auf den Boden reichten und durch die roten, orangenen und gelben Scherben das Licht noch wärmer färbten.

Die massigen Tore wurden von zwei Coronye, die Speere und entsprechende Uniformen trugen, geöffnet. Mit einem Ruck bewegten sich die Türen, als die Wächter mit ihren Waffen auf den Boden stampften.

Ein Coronye rannte in den riesigen Saal hinein. Ganz außer Atem tat er sich schwer damit, Worte zusammenzubringen.

»Ophelya! Es ist …« Er hustete. »Es ist etwas Furchtbares passiert.«

»Man verneigt sich vor mir, bevor man mit mir spricht.«

Ein Raunen ging durch den Saal.

Der Mann fiel auf sein rechtes Knie und legte die Hand auf seine Brust.

»Nun darfst du vorsprechen …« Sie nickte zufrieden und wurde von einem zustimmenden Murmeln der Coronye, die im Kreis um sie herumsaßen, bestätigt.

»Keenan Churchill ist ermordet worden.«

Ophelyas Beine stemmten ihren Körper nach oben. Ihre Augen weiteten sich und jeder Muskel in ihr spannte sich an.

»Was sagst du da?«

Die Coronye auf den Thronen tuschelten und hier und da konnte man Bestürzung heraushören.

»Es ist wahr. Die Polizei hat ihn auf offener Straße gefunden.« Er rang immer noch nach Atem und seine Beine schmerzten.

»War er …?«

»Alt. Die Lebensjahre haben ihn eingeholt. Meinen Informationen zufolge war er etwa siebenhundert Jahre alt. Die Polizei wurde vor ein Rätsel gestellt, als sie ihn mit seinem alten Körper in der Uniform und mit dem Dienstausweis fanden. Philippe und Julian haben das in Ordnung gebracht und eine Geschichte erfunden, wieso Keenan im Präsidium fehlt.«

Doch diese Aussage milderte Ophelyas Wut nicht, die mit Angst zu einem giftigen Cocktail gemischt wurde. In ihr brodelte ein Sturm, der sich von ihrem Herzen auf ihre Gliedmaßen ausbreitete. Die Magie in ihr rebellierte. Musste sie nun wirklich glauben, dass es jemanden gab, der die Sapye töten konnte?

»Er war unschuldig«, flüsterte sie zu sich selbst und wandte sich von den Augenpaaren ab, die sie so erwartungsvoll anstarrten. Ihr Umhang folgte ihrer Bewegung und malte Wellen aus Stoff in die Luft.

Sie senkte den Kopf. Mit zusammengekniffenen Augen und gerunzelter Stirn grübelte sie darüber nach, was zu tun war.

Verflucht. Niemand will eine unglaubwürdige Königin. Keenan war so gut zu uns, hat uns darüber informiert, was an der Oberfläche geschehen ist. Auch über die Morde an den Menschen, die er einem Sapye auflasten wollte. Und wenn er recht hatte, dass die magischen Gesetze aus den Angeln gelöst werden?

Dann fuhr sie herum.

»Wir werden alles dafür tun, dass Keenan gerächt wird. Er war ein treuer Gefährte. Sollte es wirklich wahr sein, dann müssen wir dem nachgehen.«

Sie stützte ihre Stirn auf ihren Fingerspitzen ab, ehe sie wieder in die Menge sah und seufzte.

Es gibt keinen Grund, wieso sie mich wegen Keenan belügen sollten. Habe ich mehr von der überirdischen Welt verpasst, als mir lieb ist?

»Ihr müsst zu jeder Sekunde wachsam sein! Habt ihr gehört?«

Selbst wenn ich richtig gelegen haben sollte und dieser Mörder nicht existiert, gibt es da draußen irgendeine dunkle Macht, die ihre Kreise enger um uns zieht.

Ihre Hände formten sich zu Fäusten, die sich dicht neben ihrem Umhang verkrampften. Sie räusperte sich.

»Ich gebe zu, mein ehrenwertes Volk, ich habe lange falsch gehandelt und nicht für möglich gehalten, was um uns herum geschieht. Ich habe gespürt, dass sich eine dunkle Macht aufbäumt. Doch niemals wäre es mir in den Sinn gekommen, die Magie der Sapye infrage zu stellen. Aber ein Gefühl tief in meinem Innern hat es befürchtet. Wir werden bedroht. Ab sofort sind wir zu jedem Zeitpunkt wachsam und bereit zu kämpfen.«

Sie klopfte mit ihrer Faust auf ihre Brust, streckte sie in die Höhe, fletschte ihre Zähne und stieß einen Schrei aus, den die anderen erwiderten. Das Echo hallte im Raum nach.

Ihre Stimme legte an Lautstärke zu, als sie weitersprach.

»Die Goldpaläste sollen weiterhin Orte der Zuflucht sein! Wer aber im kleinsten Verdacht steht, etwas mit dieser dunklen Macht zu tun zu haben, wird für immer in unser Gefängnis eingesperrt! Weiterhin werde ich jeden, der nicht zu uns gehört und die Paläste betreten will, selbst in Augenschein nehmen und überprüfen.« Ihre Lippen zitterten, als sie verstummte. Ihre Anspannung übertrug sich auf die Coronye um sie herum und die Brust des Informanten bebte noch immer unter seinem Atem.

»Jemand muss es seiner Frau Ysabella sagen«, brachte der Informant hervor und seine Stimme bebte für einen Moment.

Ophelya nickte. Sie schritt die wenigen Stufen vor ihr hinab und ging zu der rothaarigen Coronye, die sie bei Averys Ankunft begleitet hatte.

Ophelya legte die Hände um die ihren. Mit stillen Worten bedeutete sie ihr, Ysabella aufzusuchen. Die Rothaarige nickte und stand auf. Über Wellen und Goldstaub, den sie hinter sich herzog, verließ sie den Raum.

»Ellyot. Ich danke dir für diese Information. Wir werden alles tun, was notwendig ist. Selbst wenn Keenan ein Incendye war, er war doch über allem ein Sapye. Ein Sapye, den ich sehr zu schätzen wusste – genau wie seine Kollegen Julian und Philippe. Wir können diesen Mörder nicht ungeschoren davonkommen lassen.« Sie nickte dem Informanten zu und vom Ernst erfüllt verfinsterte sich ihr Gesichtsausdruck.

»ICH werde tun, was auch immer nötig ist.«

1877

Regentropfen bahnten sich ihren Weg von der Scheibe bis zum kalten Stein, der unter ihr anschloss. Klappernd schlugen die Äste gegen das Glas, durch das keinerlei Licht nach außen drang. Die auffälligen Verzierungen durch Feuersymbole an der Haustür selbst schrien für Lykes Verständnis förmlich danach, dass in diesem Haus ein Incendye wohnte.

Es war nur wenige Stunden vor Mitternacht.

Die Dunkelheit war bereits eingebrochen und kämpfte gegen das flackernde Licht einer einzelnen Straßenlaterne an. Die schwarzen Fenster und die Tür aus Ebenholz zeichneten eine Fratze auf das Gebäude, das vom Gewitter in der Nacht aufblitzte.

Lyke klopfte an.

Als auch nach einigen Augenblicken keine Antwort folgte, klopfte er erneut, dieses Mal stärker. Die Tür öffnete sich dadurch einen Spalt breit von selbst, denn sie schien nicht abgeschlossen gewesen zu sein. Lyke drückte sie auf und streckte seinen Kopf hinein.

»Herr Iwanowitsch?«, rief er und sah sich im Dunkel des Flurs um.

Ein Krachen ertönte. Eine Katze sprang von einer Kommode fauchend aus dem Haus. Der König fuhr zusammen und wich dem Tier aus, das ihn keines Blickes würdigte.

»Hallo? Herr Iwanowitsch?«, rief er abermals und als die einzige Antwort die wiedergleiche Stille war, trat Lyke ein.

Die Dunkelheit, die sich im Haus breit gemacht hatte, erschwerte es, sich zu orientieren. Nicht weit entfernt von ihm, auf einem Schränkchen, konnte Lyke den Goldständer einer Kerze deutlich spüren. Mit den danebenliegenden Streichhölzern zündete er sie an. Der Kerzenschein erhellte die Szenerie und öffnete den Blick auf einen verdreckten Teppich, der die Treppe hinauf führte. Vier Fußspuren trugen die Erde bis nach oben und niemand hatte sich die Mühe gemacht, den Teppich zu säubern.

Eigenartig. Irgendetwas stimmt hier nicht.

Lyke wagte es nicht, die Stufen zu betreten. Zu groß war die Gefahr, dass das alte Holz knarzen würde. So kräuselten sich die lautlosen Goldströme unter seinen Schuhen und trugen seine Schritte nach oben. Die Flamme begann zu flackern und Lykes Miene verfinsterte sich. Wenn die Befürchtung, die gerade in ihm aufkeimte, wahr sein sollte, hatte er wenig Hoffnung, dass er den Incendye noch retten konnte. Das Gold trug ihn geräuschlos die Stufen hinauf, bis er in einem Schlafzimmer ankam.

Ein Himmelbett nahm fast den ganzen Raum ein und das Unheil schwang in den Schwaden der Dunkelheit mit. Ganz deutlich zeichnete sich unter der Bettdecke die Silhouette eines Körpers ab.

»Herr Iwanowitsch?«, versuchte er es erneut, als er niemanden sonst sehen konnte.

Doch die Antwort blieb auch dieses Mal aus.

Lykes Hände begannen leicht zu zittern und Schweiß legte sich auf ihre Innenflächen. Je näher er an den Mann im Bett herantrat, desto handfester schien seine Befürchtung zu werden. Jetzt konnte er ganz deutlich etwas hören. Es war das Ticken einer Taschenuhr. Lykes Atem stockte. Er zog die Decke fort und der Anblick des ausgezehrten, gealterten Mannes, schoss wie ein Pfeil in seine Magengrube. Noch nie zuvor hatte er einen Sapye so gesehen.

Gaja war ihm zuvorgekommen. Ganz deutlich spürte Lyke die Spuren von Magie im Raum. Wie sie um die Leiche züngelten.

Lyke atmete so schwer aus, dass sich seine Schultern sichtbar senkten. Daumen und Zeigefinger legte er auf seine Augeninnenwinkel und zog die Stirn in Falten.

Verdammt, verdammt, verdammt!

Er war zu spät.

In ihm keimte der Verdacht auf, dass er nicht ungesehen davongekommen sein konnte. Beide, sowohl Mya als auch Gaja, schienen ihre Reife sehr früh erlangt zu haben – was sie mächtig machte. Wer wusste, welche Kräfte sie noch besaßen? Ganz zu schweigen davon, dass Gaja die Magie eines anderen Sapye bereits in sich aufgenommen hatte. Wer sagte, dass sie dann nicht auch die Anwesenheit eines Sapye spüren konnte, der sie belauschte?

Lyke legte seine Finger auf die Lider der Leiche und schloss sie. Der Anblick der weißen Haare und der tiefen Furchen, die sich über den gesamten Körper zogen, verpasste ihm einen Stich, der sich wie ein Beil in sein Herz grub.

Blutleer lag er unter der Decke und war vermutlich von Gaja überrascht worden. Feige überwältigt, während er geschlafen hatte.

Lyke wandte seinen Blick von der Leiche ab und ließ ihn durch den Raum schweifen. Er war voll von Symbolen, Schriften und Büchern in Urlatein. Jeder Mensch, der sich hier umsehen würde, könnte glauben, dass der Incendye zu irgendwelchen Kulten Nachforschungen angestellt hatte. Auf einer Pinnwand, die beinahe die gesamte Wand einnahm, waren Zeitungsausschnitte befestigt und mit roten Fäden verbunden.

Lyke trat näher an das Gebilde heran, wurde allerdings nicht schlau aus den vielen Artikeln und Fotos. Die einzige Gemeinsamkeit, die er feststellen konnte, war, dass sie sich alle um Moskau selbst drehten. Mordfälle, Raubdelikte und andere Straftaten. Nochmals suchte er die vielen Zettel, Bilder und Dokumente mit seinem fahrigen Blick ab. Erst danach erkannten Lykes Augen etwas, das ihn stutzig machte: das Foto eines alten Mannes, der ganz ähnlich gealtert aussah wie die Leiche, die Lyke vorgefunden hatte.

»Wer kennt diesen Mann?«, thronte die Überschrift über dem Foto.

Lyke ging näher heran, kniff die Augen zusammen und erkannte auf der Abbildung eine Kette. Eine Kette, die in die Tasche der Weste des Mannes führte.

Eine Taschenuhr.

Der andere Mord an einem Sapye?

Doch noch bevor er den dazugehörigen Artikel lesen konnte, fuhr er herum. Seine Augen weiteten sich, denn von unten hörte er ganz deutlich Schritte. Mit einem Wink seines Mittel- und Zeigefingers bildeten sich Goldtropfen in der Luft, aus denen sich augenblicklich ein Schwert formte. Die Schritte polterten die Treppe hinauf. Adrenalin schoss durch Lykes Adern und wie gelähmt haftete sein Blick am Treppenaufgang. Er hörte mindestens zwei Personen.

Was zur Hölle?

Langsam schoben sich die Spitzen zweier Kronen aus dem unteren Stockwerk hervor. Wie angewurzelt blieb er stehen, als er das Kribbeln auf seiner Hautoberfläche spürte, das durch die Energie der beiden Sapye ausgelöst wurde.

Nach ihren makellosen Gesichtern, deren Züge im Halbdunkel weiche Schatten warfen, offenbarten sich ihre Gewänder, die scheinbar schwerelos über dem Boden wehten. Ophelya und Freya. Zwei der Ältesten.

Ihre Blicke trafen sich, als der König den Kopf schief legte und perplex blinzelte, um sich zu vergewissern, dass er richtig sah.

Wieso hatte ich darüber keine Vision? Hatte das etwas mit dem Ungleichgewicht zu tun?

Bevor er sie danach fragen konnte, warum sie hier waren, erhob Ophelya das Wort.

»Lyke. Du stehst unter dem dringenden Tatverdacht, diesen Incendye umgebracht zu haben.«

Ophelya durchbohrte ihn mit einem Blick, der versuchte, ihn bis aufs Mark zu verunsichern. Nicht der Ausdruck in ihrem Gesicht löste seinen Angstschweiß aus, sondern die Frage danach, wie sie darauf kamen, dass *er* etwas mit diesem Mord zu tun haben sollte.

Der blaue König versuchte Worte zu formen, sie auszusprechen, doch ein Kloß in seinem Hals blockierte seine Stimme.

»Du wirst mit uns kommen und dich dem Rat stellen«, sprach Freya und kein Lächeln kam über ihre Lippen.

Kein Scherz.

Lyke ergriff sein Selbstbewusstsein, das er in seiner Verwirrung verloren hatte, richtete sich auf und schwellte die Brust.

»Damit habe ich nichts zu tun. Wie ihr wisst, sprechen die Magiegesetze absolut gegen solch eine Möglichkeit. Ganz davon abgesehen, würde ich –«

»Das wissen wir. Deshalb kannst nur du infrage kommen.« Ophelya musterte ihn mit gerümpfter Nase. »Ich wusste, du würdest deine Macht irgendwann missbrauchen.«

»Exakt. Du bist der Einzige, der so viel Macht besitzt, dass es womöglich selbst für solch eine Tat ausreichen würde.« Freya strafte ihn mit einem abschätzigen Blick, der von seiner Krone bis zu seinen Fußspitzen und wieder zurückwanderte.

»Wir haben einen anonymen Hinweis erhalten, dass du hier sein würdest, um dir dein neues Opfer vorzuknöpfen.«

»Ophelya, bitte. Ihr wisst, ich würde so etwas niemals tun.« Die Muskeln um seine Augen entspannten sich, zeichneten Ehrlichkeit in sein Gesicht.

»Alles was wir sehen, ist, wie du bei diesem toten Sapye stehst und seine Sachen durchwühlst.«

»Ich … ich wollte ihn retten!«, brach es aus ihm hervor und er hielt seine Hände abwehrend vor seinen Oberkörper.

»Nach dem, was wir gerade gesehen haben, bleibt uns nichts anderes übrig, als dich dem Rat auszuliefern. Für jeden gelten die gleichen Regeln – selbst für unseren ehemaligen Anführer.« Ophelya senkte ihren Kopf ein wenig und zog misstrauisch ihre Augenbrauen nach oben.

»Ihr versteht das nicht! Das Uhrwerk der Unsterblichen wurde gestört. Von einer jungen Aurarye!«

Ophelya fletschte die Zähne zu einem gezwungenen Grinsen. »Natürlich.«

Auch Freya musste lachen.

»Du wirst deine Position vor dem Rat verteidigen müssen. Wenn deine Nachfolgerin schon höchstpersönlich anwesend ist, um dich in deine Schranken zu weisen, dann solltest du das ernst nehmen«, fügte sie an.

Heiß und kalt wechselten sich auf Lykes Haut ab. Heiß, wenn er daran dachte, dass er so einer grausamen Tat beschuldigt wurde. Kalt, durch die Vorstellung, dass seine früheren Untergebenen und Verbündeten ihm so in den Rücken fielen.

Dieser anonyme Hinweis. Derjenige, der sie darüber informiert hatte, dass er hier sein würde. Gaja.

Lyke hatte Gaja und ihren Verbündeten unterschätzt. Er muss ihnen im Wald aufgefallen sein, als er sie belauscht hatte. Eine andere Erklärung gab es nicht. Er malte sich aus, wie er vor dem Rat der Coronye saß und von Ophelyas Blicken durchbohrt wurde – genau wie die anderen, die ihre Augen nicht von ihm abwenden würden.

Doch noch tiefer als diese Vorstellung, grub sich die Vorstellung davon in sein Herz, wie Gaja weiter mordete, ohne gestoppt zu werden. Niemand außer ihm wusste, dass sie in Wahrheit schuld war. Wenn man ihm nicht glauben würde, würde man sie niemals aufhalten können.

Die wirren Gedanken fesselten ihn. Wie Blei hingen seine Gliedmaßen herab und er senkte den Kopf. Er schnaubte.

»Ich werde mich dem Willen der Coronye fügen. Ich stelle mich dem Rat.«

Die einzige Möglichkeit. Der einzige Weg, dass man ihm vielleicht noch glauben würde.

Ophelya und Freya nickten und legten seine Hände auf den Rücken über den nachtblauen Umhang. Um seine Gelenke herum ließen sie Goldringe erscheinen, die seine Arme wie Handschellen fixierten.

»Das ist leider nötig«, sagte Ophelya und Lyke spürte deutlich, wie die Genugtuung in ihr von seinem Leid zehrte.

Am nächsten Morgen, nachdem Giulia und Avery die ganze Nacht über die jüngsten Ereignisse geredet hatten, wurden sie von zwei Coronye nach oben begleitet, um in einem Festsaal zu frühstücken. An einer Tafel mit Philippe, Julian, Ophelya und vielen anderen Coronye, die allein durch ihre Kleidung schon wichtiger als alle andern wirkten, nahmen Giulia und Avery Platz. Selbst Philippe und Julian trugen nun genau wie sie die Kleidung der Coronye – wenn auch deutlich pompöser als die Gewänder, die Avery und Giulia bekommen hatten.

So weit das Auge reichte, breiteten sich Brotkörbe, Milch, Honig und alles, was Giulia und Avery begehrten, vor ihnen aus. Ophelya saß so weit von ihnen entfernt, dass ein LKW locker zwischen ihnen Platz gefunden hätte. Ihre Miene war finster und die Falten zwischen Augenbrauen und Nase deuteten auf Wut und Verzweiflung hin.

Julian und Philippe sagten ebenfalls kein Wort. Stur blickten sie auf das Essen vor ihnen. Dunkle Ringe zogen sich vor allem um Philippes Augen. Die Bewegungen seiner

Hand, die mit einem Löffel in einer Creme herumrührte, wirkten träge und lustlos.

Avery räusperte sich.

»Entschuldigen Sie meine Dreistigkeit, aber … ist etwas passiert?«

Sogleich traf ihn der Blick Ophelyas bis ins Mark.

»Wir haben von Keenans Tod erfahren.«

Ein Flüstern fuhr durch den Raum.

»Ich habe alles für einen Ausnahmezustand in die Wege geleitet. Wir werden eine Armee zusammenstellen, um dem Mörder die Stirn zu bieten«, versicherte sie mit ihrer rauchigen Stimme.

Giulias Augen suchten den Raum nach demjenigen ab, der die darauffolgende Stille brechen würde – bis sie schließlich selbst das Wort ergriff: »Ich werde euch dabei helfen, wo ich kann. Ich spüre, dass mehr und mehr Magie in meinen Körper fährt. Und dass ich stärker werde. Möglicherweise kann ich von Nutzen sein.«

»Wir wissen doch nicht einmal, welche Kräfte du überhaupt entwickeln wirst. Wenn du denn welche entwickelst«, konterte Ophelya und wandte ihren Blick ab.

»Ja und?! Und wenn ich mit meinen Fäusten kämpfe!« Nun wurde auch sie von der Wut ergriffen und sie stützte sich mit ihren Händen auf den Tisch, sodass ihr Besteck klirrte.

Ophelya nickte und ihr Mund wurde von einem dankbaren Lächeln umspielt, das verriet, wie sehr sie Giulias Mut schätzte.

»So sei es!«, brüllte Ophelya und erntete tosenden Applaus von den Coronye am Tisch. Sie stießen ihre Kelche in die Luft.

»Auf die Coronye, die einen Sapyemörder in dieser Welt nicht zulassen werden!«

»Auf die Coronye!«, hallten alle Stimmen gleichzeitig durch den Raum.

Giulia lächelte und ihr Blick kreuzte den Averys, dessen Mundwinkel sich ebenso nach oben zogen.

Die Menge aß weiter, während Giulia aufstand, um wieder auf ihr Zimmer zu gehen. Sie bahnte sich ihren Weg durch die endlos langen Flure und Hallen, bis sie die Coronye in der Empfangshalle sah, die den Eingang zu den unterirdischen Kammern bewachten. Giulia wollte gerade auf sie zugehen, als sie ein Schluchzen vernahm. Es war direkt hinter ihr. Das glaubte sie zumindest, als sie herumfuhr, aber niemanden sah. Die Wände warfen den Schall so zu ihr, dass das Geräusch allgegenwärtig war; zwar leise, aber anwesend. Giulia spitzte ihre Ohren und versuchte die Quelle zu verorten.

Sie sah zu einem Torbogen mit einer halb geöffneten Tür, aus dem das Geräusch zu kommen schien. Auf dem Boden hinter dem Tor befanden sich die Phasen des Mondes und setzten Akzente von nächtlichem Blau in die goldertränkte Bauweise.

Mit zusammengekniffenen Augen und gespitzten Ohren schob sich Giulia durch den geöffneten Spalt. Das magische Licht der Mosaikdecke gelangte nicht bis hierhin, da dieser Flur ohne jegliche Fenster in die Weite des Tempels hineinführte. Mit festem Schritt folgte sie den Mondphasen auf dem Boden, bis das Licht immer karger wurde und der Flur schließlich einen Knick machte.

Das Schluchzen wurde lauter. Hinter der Abbiegung lag ein Raum, der nur von wenigen Fackeln erleuchtet wurde. Das Licht der sich wiegenden Flammen wurde von einer Felswand an der Stirnseite fast gänzlich verschluckt und so ließ diese viel Raum für Dunkelheit und eine düstere Stimmung, die Unbehagen in Giulia auslöste.

Vor der Wand kniete eine Frau, die ihr Gesicht in ihren Händen vergrub. Giulia erkannte sie an den fuchsroten Haaren, die ihr bis zum Steißbein reichten.

»Ysabella?«, flüsterte sie und schlich einen Schritt auf sie zu, darauf achtend, dass sie die Coronye nicht erschreckte.

Sie wischte über ihre Augen, stellte sich aufrecht zu Giulia gewandt hin und presst die Lippen aufeinander, sodass ihr Schluchzen verstummte. Die Hände vor ihrer Arbeitskleidung gefaltet, zog sie ein Lächeln auf.

»Ja, Giulia?«

»Was machst du hier? Was ist los?« Giulia hauchte ihre Worte, um Ysabella zu beruhigen.

»Ach, es ist gar nichts. Alles in Ordnung.« Ysabella wischte sich eine weitere Träne von ihren Wangen.

»Doch, es ist etwas. Niemand weint einfach so. Und das ganz alleine hier vor diesem … Ding.«

Sie beäugte die von goldenen und blauen Linien durchzogene Felswand. Die blaue Farbe pulsierte, als sei sie lebendig und warte nur darauf, aus dem Stein befreit zu werden.

»Ach, es ist …«

Giulias Blick, der Ysabella so entwaffnend einnahm, schien ihre Zunge zu lockern.

»Es ist wegen Keenan«, schluchzte sie und ihre Stimme brach. Sie drehte sich von Giulia weg und kämpfte offensichtlich gegen den Tränenfluss, der unaufhörlich aus ihren Augen trat.

Giulia schlug ihre Hand vor ihren Mund, der vor Schock offen stand. Ihre zusammengezogenen Brauen und die Augen, die gläsern wurden, formten stille Worte des Mitgefühls.

»Das heißt … der Mann, über der Erde … der bei den Menschen lebt und gegen das Böse arbeitet … das ist Keenan?«

Das heftige Schluchzen bestätigte Giulia, dass es so sein musste. Giulia näherte sich ihr, öffnete die Arme und wartete ab, bis sie nach kurzem Zögern in ihre Arme fiel und sich ihrer Trauer entlud.

Giulia schloss ihre Augen und strich über Ysabellas Haare.

Es schien, als hätte die Magie in ihr etwas bewegt und die Zahnräder nur an die richtige Stelle gerückt. Früher hatte sie nicht so einfühlsam sein können. Das Mitgefühl, das Giulia durchströmte, ging genau von ihrer Taschenuhr aus und schien sie zu unterstützen. Als habe sie endlich die Stärke gefunden, all ihre inneren Mauern zu überwinden und auch stark für andere und nicht nur für sich selbst zu sein.

»Es tut mir so leid«, flüsterte sie Ysabella zu.

Als sich Ysabella nach einer ganzen Weile von Giulia löste und in ein Taschentuch schnäuzte, waren ihre Augen bereits vor Anstrengung gerötet.

»Giulia. Manchmal, wenn ich mich allein fühle, so weit unter der Erde, dann komme ich hierher«, flüsterte sie und deutete auf die Felswand.

»Was ist das genau?«, wagte Giulia zu fragen, als sie sah, dass Ysabellas Tränen nicht mehr in Bächen flossen.

»Das ist das …« Sie wischte sich mit ihrem Taschentuch noch einmal über die Nase. »… Gefängnis des blauen Königs.«

Der fragende Gesichtsausdruck bedeutete Ysabella, dass sie weiter ausholen musste, um es Giulia begreiflich zu machen.

»Er war der Älteste der Coronye. Der Erste.«

»Weshalb hat man ihn eingesperrt? Und wieso ›war‹? Hat er sich umgebracht?«

»Nein. Er ist nur auf immer eingesperrt worden.« Sie rang nach Luft »Ich kannte ihn. Gut. Vor über hundert Jahren wurde er vom Rat verurteilt.« Sie wischte sich die letzten Tränen weg, schluckte und sah zu Boden. »Ophelya hatte damals unsere Führung übernommen, kurz bevor der blaue König eine andere Mission ins Auge gefasst hatte.« Die Arme dicht an ihren Körper anlegend, zog sie ihre Schultern ein wenig nach oben. »Er war nämlich davon überzeugt, dass es da draußen jemanden gab, der Sapye tötet. Natürlich hat man ihm nicht geglaubt, doch er hat dafür gekämpft, den Täter alleine zu finden.«

»Und dann?«, wollte Giulia wissen. Vielleicht wäre es ihr möglich gewesen, sie so ein wenig abzulenken.

»Und dann … haben sie ihn an einem Tatort gefunden. Dort, wo ein Sapye getötet worden war. Darüber redet heute niemand mehr.« Sie umfasste ihre Oberarme, als fröstelte sie. »Man tat alles dafür, es zu vertuschen. Als Stärksten der Coronye hat man den blauen König natürlich verdächtigt, den Mord begangen zu haben. Es lag außerhalb unser aller Vorstellungskraft, dass es ein normaler Sapye schaffen sollte, einen aus unseren Reihen zu töten. Deshalb hielt man den blauen König für eine Bedrohung. Jetzt sieh dir an, was aus ihm geworden ist.« Sie deutete auf die Felswand und seufzte. »Er hat sich widerstandslos dem Willen seines ehemaligen Volkes gefügt.« Sie schluchzte erneut und musste Luft holen. »Giulia, ich habe seitdem immer gefühlt, dass etwas da draußen lauert … und ich war immer von seiner Unschuld überzeugt. Er erinnert mich an Keenan. Beide hatten recht.« Ihre Stimme brach und erneut vergrub sie ihr Gesicht in den Händen, ehe sie fortfuhr: »Keenan war ein rechtschaffender Incendye. Mutig und ehrenwert. Ein Sapye, der es sich zum Ziel gemacht hat, die ganze Welt vor einer scheinbar unbändigen Bedrohung zu schützen.«

»Es stimmt. So wie ich Keenan kennengelernt habe, setzte er alles daran, unsere Welt vor dem Bösen zu bewahren.«

Ysabella nickte und verzog das Gesicht als erneut Tränen über ihr Gesicht liefen.

»Was sind das für Zeichen in der Wand?«, versuchte Giulia Ysabella weiterhin von ihrem Leid abzulenken.

Sie sammelte sich, ehe sie antworten konnte.

»Das sind Siegel, die den blauen König gefangen halten. Man sagt, er könne niemals freigelassen werden. Nur eine starke Macht könne ihn befreien. Da ihn die meisten aber für einen entarteten Sapye, dessen Kraft die Gesetze überwindet, halten und nicht einmal wissen wieso, ist es überflüssig, darüber nachzudenken. Nicht wahr?«

»Hm«, machte Giulia und spürte, wie sie von den Symbolen fast magisch angezogen wurde. Als gehe von ihnen ein Magnetismus aus, trat Giulia ein paar Schritte näher, um die pulsierenden Linien näher zu beobachten.

»Was passiert, wenn man sie berührt?«, flüsterte sie und ihr Blick erstarrte, ehe sie die Hand hob und diese dem Stein näherte.

Ein spitzer Schrei entfuhr Ysabella, als Giulia den Stein berührte.

Aus Giulias Schulterblättern schossen Flügel, so breit wie der ganze Raum, hervor. Weiße Federn reihten sich dicht an dicht an die massigen Schwingen, die majestätisch im spärlichen Licht zu leuchten schienen.

Unter dem Gewicht ihrer Flügel taumelte Giulia, fing sich und weitete vor Schreck ihre Augen. Ihr Blick haftete noch immer auf dem Stein vor ihr und sie zögerte hinaus, auf das zu schauen, was soeben aus ihr herausgewachsen war. Erst als der Drang sich umzudrehen die Angst überwog, drehte sie ihren

Kopf langsam zur Seite und fuhr zusammen, als sie die weißen Federn erkannte und sie so fast gegen die Wände stieß.

Zögerlich drehte sich Giulia um. Ysabella ging einen Schritt zurück, um vor den Schwingen auszuweichen.

»Du bist eine …«, fing Ysabella an, doch Giulia wusste genau, wie sie den Satz vollenden würde.

»Auraryе. Ich bin eine Auraryе!«, jubelte Giulia und sah an sich hinab.

Ysabella nickte eifrig und glitt mit ihrem Blick die Form ihrer Flügel entlang.

Als würde sie ihre Hände in warmem Puderzucker vergraben, erfühlte sie, wie weich und dicht die Federn nahe ihrer Schultern waren. Einen Moment lang verharrte sie, ließ das Streicheln zwischen ihren Fingern zu. Wenngleich die Flügel ihre Schultern runterdrückten, so schien der Druck mit jedem Herzschlag geringer zu werden – fast als würden die Flügel sich selbst tragen. Giulia atmete tief ein und so sog sie das Gefühl der Freiheit in ihre Lungen.

Ich werde fliegen können, dachte sie und ein ehrliches Lächeln umspielte ihre Lippen und Augen.

Mit ihren Fingerkuppen streifte sie über die Federn, unter denen die Knochen lagen. Als streichelte sie den Rücken eines wilden Tieres, spürte sie die massigen Muskelstränge, die sich nur leicht bewegten.

»Wunderschön«, flüsterte sie ehrfürchtig. Es fühlte sich so richtig an, endlich vollkommen zu sein. Alles schien sich zu fügen.

»Es ist also wahr, was man über dich erzählt«, flüsterte Ysabella und starrte noch immer regungslos auf ihre Flügel.

Giulia blinzelte die winzigen Freudentränen weg und lachte mit ihren strahlend weißen Zähnen.

»Einfach atemberaubend.« Ysabellas Tränen fingen an zu trocknen, als sie mit offenem Mund von Giulia zum Gefängnis des blauen Königs sah. »Das muss irgendwas in dir ausgelöst haben. Etwas wie Schicksal. Vielleicht möchte dir der König etwas sagen.«

»Aber was?«, fragte Giulia und sie konzentrierte sich darauf, die Muskeln in ihren Flügeln anzuspannen. Als seien sie schon immer Teil von ihr gewesen, gehorchten sie ihr und winkelten sich an. Der dadurch entstehende Windhauch ließ ihre Locken wippen und auch Ysabellas Haare wehen.

Ysabella formte ein stummes »Wow« mit ihren Lippen und traf dann auf Giulias Blick, bevor sie auf ihre Frage reagieren konnte.

»Ich kann es dir nicht sagen. Ich habe den blauen König so weise in Erinnerung. Und stark. Vielleicht ist er hier immer noch anwesend.« Als könne sie ihn spüren, sah Ysabella für einen Moment in die Leere. »Ist dir eigentlich klar, dass so etwas noch nie in der ganzen Geschichte der Sapye passiert ist?« Ysabellas Augen fixierten immer wieder die Schwingen an, statt Blickkontakt zu halten. Giulia nickte.

»Ich habe, seitdem sich die Uhr mit mir verbunden hat, schon mal so einen seltsamen Druck in meinen Schultern gespürt … ich kann es noch gar nicht fassen!« Vor Freude hüpfte sie, breitete ihre Flügel aus und sank wie eine Feder wieder zu Boden.

»Jetzt kann ich es diesem Mörder zeigen, verdammt.« Giulia spürte, wie die Magie sie durchfuhr und jede Zelle ihres Körpers stärkte.

»Das heißt, du verfolgst Keenans Ziel weiter?« Ysabellas Ausdruck hellte sich auf, aber der tiefe Schmerz, der durch ihre roten Augen sprach, traf Giulia mitten in ihr Herz.

»Mach das Beste daraus«, sagte Ysabella, legte die Hand auf Giulias Schulter und wandte sich ab.

Ysabella war im Begriff den Raum zu verlassen.

»Ich werde es den Wächtern weitergeben. Damit auch Ophelya Bescheid weiß, dass wir nun auch eine Auraryе unter uns haben. Ich hoffe, das stellt kein Problem für dich dar. Vielleicht solltest du auch ein wenig mit deinen Flügeln üben. Sie beherrschen lernen.«

Giulia nickte.

Wenige Stunden später klopfte es unwirsch an Averys und Giulias Zimmertüren. Die beiden Wächterinnen hatten mit den Enden ihrer Speere gegen das Holz gehämmert, um die beiden zu wecken.

»Ihr solltet euch das ansehen! Kommt mit!«, beharrten sie darauf, als niemand antwortete, und wichen nicht von den Plätzen, bevor Avery und Giulia nicht vor ihnen standen.

Averys Oberkörper fuhr kerzengrade aus dem Bett.

»Verdammt, da hält man einmal einen Mittagsschlaf, weil man die ganze Nacht wach war«, fluchte er.

Sein Puls beschleunigte von jetzt auf gleich und das Pochen an der Tür betäubte beinahe seine sterblich gewordenen Ohren. Er klaubte die Kleidung, die er von den Coronye bekommen hatte, vom Boden auf, zwängte sich hastig in seine Hose und fingerte an dem ungewöhnlichen Lederverschluss herum, bis er ihn endlich schließen konnte.

Giulia lag reglos in ihrem Bett. Sie starrte die Decke an. Ihre leicht geschwollenen Augen sagten ihr immerzu, dass sie sich ausruhen sollte, doch stundenlang musste sie über ihre neuen

Flügel nachdenken. Die ganze Zeit über hatte sie die Gelenke ihrer Schwingen getestet und sie immer wieder aus den Schulterblättern austreten lassen. Solange, bis sie es annähernd hatte kontrollieren können.

Obwohl die Wächterinnen auch an ihre Tür hämmerten, blieb sie liegen. Unterbewusst hörte sie, wie nach ihr gerufen wurde, aber ihr Blick starrte ins Nichts.

Avery fiel vor Hast beinahe über seinen eigenen Fuß, als er noch mit verwuschelten Haaren und schiefsitzendem Hemd an die Tür hechtete. Mit einem Klicken des Schlüssels öffnete er sie und sogleich traf ihn der Blick der Wächterin.

»Das hat aber lange gedauert.«

»Entschuldigung. Ich gebe ja schon alles, was ich kann. Ihr hättet euch ruhig vorher ankündigen können.«

»Dafür ist es zu dringend.«

Nun bewegte sie sich ein paar Schritte nach links, um gemeinsam mit der anderen Coronye gegen Giulias Tür zu klopfen.

Die Geräusche drangen dumpf bis zu ihrem Bewusstsein durch und geistesabwesend zog sie die Decke von sich herunter, blinzelte und setzte ihre Beine auf dem Boden auf. Die Magie pulsierte immer noch durch ihre Adern, was sie daran erinnerte, dass das alles kein Traum gewesen war.

Sie schlurfte zum Eingang ihres Zimmers, öffnete die Tür, die sie nicht einmal abgeschlossen hatte, und drückte sich wortlos an den beiden Coronye vorbei, die ihr beide mit ihren argwöhnischen Blicken folgten.

»Na los. Ich dachte, wir sollen gehen«, forderte Giulia sie auf und hatte sich bereits auf die Goldscheibe gestellt, die sie in die oberen Etagen des Palastes führen würde.

Die Coronye schritten voran und Avery stellte sich neben Giulia auf die Scheibe. Mit einem Ruck setzte sie sich in

Bewegung und ehe sie sich versahen, standen sie an der Oberfläche. Sofern das Wort Oberfläche treffend war für einen unterirdischen Palast.

»Philippe, Julian und Ophelya wollen mit euch reden.«

Averys Stirnrunzeln bedeutete Giulia, dass auch er nicht wusste, um was es dabei gehen sollte.

Während sie still den beiden Wächterinnen die riesigen Gänge entlang folgten, wagte Avery es, das Wort zu ergreifen. Er hielt seine Stimme soweit zurück, dass nur Giulia sie hören konnte.

»Ist es das, was ich denke?«, flüsterte Avery und deutete mit seinem Blick auf Giulias Schultern, die durch ihre aufrechte Haltung förmlich in der Luft fixiert schienen. Klar und deutlich erkannte er die magischen Flügelansätze, die unter dem rückenfreien Oberteil schlummerten. Schimmernd und flach lagen sie wie ein Tattoo auf ihrer glatten Haut.

Mit gestrecktem Hals und neutraler Miene nickte sie.

»Welche sind es?«

Sie legte ihre Stirn in Falten und zuckte kurz mit ihren Schultern.

»Welches Tier mit Flügeln repräsentiert deine Magie?«, ergänzte Avery.

»Ich glaube, es ist …« Sie hielt inne, beobachtete im Gehen die Coronye vor ihnen und achtete darauf, dass sie wirklich nichts hörten. »… der weiße Schwan«, flüsterte sie nun in Averys Ohr und ihre Augen weiteten sich ein wenig, genau wie die Averys.

»Die Federn an den Tatorten …«

Giulia nickte, faltete die Hände vor sich, nahm wieder ihre Haltung ein.

»Was hat das zu bedeuten?« Averys Flüstern wurde so laut, dass sich die Wächterinnen für einen Moment umdrehten, die

Augenbrauen zusammenzogen und dann wieder ihren Weg verfolgten.

»Ich habe keine Ahnung. Schließlich habe ich meine Flügel erst bekommen. Die Federn vom Tatort müssen von jemand anderem stammen. Oder auch nicht. Wir wissen immer noch nicht, ob der Täter überhaupt ein Auraryе ist.«

»Stimmt. Wissen denn schon Ophelya und die anderen davon?«

»Nur, dass ich Flügel habe. Nicht welche. Ich nehme an, Ysabella hat es nicht so detailliert beschrieben.«

»Hm«, murmelte Avery und sah wieder nach vorn, um nicht erneut beinahe über sich selbst zu stolpern.

»Am besten lassen wir jetzt erst einmal dieses Gespräch auf uns zukommen«, ergänzte Giulia und erhielt als Antwort nur ein Nicken.

Wie in einer Allee, in der die Bäume Schatten in gleißendes Sonnenlicht rissen und in der Avery im Vorbeigehen immer wieder geblendet wurde, fluteten die Mosaikfenster den Raum.

Noch ein wenig in seinem Schlaf nachhängend, taten sich Averys Augen schwer damit, sich an das wechselnde Licht zu gewöhnen.

»Diese vermaledeite Sterblichkeit«, dachte er und beäugte die silbernen Strähnen, die ihm in die Stirn hingen. Sie hatten sich mittlerweile vermehrt. Auch die Falten auf seinen Händen hatten sich nach oben ausgebreitet. Selbst das Feuer in ihm brannte schwächer. Er spürte, bald würde es noch mehr schwinden, und dann bliebe ihm nicht mehr viel Zeit, um den Mörder seiner Mutter zu finden.

»Da wären wir«, riss die Wächterin Avery aus seinen Gedanken. Die riesige Goldtür öffnete sich hin zu der Halle, die von Lotus- und Jasminduft gefüllt Averys und Giulias

Sinne umspielte. Bloß Philippe, Julian und Ophelya standen mitten im Saal, die beiden Polizisten mit den Fäusten in den Armbeugen vergraben. Ophelya faltete ihre Hände vor ihrem Becken und erhob ihre Nase ein Stück, als sie Avery und Giulia erblickte.

»Ihr fragt euch sicher, wieso wir euch gerufen haben«, durchbrach sie die Stille und hob eine Braue an.

»Ja, das …« Avery unterdrückte einen Ausruf, als sein müdes Ich in ihm rebellierte. »Das frage ich mich allerdings.«

Gefolgt von einem verschmitzten Lächeln, das Avery nicht von ihr erwartet hatte, antwortete Ophelya.

»Keine Sorge. Es ist nichts allzu Schlimmes. Wir möchten eure Meinung hören.«

Giulia beobachtete, wie Philippe ein ledergebundenes Buch aus seiner Tasche nahm.

»Das ist … *war* … Keenans Tagebuch«, brachte Philippe hervor und streckte es Avery und Giulia entgegen.

»Wir dachten, ihr solltet in unsere Ermittlungen mehr mit einbezogen werden«, erklärte Julian mit ungewohnt sanfter Stimme und deutete auf das Buch. »Ihr seid die Einzigen, die mit Océane in Kontakt traten und die Einzigen, die sie erlebt haben. Ihr solltet es lesen. Vielleicht werdet ihr daraus schlau und entdeckt etwas, das uns entgangen ist.«

Eine Wächterin ließ mit einer einzelnen Geste aus dem goldenen Boden einen Tisch wachsen. Die Schnörkel der Tischbeine gossen sich in die Luft wie in einer Pressform. Von den vier Beinen breitete sich die Tischplatte aus, die als Goldscheibe obenauf ruhte. Spiegelglatt blitzte das Metall im Licht der magischen Sonne. Philippe schlug das Buch auf dem Tisch auf, während sich Giulia und Avery auf zwei Stühle setzten, die soeben aus dem Boden auferstanden waren.

Avery grübelte. Giulia stützte ihr Kinn auf ihren Handballen auf und runzelte die Stirn.

»Lass mal sehen«, sagte Avery und zog das Buch näher an sich heran, musterte es.

Der lederne Einband trug ein stilisiertes Feuer: das Symbol der Incendye. Es schien handgefertigt zu sein und verströmte den typischen Geruch von Tierhaut und altem Papier.

Als Avery die Seiten aufschlug, erkannte er die Flut an krakeligen Buchstaben, die sich über die Seiten ergoss.

»Scheint nicht der sauberste Schreiberling gewesen zu sein«, murmelte Ophelya und beäugte das Papier.

»Hier steht etwas von … Physik. Das stammt aus einem Lehrbuch.«

»Was hat denn Physik mit dem Fall zu tun?«, fragte Giulia berechtigt und vertiefte ihren Blick ebenfalls auf die Notizen.

»Deshalb fragen wir euch. Uns ist es ein vollkommenes Rätsel. Klar, hier und da ergeben die Notizen Sinn. Aber das sind keine brauchbaren Informationen. Wir glauben, da steckt noch mehr dahinter und Keenan konnte uns das, was er herausgefunden hat, vor seinem Tod nicht mehr mitteilen. Vielleicht hat er auch erst auf handfeste Beweise gewartet, bevor er es uns sagen wollte.«

»Möglich«, murmelte Avery und blätterte weiter. *»Energie kann weder erschaffen noch zerstört werden«,* las er vor und nickte. »Das ist ein Naturgesetz, das stimmt. Ähnlich verhält es sich mit unserer Magie, die prinzipiell nichts anderes ist als eine Form von Energie.«

Giulia überflog die krakeligen Buchstaben, die kreuz und quer zu Wörtern und Sätzen aufgereiht über das Papier verteilt worden waren.

Ihr Blick wurde von einem Wort eingefangen, das etwas leserlicher als die anderen war: *Liebe.*

Der ganze Satz lautete: *Liebe ist stark genug.*

Was auch immer das bedeuten sollte.

»Warte mal, da steht etwas von Magie in Menschen«, unterbrach Avery Giulias Gedanken.

»Hier.« Er verfolgte beim Lesen die winzigen Zeilen, die quer über einen anderen Text geschrieben worden waren mit dem Finger. »Die Seele der Menschen ist eine sehr schwache Form der Magie. Wenn man stirbt, schwindet diese, außer ein Sapye fängt sie – gewusst wie – in seinem eigenen Körper auf und wird dadurch stärker.« Avery sah mit einem Anflug von Verwirrung in seinem Ausdruck auf. »Meine Güte. *Deshalb* wurden all die Menschen getötet. Der Mörder hat ihre Energie für sich genutzt!«

Ophelya rümpfte ihre Nase.

»Wie in Gottes Namen sollen Menschen magisch sein?« Ihr Blick verfinsterte sich.

»Für eine Sapye bist du nicht gerade menschenfreundlich«, warf Giulia ein und schürzte die Lippen.

Als könne es eine schlagfertige Antwort ersetzen, schnaubte Ophelya verächtlich.

»Wisst ihr denn nicht, was das bedeutet?«, warf Julian ein und sah zu Avery, der verstand und seinen Zwischenruf nutzte.

»Wenn menschliche Körper Träger von Magie sind – wenn sie auch noch so klein ist – dann muss es möglich sein, Magie in sie zurückzuführen. Beispielsweise die Kraft, die ein Sapye mit so vielen Morden absorbiert hat.«

Giulias Gesichtszüge entgleisten.

»Das würde erklären, wieso Océane auferstanden ist.«

Als Giulia das aussprach, was Avery gerade eben wie Schuppen von den Augen gefallen war, spannte sich sein Kiefer angestrengt an. Was wenn jetzt Menschen zum Hauptziel wurden?

Philippe räusperte sich.

»Das heißt, das Gleiche passiert auch, wenn ein Sapye getötet wird? Man kann die Energie absorbieren?«

Ophelya wandte sich stirnrunzelnd ab und sah zu den Mosaikfenstern nach oben, als würde sie darüber nachdenken, was Keenan herausgefunden hatte.

»Logisch gesehen müsste die Energie des Sapye, die deutlich höher als bei einem Menschen ist, auf den Mörder übergehen. Ja«, warf Julian ein.

»Also … rein theoretisch«, begann Giulia, »kann ein Sapye dann beispielsweise einen Auraryе und einen Coronye töten und deren Energie absorbieren … um sie dann in …« Sie hielt inne, sah in die Runde und vergewisserte sich, dass ihr auch alle zuhörten. Selbst Ophelya wandte sich wieder dem Gespräch zu.

»… in einen toten Menschen übertragen, sodass dieser als Sapye aufersteht? Nur mit beiden Wesensmerkmalen? Wie bei Océane?«

Stillschweigend tauschten Ophelya, Julian und Philippe bedeutungsschwere Blicke aus. Avery fröstelte.

»Theoretisch«, antwortete er monoton, wandte sich ab und starrte in die Leere.

Sie wurde also wirklich benutzt.

»Trotzdem steht dort nichts, wie wir diesen angeblichen Sapyemörder finden können«, unterbrach Ophelya seine Gedanken.

Avery, Giulia und die beiden Polizisten seufzten.

»Was? Ich habe jetzt noch keinen brauchbaren Hinweis über seinen Aufenthaltsort gehört. Ihr etwa?«, vertrat Ophelya ihre Meinung.

»Du hast schon recht. Aber ich werde es auf mein Zimmer mitnehmen, um es weiter zu durchforsten. In Ordnung?«, bot Avery an.

Die drei nickten einstimmig und auch Giulia hatte keinen Einwand. Doch *»Liebe ist stark genug«* hatte sich als Satz in ihren Kopf hinein gebrannt.

»Ich glaube nicht, dass wir noch mehr Informationen daraus ziehen können.« Ophelya sah skeptisch auf das Buch und wandte sich nun an Giulia. »Mir wurde zugetragen, dass du deine Sapyezugehörigkeit erfahren hast. Dir sind Flügel gewachsen, nicht?«, sprach Ophelya mit einer ungewohnten Höflichkeit und aufgehellter Miene.

»Das ist richtig.«

Die regungslosen Blicke um sie herum verrieten ihr nochmal, dass jeder schon darüber Bescheid wusste.

»Möchtest du sie nicht einmal präsentieren?« Ophelyas Stimme schien noch rauchiger als sonst zu sein. Als habe sie auf diesen Moment gewartet, in dem sich das wahre Gesicht Giulias offenbaren sollte.

»Warum sollte ich?« Giulia verschränkte die Arme und zog die Augenbrauen nach oben.

»Ich bin nur neugierig, sonst nichts«, sagte Ophelya und schmunzelte.

Auch Philippe und Julian hingen mit ihren Blicken an Giulias Schultern. Als würden in der nächsten Sekunde ihre Flügel aus den Schulterblättern schießen, warteten die drei Coronye ab. Auch Avery schien sichtlich interessiert, als er seine Ohren spitzte, das Buch schloss und von ihm aufsah.

Giulia seufzte.

»Bin ich jetzt schon die neue Attraktion im magischen Zoo?«

»Giulia, du musst verstehen – so etwas gab es noch nie. Natürlich sind wir gespannt und würden uns freuen, wenn du dich uns offenbarst. Ich spüre einen starken Magiestrom in dir. Und wenn ich richtig gesehen habe, schimmern deine Flügelansätze an deinen Schulterblättern«, versuchte Philippe sie zu beruhigen, doch Giulia rollte nur mit den Augen.

»Es sind …« Sie hielt inne und zögerte, ob sie es aussprechen sollte. Mit einem Ruck brachen die Federn aus ihr hervor, verdrängten die Luft im Raum und wirbelten einen Windstoß durch den Saal. Beim Ausbreiten erzeugten die Flügel ein ähnliches Geräusch wie das eines riesigen Tuches, das man in der Luft ausschüttelte.

Ophelyas Mund stand offen und in keinem Moment zuvor hatte man ihr die Verwunderung so sehr aus dem Gesicht ablesen können wie jetzt.

»Sehen aus wie Schwanenflügel«, flüsterte Giulia und sah unter sich.

»Das ist unglaublich!«, schoss es aus Julian hervor. »Das könnte zu den Federn an den Tatorten passen«, murmelte er dann.

»Was genau soll das heißen?« Ophelyas Stimme begann zu beben. »Wir kennen diese Situation genauso wenig wie du. Möglicherweise stimmt es, dass der Täter Schwanenflügel trägt. Die weißen Federn sprechen dafür. Aber Giulia hat ihr Federkleid erst jetzt bekommen. Da kann unmöglich eine Parallele bestehen.«

»Das Tier entspricht dem Charakter eines Sapye. Das wisst ihr doch. Warum besteht nicht einfach die Chance, dass der Schwan ihr Inneres am besten repräsentiert?«, fiel Averys Einwand in die Diskussion, bei der er sich als junger Sapye ausgeschlossen fühlte.

»Möglich«, tat Ophelya sein Argument ab und wandte sich wieder Philippe zu. »Philippe, es ist wichtig, dass ihr von nun an mit den beiden zusammenbleibt. Avery und Giulia unterliegen den Abnormitäten des Ungleichgewichts in unserer Welt. Es scheint, als seien sie mehr mit dem verbunden, als sie glauben zu wissen.«

»Wir stehen hinter dir. Wir können alles hören«, bemerkte Giulia und stöhnte auf.

Ophelya blieb unbeeindruckt und nickte Philippe still zu, der sich daraufhin Avery und Giulia zuwandte.

»Ophelya hat recht. Solange wir nicht wissen, wie wir weiter vorgehen sollen, bleiben wir hier in den Palästen. Und wir teilen uns auch nicht mehr auf. Wir wissen nicht, welche Fallen uns der … wir nennen ihn »Schwan« … noch stellen wird.«

Der Schwan. Es klang seltsam für Giulia, dieses Wort im Zusammenhang mit dem Mörder zu hören, wo sie doch selbst sein Federkleid trug.

Jetzt reden damit im gleichen Atemzug über meine Flügel.

Als sie diesen Gedanken zu Ende gedacht hatte, ballte sie ihre Hände zu Fäusten und spürte, wie ihr Kopf zu platzen drohte. Wie von selbst bewegten sich ihre Schwingen, schlugen die Luft im Raum umher. Ophelya, Julian und Philippe hielten ihre Kleidung fest. So auch Avery. Mit zusammengekniffenen Augen versuchte er, gegen den Wind anzureden und sie zu beruhigen, doch die Flügel schlugen immer schneller, bis Giulia abhob und von ihren Schwingen in die Höhe dicht unter dem Torrahmen getragen wurde.

In zuckenden Wellen wurde ihre Kleidung dicht an ihren Körper gedrückt und Giulia breitete ihre Arme aus, als die Luft an ihrem Körper vorbeiströmte. Für einen Augenblick schloss sie mit einem Lächeln auf den Lippen ihre Lider, ehe sie wieder nach vorn blickte. Mit einem tiefen Atemzug sog sie den Wind in sich ein, seufzte und ließ ihren Blick nach hinten schweifen, wo Avery und die drei Coronye immer kleiner wurden.

Je weiter sie von ihnen wegflog, desto mehr verblasste der Gedanke daran, wie sie ›Schwan‹ mit der Bedeutung ›Mörder‹ versehen hatten. Ihr Herz beruhigte sich.

Mit einem Ruck rissen sie ihre Flügel in die Vertikale, um aus dem Tor in die gigantische Höhle aufzusteigen. Über ihre Glieder breitete sich ein Kribbeln aus, als sie nach unten schaute. Mit zunehmender Höhe wurden die Menschen sowie die Paläste kleiner und ihre Dächer glitzerten im Licht der magischen Sonne.

Ein Freudenschrei entglitt ihr, als sie realisierte, zu was sie nun fähig war.

Endlich.

Sie verzerrte nicht einmal ihren Gesichtsausdruck ob des Windes, der in ihr Gesicht peitschte – das Lächeln blieb.

Noch immer schlugen ihre Flügel reflexartig und trugen sie dorthin, wo ihre Gedanken und Gefühle sie hinführten.

Giulia schien die Kontrolle über sie zu gewinnen und als sie den ersten Flügelschlag von selbst auslöste, stoppte der Automatismus. Als hätte sie ein neues Paar Arme bekommen, wurde sie eins mit ihren Flügeln.

Selbst die Vögel, die sich in der unterirdischen Oase angesiedelt hatten, schwirrten um sie, zogen gemeinsam mit ihr ihre Kreise. Mit jedem Flügelschlag versiegten all ihre Sorgen um den Mordfall und um Avery nach und nach. Niemals war sie je so frei und glücklich gewesen.

Etwas in ihr sagte ihr, dass es Bestimmung gewesen sein musste. Nichts in dieser Welt konnte sich so sehr fügen, ohne vorbestimmt zu sein. Der Glaube daran verfestigte sich in ihren Gedanken, dass sie nur deshalb die ganze Zeit Averys Kräfte hatte sehen können. Es war ihr vorbestimmt gewesen, eine Sapye zu sein. Ganz egal, was Avery sagte. So etwas konnte nicht bedrohlich für Giulia sein. Ein Puzzleteil, das den wichtigsten Teil ihrer selbst komplett machen würde, hatte sich endlich in das Bild eingefügt.

Sie rauschte um die Türme herum, fuhr ihre Flügel aus und zog sie ein, ebenso flink und wendig wie die kleinen Vögel. Jede Kurve zog sie mit einem Mal perfekt. Nicht einmal die Spitze ihrer Federn berührten die Gebäude. Trotz ihrer gigantischen Spannweite, schaffte Giulia es, die Flügel so gut zu beherrschen, dass sie zielgenau mit ihnen fliegen konnte.

Neben ihrem Gesicht flogen die Vögel, wandten ihre Köpfchen zu ihr und blieben mit ihr in einem Tempo. Es schien, als würden die sie das tiefste Innere in Giulia verstehen.

Giulias Gewand hielt dem Wind stand und zog an ihren Schultern. Die Brosche, die unmittelbar an ihrem Hals ihre Kleidung verschloss, drückte sich sanft in ihre Haut. Alles an ihr schien dem Druck des Windes unterlegen zu sein, doch nichts fühlte sich nun leichter an als das.

Sie winkelte ihre Schwingen an und nahm Tempo auf. In einem nahezu senkrechten Sturzflug raste sie auf den Boden zu. Kurz bevor ihre Füße ihn berühren konnten, zog sie nach oben an und wirkte dem Sog entgegen. Der Auftrieb sorgte dafür, dass sie ihre Füße sanft aufsetzen konnte. Unter ihr wirbelte Staub auf, trübte die Sicht um sie herum, bis eine Wolke um sie herum entstand. Die Lichtstrahlen wurden von den Partikeln in der Luft reflektiert und es schien, als hätte man Goldstaub um sie herum versprüht.

Die Coronye, die sie in der Ferne entdecken konnte, hafteten mit ihren Blicken an Giulias Flügeln. Als sich der Staub lichtete und Giulia umherblickte, lösten sich die Blicke nach und nach von ihr und schließlich klopfte sie den Staub ab, schüttelte ihre Flügel und betrat den Hauptpalast.

Ophelya kam ihr entgegen, als Giulia ihre Schritte durch die riesigen Hallen zog.

»Das war ja fantastisch!«, rief Ophelya ihr entgegen, doch Giulia zuckte nicht einmal mit der Wimper.

»Giulia, du hast ein riesiges Talent! Ich konnte dich durch die Fenster beobachten. Du hast deine Flügel erst seit so kurzer Zeit und doch beherrschst du sie wie eine Erweiterung deines eigenen Körpers.«

»Das *ist* mein eigener Körper«, schmetterte Giulia Ophelyas Bemerkung beiseite.

»Da hast du vollkommen recht. Entschuldige bitte meine Wortwahl. Ich weiß, du wirst uns damit eine große Hilfe sein. Sicher entdeckst du auch ganz bald deine Kräfte, die Federn zu beherrschen. So wie Océane in eurem Kampf. Zumindest nach dem, was mir zugetragen wurde.«

»Na ja, ob ich das will?«

»Meistens kommen diese Kräfte ganz von alleine nach der Reife. Es ist so, dass dein Körper weiß, wie er sich verteidigen soll. So kann er intuitiv reagieren, wenn er sich bedroht fühlt.«

»Mhm«, murmelte Giulia und ging weiter ihres Weges.

»Ja, es ist wohl besser, wenn du dich ein wenig auf deinem Zimmer ausruhst. Ysabella kann dir ein Bad einlassen, wenn du möchtest«, rief Ophelya ihr hinterher. Vermutlich um zu kompensieren, dass Giulia die Stärke besaß, die Anführerin der Coronye zu ignorieren.

1877

In einem Halbkreis aus Thronen breitete sich der Rat vor Lyke aus. In der Mitte des Rates saß Ophelya, die ihn mit gehobener Nase beobachtete. Der blaue König stand vor einem niedrigen Goldpodest, da er sich weigerte, sich zu setzen.

»Wir sind heute zusammengekommen, um den näheren Umständen des Mordfalls von Kylan – in der Menschenwelt lebend als Sascha Iwanowitsch – auf den Grund zu gehen«, begann ein Mann am äußeren Rand die Anhörung. »Angeklagt wird Lyke, ehemaliger König und Ältester der Coronye. Man legt ihm zur Last, er habe seine Macht missbraucht, um den Incendye zu überwältigen und seine Magie zu rauben, um noch stärker zu werden.« Nachdem er geendet hatte, wartete der Mann auf ein Zeichen Ophelyas, die ihm daraufhin bedeutete, dass er sich wieder setzen dürfe.

Eine zweite Frau stand auf und ergänzte: »Dem Angeklagten wird ebenfalls zur Last gelegt, einen weiteren Sapye namens Pyer, bürgerlich Pjotr Tschaikowski, umgebracht zu haben. Der Angeklagte kommt als Einziger in Betracht, den Mord begangen zu haben. Er ist der Einzige, der entsprechend starke Fähigkeiten besitzt, um womöglich auch die magischen Gesetze zu überwinden. Des Weiteren wurde er nach dem unmittelbaren Tod des Opfers am Tatort ertappt. Ein anonymer Hinweis hat die hier anwesenden Freya und Ophelya dazu gebracht, dem Sachverhalt auf den Grund zu gehen. Sie wurden Zeugen davon, wie der Angeklagte am Tatort die Gegenstände des Opfers durchwühlte.

Der Fall ist für mich eindeutig. Die magische Welt lässt nicht viel Spielraum und gegen die Gesetze zu verstoßen, würde nur den stärksten Sapye gelingen. Wenn es überhaupt auf diese Weise möglich ist, dann nur so.«

»Der Rat hört nun die Verteidigung des Angeklagten«, sprach Ophelya und ihre Stimme hallte durch den Saal in den Goldpalästen.

Lyke räusperte sich und trat einen Schritt nach vorn. Sein Mantel streifte nur leicht den makellosen Boden und folgte ihm auf Schritt und Tritt.

»Verehrter Rat.« Er hielt inne und ließ seinen Blick durch die Runde schweifen. »Vor wenigen Tagen habe ich etwas gespürt. Eine Änderung im magischen Gefüge der Welt. Das Uhrwerk der Unsterblichen wies ganz deutlich einen Fehler auf: zwar klein … aber verheerend.« Lykes Blick verfinsterte sich. »Nun. Ich habe die Sapye ausfindig machen können, die dafür verantwortlich war. Ihr Name ist Gaja und sie trägt als Auraryе die Flügel des Schwans.«

Ein Raunen füllte den Raum, als er diese Sätze aussprach.

»Bevor ich in der Gemeinschaft unnütze Panik auslösen würde, hatte ich mich dazu entschieden, den Dingen vorerst allein auf den Grund zu gehen. Ich denke, ihr alle wisst, was geschehen würde, wenn das Gleichgewicht aus den Fugen geriete. Das wäre das Ende unseres friedlichen Lebens.« Er musterte die Coronye, die ihn allesamt mit einer Spur aus Trotz und Misstrauen ansahen.

Er ließ die Schultern hängen, sah unter sich und ballte seine Hände zu Fäusten. Alles, was er während den Jahrtausenden in seiner Funktion als Oberhaupt für sie getan hatte, schien aus ihren Gedanken vertrieben worden zu sein. Er presste die Lippen aufeinander, um all die Worte, die seine Wut ausdrücken konnten, zurückzuhalten. Ophelya hatte ganze Arbeit geleistet.

»Ich habe Gaja belauscht«, fuhr er fort. »Sie hat einen Weg gefunden, wie sie die Unsterblichkeit eines Sapye umgehen kann, um durch einen Mord die Energie des Opfers auf sich selbst zu übertragen. Außerdem hat sie einen Komplizen namens Mya. Er scheint sie mit Informationen zu versorgen. Ich glaube, einer von beiden hat euch den Hinweis gegeben.«

Einige der Coronye um ihn herum verschränkten die Arme und richteten sich auf.

»Sie planten, Kylan, das erste Opfer des hier zum Thema stehenden Falles, an besagtem Tag bei Mitternacht zu töten. Ab diesem Zeitpunkt habe ich alles darangesetzt, den Incendye so schnell es ging ausfindig zu machen und zu retten. Wenige Minuten vor ihrem Plan befand ich mich vor seinem Haus. Doch als ich eintrat, war es bereits zu spät und Gaja war mir zuvorgekommen.«

»Und *das* sollen wir dir glauben?«, höhnte Ophelya und sah in die Runde.

Ein Raunen, das mit Lachen, Getuschel und wilden Gesten vermengt wurde, breitete sich aus.

»Wie erklärst du denn, dass die beiden – wenn sie existieren sollten, was ich nicht glaube – ihren Plan geändert haben?«

»Ich denke, sie haben bemerkt, dass ich sie belauscht habe.«

»So?« Ophelya fletschte die Zähne.

»Sie versuchen mir die Sache in die Schuhe zu schieben. Ich schwöre es!« Lykes Puls pochte gut hörbar in seinen Ohren. Sie schienen das, was er sagte, nicht einmal ernst zu nehmen.

Warum besitze ich – im Gegensatz zu ihr – zu viel Würde, um ihr nicht einfach an die Gurgel zu springen?

Lyke schnaubte und biss sich auf die Unterlippe. Noch länger konnte er ihr Grinsen nicht ertragen, sodass er an ihr vorbei in die Weiten des Raumes stierte.

»Der Hinweis kam von einem Absender, der sich vor dir fürchtet und deshalb nicht erkannt werden möchte.«

Fürchten? Lächerliche Ausrede.

Einer der Coronye räusperte sich.

»Wenn ich ihn wohl verlesen dürfte?«

Ophelya nickte. Der Coronye zog ein Stück Pergament hervor, auf dem in feinster Handschrift ein Brief verfasst war. Aufgrund des einfallenden Lichts der großen Fenster an der Decke, konnte Lyke das glasklare Schriftbild durchscheinen sehen.

»An den Rat der Coronye. Ein starker Sapye aus euren Reihen wird morgen um Mitternacht den Incendye Kylan nahe Moskau töten. Ich habe Angst. So viel Energie, wie in diesem Coronye schlummert habe, ich noch nie gesehen. Bitte sehen Sie nach dem Rechten. Ich vermute, dass er bereits einen anderen Sapye – Pjotr Tschaikowski – umgebracht haben könnte. In letzter Zeit spüre ich, wie das magische Gefüge Unregelmäßigkeiten aufweist. Sehen Sie dies als anonymen Hinweis dafür, einen für unsere ganze Welt gefährlichen Sapye zur Rechenschaft zu ziehen.«

Ophelya nickte erneut, als der Coronye vorgelesen hatte, und erhob ihre Stimme: »Wir sind, so schnell wir konnten, nach

Moskau gereist. Gerade noch rechtzeitig, um dich am Tatort zu ertappen.« Aus ihrem Mund regnete es nur Anschuldigungen und Halbwahrheiten, die von den Coronye des Rates anstandslos abgenickt wurden.

»Ich habe ihn nicht umgebracht.« Lykes Stimme ruhte in sich. Ophelya drängte ihn so sehr in die Ecke, dass er Ruhe bewahren *musste*.

»Der Hinweisgeber hat jedoch recht«, fügte eine der Coronye hinzu. »Die ersten Sapye haben noch immer die größte Macht. Sie ist nicht zu vergleichen mit dem Bruchteil davon, den wir in uns tragen. Der magischen Logik folgend, ergibt es nur Sinn, wenn der Täter ein Sapye der ältesten Generation war. Da sich die anderen beiden nicht mal ansatzweise in der Nähe des Opfers befunden haben, bleibt nur einer übrig.«

Die Goldeinschlüsse an seinen Schläfen blitzten auf, obwohl er Ruhe bewahrte – doch sein rasendes Herz und die angespannten Glieder wurden weiter von seiner Wut befeuert.

»Ich erkläre Lyke in allen Belangen für schuldig«, sprach Ophelya.

Lykes Nacken wurde nasskalt. Seine Lider zuckten und beinahe hätte er aus einem Reflex heraus den ganzen Palast niedergerissen. Keiner von ihnen würde gegen den blauen König ankommen. Seine Oberlippe bebte und sein Kiefer spannte sich an, als er sich vorstellte, wie er jede einzelne der Säulen einriss, die er selbst vor Jahrtausenden erschaffen hatte. Das Einzige, was den Rat nun beschützte, war Lykes Würde. Statt sich gegen das von der Anführerin rechtmäßig gefällte Urteil aufzulehnen, zäumte er seine Wut.

»Wenn das dein … letztes Wort ist? Ich werde mich deinem Urteil fügen müssen.«

Ophelya fletschte die Zähne.

»Damit ist der Fall abgeschlossen. Ich verhänge eine lebenslange Haftstrafe«, hallte ihre Stimme durch den Saal und schon im nächsten Augenblick formten alle Mitglieder des Rates Speere, mit denen sie auf dem Boden aufstampften, sich verbeugten und das Metall wieder verschwinden ließen. Ihr Aufschlag hatte eine Vibration im Boden ausgelöst, die sich bis auf die Mauern des Saales ausbreitete.

Lykes hilfloser Blick wanderte von Coronye zu Coronye, doch keiner von ihnen wandte sich ihm zu. Sie drehten sich bereits auf dem Absatz um und folgten Ophelya in den hinteren Teil des Palastes.

Hinter ihm spürte er, wie sich zwei Wächter näherten, die ihm die magischen Handschellen anlegen wollten. Lyke wandte sich ihnen zu, hob die Hände und senkte den Kopf.

»Ich werde euch folgen. Die Coronye haben entschieden. Ich werde mich nicht widersetzen.«

50

Ophelya fuhr kerzengerade aus ihrem Bett auf. Ein ohrenbetäubender Knall schallte durch den Palast. Als könnten schon in der nächsten Sekunde die Fenster in kleinste Scherben zerbersten, vibrierte das gesamte Gebäude. Ophelyas Puls raste.

Aus den Ritzen der Decke trat Staub aus und Steinchen fielen auf den Boden. Die Säulen verschoben sich so weit, dass ein Riss entstand, der sich vom Boden aus bis zu den Fenstern zog. Durch das Krachen und Knacken des berstenden Goldes musste sie die Hände auf ihre Ohren pressen.

Mit schreckensgeweiteten Augen rannte Ophelya zum Fenster. In der Dunkelheit konnte sie nur schwer erkennen, dass hinter dem aufgewirbelten Staub ein paar Coronye umherrannten. Also riss sie ihren Umhang von der Kommode und beschwor Stufen aus Gold unter ihre Füße, die sie davontrugen.

»Alle Coronye! Versammelt euch!«, gellte ihr Schrei durch den Palast. Um die Aufmerksamkeit der noch Schlafenden auf sich zu ziehen, ließ sie gewaltige Goldkugeln in der Luft erscheinen, die sie gen Boden riss. Ein glockenähnliches Geräusch ertönte. Es war von solch einer ungeheuren Lautstärke, dass selbst Avery und Giulia tief unten aus ihrem Schlaf gerissen wurden.

Je mehr Coronye erwachten, desto heller wurde es in der Höhle. Die Energieströme hoch oben fingen immer mehr Magie auf, pulsierten stärker und rissen Löcher in das Halbdunkel.

»Jemand versucht, durch die Felswand zu gelangen! Auf eure Posten!«, kreischte Ophelya und während ihr Umhang im Wind wehte, verzerrte sie zornerfüllt ihr Gesicht. Nicht ein einziges Mal zuckte sie mit der Wimper.

Von ihren Goldkräften getragen, hastete sie auf das Tor zu, das sie mit einem Wisch ihrer Hand aufriss. Die Tore rauschten aus ihren Angeln, fielen zu Boden und zerschmetterten den Marmor unter sich.

Draußen angekommen fuhr ihr Blick wild umher. Sie suchte die Felswände nach einem Eindringling ab. Als sie auf Anhieb niemanden entdecken konnte, verstärkte sie das Gold, das unter ihr floss. Die Welle bäumte sich auf, wurde breiter und tosender. Wie eine Brücke, die sich in Windeseile auf- und wieder abbaute, raste Ophelya durch die Höhle. Sie fuhr hasserfüllt ihre Klauen aus, verwandelte ihre Nägel in Gold und bildete Spitzen aus ihren Enden. Zu allem bereit verwandelte sich ihr Gebiss in gefährliche goldene Raubzähne. Der Wind peitschte in ihr Gesicht und beinahe riss sie in ihrer Zerstörungswut eine Spitze des höchsten Turmes ab, als ein tosendes Grollen aus den Höhlenwänden hervortrat. Die Vibrationen, die sich von ihnen über den Boden bis in die Gebäude ausbreiteten, ließen die Coronye aufschreien. Kreuz und quer glitten sie durch die Luft, bevor sie von herabfallenden Steinen getroffen würden. Ophelyas Blick fuhr herum zu dem Loch, das jetzt in der Höhle klaffte.

Zwei dürre Hände schoben sich aus den Schatten hervor. Jeder Muskel, jede Ader, jede Sehne waren zu sehen und liefen stromlinienförmig an den Gliedmaßen des Eindringlings hinab. Als wolle es der unwillkommene Gast spannend machen, offenbarte sich erst nach und nach der ganze Körper.

Schon der Kopf, der von weißen Federn überzogen war und einzig die blutunterlaufenen Augen freilegte, ließ Ophelya zornig die Zähne fletschen. Keine Sekunde wartete sie darauf anzugreifen. Einen Kampfschrei ausstoßend, schoss sie Goldfontänen auf den Gegner ein.

Wenig beeindruckt, offenbarte er sich nun: der weiße Schwan. Mit deutlich größeren Flügeln als Giulia und einer deutlich bedrohlicheren Aura. Die Flügel der Unbekannten rissen sie aus der Schusslinie. Der weiße Schwan war zum Großteil mit Federn verhüllt, die sich wie bei Océane an ihren Körper anlegten. Seine Haare, Arme und Hände sowie die Beine lagen jedoch frei. Von blutunterlaufenen Augen gejagt, wich Ophelya einem Sturm aus messerscharfen Federn aus, der geradewegs auf sie zuraste.

Der Blick des Schwans schien jeden Moment vor Zorn zu explodieren. Jede einzelne Ader zeichnete sich in seinem Gesicht und in seinen Augen ab.

Die Coronye am Boden hievten sich mit ihren Goldkräften in die Höhe, rissen aus dem Boden Fontänen in die Luft. Jetzt befanden sie sich mit Ophelya und dem Schwan auf einer Höhe.

»Gib auf, Eindringling! Du bist weit in der Unterzahl!«, schallte Ophelyas Stimme mit voller Kraft durch die Höhle.

Die Coronye spannten ihre Arme an, ballten die Hände zu Fäusten und ließen Speere in der Luft entstehen. Der Schwan folgte mit seinem Blick den nach und nach erscheinenden

Waffen. Ophelya, die ihrer Rückendeckung bedeutete, dass der Kampf zu Ende sei, beschwor drei Klingen und richtete sie auf ihren Gegner.

»Ihr seid so naiv«, quoll die Stimme tief und kratzig aus der Kehle des Schwans hervor.

Er fletschte seine Zähne. Aus den schneeweißen Flügeln schossen messerscharfe Kiele hervor und wie ein Regen aus Klingen fuhr die Federflut auf die Coronye hinab, um tiefe Schnitte in ihre Körper zu reißen. Die Hälfte der Coronye fiel ächzend und mit schmerzverzerrten Gesichtern zu Boden. Es dauerte einige Sekunden mehr als sonst, bis sich die Schnitte wieder geschlossen hatten.

Auch Philippe wurde getroffen.

Die restlichen Coronye, die noch in der Luft waren, feuerten ihre Speere auf den Schwan. Gekonnt wich er den Spitzen aus, schoss Federstürme gegen sie, lenkte sie ab und blieb unversehrt zurück. Kriegsschreie schallten durch die Höhle, denen reißende Goldflüsse folgten. Die Ströme ergossen sich in die Luft, streiften die Flügel des Schwanes und schafften es, ihm einige Federn auszureißen. Mehr als ein Zucken in den Augen des Eindringlings lösten sie jedoch nicht aus.

In einer Pfeilformation preschte Ophelya als Erste voran, hinter sich die restlichen Coronye, die gemeinsam tausende Nadeln in der Luft entstehen ließen.

Der Schwan belächelte das Aufgebot der Herrscher des Goldes. Während er sich die Architektur immer wieder zu Nutzen machte, indem er hinter Türme flog und ihn die Coronye weiter angriffen, zerstörten diese auch Teile der Paläste.

Währenddessen befanden sich Avery und Giulia noch immer im Untergrund des Palastes. Sie hämmerten gegen ihre Türen, die von den beiden Wächterinnen blockiert wurden.

Als Averys Hände vom Schlagen gegen das Holz bereits rot geworden waren, atmete er tief ein. Er legte seine Handfläche auf die Tür, fokussierte sie und brachte sie zum Glühen. Das Glühen entwickelte sich zu Flammen und dann zu einem tosenden Brand, der sich über die Tür ausbreitete.

Vergebens versuchte die Wächterin den Durchgang mit einer Wand aus Gold zu blockieren. Angesichts der Hitze rann ihr das Metall zwischen den Fingern hindurch. Die Verzweiflung und der Zorn standen ihr in die Augen geschrieben. Sie senkte ihren Blick, verfinsterte ihre Miene und rümpfte ihre Nase.

»Keinen Schritt weiter, oder …«

Ein Donnergrollen und eine Vibration, die bis zu ihnen unter den Palast führte, unterbrachen sie.

Ein Knall. Dieses Mal lauter.

Ihr Blick wanderte gegen die Decke, durch die sich tiefe Risse gruben. Das Gold des Tempelfundamentes schimmerte bereits hindurch und sie fuhr zusammen, als Steine neben ihr zu Boden rauschten.

Averys Flammen loderten. Er schritt durch sein eigenes Feuer, das für ihn Platz machte, und das Licht spiegelte sich in seinen Augäpfeln. Die Coronye wich zurück. In diesem Moment hätte sie ihm sogar zugetraut, sie genauso wie die Tür zu schmelzen.

»Avery, ich kann dich da nicht hoch lassen. Das ist absolut indiskutabel.« Sie presste die Lippen aufeinander.

Ein weiterer Knall. Und das Geräusch von klirrendem Metall.

»Lass Giulia raus!«, schrie Avery die andere Coronye an und kämpfte gegen die Lautstärke, die sie umgab.

Die Wächterin würdigte ihn keines Blickes und blockierte weiterhin die Tür zu Giulias Zimmer. Ihre Schreie drangen dumpf durch das Holz. In ihnen schwang Wut mit.

»Ich sagte: LASS GIULIA RAUS!«, bebte Averys Stimme.

Sein Feuer bäumte sich auf, loderte in verheerenden Zungen ewiger Zerstörung und breitete sich so weit aus, dass es auch Giulias Tür erreichte. Die Coronye wich erschrocken zurück, fixierte Avery.

»Ihr könnt nicht nach oben! Wir haben alles unter Kontrolle«, versuchte die erste Wächterin, ihn zur Vernunft zu bringen.

Doch die Worte drangen nicht zu Averys Ohren durch. Sein Sehsinn machte ihn taub für das, was um ihn herum geschah. Wie konnten sie ohne die Hilfe der Coronye nach oben gelangen? War der Riss über ihnen eine Option? Sein Blick suchte fahrig die Umgebung nach einer Lösung ab.

Schon im nächsten Moment trat Giulia mit ihren majestätischen Flügeln aus dem Zimmer hervor – jeder Muskel in ihrem Körper spannte sich an. Ihr Herz war in Aufruhr. Die Magie in ihr pulsierte so stark, dass es nicht mehr mit Adrenalin zu vergleichen war.

»Geht uns aus dem Weg! Wir müssen kämpfen!«, schrie Giulia gegen den Lärm an.

»Nein! Ihr bleibt hier unten! Ophelya hat es so in Ausnahmesituationen befohlen!«

Giulias und Averys Gesichter verfinsterten sich, nahmen verzerrte Formen des Zorns an. Ihre Blicke trafen sich und beide wussten, was der andere dachte.

»Wir werden euch bekämpfen, wenn es sein muss«, sprach Avery den gemeinsamen Gedanken aus.

Die Coronye rutschten in einen breiten Schritt, ließen ihre Speere nach oben schießen und aus ihnen formten sich Schilde, die den Weg versperrten. Die freien Stellen zwischen den Schilden und den Felswänden rundherum füllten sich mit Gold, so lange, bis der komplette unterirdische Raum damit verschlossen war.

Avery donnerte einen berstenden Feuerstrom auf die Blockade. Er spürte, wie es an seiner verbleibenden Magie zehrte. Giulia starrte gebannt auf die Flammen, die das Gold zum Glühen brachten. Etwas tief in ihr sagte ihr, dass sie etwas tun musste, um Avery zu helfen.

Schweißperlen breiteten sich auf seiner Stirn aus und die Adern an seinem Unterarm traten hervor. Die Feuersbrunst flackerte und Avery verzog das Gesicht. Während die Wächterinnen dahinter die Glut mit weiteren Lagen aus Gold zu stoppen versuchten, kämpfte Avery mit sich selbst und seinen schwindenden Kräften.

Giulia formte instinktiv ihre Hände zu einem Dreieck, das sie mit zusammengekniffenen Augen von sich wegdrückte. Sie spürte die Magie und atmete tief aus. Ein seltsames Kribbeln überkam ihre Haut, fast, als würden sich Federn an ihre Blutbahnen legen. Federn, die sich stromlinienförmig an ihr entlang wanden.

Als sie spürte, wie das Kribbeln an ihren Fingern angelangt war, schossen tausend Federn auf die Wand ein. An der Stelle, wo Feuer und Federn aufeinandertrafen, bildete sich eine schwarze Kruste, die schmolz und sich bis zum Boden durchfraß. Die Federn formten Klingen, rissen Furchen in das Metall.

Vom Druck, der nun gegen sie wirkte, wurde Giulia nach hinten gepresst. Sie setzte einen großen Schritt nach vorn und kniff die Augen zusammen. Immer stärker ergossen sich die Federn über das Metall und dellten es aus, als sei ein Auto dagegen geprallt.

Während auf der anderen Seite eine Coronye damit beschäftigt war, Averys Feuer aufzuhalten, hastete die andere zu der Beule, die ihnen immer weiter entgegenkam. Sogar kleine Löcher gruben sich bis zu ihnen hindurch. Als hätte jemand mit einem spitzen Messer mehrfach auf Butter eingestochen, traten die Schnitte hervor und begannen, die Wand durchlässig zu machen.

Von Averys Stirn floss noch immer der Schweiß und seine Adern traten stärker hervor. Giulia drückte ihre Hände weiter nach vorn, sodass die Federn noch heftiger auf das Metall einschossen.

Mit einem Krächzen riss das Gold. Als sei eine Kreissäge mit voller Wucht hindurch geknallt, klaffte ein Loch darin und vom Feuer und den Federn malträtiert, krachte das Metall. Die beiden Coronye konnten den Kräften von Avery und Giulia nicht mehr länger standhalten und so erhoben sie erneut ihre Speere.

Über ihnen rauschte der Schwan erneut an den Spitzen des Palastes vorbei. Die Pfeilformation der Coronye war ihr dicht auf den Fersen, doch die immerwährenden Federstürme, die sie im Flug nach hinten feuerte, erschwerten es, ihr zu folgen.

»Wooo ist Avery?!«, zog der Schwan die Wörter unerträglich in die Länge. »Wenn ihr mir ihn nicht aushändigt, bringe ich jeden zur Strecke, der ihm geholfen hat!« Ihre bösartig verzerrte Stimme ließ Ophelyas Gesichtszüge verfinstern. Ihr Puls nahm Fahrt auf.

Sie hatte es auf Avery abgesehen?

Als wollte ihr Herz ihre Augen sprengen, staute sich das Blut in ihrem Kopf, den sie nicht von ihrem Gegner abwandte.

Von ihrem Wahn zur Höchstform getrieben, beschleunigte Ophelya. Mit der Hand nach vorne gestreckt, trugen sie die Goldwellen schneller als je zuvor aus der Pfeilformation heraus. Direkt auf den Schwan zu.

Im Sturzflug flog sein Blick rücklinks zu Ophelya, die ihm unnachgiebig in die blutunterlaufenen Augen starrte. Noch bevor Ophelyas Gegner kurz vor dem Boden umkehren konnte, donnerten ihre beiden Körper auf den Marmor. Risse fraßen sich durch das Gestein. Ophelyas Krallen gruben eine klaffende Wunde in ihren Federhals. Das Weiß der Federn wurde mit tiefem Rot getränkt.

Der Schwan bohrte seine Zähne in Ophelyas Hand, stieß sie von sich. Die Königin der Coronye wurde mit dem Rücken auf den Boden geschleudert. Messerscharfe Federn gruben sich in ihre Gliedmaßen. Ophelyas Goldklingen, die um sie herum aus dem Boden rasten, blieben in den Flügeln des Schwans stecken, als er sich auf sie warf. Ein spitzer Schrei ertönte aus dem Körper des Aurarye.

Die Klingen in seinen Flügeln lösten ein schmerzverzerrtes Zucken aus, das sich bis in seine Finger ausbreitete. Er riss sich los, genau wie Ophelya, die es schaffte, sich vom Boden zu befreien.

Als der Schwan die anderen Coronye hinter Ophelya landen sah, schwang er die vom Blut beschmutzten Flügel und hob ab. Ophelya rannte auf ihn zu, wurde von Goldtreppen nach oben katapultiert und hielt sich durch Ströme des Metalls oben. Ihr Gefolge tat es ebenso und hechtete dem Eindringling nach. Der Schwan flog so weit nach oben, dass er den Energieströmen an der Decke gefährlich nahekam. Die gebündelte Energie der Coronye, die die Höhle mit Licht und Wärme versorgte, züngelte in brandgefährlichen Strängen über ihnen.

Der Schwan sah nach oben, visierte die Energieströme an und flog weiter auf sie zu. Bevor Ophelya von der geballten Magie in tausend Stücke gerissen werden würde, bremste sie ab. Auch die Coronye hinter ihr kamen zum Stillstand.

Was zur …, schoss es Ophelya durch den Kopf. Doch als sie sah, was ihre Gegnerin tat, verstummten ihre Gedanken.

Der Schwan berührte einen der Ausläufer der Energiestränge. Ihre Haut barst fast auseinander. Risse, ein Glühen und Staub zeichneten sich auf ihrem Arm ab. Bis auf die Knochen wurde die Haut abgesplittert und von der Energie vollkommen zerrissen. An der Stelle, an der er mit der Spitze seines Fingerknochens das Leuchten berührte, erschien ein Blitz. Der Blitz zog sich über seine Knochen, über die Flügel, bis in die Spitzen seiner Füße.

Der Energiestrang am Himmel verschwand.

Offenbar hatte sich der Schwan einen Teil der einverleibt, als seine Gliedmaßen aufleuchteten. Zitternd, schreiend und den Kopf in den Nacken werfend, kämpfte er gegen das Leuchten an, bis es in seinem Körper verschwand.

Ophelya grub ihre Krallen in ihre eigenen Handballen und ignorierte den Schmerz. Der Schwan wandte sich ihr zu, grinste schief und senkte den Kopf.

Es wurde ungewohnt still in der Höhle der Sapye. Keinerlei Bewegung erkannte Ophelya, als ihr Blick die Paläste absuchte.

Bis das Ticken etlicher Uhren die Stille durchbrach.

Wie abgeschossene Tauben fielen die Coronye nach und nach aus der Höhe auf den Boden. Noch im Fall ergrauten ihre Haare. Die Körper verwelkten und die Gewänder fielen ein. Ihr Magen drehte sich um, als das dumpfe Pochen vom Aufprall der Körper in ihren Ohren nachhallte. Nur eine Handvoll Coronye blieb verschont – einzig und allein die Ältesten mit der frühesten Reife: die stärksten unter ihnen.

Krächzend lachte der weiße Schwan. Ihre Finger spannten sich gefolgt von ihren Lachgeräuschen an, verzogen sich zu grotesken Spinnenbeinen. Das Zittern breitete sich immer weiter über Ophelyas Körper aus und auch die anderen traf es bis ins Mark, die Unsterblichen am Boden zu sehen.

Der Schwan hatte es geschafft, so viel Magie zu absorbieren, dass sie gleich mehrere Sapye auf einmal hatte töten können.

»Bringt euch in Sicherheit! Ich werde alleine kämpfen!«, schrie Ophelya aus Leibeskräften und als ihre treuen Coronye nicht von ihrer Seite wichen, brüllte sie ihren Befehl nochmals.

Noch immer lachte der Schwan und begann zu prusten. Die Falten an seinen Augen zeugten nicht von Freude, sondern von Wahn.

Widerwillig zogen sich die Coronye zurück. Nacheinander landeten sie auf dem Boden und ließen ihr Gold um die Toten winden. Um sie herum bildeten sich Metallscheiben auf dem Boden. Mit einer ruckartigen Geste gruben sich die hinterbliebenen Coronye mit einem Mal in den Untergrund. So trugen sie die Leichen hinein in die Tiefen des Palastes, fort vom Schlachtfeld.

Der weiße Schwan raste auf Ophelya zu. Gerade so konnte sie ihm ausweichen. Mit einem Ruck riss sie metallische Stalagmiten aus dem Grund, die in die Magengrube des Schwans donnerten. Der Zorn bäumte sich in der Auraryе auf, ließ sie herumfahren und erneut auf Ophelya zusteuern.

Mit schreckensgeweiteten Augen duckte sich Ophelya, um sich vor einem Federsturm zu schützen. Auf der Fläche des Goldes unter ihr stürzte sie sich in die Tiefe.

Er ist unschuldig, schoss es durch ihren Kopf.

Der weiße Schwan vor ihr hatte gerade bewiesen, dass er dazu fähig war, Sapye zu töten. So viele.

Ophelya raste weiter in die Tiefe, dicht gefolgt von ihrer Gegnerin. Die Auraryе rückte immer näher, bis ihre Hand nur noch eine Haarbreite von Ophelyas Bein entfernt war.

Mit einem Satz packte der Schwan Ophelya am Fuß und riss sie nieder. Ophelyas Rippen brachen, als sie mit voller Wucht auf den Boden aufschlug.

Sie rappelte sich auf, doch der Schwan hielt noch immer ihren Knöchel fest umklammert. Vor Schmerz brüllend, riss sich Ophelya los und stürmte in den Palast. Ähnlich wie eine Schlittschuhläuferin, raste sie in das Gebäude hinein. Dicht auf ihren Fersen klebte erneut der Schwan, mit seinen Flügeln so stark schlagend, dass sie beinahe vibrierten. Die Anführerin der Coronye riss einige Wände ein, um schneller an ihr Ziel zu kommen.

Er ist unschuldig!, wiederholte sich ihr Gedanke.

Mittlerweile hatte sie sich einen kleinen Vorsprung aufgebaut, da sie die Wände hinter sich Mal für Mal wieder verschloss. So brauchte der weiße Schwan einige Sekunden, um sich durch die Goldmauern zu kämpfen. Selbst seine Kraft durchbrach die dicken Wände aus Metall nicht auf Anhieb.

Ophelya wusste, sie konnte diesen Kampf nicht alleine bestreiten. Und so trieb es sie in einen geheimnisvollen Raum.

Ins Gefängnis des blauen Königs.

Über den Boden gleitend, vor Trümmern wegduckend und diese hinter sich werfend hastete sie genau dorthin. Als die Lichtstrahlen durch die eingerissene Mauer die Dunkelheit vertrieben, zog Ophelya sie erneut auf, sodass nur noch die Fackeln im Innern Licht spendeten. Vor dem Felsen, der von den magischen Symbolen durchzogen war, legte Ophelya die Hand auf den Stein. Das Blau begann stärker zu pulsieren und Ophelya schloss die Augen. Wie bei einem Organismus schlug das Herz des Steines tief von innen heraus.

»Öffne dich«, flüsterte Ophelya, die Angst fest im Nacken sitzend. Dumpf hörte sie, wie die Wand hinter der nächsten Mauer bereits eingerissen wurde.

»Bitte. Öffne dich«, flehte Ophelya die magischen Symbole des Gefängnisses an. Sie wusste, es erforderte einiges an Energie, das Siegel aufzubrechen. Vor mehr als hundert Jahren war es vom Rat der Ältesten zusammen angebracht worden, sodass es niemand alleine würde öffnen können.

»Verdammt. Bitte.«

Tränen stiegen in ihre Augen. Sie schlug mit ihrer Handfläche gegen den Stein und je verzweifelter sie wurde, umso stärker hörte sie auch das Grollen durch die Wände.

Schon wenige Sekunden später befand sich ihre Gegnerin unmittelbar im Raum neben ihr. Ophelya hörte, wie die Federklingen auf das Metall einschlugen. Nicht mehr lange und sie würde dem Untergang geweiht sein.

Sie wich vom Gefängnis des blauen Königs zurück und ließ Sichel aus der Luft kondensieren.

Unter einem Poltern und Ächzen gruben sich die Hände des Schwans durch die Öffnung. Die Federn pressten sich zwischen Hände und Öffnung in den Raum und rissen das Gold auf, sodass der Schwan hineingelangen konnte.

Ophelyas Goldsicheln peitschten in das Gesicht des Angreifers, rissen Federn mit sich, sodass ein Teil seines Gesichts sichtbar wurde, bis sie nachwuchsen und die Wunden in Millisekunden verheilten.

Mehrmals knackte der Eindringling mit seinen Nackenwirbeln und fokussierte Ophelya erneut an. Dieses Mal schossen Federn aus Händen und Flügeln auf die Coronye zu. Ophelya wich aus und flüchtete sich in den Windschatten des weißen Schwans. Als sie erneut einem Angriff auswich, traf der Schwan mit all seiner Kraft das Gefängnis des blauen Königs.

Für einen Augenblick erleuchteten die Symbole so hell, fluteten den Raum mit blauem Licht, sodass die beiden Kontrahenten geblendet wurden. Ein Riss breitete sich über den Felsen aus und Ophelya spürte durch die Vibrationen, wie sich der Puls des Gefangenen erhöhte. In ihr keimte die letzte Hoffnung auf, er würde nun aus seinem Gefängnis ausbrechen können. Der erste Coronye – zu Unrecht verurteilt und über ein Jahrhundert eingesperrt.

Statt den weißen Schwan zu attackieren, feuerte Ophelya ihre Goldmassen nun auf den Stein. Damit bot sie ihrer Gegnerin die perfekte Angriffsfläche. Der Stein brach weiter auf, goldenes Licht trat zwischen den blauen Symbolen hervor. Die Risse wurden größer, breiteten sich aus, bis der ganze Stein von ihnen durchzogen war. Ophelya betete innerlich, es würde ihn befreien und er könne sie alle retten.

Der Auraryе beschwor riesige Federn um Ophelya herum, spitzte sie zu Klingen und erhob seine Stimme.

»WO. IST. AVERY?«

Die Bosheit, die aus seiner Kehle quoll, war schwärzer als das Dunkelste, das Ophelya je erlebt hatte. Der Frage übergehend bekämpfte sie weiter das Gefängnis. Die Risse im Stein wurden größer.

»WIE DU WILLST.« Der Unbekannte spreizte seine Federn, verkrampfte die dürren Hände zu Fäusten. Mit einem Ruck seines Kopfes ahmte er die Bewegung eines Genickbruchs nach.

Ophelyas Uhr setzte sich in Gang.

In diesem Moment barsten die letzten Steine, die das Gefängnis zusammenhielten. Von den Felsen, die in alle Richtungen davonflogen, ging ein mächtiger Energiestoß aus. Licht so hell wie die Sonne selbst brach dahinter hervor und füllte den Raum mit Magie. Die Strahlen trafen auf den Schwan und fraßen sich wie Säure in seine Haut. Die Magie, die den blauen

König für so lange Zeit in Schach halten konnte, prasselte auf den Eindringling ein. Seine Federn schmolzen an den Enden und die Haut darunter rötete sich, wurde vom Licht verätzt.

Er schrie auf, krümmte sich vor den Schmerzen, die ihn dazu zwangen die Flucht zu ergreifen.

So schnell der Schwan konnte, trugen ihn seine Federn durch die eingerissenen Wände, die Tunnel und durch die Erde hindurch an die Oberfläche zurück.

1877

Die Zelle aus Eisen kesselte Lyke ein. Er spürte, wie hinter den Wänden Energieströme flossen, die aus der Magie der Coronye gewonnen wurden und dafür bestimmt waren, eine Flucht zu verhindern. Vor den Gittern standen zwei Krieger, die den Eingang bewachten.

Hier sollte er so lange mit seinen Gedanken alleine sein, bis man für ihn ein Gefängnis geschaffen hatte, das stark genug wäre, ihn auf ewig festzuhalten.

Nicht dass er versuchen würde, aus dieser Zelle auszubrechen – aber die beiden Wächter zu überwältigen, wäre ihm ein Leichtes gewesen. Die Energie, die er von beiden ganz deutlich spüren konnte, hatte nicht annähernd das Ausmaß dessen, was in seinem Körper schlummerte. Doch es wäre würdelos für einen König gewesen, sich dem demokratischen Urteil des Rates zu widersetzen und seine Anführerin infrage zu stellen. Er dachte ganz bewusst nicht an den Begriff ›Königin‹.

Lyke war fest davon überzeugt, dass er nur so seinen Idealen treu bleiben konnte und sich die anderen Coronye selbst ein Bild von dem bevorstehenden Chaos machen sollten. Wenn Gaja weiter mordete, würde möglicherweise bald die ganze magische Welt in einen Krieg verfallen. Ein Krieg, den die Menschen nicht wieder gewinnen würden. Und *ihre* Bestimmung, der Grund für die Existenz der Sapye, würde mit der Menschheit zusammen vernichtet werden.

Die Zelle, in der er sich befand, besaß keinerlei Mobiliar. Nur rauer Boden, der nichts von der Schönheit der Paläste der Coronye besaß, breitete sich im Raum aus. Darauf saß Lyke aufrecht mit verschränkten Beinen und folgte dem Rhythmus seines Atems. Den Rücken wandte er den Gitterstäben zu. Sein Puls verlangsamte sich und die tausend Gedanken, die durch seinen Kopf geschossen waren, verblassten. Er lauschte den Schritten, die fernab durch die Säle der Paläste hallten und schloss die Augen. Mit jedem Atemzug, der an seiner Nasenspitze in seine Lungen strömte, beruhigte sich das Brodeln seiner Magie.

Im Zustand einer so tiefen Meditation geschah es häufiger, dass Lykes Visionen spontan einsetzten. So sah er vor seinem inneren Auge, wie sich Wolken lichteten und den Blick auf einen jungen Mann freilegten. Ein Incendye, der weinte. Sein dunkles Haar fiel ihm ungekämmt ins Gesicht und als sich der Nebel in seiner Vision lichtete, erkannte Lyke, worauf die Tränen des Incendye tropften.

Eine alte Frau.

Nicht ganz.

Eine gealterte Frau.

Eine zu schnell gealterte Frau.

Ihren Körper zeichneten Spuren von mehr als tausend Jahren, so ausgedörrt und blutleer schrie ihr Leichnam den Schmerz einer kleinen Unendlichkeit heraus.

Der König schärfte seinen Blick und hörte, wie der Incendye sie „Mutter“ nannte, und gegen die Tränen kämpfte, die sein Gesicht benetzten.

Doch als hätte der junge Sapye gespürt, dass er beobachtet wurde, sah er sich mit einem Mal um – und sein Blick traf den von Lyke. Den König durchfuhr ein Schauer, als er in die Augen eines Sapye sah, der seine Mutter verloren hatte.

Avery. Dieser Name hallte in seinem Kopf nach, immer und immer wieder. Die Nebelschwaden zogen sich derweil unheilschwanger vor seinem inneren Auge zusammen und versperrten Lyke die Sicht.

Einen winzigen Augenblick später befand er sich wieder in der Gegenwart. In der Sekunde, als er seine Lider öffnete, erschlug ihn die Dunkelheit der Zelle.

In etwa sechzig Jahren. Was hatte es mit dem Namen auf sich? Der Sohn von einem der Opfer Gajas? Wieso tauchte diese Vision genau jetzt auf, in diesem Augenblick, in dem sich Lyke auf dem Weg ins Gefängnis befand?

»Avery«, sprach er den Namen laut aus.

»Ruhe!«, fuhr ihn einer der Wächter an, doch Lyke antwortete nur mit einem Glucksen. Hochmut kam vor dem Fall. Er spürte die Unsicherheit und die Angst in dem Wächter, der ihn in die Schranken zu weisen versuchte.

»Wie lange ich wohl eingesperrt sein werde?«, sprach Lyke mehr mit sich selbst als mit den Wächtern und ein Lächeln trat auf seine Lippen.

»Hast du bei deinem Urteil nicht zugehört? Du wirst nie wieder herauskommen. Das verspreche ich dir.«

»Wir werden sehen …« Lyke schloss erneut die Augen und spürte das Kribbeln in seinen Mundwinkeln, als er ein Lächeln nicht verhindern konnte.

Die Momente in der Zelle vergingen nicht schneller und nicht langsamer als alle anderen Momente auch – das wusste er. Aber je älter er wurde, desto weniger hatte Zeit Bedeutung für ihn. Desto schneller verging jeder Moment und das scheinbar, bevor der Augenblick überhaupt begann. So dauerte es nicht lange, bis er Schritte hörte.

Als die Schritte vor Lykes Gitterstäben verstummten, ertönte ein Räuspern, doch der König drehte sich noch immer nicht um. Er hörte, wie der dritte Coronye schnaubte und daraufhin die beiden Wächter ihre Speere auf dem Boden aufschlugen und zur Seite wichen.

Der Coronye, der Lyke nun zu seinem Gefängnis bringen sollte, war nicht allein gekommen. Eine Gefolgschaft aus einigen Dutzend Kriegern war ihm lautlos auf den Wellen ihres Goldes gefolgt.

»Lyke!«, donnerte seine Stimme in die Zelle. »Es ist Zeit.«

Ohne mit den Händen den Boden zu berühren, richtete sich der König auf. Er wandte sich dem Mann zu, erkannte ihn als den, der die Verhandlung eröffnet hatte, und war nicht überrascht von dem Bataillon, das hinter ihm stand. Die Augenpaare, die Lyke zu jedem Augenblick anvisierten, sprachen Bände der Furcht.

Die Zellentür schwang auf.

»Mitkommen.«

Auch hier spürte Lyke die Angst in seinem Gegenüber. Hätte er ihn besser gekannt, wäre ihm das erspart geblieben. Lyke hatte immer sein Wort gehalten und wenn er sagte, er fügte sich dem Urteil, dann hatten sie nicht zu befürchten, dass er sie mit wenigen Handgriffen außer Gefecht setzen würde.

Umringt von der Gefolgschaft, die ihn nicht aus den Augen ließ, folgte er dem Coronye durch die Korridore.

Dieser Palast war einst sein zweites Zuhause gewesen. Hier hatte er regiert und war den Coronye für viele Jahrtausende ein gütiger König gewesen. Seit er sich vor mehr als einem Jahrhundert dazu entschlossen hatte, sein Amt niederzulegen und eine Demokratie einzuführen, hatten sich viele gegen ihn gewandt und ihre Loyalität Ophelya verschrieben.

Und doch: Jede Statue, jede Treppe, jede Verzierung und jedes Fenster in diesem Palast – alles davon triefte vor Erinnerungen, die sich in Lykes Gedächtnis gebrannt hatten.

Er wurde in den Raum des Mondes geführt. Dort, wo die Energie des Mondes floss und im Stein der Felswand gebündelt wurde, hatte Lyke so manche Nacht in seinen Gedanken verbracht. Dort, wo so viel Kraft lag, dass die Energieströme die Coronye an die magischen Gesetze banden. Einer der großen Knotenpunkte des magischen Gleichgewichts.

Mond und Sonne. Himmelskörper, die den Menschen als erste Orientierung galten. Bevor das Zeitalter der Sapye und damit der Coronye angebrochen war, hatte die Menschheit kein anderes System gehabt, nach dem sie ihr Leben hatten ausrichten konnten.

Sonne und Mond. Himmelskörper, zu denen ein jeder Coronye so viel Nähe verspürte. Die Sonne, die so golden wie ihre Kräfte am Himmel regierte, und der Mond, der den Weg selbst in den dunkelsten Zeiten weisen konnte.

Sein Gefängnis an eine der wenigen Mächte zu binden, die stärker waren als ein Sapye der ersten Generation – das war mit Sicherheit Ophelyas Einfall gewesen.

Der Weg führte über die Symbole der Mondphasen hin zur Tür, die bereits offenstand. Sie betraten den Raum, an dessen Ende sich die Felswand erstreckte und vor der der gesamte Rat versammelt war. Die Anwesenden falteten ihre Hände vor ihren Roben und durchbohrten Lyke mit ihren Blicken. Die Wächter, die den König links und rechts begleitet hatten, traten zur Seite weg.

Die Energiebahnen der Mondenergie tauchten den Raum in ein Blau, das so tief wie die Nacht seinen Schimmer über die Stille legte.

Ein Spalt, der den Blick auf die Energieströme darin freilegte, klaffte im Gestein. Ophelya stand unmittelbar davor.

»Es ist Zeit«, hallte ihre tiefe Stimme durch den Raum.

Sie bedeutete ihm, sich dem Spalt zu nähern und sein Gefängnis zu betreten. Und Lyke gab sich hin.

Sobald er eintrat, spürte er, wie er von Jahrmillionen alter Magie erfasst wurde. Selbst wenn er sich dagegen hätte zur Wehr setzen wollen, es wäre ihm nicht gelungen.

Die Energie des Mondes fing ihn und ließ ihn nicht mehr los. Lyke fühlte ganz deutlich, wie seine Magie von dessen stiller Kraft gebannt wurde.

Das Letzte, was er vor den vielen Jahren seiner Gefangenschaft sah, waren die gehobenen Hände des vereinten Rates, der seine gebündelte Kraft nutzte, um den Spalt zu schließen.

Tief unter der Erde im Hauptpalast der Coronye prasselten Federn und Feuer krachend auf Goldspeere, doch als hoch über ihnen die Schreie verstummten, hielten die Wächterinnen, Giulia und Avery inne. Einzig und allein das leise Rieseln von Staub durch die Ritzen über ihnen ließ die Stille verblassen. Dort, wo sich zuvor noch das Licht der Energiestränge durch den Spalt geschoben hatte, trat jetzt ein nur schwacher Schein hindurch.

Avery keuchte vor Anstrengung, als sein Blick kurz darauf nach oben schnellte.

Giulia schlug ihre Lider bis zum Anschlag auf und verharrte in ihrer Kampfstellung. Ihre Augen suchten den Raum ab, während ihr Atem abflachte und sie genau hinhörte.

Nichts.

Die Züge der Coronye entgleisten, froren ein und so stand ihnen die von Angst durchsetzte Verwirrung in die Gesichter geschrieben.

»Bitte. Wir müssen nach oben. *Jetzt!*«, flehte Avery. Sein Mund wurde trocken und das Blut rauschte in seinen Ohren angesichts der Ungewissheit, ob die Bedrohung vorüber war oder bloß zum Gegenschlag ausholte.

Nachdem die Wächterinnen einen ernsten Blick austauschten, bedeuteten sie Avery und Giulia auf die Plattform zu steigen.

Wenige Sekunden später befanden sie sich auf der Ebene des Hauptpalastes. Avery sah nach oben. Über ihnen klaffte ein Loch in der Decke, das die Sicht auf die blassen Energiestränge freilegte und ihr kraftloses Licht legte sich auf die Konturen der zerstörten Säulen, die wie zerbrochene Streichhölzer in den zersplitterten Fenstern lagen.

Avery fröstelte, krallte seine Zehen in seine Schuhe und knirschte mit den Zähnen. Er fuhr genau wie die Kriegerinnen und Giulia herum, um nach den Coronye zu suchen – doch keine Spur verriet, wo sie sich aufhielten. Sein Atem stockte.

Trocken schluckend sah Avery zu der Statue Ophelyas, deren Arm den Boden zertrümmert hatte. Die Zacken ihrer Krone schienen wie von einer Sichel sauber abgetrennt auf den Thron gedonnert zu sein.

»Wir müssen sie suchen«, sagte die Wächterin und senkte dabei ihre Stimme, als belauschte sie jemand. Schon im nächsten Augenblick setzten sich ihre Beine in Bewegung und dicht gefolgt von der anderen Coronye, sowie Avery und Giulia, hechtete sie zum Ausgang.

Von zersprungenen Goldspeeren, über Turmspitzen, die halb zerbrochen in den Boden stachen, bis hin zu einem fleckigen Teppich aus Blut entblößte das Schlachtfeld sein hässliches Gesicht.

Ein plötzlicher Druck bäumte sich in Averys Kopf auf und die Tränen stiegen in seine Augen. Das Blut, das die Höhle mit seinem Geruch durchtränkte, sodass sich der Geschmack von Eisen auf seine Zunge legte. Als umklammerte der Schock seinen Rumpf wie eine massive Metallkette, schien es unmöglich zu atmen. Mit fahrigen Bewegungen seiner Augen, erkannte er das Spiegelbild der Energieströme in den roten Lachen, sodass er sich umdrehte und erneut nach oben sah.

Das Licht wird von den Coronye erzeugt, schoss es durch seinen Kopf. *Nein! Zur Hölle verdammt! Das kann nicht sein!*

Sein Gesicht schluchzend in Händen vergraben, fuhr ein Stich in seine Brust. So als hätte man ihn wachgerüttelt, bebte seine Brust unter den heftigen Luftzügen.

Da hörte er plötzlich ein Schluchzen.

Im sterbenden Licht, das den Raum mit der Felswand geflutet hatte, zeichnete sich die Silhouette eines Mannes ab. Drahtig gebaut und mit einer Krone auf dem Kopf, vervollständigten sich die Schatten zu den Konturen eines Coronye. Der Mann knackte mit seinem Hals, kreiste mit dem Kopf über Nacken und Brust und streckte die Arme aus.

Über hundert Jahre Regungslosigkeit hingen tief in seinen Knochen, zerrten an ihm. Der blaue König spürte, wie ihn die Abwesenheit von Nahrungsmitteln geschwächt hatte. Die Energie in ihm pulsierte zwar mächtig und erbarmungslos, aber so stark wie vor seiner Strafe war sie lange nicht mehr. Die vielen Jahre hatten ihn ausgelaugt und seine Gliedmaßen schwer werden lassen, als habe man Blei in sie gespritzt.

Der blaue König stieg nun in den dunklen Raum vor ihm und das Licht aus seiner Zelle erstarb. Eine Welle aus Gold trug ihn über die Steinbrocken, die am Boden lagen, und er erkannte, dass ihn eine dunkle Macht befreit haben musste. Er spürte, wie die Energie von etwas Dunklem, das er vor so langer Zeit schon einmal gespürt hatte, in der Luft lag.

Sein Blick wanderte durch den zerstörten Raum und blieb auf dem toten Körper vor ihm stehen. Ophelya. Er ging auf sie zu, doch das Ticken ihrer Uhr und ihr Äußeres verrieten ihm, dass sie bereits von den Jahrtausenden, die sie auf der Erde verbracht hatte, übermannt worden war.

In ihm breitete sich das unwohle Gefühl aus, dass die Welt ihn mehr als zuvor brauchte. Er legte seine Hand auf Ophelyas Augen und erwies ihr die letzte Ehre. Noch immer spürte er ihre Magie im Raum. Wie eine Brise aus Energieresten, die sich durch die Luft wogen, fühlte er ihre Kraft.

Hatte sie ihn befreit? Obwohl sie und die anderen ihn vor so langer Zeit verurteilt hatten?

Von seinen Schultern abwärts breitete sich ein nachtblauer Umhang aus. Oben zusammengehalten von goldenen Broschen, aus denen Goldbänder an den Rändern des Stoffes entlangliefen, funkelten winzige Silberpartikel in seinem wallenden Gewand. Stromlinienförmig schmiegte sich darunter eine Schutzkleidung aus schwarz-blauem Leder an. Winzige Verzierungen aus Gold schlängelten sich durch die Tierhaut, umrahmten geschliffene Saphire, die in die Lederstränge eingelassen worden waren. Seine robusten Stiefel ragten bis zur Unterkante seines Knies, liefen dort spitz mit einem Metallbeschlag zusammen und legten sich in winzige Falten, die seine Knöchel umspielten.

Die Hose saß locker und wurde von einem breiten Gürtel zusammengezurrt. Das Bemerkenswerte an ihm war aber nicht die Kleidung oder seine aufrechte Haltung, die seine unbändige Kraft ausstrahlte. Seine Haut schimmerte nachtblau im spärlichen Licht und einzig die Goldstränge, die sich über seinen ganzen Körper zogen wie die Einschlüsse im Marmor, reflektierten die wenigen Strahlen, die in den Raum einfielen.

Wenn er seine Augen aufschlug, schienen seine weißen Augäpfel mit seiner tiefblauen Augenfarbe im Halbdunkel zu leuchten. Gerade Zacken, die sich in sich zu Lilien wanden und Saphire umspielten, ragten auf seinem Kopf einige Zentimeter in die Höhe und ließen ihn dadurch noch größer wirken.

Der blaue König streifte durch den Raum. Die weiße Feder, die auf dem Boden ruhte, kam ihm schrecklich bekannt vor. Er hob sie auf, musterte sie und wendete sie mehrmals in seiner Hand. Das Weiß war trotz des staubigen Bodens makellos wie die Flügel eines Aurarye.

Eine magische Schwanenfeder.

Mit einem Ruck zog er seinen Umhang zur Seite, damit er einen großen Schritt über Ophelyas Leiche setzen konnte. Die Zerstörung, die sich um ihn herum befand, versetzte ihm einen Stoß in die Magengrube. Der Ort, an dem er vor Ophelya geherrscht hatte, lag in Schutt und Asche. In den Wänden klafften Löcher, der Boden erinnerte an die Auswirkungen eines Erdbebens und die Fenster lagen in Tausend Scherben auf dem Boden.

Der blaue König schnaubte, zog die Augenbrauen zusammen und glitt auf Goldwellen davon. Er spürte, wohin er gehen musste, um dem Ganzen ein Ende zu setzen.

Avery sah auf, um ausfindig zu machen, woher das Schluchzen kam. Sein Blick streifte die verzweifelten Gesichter der Coronye und Giulia, die ebenso Ausschau hielten.

Er fröstelte.

Hinter einer umgestürzten Säule schob sich dann ein roter Schopf hervor – darunter die grünen Augen blutunterlaufen und voller Tränen.

»Ysabella …«, flüsterte Avery und daraufhin blinzelte sie, traute sich nur zögerlich aus ihrem Versteck.

Mit vornüber hängenden Schultern und eine Hand zitternd um ihren Oberarm gekrallt, schlich sie barfuß über den grauen Stein. Die herablaufenden Tränen, die zu trocknen begannen, hatten den grauen Staub auf ihren Wangen schwarz gefärbt und ihn in Schlieren auf ihren Hals getragen. Die Lippen zusammengepresst, räusperte sie sich.

»Der weiße Schwan hat uns angegriffen und …« Sie kämpfte gegen ihren unkontrollierten Atem an, schüttelte den Kopf. »So viele sind …«

Giulia wich zurück, raufte ihre Haare und sah zu Boden.

»Sie sind … tot«, hauchte Ysabella und als fügte ihr nur der Klang des Wortes unendliche Schmerzen zu, brach sie in Tränen aus, schluchzte erneut und schlug die Hand vor Mund und Nase.

Avery erstarrte, als seine Befürchtung in dieser Sekunde wahr wurde. Schwindel ließ ihn taumeln, bis er sich fing und in die grünen Augen mit den von winzigen Tropfen verklebten Wimpern starrte.

»Der Schwan hat immerzu deinen Namen geschrien … er hat dich gesucht, Avery …« Sie japste und konnte Avery nicht länger ansehen.

Sein Magen drehte sich um, jagte den Schmerz bis in sein Herz und ließ seine Augen brennen.

Wegen mir mussten sie alle sterben.

Ich habe nichts dagegen getan.

Mit aller Kraft, ging er mit zitternden, aber offenen Armen einen Schritt auf Ysabella zu. Sie wich zurück, senkte ihren Kopf und ihre Hände verkrampften.

»Ich weiß nicht, wo Ophelya ist …« Sie winselte. »… Philippe und Julian … sind auch tot.«

Die beiden Wächterinnen zitterten, spannten mit zuckenden Lidern jeden Muskel an.

»Wir müssen unsere Königin fi…«

Ein Geräusch unterbrach die Kriegerin.

Als flatterten winzige metallische Flügel, rauschte und surrte es aus den Gängen, die durch die niedergerissene Fassade mit ihren Schlunden in die Höhle klafften. Tief und schwarz lagen die Schatten in den Tunneln, machten es unmöglich zu erkennen, woher das Geräusch kam.

Avery fröstelte, denn er wusste nun, was es war.

Allesamt ihre Fäuste an ihren Körpern herabhängend, traten nach und nach die Überlebenden aus dem Dunkel hervor. Die Ketten von Taschenuhren schimmerten zwischen ihren Fingern und das Ticken verschmolz zusammen zu dem Surren, das sich für immer in Averys Gedächtnis brennen würde. Die Uhren ihrer verstorbenen Brüder und Schwestern. Mit leeren, von Tränen gezeichneten Gesichtern starrten sie Avery an.

Die Last ihrer Blicke brannte auf jedem Zentimeter seines Körpers.

Sie sind wegen mir gestorben.

Weil sie mir Schutz geboten haben.

Eine Träne floss seine erstarrte Miene herab und tropfte auf das karge Gestein unter seinen Füßen.

»Du bist schuld daran.« Ein Coronye, der seine Hand auf die Schultern seines Kindes legte, zeigte mit dem Finger auf Avery.

Als sei das Glühen dadurch nun vollständig aus seinem Herzen gewichen, breitete sich die Kälte über seinen ganzen Körper aus. Zitternd sah er nach und nach in ihre Augen, die ihm still den Schmerz entgegenschrien.

Giulia verschränkte die Arme und biss mit zusammengezogenen Brauen auf ihre Unterlippe.

»Es ist besser, ihr geht jetzt. Der Schwan drohte, er würde alle umbringen, die Avery geholfen haben, würden wir ihn nicht aushändigen …«, sagte Ysabella und fand ein wenig Halt in ihrer Stimme.

»Verdammt, du wirst nicht noch mehr anrichten!«, fluchte eine Frau, die verächtlich vor ihre Füße spuckte.

Er zuckte zusammen und sah weg.

»Wir werden dafür sorgen, dass ihr schnell an die Oberfläche kommt.« Die Stimme der Wächterin verriet, dass auch sie angewidert und gleichzeitig voll von Schmerz war.

Avery und Giulia stiegen auf die goldene Plattform. Die Wächterinnen stießen mit ihren Speeren auf den Boden, sodass sie nach oben glitt. Sie näherten sich dem Loch, durch das der Schwan in die Höhle eingedrungen war, und Avery hing mit seinen Blicken noch immer an den Coronye, die unter ihm immer kleiner wurden. Giulia legte eine Hand auf seine Schulter und wischte sich die Tränen mit dem Ärmel von ihren Lippen.

Eine winzige Flamme erhellte träge den Schlund, von dem sie nun umschlossen wurden und durch das Erdreich nach oben fuhren.

Klägliche Strahlen warfen von unten weiche Schatten in Giulias Gesicht. Der Schmerz kribbelte noch immer unter ihrer Haut und auch die Federn drängelten sich unter einem Abwehrreflex in ihren Schulterblättern.

Der Schwan würde jeden umbringen, der Avery geholfen hatte, erinnerte sie sich an die Worte Ysabellas und ignorierte dabei tief in sie versunken die rauen Felsen, die an ihnen vorbeirauschten.

Sie wusste, jedes Wort, das sie sagen würde, könnte Averys Schuldgefühle nicht im Geringsten mindern. So blieb sie still, nahm ihn in den Arm und hoffte, sie könne ihm irgendwann einen Teil seines Schmerzes nehmen.

55

Die Nacht zog sich dicht über ihnen zusammen und schnürte den Himmel in ein Korsett der Dunkelheit. Im warmweißen Schein der Straßenlaternen tanzten die Flocken über der menschenleeren Straße in der Luft und legten sich schließlich auf die weiße Decke unter Averys und Giulias Schuhen schlafen. Dort, wo vor einer Sekunde noch die Coronye den Tunnel hinter sich eingerissen hatten, lag ein schwarzer Fleck hinter ihnen im Schnee.

»Siehst du das?«, flüsterte Giulia und deutete nach vorn. Avery hob seinen Kopf.

»Mhm.«

Spuren von nackten Füßen. Giulia rutschte das Herz in die Hose. Stetig mit weiteren Flocken aufgefüllt, würden sie bald verschwinden.

»Das muss … Avery!«

Er fuhr erschrocken herum.

»Ysabella sagte, der Schwan würde alle umbringen, die di– … *uns* … geholfen haben.« Sie hielt inne. »Die Spuren müssen vom weißen Schwan stammen …«

Avery blinzelte und schien nicht zu verstehen.

»Sie führen genau zu Pattys Laden!«

Und in der nächsten Sekunde setzten sich ihre Beine in Bewegung.

56

Giulias Puls schlug gegen ihr Trommelfell. So schnell sie konnte, rannte sie den Spuren in der Straße nach, die zum Antiquitätenladen führte. Avery hastete ihr hinterher, keuchte und hustete angesichts der Kälte, die seinen Rachen betäubte.

»Beeil dich! Wenn wir zu spät sind, dann …« Peitschend schnitt der Wind ihr das Wort ab.

Ihre Flügel schossen aus ihren Schulterblättern hervor und feuerten den Schnee gegen die Hauswände. Mit winzigen Schlägen, die sie nach vorne trieben, beschleunigte sie gerade so geringfügig, dass ein Mensch keine Magie dahinter vermuten würde.

Der Schweiß benetzte ihre Stirn und ihr fahriger Blick suchte den Boden nach Spuren ab. Ab hier hörten sie auf. Sie blieb für den Bruchteil einer Sekunde stehen, zog wütend ihre Augenbrauen zusammen und rannte trotzdem weiter.

Ohne Flügel.

Obwohl Avery außer Atem war, hörte Giulia ihn nur wenige Schritte hinter ihr keuchen.

Sie rüttelte am Knauf.

Bevor Giulia mit der Faust dagegenhämmern konnte, klickte das Schloss und die schiefe Holztür schwang auf.

»Kind, endlich! Es geht dir gut! Ich habe mir solche Sorgen gemacht! Ich habe hundertmal versucht, dich anzurufen, und …«, sprudelte es nur so aus Pattys Mund hervor, doch ihre Worte wurden sofort von Giulias heftiger Umarmung erstickt.

Giulia fiel ein Stein vom Herzen und ihr Gesicht in Pattys Mähne vergraben, lächelte sie.

»*Ich* hab' mir Sorgen gemacht«, flüsterte Giulia ihr zu und löste sich aus der Umarmung.

Gott sei Dank lebt sie.

Das Pochen in ihren Ohren flachte ab, verging schließlich.

Pattys Augen richteten sich für eine Sekunde gen Himmel und als lauerte hoch oben die Gefahr, bedeutete sie Avery und Giulia mit einer hastigen Geste ihrer Hand, reinzukommen.

»Na los, kommt schon! Schnell rein.«

Ohne lange nachzudenken, folgten sie ihrem Rat und Patricia schloss die Tür hinter ihnen ab.

»Ich kann mir gar nicht vorstellen, was in diesen Stunden in euren Köpfen vorgeht«, flüsterte Patricia und schob sich hinter ihren Tresen, stützte ihre Ellbogen auf und vergrub ihre Hände in den Haaren. »Mein Vater war vor wenigen Tagen hier und hat mir erzählt, was mit euch beiden passiert ist. Und dass ihr heldenhaft gekämpft habt.«

Sie ließ ihren neugierigen Blick zu Giulias Schulterblättern wandern, ließ ihn dort verweilen, ehe sie zu Avery sah und ihre Augenbrauen besorgt zusammenzog.

»Sag, ist es wahr, dass du zur Auraryе geworden bist?« Ihre Miene hellte sich im Schein der Öllampe sichtbar auf.

Giulia weitete ihre Augen und zu perplex, Worte zu finden, nickte sie nur.

»Mein Vater hatte recht – es war wirklich wichtig, dass du alles über die Sapye erfährst! Es ergibt alles Sinn.«

Giulia seufzte. Sie wünschte sich, sie könne Patricias Freude in diesem Moment teilen, doch das Einzige, an das sie dachte, war die Vorstellung, wie der Schwan einen Coronye nach dem anderen umgebracht hatte.

»Hör zu, Patty. Erklärungen folgen später. Hauptsache, es geht dir gut. Wir dachten, der Mörder sei hier bei dir.« Zwischen den Sätzen hatte Giulia kaum Luft geholt.

»Bei mir? Aber wieso das denn?« Sie legte ihre Stirn daraufhin in noch tiefere Falten.

Avery räusperte sich und trat einen Schritt vor.

»Wir haben Fußspuren gesehen, die zum Laden geführt haben … Fußspuren, von denen wir mit Sicherheit wussten, dass sie vom Mörder stammen mussten.«

Ein flaues Gefühl breitete sich in Giulias Magengegend aus, als sie an den Schockmoment zurückdachte.

»Ich bin so erleichtert, dass dir nichts zugestoßen ist. Nach allem, was passiert ist …«

»Du musst dich nicht um eine alte Frau wie mich sorgen. Ich habe mir so unendlich viele Gedanken darüber gemacht, ob es meiner kleinen Giulia gut geht.« Als sie ihren Satz beendete, hielt sie inne und beugte sich verschwörerisch nach vorn.

»Mein Vater hat mir außerdem gesagt, dass ihr bei mir anklopfen werdet, dass es …« Sie grübelte. »… unheimlich wichtig sei, um den Mörder zu entlarven.«

»Geht das auch präziser?« Giulia gestikulierte wild, doch sie fror augenblicklich in ihrer Bewegung ein.

Jemand klopfte.

Auf den fragenden Ausdruck Giulias hin brach niemand die Stille und einzig das erneute Klopfen an der Tür hallte durch den Raum.

Zaghaft setzte Patty einen Schritt nach vorn und näherte sich so der Türklinke. Giulia hielt ihren Arm in die Quere und bedeutete Patricia, nicht zu öffnen.

Nein, ich kann dich nicht verlieren, dachte Giulia.

Auch Avery festigte wie Giulia seinen Stand und bereitete sich darauf vor, seine Flammen zu beschwören. Giulia berührte mit ihrem Zeigefinger ihre Lippen und legte ein Ohr an die Tür.

Wieder ertönte ein Klopfen. Bereits die kleinste Bewegung könnte ein Knarzen im Parkett auslösen, also bewegten sie sich so wenig wie möglich. Giulia hörte, wie ein Mensch auf der anderen Seite der Tür tief ein- und ausatmete. Derjenige röchelte förmlich.

»Wer ist da?«, drang Patricias Stimme durch die Tür nach außen. Mit ihrem bewusst forschen Tonfall versuchte sie wahrscheinlich ihre Angst zu überspielen, die Giulia ganz deutlich an ihrer zitternden Hand erkennen konnte. Der ungebetene Gast räusperte sich. Ein Mann.

»Mein Name ist Lyke. Ich bin ein Coronye. Allgemein bekannt als ›Der blaue König‹.«

War das ein schlechter Scherz?

Giulia runzelte die Stirn und fühlte, wie ihre Flügel in ihren Schulterblättern gegen ihre Haut drückten.

Jetzt nur die Ruhe bewahren.

»Lassen Sie mich bitte rein.«

Niemand von ihnen gab eine Antwort.

»Ich bin hier, um den weißen Schwan zu finden.«

Giulias Atem stockte. Ging es hierbei um sie oder um den Mörder? Sie knirschte mit den Zähnen aufeinander und der Drang, ihre Flügel zu benutzen, wurde immer größer.

Sie sah, wie die Knöchel an Averys geballten Fäusten weiß wurden und glühende Partikel unter seiner Haut wimmelten.

Währenddessen senkte Lyke vor der Tür seinen Kopf. Er versuchte, so gut es ging, zu lauschen, was im Antiquitätenladen vor sich ging.

Von einer Brise davongetragen, flatterte der Saum seines Mantels im Wind. Schneeflocken bahnten sich ihren Weg durch die Luft und ließen sich auf ihm nieder, um zu schmelzen. Stirnrunzelnd zog er die Augenbrauen zusammen und sah zu seinen Schuhen.

Der Boden knarzte, als sich jemand bewegte. Derjenige kam auf ihn zu. Als sich der Knauf einen Millimeter bewegte, kurz nachdem von innen eine Hand aufgelegt wurde, hob er seinen Kopf.

Als würde die Zeit in die Länge gezogen und jeder Moment länger verweilen, als es ihm vorherbestimmt war, klackte das

Schloss. Einen Spalt breit öffnete sich die Tür und ein Gesicht schob sich hervor.

Er erkannte Avery Durand.

Lykes Miene hellte sich auf, doch das Lächeln, das sich eigentlich auf seinen Mund legen wollte, wurde von den Gedanken an den weißen Schwan zurückgedrängt. Wie ein kalter Wind ließ ihn die Vorstellung frösteln.

Scheinbar wie ein unbändiges Tier, das nur darauf wartete, die Körper, die es tötete, auszusaugen, hatten die Erinnerungen während der Zeit im Gefängnis nur darauf gewartet, sich wieder in seine Gedanken zu graben. Damals, Ende des 19. Jahrhunderts, als er Gaja verfolgt hatte und schlussendlich selbst zum Täter erklärt worden war, hatte eine scheinbar unbändige Macht auf ihr gelegen. Eine Macht, so düster wie das tiefste Nachtschwarz, so unendlich wie die Weiten des Alls – etwas, das Lyke noch nie zuvor begegnet war. Eine Macht, die alles Gute für sich beanspruchte.

Er erinnerte sich an den Moment, als er ihr zum ersten Mal in die Augen gesehen hatte.

Doch nun sah er in die Augen desjenigen, dessen Gesicht ihm in seinen Visionen all die Jahre über begegnet war. Der, dessen Name sich als Echo in seine Ohren gelegt hatte.

Avery blinzelte, als er den Mann mit der nachtblauen von Goldeinschlüssen durchzogenen Haut von Angesicht zu Angesicht gegenüberstand.

Lyke fiel in die Verneigung der Coronye, legte seine Hand auf die Brust und senkte seinen Kopf. Kurz darauf erhob er sich und trat einen Schritt näher an Avery heran.

»Es ist mir eine Ehre, Avery Durand«, flüsterte er und wandte zu keiner Sekunde den Blick von ihm ab.

Endlich.

In Avery brodelte es. Angst, Hoffnung und Neugier bestritten einen unerbittlichen Kampf, drückten sich gegenseitig nieder in den Sumpf aus stetigem Schmerz. Sein Blick blieb an der dunklen Haut des Unbekannten haften. Als bestünde sie selbst aus Stein, spiegelte sie das Licht der Straßenlaterne wieder. Genau wie die goldenen Adern, die das Blau durchsetzten. Hätte Avery nicht gesehen, wie er gerade vor ihm auf die Knie gefallen war, hätte er gedacht, es handelte sich um eine weitere Statue aus den Palästen der Coronye.

»Wer bist du?«, flüsterte Avery ungläubig und musterte ihn von oben bis unten, als hätte er ihn schon mal irgendwo gesehen. Die Kombination aus seiner enormen Körpergröße und den breiten Schultern löste einen schleichenden Schauer auf Averys Rücken aus. Er musste eineinhalb Köpfe größer sein als Avery selbst und wirkte auch durch seine prunkvolle Kleidung nicht gerade unauffällig.

»Ich bin der älteste Coronye«, raunte Lyke und wandte noch immer seinen Blick nicht ab. Der junge Incendye, der ihm immer wieder in seinen Visionen begegnet war, befand sich leibhaftig vor ihm.

Averys Mund stand einen Spalt breit offen und es herrschte Stille. Eine Stille, die vom Knarzen aus dem Laden durchbrochen wurde.

Giulia näherte sich und erhaschte einen Blick auf die Gestalt. Neugierig reckte sie ihren Kopf, fuhr herum und sah Patricia an, die ebenso gebannt zur Tür schaute.

»Ich bin hier, um zu helfen oder treffender ausgedrückt … ihr müsst mir helfen«, flüsterte der blaue König.

Averys Augen sahen Giulia an. Sie nickte langsam und auch Patty zeigte keine Zeichen der Ablehnung.

Wortlos trat Avery zur Seite und ließ den König eintreten.

»Ich danke dir, Avery«, sprach er und ging hinein. Im fragenden Ausdruck, der sich sanft auf Averys Gesicht gelegt hatte, erkannte Lyke sein Unverständnis für die Situation.

»Woher kennst du meinen Namen?«, fragte Avery sogleich, während Lyke allen Anwesenden höflich zunickte.

»Ich habe dich in meinen Visionen gesehen.«

Averys Blick flog zu Giulia, die mit den Schultern zuckte.

»Gibt es noch mehr von euch?«, fragte Avery.

»Seher sind eher selten«, antwortete Lyke.

»Du kommst mir bekannt vor …«, warf Avery in die Unterhaltung ein, da er seine Vermutung nicht länger zurückhalten konnte. »Diese überdimensionierte Statue … das warst du?«

»Wenn du die Statue in meinem Palast meinst, dann ja.« Er schmunzelte.

»Ganz schön egozentrisch«, bemerkte Giulia.

»Er wurde für mich erbaut. Ich weiß auch nicht, wieso die Coronye dachten, es sei eine gute Idee, ein Abbild von mir selbst so groß dort aufzustellen. Eigentlich habe ich mich schon immer lieber draußen aufgehalten.«

»So, so.« Giulia verschränkte die Arme.

»Inwiefern müssen wir dir helfen?«, brach Avery den Smalltalk, um die Fragen, die gegen die Innenseite seines Schädels hämmerten, endlich freizulassen.

Lyke sah Avery stumm an, wanderte dann mit seinem Blick zu Giulia hinüber und dann zu Patty.

»Meine Vision hat mir gesagt, dass ich euch hier finden würde – und dass ihr dem weißen Schwan auf den Fersen seid. Auch ich habe kurz vor meiner Haftstrafe den Schwan verfolgt. Meine Mission muss beendet werden.«

»Du kennst ihn?«, flüsterte Avery ehrfürchtig.

»Sie«, Lyke räusperte sich und legte die Stirn in Falten.

»Ich habe sie verfolgt. Bis man einen ihrer Morde mir untergeschoben hat und mich die Coronye für schuldig erklärt haben. Ich habe mich ihrem Willen gebeugt und blieb bis heute dort eingesperrt. Meine Kräfte sind noch immer da, aber geschwächt. Es wird eine Weile dauern, bis ich wieder bei voller Stärke bin.«

Avery und Giulia machten große Augen.

»Was meinst du eigentlich mit ›euch‹?«, warf Giulia ein.

»Du bist sehr aufmerksam. Zwar habe ich Averys Namen in meinen Visionen gehört und ihn sehr oft gesehen … aber da warst auch du. Das Menschenmädchen, das die Schwanenflügel bekommen würde.«

»Giulia«, stellte sie sich vor und nickte.

»Sehr erfreut, Giulia.«

Sie warf ihm ein Lächeln entgegen.

»Also. Ihr müsst vorsichtig sein. Die Kräfte des Schwans sind unfassbar zerstörerisch.«

Avery senkte den Kopf und legte die Hand an seine Stirn – als hätte allein der Gedanke daran wieder einen Schmerz durch seinen Kopf gejagt. Der weiße Schwan war nur zu den Coronye gekommen, weil sie gewusst hatte, dass Avery dort gewesen war. Er schluckte, atmete tief durch und sah wieder nach vorn.

»Lyke. Der weiße Schwan hat während des Angriffs nach meinem Namen gerufen. Was hat das zu bedeuten?«

Der blaue König presste die Lippen aufeinander.

»Meine Visionen sind nicht immer ganz klar. Was ich jedoch weiß, ist, dass sie Magie sammelt. Wie ein Blutsauger saugt sie die Lebensenergie, die direkt an die Magie in uns gekoppelt ist, aus den Sapye heraus. Scheinbar wird sie dadurch selbst stärker. Auch die Menschen haben ein Magiepotenzial, das sie so ausnutzen kann. Schwächer, aber dennoch ist es da.« Er hielt inne und beobachtete, wie sich Averys Miene verfinsterte. »Und ich glaube, dass sie …«

»… meine Magie stehlen will«, vervollständigte Avery seinen Satz und bestätigte damit seine eigene Befürchtung.

Lykes Mitgefühl spiegelte sich in seinen nun glasigen Augen wider. Das Glimmen der Öllampe brach sich in seinen Goldadern, die sich sein Gesicht entlang wanden, und wurde dort, wo seine Haut dunkelblau war, gänzlich verschluckt.

»Meine Magie wird allerdings immer schwächer. Sie wurde gebrochen und geschwächt durch einen Angriff einer ihrer Marionetten«, ergänzte Avery und legte einen Arm um seinen anderen.

»Ich spüre es, Avery«, bestätigte der blaue König und kniff die Augen zusammen. »Deine Kraft ist immer noch stark. Du musstest sehr früh sehr stark sein. Angesichts deiner frühen Reife ist deine Magie so immens, dass es ihr wahrscheinlich unmöglich gewesen wäre, dich komplett außer Gefecht zu setzen. Deshalb hat sie jemanden vorgeschickt, der dir auch gerne zum Opfer fallen durfte.« Grübelnd ließ er seinen Blick über die aufgetürmten Sessel schweifen.

»Océane hat sich wortwörtlich opfern müssen«, erwähnte Giulia und ihr Blick wurde ernster.

»Das ist wahr. Ysabella hat mir ebenso einiges darüber erzählt. Alles deutet darauf hin, dass es so viel Energie brauchte, um dich verwundbar zu machen, dass es Océanes ganze Kraft gekostet hat. Dieses Risiko wollte der weiße Schwan sicher selbst nicht eingehen.«

Avery und Giulia nickten verstehend.

Patricia seufzte. »Das arme Mädchen.«

»Sehr wohl. Wir müssen den Schwan zur Strecke bringen.«

»Wie gehen wir das an?«, platzte es aus Giulia heraus.

»Gut, dass du das ansprichst.«

Ein kühler Lufthauch zog unten durch die Tür herein. Das Licht flackerte und Giulia zog ihre Schultern an. Lyke griff unter seinen Mantel und zog aus einer Innentasche etwas hervor. Eine weiße Feder. Er hielt sie vor sich gegen das Licht und drehte sie in seinen Fingerspitzen hin und her.

»Ist das …?«, hauchte Avery ehrfürchtig und gleichzeitig distanziert. Er wich einen Schritt von der Feder zurück.

Lyke bestätigte seine unausgesprochene Annahme mit einem Nicken. *Sie gehörte dem weißen Schwan.*

»Ich glaube, diese Feder verbirgt etwas. Ich spüre, wie etwas in ihr ausbrechen möchte.«

Er drehte sie wieder im Licht und musterte sie. Die feinen Strahlen der Feder machten das Licht so diffus, dass Lykes Fingerspitzen dahinter gänzlich unscharf wurden. Perfekt legten sich die Äste mit ihren Häkchen aneinander, am Kiel entlang und oben annähernd rund zulaufend.

»Selbst in dieser Feder steckt so viel Dunkles …«, flüsterte er und schob sich zwischen Giulia und Avery vorbei an den Tresen.

»Ich wollte damit warten, bis ich bei euch bin. Ich möchte etwas versuchen.«

Gebannt klebten die Blicke aller Anwesenden an Lykes Händen und der Feder.

Er legte die große Feder behutsam auf das Eichenholz. Als sei sie schwerer als gewöhnliche Federn, blieb sie weiter ohne Regung liegen – auch als Lyke behutsam seine Hand wegzog, als könnte sie ansonsten zu Staub zerfallen.

Der blaue König hob die Hand und ließ seine Finger tanzen. Strähnen feinen Goldes zogen sich über das dunkle Holz und bahnten sich von fünf gleich weit voneinander entfernten

Punkten ihren Weg zueinander. In perfekt geraden Linien ergab sich aus ihnen ein Symbol, das sich makellos auf dem Tresen um die Feder abzeichnete. Ein Pentagramm.

Patricia reckte ihren Kopf, als sie sah, wie gezielt der blaue König seine Kräfte einsetzen konnte. Wie filigran und präzise die Goldsträhnen auf ihrem Tresen das Symbol bildeten. Sie durchströmten die Luft mit einem metallischen Duft, der sich mit dem muffigen Geruch des Ladens vermengte.

Die Lider schließend, presste er die Lippen aufeinander und platzierte seine Hand nur wenige Zentimeter über der Feder. Er murmelte etwas Unverständliches auf Urlatein und als er die Augen wieder öffnete, begann das Pentagramm zu leuchten. Als habe sich das Gold in das Holz darunter gefressen, leuchtete es aus dem Innern heraus und die Lichtstrahlen bahnten sich den Weg durch das Halbdunkel. Flüsternde Stimmen, so leise, dass man sie kaum hören konnte, drangen aus dem Licht hervor und vermischten sich mit dem leichten Rauschen, das von dem Pentagramm ausging.

Durch den Schein wurden die Staubpartikel in der Luft sichtbar und dort, wo das Pentagramm strahlte, legte sich kein Staubkorn mehr auf den Tresen. Gänzlich unversehrt wurde die Feder von allen Seiten beleuchtet und die einzelnen weißen Fasern zitterten, bebten. Die Magie des blauen Königs umschloss sie, brachte das, was in ihr schlummerte, dazu, langsam hervorzubrechen.

Das Weiß der Feder verschwand. Es wich einem Schwarz, schwärzer als das Nichts. Schwärzer als alles, das Avery je gesehen hatte. Jegliches Licht schien gänzlich von ihr verschluckt zu werden.

»Der schwarze Schwan«, flüsterte Giulia.

Da fiel es ihr wie Schuppen von den Augen.

In Giulia bebte ein Sturm, der nicht zu bändigen war. Ein Sturm, der ihr das Atmen erschwerte. Die ganze Zeit war es vor ihr gewesen. Die ganze Zeit hätte sie es wissen müssen.

»Die Oper!«

Averys Blick schnellte zu ihr. Auch Lyke hing gebannt an ihren Lippen.

»Schwanensee. Der weiße und der schwarze Schwan. Odile und Odette.«

In Averys Kopf ratterte es, ebenso in Lykes. Als sich die Gesichtsausdrücke der beiden umgehend aufklarten und sie signalisierten, dass sie wussten, was sie damit meinte, fuhr sich Giulia an den Kopf.

»Ich hätte es früher sehen müssen …«, sagte sie und ihr Blick wanderte zu Boden.

»Ich auch«, warf Avery ein, als er jegliche Farbe aus seinem Gesicht verlor.

»Ihr wisst, wo sie sich aufhalten könnte?«

»Und sogar … wer es ist.«

Gebannt hing Lyke an den Lippen Averys.

»Ihr kennt den Schwan?«

»Avery …«, ignorierte Giulia das, was Lyke gerade gesagt hatte. »Wir wissen es nicht mit absoluter Sicherheit.«

»Eine weiße Schwanenfeder, die sich schwarz färbt? Wer soll es sonst sein?«

»Dann müssen wir sofort dorthin«, warf Lyke ein.

59

Während ihnen der Wind in die Gesichter peitschte und die Schneeflocken um sie herum in alle Richtungen stoben, kämpften sich Lyke, Avery und Giulia so menschlich wie möglich durch die Straßen von Paris. In Averys Beine fuhr ein stechender Schmerz, als er seinen Fuß falsch auf den Boden stampfte, um eine Stufe zu überspringen. Körperliche Anstrengung, ohne seine Magie dabei nutzen zu können, machte ihm mehr denn je zu schaffen. Als er sich bemühte, Giulia und Lyke zu folgen, wehte ihm eine Strähne ins Haar. Sie färbte sich grau.

Giulia breitete ihre Hände aus und schoss ihre magischen, für die Menschen unsichtbaren Flügel hervor. Sie nutzte sie als Unterstützung ihrer Beine. Der Auftrieb, den ihr ihre Flügel gaben, trug sie förmlich über die Straßen, ohne dass sie sich anstrengen musste.

»Gleich sind wir da!«, rief Giulia in Richtung Lyke gegen den Wind an, als auch noch ein Donner über ihnen grollte.

Lyke nickte entschlossen und beschleunigte sein Tempo.

Als sie am Operngebäude angekommen waren, schien der Himmel darüber noch dunkler zu werden. Die Wolken spiegelten das wider, was Lyke spürte, das sie erwarten würde, als sie wuchsen, sich aufbäumten und sich so sehr verdichteten, dass kein Stern mehr durch ihre Decke hindurchschien. Jegliches Licht, das von den Straßenlaternen und den Häusern nach oben geworfen wurde, verschluckten sie gänzlich und nur die Blitze, die über ihnen zuckten, erhellten den Himmel.

Selbst einige Straßenlaternen in unmittelbarer Nähe schwächelten. Sie flimmerten, die Leuchtdrähte glommen und manche erstarben.

Wie ein dunkler Wald voller Gefahren ragten die Säulen der Oper in die Höhe. Die goldenen Elemente, die in die Architektur eingearbeitet worden waren, reflektierten das Blitzlicht.

»Ich spüre etwas …«, flüsterte Lyke und wandte sich zu Giulia und Avery. »Sie wartet auf uns.«

Seine Worte hallten in der Dunkelheit wider. Ebenso klangen sie in Averys Kopf nach, spannen ein Netz aus Gedanken, bestehend aus Furcht und Ungewissheit. Als könnte er das Blut des Feindes schmecken, lag der Wunsch nach Rache auf seiner Zunge. Giulia spannte jeden Muskel ihres Körpers an und richtete ihren Blick starr auf das Gebäude vor ihnen.

Wie Tiere vor einem Sturm hatten sich die Menschen in ihre Häuser zurückgezogen. Selbst die Straßen schienen gänzlich leer zu sein. Kein Auto fuhr und kein Fußgänger wagte es, auf die Straße zu treten.

»Sie weiß, dass wir hier sind. Ich spüre die Macht. Wie sie schlägt. Wie ein Herz aus Dunkelheit und Unheil.«

Lyke zog seine Augenbrauen zusammen, lächelte schief und füllte so seinen Ausdruck mit Kampfgeist und Mut. So lange hatte er darauf gewartet, aus seinem Gefängnis ausbrechen zu können und das Uhrwerk der Unsterblichen wieder gerade zu rücken.

»Die Macht der drei …«, begann Lyke. »Vereint man Aurarye, Incendye und Coronye, so besagt es die Legende, werden enorme Kräfte frei.«

Sein Blick wanderte von Avery zu Giulia und wieder zurück. Averys Brust hob und senkte sich schwer und Giulia kniff die Augen zusammen.

Lyke legte seine Hände links und rechts auf ihre Schultern und bedeutete ihnen mit leichtem Druck, mit ihm zu gehen.

»Wir müssen sie besiegen. Was auch immer es kostet.«

»Ich habe nichts mehr zu verlieren, Lyke«, antwortete Avery und er hörte dabei ganz deutlich, wie seine Uhr noch immer tickte.

Lyke warf ihm einen verständnisvollen Blick zu und ging die letzten Stufen bis zur Tür hinauf.

»Verdammt! Sie ist wirklich offen«, flüsterte Giulia, als sie erkannte, dass die Tür angelehnt war – gerade so, dass das Schloss nicht einrastete.

Fahrig wanderte Giulias Hand über die Tür, bis sie sie aufdrückte. Der Lufthauch, der dadurch entstand, führte sich als Gänsehaut auf Giulias Arme fort. Das Kratzen der Scharniere brach die seelenlose Stille und setzte sich hartnäckig in die Ohren der drei Sapye.

In der Oper selbst brannte kein Licht. Die Dunkelheit breitete sich über alle Treppen aus, stieß gegen Fenster und flutete jegliche Höhen des Gebäudes. Avery spitzte die Finger und ließ eine Flamme, die die Umgebung erhellte, auf ihnen tanzen.

Er erinnerte sich an den Moment, in dem er mit seiner Mutter das erste Mal in der Pariser Oper gewesen war. Er erinnerte sich an den ersten Moment genau jetzt, weil er spürte, dass dies sein letztes Mal sein würde. Seine Mutter hatte ihn an der Hand genommen, sein Vater an der anderen.

Ebendiese Treppen waren sie entlanggegangen, hatten sich im Hauptsaal niedergelassen und beinahe jede Woche alle möglichen Stücke besucht. Diese warme Erinnerung an den Geruch von Teppich und kaltem Marmor und das Gefühl von Nähe, Glück und Zufriedenheit, schlug einen Anker in ihm. Einen Anker, der ihn festigte und erdete. In diesem Moment, in dem Avery nicht wusste, was geschehen würde, war er so angreifbar wie noch nie seit seiner Reife. Bald befand er sich in der Höhle des Löwen. Die angelehnte Tür hatte die letzten Zweifel in ihm beseitigt. Sie wartete wirklich in der Oper auf sie.

Wer weiß, welche Kräfte sie besitzt und ob sie es spürt, dass wir ihr auf den Fersen sind? Oder wollte sie, dass wir zu ihr kommen? Die Fragen schossen wie ein Blitz durch sein Gehirn. Wie Würgeschlangen zogen sie sich um sein Bewusstsein und drückten zu.

Die Schritte der drei Sapye hallten in den Weiten der Oper wider. Nur ein winziges Echo blieb zurück, das durch die Statuen und Verzierungen abflachte. Außerhalb des Lichts der Flamme schien alles in ein Nichts aus undurchdringlicher Dunkelheit zu verlaufen. Die Säulen, Geländer und Stufen, die sich in unmittelbarer Nähe zu ihnen befanden, warfen den kargen Schein zurück. Je weiter der Raum sich ausweitete, desto mehr Unbekanntes lag vor ihnen in der Unsichtbarkeit. Der Duft von kaltem Stein und Staub lag in der Luft, legte sich wie ein Bett unter die Schwaden der Dunkelheit.

Niemals hätte Giulia damit gerechnet, dass ausgerechnet dieser Ort ans Ende dieser Misere führen würde. Ans Ende einer Reihe von Morden, so sinnlos wie Morde nur sein konnten.

Alles fing genau hier an.

Averys Worte flammten in ihrem Gedächtnis auf, füllten ihren Geist. Noch immer hatte sie keine definitive Antwort auf das, weshalb sie und Avery überhaupt angefangen hatten, sich gemeinsam mit Magie zu beschäftigen. Sollte es wirklich alles Schicksal gewesen sein? Hatte sie nur deshalb schon in ihrer Zeit als Mensch hinter den Schleier der Sapye sehen können? War es Schicksal, dass sie nun genau hier sein sollte, um ihrem Gegner gegenüber zu stehen?

Lykes Gliedmaßen hingen schwer an seinen Gelenken, zogen seinen Körper wie dichtes Gold zu Boden. Einzig die Magie in ihm hielt ihn aufrecht – die Magie, die in ihm pulsierte, so stark und kräftig wie die Sonne selbst. Vielleicht würden die Jahre der Verfolgung des weißen Schwans endlich ein Ende finden. Dass ein Sapye die Magie, die in seinen Brüdern und Schwestern innewohnte, dazu benutzte, um stärker zu werden, schnürte ihm die Kehle zu.

Allein der Gedanke daran, wie viele ihr Leben hatten lassen müssen, um den Machthunger des weißen Schwans zu stillen. Wie viele Seelen gehen mussten, um das Loch in dieser verbitterten Sapye zu stopfen. Es brachte ihn um den Verstand. Menschen wie Sapye waren für sie gestorben – das wohl Widerlichste, was sich Lyke vorstellen konnte. Was wäre, wenn sie es schafften, sie zu besiegen und das Uhrwerk der Unsterblichen trotzdem im Ungleichgewicht blieb?

»Giulia, Avery …«, setzte er an und trotz seines Flüsterns hallte seine Stimme von den Wänden wider. »Wenn wir uns dem weißen … oder vielmehr … schwarzen Schwan stellen, möchte ich, dass ihr in meiner Nähe bleibt. Gemeinsam können wir mehr gegen sie ausrichten. Die vereinten Mächte der drei Wesensgruppen bilden eine wertvolle Waffe im Kampf. Wir müssen sie weise nutzen.«

»Verstanden«, ertönten ihre Stimmen gleichzeitig.

»Ich kann es nicht garantieren.« Er hielt inne. »Aber ich vermute, dass durch ihren … Tod … die Energie wieder freigesetzt und dadurch das Uhrwerk der Unsterblichen wieder geradegerückt werden könnte.«

Avery wurde hellhörig.

»Das heißt?«

»Das heißt, dass ich glaube, dass durch ihren Tod genug Magie erzeugt werden kann, um das Gleichgewicht wiederherzustellen.«

Avery runzelte die Stirn, genau wie Giulia.

»Aber wie erhoffen wir uns eigentlich, sie unschädlich zu machen?« Giulia vermied das Wort »töten«.

»Sie hat für das Ungleichgewicht gesorgt, dass es ermöglicht, einen Sapye zu töten. Es soll ihr nun zum Verhängnis werden.« Mit diesen Worten schritt Lyke in die Dunkelheit, dicht gefolgt von Avery, der den Weg voran leuchtete.

»Giulia …«, flüsterte Avery. Die Tür zum Saal vor ihnen war ebenfalls nur angelehnt.

Averys Blick fuhr zu Giulia hinter ihm herum.

»Sie ist offen.«

Giulias Schritte beschleunigten sich, bis sie zu den beiden aufschloss. Averys Kopf fuhr herum, als er dachte, zwischen ihren Schritten ein weiteres Geräusch gehört zu haben.

»Was war das?«, hauchte er in die Dunkelheit.

Lyke und Giulia hielten inne, suchten das Schwarz mit ihren Augen vergebens ab und wandten sich wieder Avery zu. Die Einzigen, die neben ihnen anwesend waren, waren die Statuen, die mit ihren leeren Blicken in ihre Richtung stierten.

Lyke musterte die Tür, sah zu Avery, dann zu Giulia. Er fühlte, wie aus dem Raum vor ihnen ein dunkler Energiestrom quoll. Als habe man ihn mit schwarzer Tinte bis zur Decke gefüllt und dann die Tür geöffnet. Seine Glieder spannten sich an und sein Mund öffnete sich bereits.

»Es ist Zeit.«

60

Der Saal der Oper lag vor ihnen, schlummerte wie eine weise Eule. Friedlich. Doch das Gefühl, das sich in allen dreien ausbreitete, vermittelte ihnen das Gegenteil von Frieden. Das Zittern in Giulias Armen und Beinen ließ nach, als die Magie unter ihrer Haut zu kribbeln begann. Als flüsterten die Flügel ermutigende Worte, lauschte sie dem kaum hörbaren Rauschen von Federn, die sich aneinanderschmiegten. Wie von tausend Augenpaaren aus der Dunkelheit beobachtet, suchte sie mit ihrem Blick den Saal ab, in der Hoffnung, die lauernde Gefahr erkennen zu können. Eine Macht, so dunkel wie die schwärzeste Nacht.

Der durchdringende Ton einer Oboe ließ einen Schauer über Averys Rücken laufen. Das Geräusch schien von hinten zu kommen, doch nun füllte das Ballett Tschaikowskis den ganzen Raum.

Lykes Blick wanderte umher und suchte nach der Quelle, doch Giulia fixierte nun die verhüllte Bühne.

In einer gleichmäßigen Bewegung glitt der Vorhang mit zunehmender Lautstärke der Musik nach oben. Dort, wo sich normalerweise die Tänzerinnen bereitstellten, um vor das Publikum zu treten, legten sich die Stoffe in wirre Falten, als hätte man sie einmal verknüllt. Ausgefranst, grob abgeschnitten, lagen sie wie Leichenteile auf der Bühne.

Die Scheinwerfer leuchteten auf.

Einzeln und nur schwach glommen sie und warfen lange Schatten in den Saal.

Schritte.

Giulia hörte genau: da tanzte jemand.

Sie spitzte ihre Ohren, wandte ihren Blick nicht ab. Mit aller Kraft kämpfte sie gegen das Schlottern ihrer Knie an. Ihre Lippen wurden trocken und die Hände feucht, doch dadurch, die Federn unter ihrer Haut nach außen drängten, fühlte sie sich mehr denn je bereit zu kämpfen.

Averys Herz schlug schneller, als er aushalten konnte. Die Adern an seinem Hals pochten bis in seinen Kopf. Sie ließen seinen Geist wie Tentakel nicht mehr los. Das Geräusch erinnerte ihn an das Ticken seiner Uhr – und an das Ticken der Uhr seiner Mutter. Die Erinnerung brachte die Flamme in seiner Hand zum Lodern.

Die tanzenden Schritte wurden wilder mit der Musik, befanden sich in Perfektion mit dem Takt und untermalten den Klang, der sich im Raum ausbreitete.

Sie konnten die schwarzen Federn erkennen, die sich hinter einem der Vorhänge hervorschoben. Zuerst die Spitzen, die sich wieder zurückzogen und in der Bewegung einer Pirouette wieder nach außen schossen. Je mehr von den Flügeln sichtbar wurde, umso mehr offenbarte sich die Frau, die sie trug. In Ballettschuhen zurechtgeschnürt und die Zehenspitzen absolut geradlinig gestreckt, flogen sie mit den Bewegungen hinter dem Vorhang hervor, bis sie ihren drahtigen Körper mit dem silbernen Amulett um ihren Hals auf der Bühne präsentierte.

Sie verbeugte sich, verbarg ihr Gesicht hinter ihren Flügeln und als sie sich aufrichtete, wurden Averys und Giulias Befürchtungen wahr.

Als habe sich sein Weltbild einmal um hundertachtzig Grad gewendet, saß der Schock tiefer, als er sich es ausgemalt hätte.

Das blutunterlaufene Augenpaar durchbohrte seinen Blick. Die Haare streng zu einem Dutt zusammengezurrt und die Arme und überdimensionalen Flügel zu einer perfekt symmetrischen Haltung zu ihren beiden Seiten gestreckt, nahm sie die Bühne vollständig für sich ein.

Lykes Magen drehte sich um. Hundertvierzig Jahre hatte er auf diesen Moment gewartet. Sobald er realisiert hatte, dass sie leibhaftig vor ihm stand, flammten die Erinnerungen an die Tage, in denen er sie verfolgt hatte, in ihm auf. Das Gesicht am Fenster der Waldhütte und die Stimme der Auraryе, die nun so viel dunkle Macht in sich barg.

Die Erinnerungen, die Giulia bewusst machten, wie oft ihr die Mörderin schon so nahe gewesen war, brachten sie dazu, ihre Zähne zu fletschen. Jedes Mal wurde Giulia von ihr gemustert. Jedes Mal musste Giulia auf die Sekunde genau wieder in der Umkleide sein.

Jeden verdammten Tag stand ich vor ihr.

Giulia musterte sie. Verfolgt von ihrem von Wahn erfüllten Gesichtsausdruck, blieb ihr Blick an diesem so vertrauten Gesicht haften.

Thérèse.

61

Thérèse löste sich aus ihrer Tanzhaltung, ging einen Schritt auf der Bühne auf, dann wieder ab.

»Wie schön, dass ihr freiwillig kommt. Und auch noch einen …« Sie musterte Lyke. »… Gast mitgebracht habt.« Sie legte ihren Kopf schief. »Noch mehr Energie.« Sie presste die Lippen aufeinander und fixierte ihn.

Avery teilte die Flamme in seiner Hand auf seine zweite auf, ließ sie zu Feuerbällen heranwachsen und eine Zornesfalte grub sich spürbar in die Mitte seiner Stirn. Auch Lyke ließ mit ausladenden Gesten das Gold in der Luft zu einer Welle mit Spitzen an ihren Enden kondensieren, hielt inne und beobachtete den schwarzen Schwan.

Giulias Flügel schnellten aus ihren Schulterblättern hervor und schon in der nächsten Sekunde schwang sich Thérèse mit ihren Schwingen in die Höhe. Die Druckwelle ihres Auftriebs fegte die Vorhänge davon und ließ die Bühne erzittern. Jeder einzelne Muskel, der unter ihrer ausgedörrten Haut sichtbar wurde, setzte sich im Halbdunkel des Raumes ab. Jede Kontur, jede zornverzerrte Falte in ihrem Gesicht, entstellten sie zu einem wutgetriebenen Monster.

»Du WAGST es?«, brüllte Thérèse mit hochrotem Kopf, als sie Giulias Flügel erblickte. »ICH bin der Schwan!«

Mit dem Schrei flogen Speicheltropfen aus ihrem Mund und als durchführe sie ein Beben, spannten sich ihre Glieder an, ließen ihre Adern grotesk hervortreten.

Ihre Flügel trugen sie bis an die Decke des Theaters. Hoch oben schlugen die Schwingen, die fast jegliches Licht verschluckten und nie wieder freisetzten. Massig und stark bewegten sich ihre Muskeln darunter, hielten sie zuverlässig in der Höhe.

Mit ihrem Kopf fuhr sie herum, fixierte Lyke.

»Du kannst es wohl nicht lassen. Ich dachte, du hättest aus deiner Vergangenheit gelernt. Mich kannst du nicht besiegen, egal wie lange du schon auf unserer Erde weilen magst. Ich bin dir immer einen Schritt voraus. Wie naiv von dir!«, fauchte sie ihn an, die Augenbrauen steil zusammengezogen.

»Du bist eine Schande für die ganze Welt!«, schrie er ihr entgegen und bäumte seine Goldwellen auf. Mit den Spitzen voran, schoss er auf sie zu. Doch bevor sich das Metall in die Decke bohrte, wich ihnen Thérèse schneller als ein Wimpernschlag aus. Klirrend vibrierten die Splitter des Goldes in der Architektur.

Lyke fuhr herum, als er sie hinter sich hörte. Auch Avery setzte nun zum Angriff an. Eine Feuersbrunst ergoss sich in den Raum, füllte die Luft mit Hitze und schmolz die Enden der Splitter in der Decke. Auch dieses Mal wich Thérèse aus, doch die Spitzen fingen Feuer. Versengt und kokelnd stießen sie Rauchschwaden aus, ehe sie sich von selbst wieder zusammensetzten und ihre alte Schönheit zurückerlangten.

Ihr hämisches Gelächter schallte durch den Saal. Giulia kochte vor Wut. Sie feuerte einen Sturm auf Thérèse ab, die auswich, doch schon in der nächsten Sekunde stachen drei Goldzacken in ihre Flügel, sodass sie aufschrie. Lyke feuerte eine weitere Spitze in sie hinein und traf mitten in ihr Herz. Ihre Stimme schien unter dem höllischen Schmerz zu bersten und die Flammen fraßen sich an ihren Beinen entlang, als Avery all seine Kräfte mobilisierte.

Mit aller Kraft zog Thérèse die Flügel in ihren Rücken ein, wodurch es ihre Schwingen in einzelne Streifen riss, die sich kläglich in ihre Schultern zurückzogen. Ihr Körper rutschte von der einzigen Spitze, die sie noch in der Schwebe hielt, zu Boden.

Nach dem Aufprall, der die Sitze unter ihr zu Boden schmetterte, keuchte sie. Als hätte man sie bei lebendigem Leibe geschlachtet, stachen ihre Rippen durch die blutige Wunde hervor. Ein erneuter Schrei entfuhr ihrer Kehle, als sich das Loch in ihrer Brust schloss.

Gefangen von dem Anblick der Brutalität, hielten Avery und Giulia inne, während sich Lyke auf sie warf. Aus seiner Handfläche fuhr ein goldener Dolch, mit dem er ihre Kehle aufschlitzte.

Mit beiden Beinen die ihren fixierend, kniete er auf ihr. Erneut brüllte sie schmerzverzerrt, rollte sich mit aller Kraft zur Seite und schoss scharfkantige Federn auf Lyke, die sein Gesicht mit Schnitten zersetzten.

Unbarmherzig gruben sich ihre Klingen in sein Fleisch, hinterließen nur Taubheit, die dem Schmerz wich.

Thérèse konnte sich von seinem Gewicht für den kurzen Moment, in dem er abgelenkt wurde, befreien. Hastig zog sie ihre Knie an, schoss aus ihren Füßen weitere Federn und beförderte sich durch den Rückstoß zwischen den Sitzen hervor. Ihre Flügel schnellten erneut aus ihr heraus – vollkommen regeneriert. Einzig die Blutspuren auf einzelnen Federn waren noch sichtbar.

Avery und Giulia stürmten auf sie zu. Weiße Federklingen brachen sich an schwarzen Flügeln und Feuer versengte sie. Thérèse nahm Schwung, drehte sich und entfachte einen Sturm, der über die Sitzreihen und den ganzen Saal hinwegfegte. Avery hielt schützend seine Hände vors Gesicht, während Giulia ihre Flügel nutzte, dem Sturm auswich und drauf und dran war, auf Thérèses Gesicht zu feuern.

Der Wahn kochte in Giulia hoch, trieb sie dazu, Thérèses Gesicht mit ihren bloßen Händen zerfetzen zu wollen. Doch bevor sie auch nur in ihre Nähe kommen konnte, wurde sie von einem Meer aus Federn niedergeschmettert. Giulias Körper brach durch einige Sitzreihen hindurch, Knochen barsten. Sie spürte ihre Beine nicht mehr. *Scheiße.*

Lyke riss seinen Arm in die Höhe und eine Goldfontäne schoss aus dem Boden hervor. Mit dem größten Druck, den er aufbringen konnte, schmetterte er Thérèse gegen die Decke des Raumes.

Der Aufprall zauberte ein boshaftes Grinsen auf ihr Gesicht, als könnte sie jeglichen Schmerz ignorieren.

Auf einer Goldwelle nach oben getragen, fuhr er hinterher, um ihr den finalen Schlag verpassen zu können. Thérèse jedoch drehte ihren Körper, schwang sich an der Decke vorbei und stieß eine gigantische Feder durch Lykes Bauch.

Das Blut schoss in seine Kehle, er würgte, spuckte – doch so sehr er auch röchelte: Sein Atem blockierte. Seine Brust verkrampfte. Wie all die Stunden im Gefängnis zusammen schienen die Sekunden, die sein Körper brauchte, um das Blut in seinen Lungen aufzulösen, sich in eine Ewigkeit auszudehnen. Die Wunde in seiner Bauchregion zurrte sich von alleine zusammen und einzig der Blutfleck auf seiner Kleidung blieb zurück.

Er spuckte den letzten Tropfen heraus, wischte ihn von seinem Kinn ab und erhob beide Arme. Seine Muskeln und Sehnen unter Spannung gesetzt, rauschten die Goldmassen hinter ihm in die Höhe. Sie bäumten sich auf und rasten auf Thérèse zu.

Am Boden setzte sich Giulias Wirbelsäule nur langsam wieder zusammen – mit jedem Knacken stöhnte sie auf, drückte sich ins Hohlkreuz und betete innerlich, dass der Schmerz bald aufhören würde. Als hätte man ihre Beine mit rostigem Metall an ihren Körper geschraubt, gewann Giulia wieder die Kontrolle über sie. Erschöpft von den abflachenden Schmerzen, bebte ihr Brustkorb, sie hustete und setzte ihren Fuß auf, sodass sie aufstehen konnte.

Währenddessen riss Avery seine Faust nach vorn, um eine Feuersbrunst auf den schwarzen Schwan einzuschießen. Die Flammen formten sich zu Strängen, verschmolzen und bildeten die Hälse dreier Drachen, die auf den Schwan zurasten.

In Bruchteilen einer Sekunde senkte Thérèse ihren Kopf, faltete die Hände vor ihrer Brust und erschuf eine Kugel aus Federn und Sturmböen, die sich radial um sie herum ausbreitete, und drängte das Feuer und das Gold mühelos zur Seite, bis sie sich an den Rängen im Nichts auflösten.

Giulia rappelte sich auf. Thérèse hatte ihr den Rücken zugewandt und visierte dabei Avery und den blauen König an. Das war ihre Chance.

Giulia schloss ihre Hände, überkreuzte ihre Zeigefinger und aus ihren Fingerspitzen schossen Federn, so dünn und spitz wie Nadeln.

Blut schoss augenblicklich aus den hervortretenden Adern in Thérèses Rücken. Sie japste, rang nach Luft. In einer roten Linie zeichneten sich die Verletzungen auf ihrem geschundenen Körper ab. Ihr Kopf fuhr so rasch herum, dass ihre Knochen knackten. Als bestünde ihr Hals aus viel mehr Wirbeln, konnte sie ihren Kopf beinahe auf ihren Rücken drehen. Mit ihren Fingern bis zum Äußersten gespreizt, donnerten Federn unter ihren Fingernägeln hervor auf Lyke und Avery, die dadurch polternd auf die Bühne geschmettert wurden. Vom Teufel getrieben raste sie auf Giulia zu und vergrub ihre drahtigen Finger in ihrem Hals.

Die Primaballerina ächzte, sah dem schwarzen Schwan direkt in die Augen und die zornigen Falten an Thérèses Nase zeugten von angewidertem Hass auf sie.

»Du hast nicht das Recht dazu!«, fauchte sie und strafte Giulias weiße Flügel mit einem Blick, der sie hätte töten können.

Giulia packte mit einer Hand die von Thérèse, drückte zu, doch sie konnte sie keinen Millimeter bewegen. Nach Luft ringend, knackte Giulias Kehlkopf. Als stünde Thérèse mit ihrem ganzen Gewicht auf ihrer Luftröhre, statt sie zu würgen, stockte nicht nur ihr Atem, sondern auch ihre Schreie wurden im Keim erstickt. Das Blut staute sich in ihrem Gesicht, ließ es anschwellen und die Adern in ihren Augen platzen. Giulia riss ihr Bein nach oben und verpasste Thérèse den unmagischsten Tritt aller Zeiten zwischen die Beine. Für einen winzigen Moment lockerte ihre Kontrahentin ihren Griff. *Giulias Chance.*

Während sie Lyke und Avery im Hintergrund wieder aufstehen und auf sie zuhechten sah, schlug sie Thérèses Hand von ihr weg. Giulia stieß einen Schrei aus und sogleich bohrte sich Federkiele aus dem Boden in Thérèses Beine. Wie aus einem aufgeplatzten Gartenschlauch schoss das Blut aus den Waden des schwarzen Schwans. Schon einen winzigen Moment später wurde Thérèse mit voller Wucht von einer Goldwelle von Giulia heruntergeschlagen. Dicht gefolgt von dem Zischen, das der Speer aus Feuer in ihrem Oberarm erzeugte, gellte der Schrei des schwarzen Schwans durch den Saal.

Avery rannte zu Giulia, stützte mit einer Hand ihren Kopf.

»GIULIA!«, brüllte er und seine Hände schoben fahrig ihre Strähnen aus dem Gesicht. Schluckend rang er unter seinem bebenden Atem nach Luft und kämpfte gegen die aufsteigenden Tränen an.

»Geht schon.« Sie kniff die Lider zusammen und erkannte im Augenwinkel, wie Federn und Gold aufeinanderprallten. Lyke hielt sie in Schach.

»Wir müssen unsere Kräfte vereinen«, sagte Avery und sah ihr dabei eindringlich in die Augen. Giulia nickte, ohne eine Aufforderung dafür zu brauchen, und spannte jeden Muskel ihres Körpers an. Sie rappelte sich auf, zog sich an Averys Arm nach oben und flog auf Thérèse zu.

Averys Schmerz – stärker als je zuvor – löste Stränge des Feuers aus. Dass seine Unsterblichkeit ihn verlassen hatte, schwächte noch immer seine Regeneration. Tausend Ameisen schienen unter seiner Haut zu wuseln, als das Blut seiner Verletzungen nur träge verschwand und das Knacken seiner heilenden Knochen stach jedes Mal in seine Magengrube. Selbst das Heilen schmerzte so viel mehr als sonst. Einen stärkeren Angriff würde er nicht überstehen können.

Als er diesen Gedanken zu Ende gedacht hatte, begann die Haut an seinen Unterarmen zu jucken. Als er den Mantel wegschob und hinsah, konnte er die Falten erkennen, die sich in sie hineingruben. Schnell zog er seine Ärmel runter und wurde sogleich von einem silbrigen Schimmer über seinen Augen abgelenkt. Eine weitere Strähne ergraute.

Während Giulia und Lyke Thérèse Einhalt geboten, wanderte sein Blick in seine Hände. Flammen und Glut umspielten seine Finger, wuchsen, nährten sich von seinen Kräften. Er spürte ganz deutlich, dass sich seine Kraft dem Ende neigte.

Ganz zu schweigen von dem Alterungsprozess, der ihn langsam aber sicher umbrachte.

Die Hände zu Fäusten geballt, den Blick auf den schwarzen Schwan gerichtet, schoss er mit der Kraft seiner Flammen in die Höhe zu Lyke und Giulia.

Thérèses Blick huschte hinüber zu Avery. In Raserei verfallen, ließ sie Federn auf Lyke und Giulia niederregnen, die sie auf die andere Seite des Raumes schmetterten. In der nächsten Sekunde rasten Federkiele auf Avery zu, denen er nur im letzten Moment ausweichen konnte. Durch sein knappes Manöver verlor er allerdings das Gleichgewicht auf den Flammen, die ihn trugen. Sein Körper rauschte zu Boden. Thérèses Gewicht donnerte auf ihn hinab. Ihre Hand drückte seine Kehle zu. Ihre Nase berührte fast Averys Gesicht und ihr Atem streichelte seine Wangen.

»Hat Océane dich geschwächt?«, flüsterte sie und erzeugte eine Gänsehaut auf seinem ganzen Körper. »Wieso spüre ich, dass deine Energie schwindet, aber deine Kraft scheint dennoch vollkommen anwesend in diesem Raum zu sein?«

Durch ihre Worte knirschte er mit den Zähnen, versuchte seine blockierten Arme unter ihr wegzuziehen, doch die Furcht schwächte ihn. Wie ein Feuer, das von einem ganzen Wald zehrte, loderte sie auf.

Vollkommen anwesend in diesem Raum?, wiederholte er den Satz in Gedanken. Wie eine Bärenfalle war er um sein Bewusstsein zugeschnappt.

Anwesend in diesem Raum.

Thérèse drückte fester zu. Ihr Griff zerdrückte fast seine Luftröhre und hätte er es gekonnt, hätte Avery losgeschrien. So hämmerte er seine Fersen gegen den Boden und verzerrte sein Gesicht.

Giulia rappelte sich auf. Lyke ebenso. Ein Schwert, das nur wenige Meter neben Avery aus dem Boden schoss, spießte Thérèses Oberarm auf. Ihre Hand ließ locker und zuckte wie die Gliedmaßen eines zerquetschten Insekts. Avery rang nach Luft und drückte sich mit seinen Beinen unter ihrem Körper weg. Er rutschte aus und fiel mit dem Rücken auf den Boden. Thérèses Blick sprang vom Schwert auf ihn.

»Was ist mit deiner Energie passiert?«, fauchte sie, riss ihren Arm aus der Klinge und hechtete ihm nach.

Avery sprang auf, ließ das Feuer unter seinen Füßen lodern, schoss in die Höhe. Angstschweiß benetzte seine Gliedmaßen, als er Thérèses zorniges Stöhnen wenige Meter entfernt hörte.

Lyke keuchte und erzeugte eine gekrümmte Rampe aus Gold, die ihm erlaubte, seine Richtung schlagartig zu ändern. Er fuhr herum und rauschte Thérèse hinterher. Sie war Avery dicht auf den Fersen.

Giulia schwang sich in die Luft, hob die Arme und formte ein Dreieck mit ihren Händen. Sie schoss drei Federklingen auf Thérèse. Diese wich ruckartig aus und packte Averys Knöchel. Sein Feuer verbrannte ihre Haut und legten Elle und Speiche frei. Vom Schmerz unbeeindruckt, riss sie ihn mit ihrer zweiten Hand zu Boden.

Der harte Untergrund traf ihn heftiger, als er es sich in der Sekunde des Falls ausgemalt hatte. Ein Stoß durchfuhr seinen Körper und wurde von Knochen zu Knochen übertragen. Seine Gelenke schienen zu bersten und jeder Nerv signalisierte, dass dieser Aufprall der letzte Schritt zu seinem Todesurteil sein würde.

Vor Schmerzen krümmte er sich am Boden, riss die Hände an seine Beine. Ein zweiter Aufprall. Thérèses Körper auf seinem. Dann Erleichterung. Lyke schoss zwei Goldscheiben auf sie und trennte ihr beide Arme ab. Die beiden Gliedmaßen donnerten dumpf zu Boden. Das Blut schoss aus den Stümpfen, ergoss sich um sie herum und breitete sich warm unter Averys Rücken aus.

Thérèse erhob sich. Der Schrei blieb ihr wie ein Kloß im Hals stecken. Alles, was sie hervorbringen konnte, war ein Blick, der – wenn er hätte töten können – Lyke sofort ins Nirvana befördert hätte.

Lyke schmunzelte.

Die Adern und Muskelstränge um die Wunden herum traten hervor, füllten sich mit Blut. Was auch immer in ihr vorging, strahlte noch mehr dunkle Energie aus, als im ganzen Raum vorhanden war. Dort, wo zuvor noch ihre Arme gewesen waren, bildeten sich lebendige Stränge wie Ranken aus Knochengewebe. Sie formten sich zu Oberarmknochen, überzogen sich selbst mit Muskeln, Bindegewebe und Haut.

Noch bevor sich ihre Arme vollständig rekonstruieren konnten, stürmte sie auf Lyke los, den sie mit einem Wink ihres halbfertigen Armes einem Federsturm aussetzte. Lyke beschwor Wände aus Gold und zerschlug den Sturm im Keim.

»Das wirst du bereuen!«, würgte sie unter dem Blut, das in ihre Kehle gestiegen war, hervor.

Während sie das Blut ausspuckte, schossen Flammen aus ihrem Mund hervor. Unkontrolliert schlugen sie zu allen Seiten aus, ohne Lyke richtig zu treffen. Das Feuer verwandelte sich in Gold, dann in Federn und verging schließlich in einem glühenden Loch am Boden.

Diesen Moment nutzte Giulia und stieß Federkiele durch ihren Brustkorb. Unter Schmerzen schrie Thérèse und eine weitere Goldklinge schnitt ihre Beine auf.

Sie fixierte Lyke, legte den Kopf schief und knackte mit ihrem Nacken. Ihr Blick haftete noch an ihm.

Ihre Augen weiteten sich, als nichts geschah. Das nutzte Lyke, um Goldstränge aus dem Boden zu schießen. Sie fesselten sich um ihre Hand- und Fußgelenke. Ihr Gesichtsausdruck zeigte Unverständnis und den Wahn, der sie bis in die letzte Zelle ihres Körpers füllte.

Der König zog ihre Arme und Beine nieder und drückte sie mit aller Kraft nach unten. Mit einem mickrigen Versuch, sich zu wehren, ging Thérèse auf die Knie und legte den Kopf in den Nacken, sodass sie Lyke genau in die Augen sah.

»Es hätte funktionieren sollen«, krächzte sie.

»Wehe, du sagst noch ein Wort –« Er schoss eine Klinge direkt unter ihr Kinn. »Ich bin zu stark für deine Tricks.«

Ihre Augen blinzelten und Wasser stieg unter ihre Lider.

»Ich bin die mächtigste Sapye der Welt! Deine Uhr hätte ticken sollen!«, spuckte sie die Worte hervor, doch Lyke durchtrennte ihre Zunge, als die Klinge ihr Kinn durchfuhr.

Giulia hastete zu Avery, der immer noch am Boden lag. Sie hievte ihn aus der Blutlache heraus und stützte seine Seite. Als hätte sie nicht nur sein Körpergewicht gestützt, beruhigte sich sein Puls. Er hustete und dabei kratzte seine Kehle so sehr, dass sich Stiche in seinen Rachen bohrten. So langsam wie jetzt hatte er die Heilung noch nie gespürt. Das Gefühl von sich zurückziehenden Blutungen war so schwach, dass er es beinahe nicht wahrgenommen hätte.

»Ich will hören, was sie zu sagen hat«, keuchte Avery und kämpfte sich den Weg zu Lyke gemeinsam mit Giulia voran.

Verwirrung stand in Lykes Gesicht geschrieben, doch er ließ die Klinge sinken. Thérèse knackste mit ihren Wirbeln und die Muskelfasern ihrer Zunge setzten sich wieder zusammen. Das Geräusch erinnerte an das Wuseln von Mehlwürmern in einem Karton.

Avery löste sich von Giulia und trat vor Thérèse, die noch immer von Lyke in Schach gehalten wurde. Lyke verzog das Gesicht und bedeutete Avery, dass er sie nicht lange so festhalten könne.

»Was meintest du damit, dass meine ganze Kraft in diesem Raum anwesend ist?«, fauchte er sie an.

Sie sah ihn an, zerrte an ihren Fesseln. Die Metallstränge hielten ihre Gliedmaßen an Ort und Stelle. Schließlich wandte sie sich Avery zu und presste ihre Lippen zusammen.

»Wer wohl deine Energie in sich aufgenommen hat?«

Ihre Worte hallten durch den Raum, während ihr Blick Averys Augen durchbohrte. Als es Avery wie Schuppen von den Augen fiel, drehten sich Thérèses Augäpfel und nahmen sie ins Visier.

Giulia.

Energie kann weder erschaffen noch zerstört werden.

Thérèse beäugte sie wie ein gefundenes Fressen. Sie erhob ihre Stimme.

»Eigentlich sollte dich Océane mit ihrer geliehenen Energie nur so weit schwächen, dass ich dich überwältigen kann, Avery.« Sie wandte ihren Blick noch immer nicht von Giulia ab. »Doch damit, dass deine Energie gar auf jemand anderen übertragen werden würde, habe ich nicht gerechnet.«

Gelächter quoll aus ihrer Kehle hervor, durchsetzte den Saal mit der Besessenheit, die durch jede Zelle ihres Körpers zu rasen schien.

Giulias Augen weiteten sich und der Schock ließ ihre Gelenke gefrieren. Schweiß tränkte ihren Nacken. Energie pochte und floss unaufhörlich in der Tasche ihrer Hose.

Ihre Taschenuhr.

Alles, was sie so vollkommen gemacht hatte, ihr eine Bestimmung gegeben hatte – das alles, was sie von den anderen Menschen unterschied, sollte gar nicht ihr gehören?

Averys Blick traf sie. Sie spürte, wie er sie ansah, wie sich seine Augen stetig mit Tränen füllten. Giulia wandte ihren Blick zu Boden.

Lyke stöhnte auf, ächzte. Thérèse kämpfte weiter gegen die Fesseln an.

»Ich kann sie nicht länger halten!«, brüllte er und riss Averys Blick von Giulia los.

»Denkt daran, was ich euch gesagt habe! Zu dritt sind unsere Kräfte stärker!«

Lyke nickte Giulia und Avery zu. Stumm verstanden sie, doch in ihnen tobte ein Sturm.

Ein Sturm, der Giulia innerlich zerriss. Ein Sturm, der infrage stellte, was Avery über Giulias neue Fähigkeiten denken sollte.

Thérèse riss die Fessel ihres rechten Armes los. Wie ein Peitschenhieb schallte das Geräusch durch den Saal und der Strang rasselte zu Boden. Ein Wutschrei, der Giulia und Avery aus ihren Gedanken rüttelte, entfuhr Lyke.

Blitzschnell reagierte Giulia, riss ihren Arm nach vorn und schoss Federkiele aus dem Boden, die sich in Thérèses freien Arm bohrten und ihn festhielten.

»Jetzt!«, schrie Lyke und Avery zuckte zusammen.

Er breitete seine Hände aus und der Boden fing an zu glühen. Das Leuchten spie Flammen, breitete sich bis zu den

Goldfesseln und den Federkielen aus. Als sich Feuer, Federn und Gold berührten, wurde goldenes Licht an den Berührungspunkten freigesetzt. Nach und nach ging der Schein auf Thérèse über, pflanzte sich über Gold und Federn fort.

Zu einer einzigen Masse an Energie zusammengeschlossen, vereinten sich die Kräfte der drei Sapye. Aurarye, Coronye und Incendye bündelten ihre Energie. So stark wie drei Sonnen brach die Magie das Halbdunkel um sie herum auf. Zwecklos spie Thérèse Federn und Feuer aus ihrem Mund. Ein Rauschen, das ihre Ohren betäubte, trat aus der Energie hervor. Das Geräusch verstärkte sich zu einem hohen Ton, der schrill und blechern durch den Raum hallte.

Der Energieimpuls löschte alle Lichter aus und blieb als einzige Lichtquelle zurück. Wenige Augenblicke vergingen, so schnell sie nur konnten, und stetig verdunkelte sich die Kraft.

Die Magie der drei erstarb und hüllte sie alle in undurchdringliches Schwarz.

Die Dunkelheit legte sich so dicht um sie herum, dass sich die drei nicht einmal gegenseitig erkennen konnten.

Nichts. Nur Schwarz. Als hätte ihre Magie jegliche Lichtstrahlen wie ein schwarzes Loch in sich eingesogen.

»Hört ihr das?«, flüsterte Giulia.

Avery und Lyke spitzten ihre Ohren. Ganz deutlich und doch so zart konnten sie es vernehmen. An der Stelle, an der sich Thérèse in der Dunkelheit befinden musste … tickte eine Uhr.

Unaufhörlich schritt der Zeiger voran. Unheimlich und als tödliches Echo, fraß sich dieser Ton in Mark und Bein.

Kein Atem.

Kein Zeichen von Leben.

Avery beschwor seine Flammen. Das Feuer schickte seine Lichtstrahlen durch den Raum und legte den Anblick auf ihre Leiche frei. Eingefallene Wangen, weißes Haar und ausgedörrte Flügel, die leblos am Boden hafteten. Ihre Knochen, die sich deutlich abzeichneten, vervollständigten das groteske Bild ihres geschundenen Körpers. Die Wunden, die zuvor noch auf ihr geprangt hatten, fielen unter dem fehlenden Heilungsprozess als tiefe Furchen in ihre Haut ein. Adern lagen wie tote Würmer in ihrem Körper.

Giulia wandte ihren Blick ab. Lyke sah Avery an und öffnete den Mund.

»Es ist vollbracht.«

Das Gewicht eines Gebirges fiel von Lykes Schultern ab. Als hätte man all seine Wünsche auf einen Schlag erfüllt, breitete sich Wärme in seinem Herzen aus.

Auch in Avery und Giulia machte sich Erleichterung breit. Das warme Gefühl von Sicherheit pulsierte in ihren Adern, ließ ihre Herzen langsamer schlagen und die Anstrengung abebben.

Avery trat an Thérèses Leichnam heran, musterte ihn. So ausgetrocknet, wie sie auf den Boden gesunken war, passte eine Sache nicht ins Bild: ihre makellose Kette.

Das Amulett hing ihr nun viel zu groß um den Hals.

So oft hatte sich Avery gefragt, was sich darin verbarg. Er streckte seine Hand danach aus und öffnete den Anhänger.

Das, was er darin sah, riss sein Weltbild von Neuem ein.

In der linken Hälfte des Anhängers war Thérèse abgebildet. Auf dem Foto legte sich deutlich vollere Haut über ihre Wangenknochen und so ähnelte sie der dürren Managerin nur in wenigen Zügen. Ihre weißen Schwanenflügel trug sie mit aufrechter Haltung und ein Schmunzeln lag auf ihren Lippen.

Unter ihrem Bild stand ein Name: *Pelagaja.*

Dass Thérèse im Laufe ihres Lebens einen anderen Namen angenommen hatte, um nicht aufzufallen, war nicht weiter verwunderlich. Das, was Avery erschütterte, war das Bild daneben.

Das war Jeremy.

Einen Anzug mit smaragdfarbenen Nadelstreifen tragend sah er Avery aus dem Foto heraus direkt in die Augen. Dahinter: Adlerflügel.

»Yeremya«, flüsterte Avery, als er die Schrift unter seinem Abbild las.

Lyke trat näher heran und sah Avery besorgt in die Augen, als er dessen leeren Blick erkannte. Avery ließ regungslos das Amulett aus seiner Hand in die von Lyke gleiten.

Erinnerungsfetzen an die Zeit, die Avery so oft mit Jeremy verbracht hatte, blitzten in seinen Gedanken auf. Als sie die ganze Nacht redend auf einer Parkbank verbracht hatten und er sich Jeremy anvertraut und ihm vom Verlust seiner Mutter erzählt hatte.

»Die beiden, die ich damals verfolgt habe«, sagte Lyke monoton. »Dieser Yeremya ist der, der sie dazu aufgestachelt hat, all das zu tun.«

Averys Erinnerungen an ihre gemeinsame Zeit brachen wie ein Kartenhaus zusammen. Wie lange hatten die beiden zusammengearbeitet, nur um ihn dorthin zu kriegen, wo sie ihn haben wollten? Wie lange waren sie hinter ihm und seinem Potenzial an Magie her gewesen? Sein Magen drehte sich um, als sein Herz stechend schmerzte. Avery sank auf die Knie und starrte in die Leere über Thérèse hinweg, doch Tränen trübten seine Sicht. Er verzog seinen Mund zu einem Lächeln. Ein Lächeln, das er unter seine verheulten Augen legte, nur um nicht den Verstand zu verlieren. Seine Schultern sanken nach vorn und in seiner gekrümmten Haltung bebte sein Brustkorb.

Giulia kniete sich zu Avery, legte eine Hand auf seine Schulter und sah hinauf zu Lyke.

»Wir kennen ihn«, ergriff sie das Wort.

Sie weckte Lykes Neugier, der sich ihr nun zuwandte.

»Wisst ihr, wo er sich aufhält?«

Sie schüttelte den Kopf.

»Ist er gefährlich?«, fragte sie Lyke.

»Wenn du mich fragst, ist er noch wahnsinniger als Pelagaja. Weniger gefährlich, aber nach allem, was ich weiß, hat er sie erst dazu angestiftet, all die Morde zu begehen. Nur damit er seine weiße Weste behalten konnte. Bei den Morden ist die Magie ihrer Opfer auf Pelagaja übergegangen … aber ein Teil dieser Energie muss auch in Yeremya gefahren sein. Wie ein Parasit hat er sich also von ihren Morden gestärkt.

Aber wenn das Gleichgewicht wiederhergestellt wird, wird er seine zusätzliche Magie verlieren und unbedeutsam sein. Wo auch immer er sich aufhalten mag. Schaden wird er keinen anrichten können, wenn die magischen Gesetze wieder in Kraft treten.«

Avery schluckte. Es war viel zu verdauen, wenn er daran dachte, wie gut Jeremy seine Rolle gespielt hatte. Es war zu viel, als dass er von jetzt auf gleich hätte realisieren können, dass das zwischen ihnen alles falsch gewesen war.

»Nach dem, was ich über ihn weiß, ist er ein helles Köpfchen und überaus mächtig«, fuhr Lyke fort. »Er wird gewusst haben, was Pelagaja plant. Sicher ist er bereits über alle Berge.«

Machtlosigkeit packte Avery und ließ ihn erstarren. Sein Kopf dröhnte.

Dieser Scheißkerl. Was wenn jetzt alles umsonst gewesen war?

»Was ist mit dem Uhrwerk der Unsterblichen?«, fragte Giulia.

Thérèse lag tot vor ihnen.

Mit ihrem Tod sollte alles besiegelt sein.

»Giulia. Avery. Was sie über euch beide gesagt hat … Wenn ich es richtig verstanden habe, ist bei dem Kampf mit Océane ein Energiefluss von Avery auf dich, Giulia, ausgelöst worden. Das wurde nur durch das Ungleichgewicht in unserer magischen Welt ermöglicht. Jetzt, da sie tot ist …« Er hielt inne und sah in die leeren Gesichter von Avery und Giulia. »Jetzt müsste das Gleichgewicht wiederhergestellt sein.« Lyke wandte sich Giulia zu. »Du müsstest deine Kräfte wieder verlieren«, sagte er mit monotoner Stimme, die gleichzeitig ausdrückte, dass es ihm ein Stück weit leidtat.

»Ich spüre aber keinerlei Veränderung. Und … meine Uhr?«, flüsterte Avery mit roten Augen. Er hörte noch immer seine eigene Uhr dumpf aus seiner Manteltasche ticken.

Lykes Blick wurde von einer Haarsträhne Averys gefangen, die sich in diesem Augenblick weiß färbte. Vom Ansatz bis in die Spitzen fuhr die Farbe das ganze Haarbüschel entlang.

Der König wurde unruhig, begann zu grübeln.

»Das heißt, das Gleichgewicht ist noch immer nicht hergestellt und der Energiefluss besteht noch, Avery.« Besorgt legte er seine Hand auf Averys Schulter. »Ich kann nicht zulassen, dass du dem Tod ins Auge blickst. Was auch immer es ist, ich werde es herausfinden.«

Sein Blick wanderte zu Giulia, die zu Boden starrte.

Ein kaltes Gefühl breitete sich in ihr aus. Die Worte aus Keenans Tagebuch, die sich seit sie sie gelesen hatte, in ihrem Kopf wiederholten, stiegen in ihrem Gedächtnis auf.

»Liebe ist stark genug«, flüsterte sie.

Und sie verstand.

Ihre Finger tasteten nach Célestines Taschenuhr. Giulia zog sie heraus und schloss ihre Finger um sie.

»Liebe ist stark genug. Keenan wusste es die ganze Zeit.«

Ihre Stimme brach unter den Tränen und nur ratlose Blicke fand sie in Lykes und Averys Gesichtern vor.

»Avery. Liebe ist die stärkste Form der Magie … stimmt's?«, flüsterte sie.

Averys Mund stand einen Spalt weit offen.

»Thérèses Tod war nicht die Lösung – sonst wäre die Welt jetzt im Gleichgewicht. Du hättest deine Unsterblichkeit wieder.« Sie deutete zu Avery, dessen Blick ihren Tränen auswich. Sie kullerten ihre Wangen hinunter und das Lächeln, das ihr Mund formte, zeichnete bittersüß die Spuren ihrer Gefühle auf ihr Gesicht. »Du bist mein bester Freund«, flüsterte sie, bevor ihre Stimme erneut brach.

Sie sah die Uhr in ihrer Hand, musterte das Metall. Still und leise liefen die Tränen als Rinnsale ihre Haut bis zu ihrem Hals hinab. Giulia blinzelte und ihr herzerwärmendes Lächeln blitzte für eine Sekunde unter den Tränen auf. Noch bevor Avery realisieren konnte, was Giulia vorhatte, drückte sie zu.

Aus ihren Fingerspitzen bohrten sich Federkiele in das Glas der Uhr und ließen es zerspringen.

Sein Herz setzte aus. Als würde die Zeit unerträglich in die Länge gezogen werden, sah Avery zu, wie aus dem gesprungenen Glas ein silberner Rauch aufstieg. So wie Sand, der durch Finger rann, konnte er nichts dagegen tun, als sich ihr Blick, der genau auf seinen Augen lastete, leerte. Ihre Züge fielen in eine so leblose Stille, dass er gegen sie anschreien wollte – doch der Schmerz drückte seine Kehle zu. Ihre Brust senkte sich, tat ihren letzten Atemzug und auch von dort stieg eine winzige, silberne Rauchschwade in kräuselnden Bewegungen auf. Als wollte sie Avery noch ein letztes Wort auf seinen Weg geben, stand ihr Mund zu stillen Worten geformt offen, als nur ein ersticktes Hauchen aus ihm hervortrat.

Sie taumelte wie in Zeitlupe, verlor das Gleichgewicht. Avery hastete auf sie zu, fing sie auf, kurz bevor sie auf dem Boden aufschlagen konnte. Der Schmerz, der nun durch seine Glieder zuckte, wurde im Keim erstickt. Dort, wo Thérèse zuvor noch seine Kehle gewürgt hatte, verschwand das Stechen genau wie die letzten Prellungen in seiner Schulter. Doch sein Gesicht blieb nach wie vor schmerzverzerrt.

»Wach auf, verdammt!«, brüllte er sie an und rüttelte an ihr. »Wach auf! Wach AUF!« Sein letzter Schrei verlor sich in flüsternden Worten und endete in Tränen, die auf Giulias leblosen Körper tropften.

Er warf schluchzend den Kopf in den Nacken.

»Verdammt, was soll das?«, schrie er in die absolute Stille.

Leblos hing ihr Arm auf den Boden herab, streifte mit dem Zeigefinger den Boden. Avery hörte nicht auf, an ihr zu rütteln, doch Giulia regte sich nicht mehr. Dass sich die Haare, die Avery ins Gesicht gefallen waren, wieder dunkel färbten und die Falten auf seinen Armen zurückwichen, blendete er aus. Einzig und allein Giulia nahm sein Bewusstsein ein.

Lyke trat vorsichtig auf den schluchzenden Avery zu.

Er sagte nichts.

Sie hatte den wahren Kern der Magie verstanden: Liebe.

Von Giulia breitete sich ein weißer Schein aus, der den Saal wie eine Druckwelle durchfuhr und dann durch die Wände hindurch nach außen trat.

Einzig und allein ihr Opfer, um Avery vor dem Tode zu bewahren, bewahrte nun die ganze Welt davor, dass das Uhrwerk der Unsterblichen zerbrach. Avery ahnte nicht, dass sie nun am Ende angekommen waren. Am Ende des Chaos.

65

EIN JAHR SPÄTER

Durch das von den Mondphasen verzierte Fenster hoch oben in der Kuppel fielen die warmen Strahlen bis auf den Marmorboden des Palastes des blauen Königs und der Duft von Rosen, deren Blätter im Licht aufleuchteten, erfüllte den Raum. Durch die unendlichen Weiten hallten Schritte, Getuschel und das rege Treiben der Sapye.

Vor einem Spiegel in einem Nebenraum zog Avery sein Gewand zurecht. Von Goldfäden und dunkelroter Seide an den Ärmeln verziert schmiegte sich das weiße Hemd perfekt an seine schmalen Schultern. Dicht an seinem Hals befestigte eine goldene Feuerbrosche den Umhang, der dick und schwer auf dem Boden auflag. In der Reflexion sah er den Mann mit der Marmorhaut, wie er sich von hinten näherte.

»Nervös?«, flüsterte Lyke.

Avery seufzte, sah zu Boden und befestigte Manschettenknöpfe an seinen Ärmeln. Er hörte seinen eigenen Herzschlag.

»Ein bisschen«, antwortete er.

Lyke schmunzelte.

»Sie wäre so stolz auf dich. Das weiß ich.« Der König legte eine Hand auf seine Schulter und nickte, bevor er ihn wieder alleine ließ.

Nur noch wenige Minuten, bis ich die Rede halten muss.

Als er ihre Stimmen hören konnte, sah er zum kleinen Mosaikfenster, das den Blick auf den großen Saal freilegte.

So viele Sapye.

Avery atmete tief durch, richtete seinen Rücken gerade auf und schaute sich selbst in die Augen.

Du schaffst das.

Tosender Applaus hallte durch den Palast, als Lyke aus einem hinteren Raum auf die Plattform trat, die mit wenigen Treppenstufen mit den etlichen Sitzreihen verbunden war. Zögerlich trat auch Avery hervor, der sich bemühte, stets gerade zu gehen. Auch er wurde mit Beifall überhäuft. Mit einem Blinzeln sah er weg vom Publikum und spürte, wie sich die Wärme auf seinen Wangen ausbreitete. Von einer Statue, die bis zum Dach ragte, überschattet, hafteten die Blicke von hunderten Coronye, Aurarye und Incendye auf ihm. Lyke blieb auf der rechten Seite der Statue stehen, während Avery auf der Linken verharrte.

Lyke fiel auf ein Knie herab, legte die Hand auf sein Herz und erhob sich mit geöffneten Armen.

»Willkommen, Sapye!«

Der Applaus mischte sich mit Jubel.

Avery schluckte und vergrub seine Hände in dem Umhang, der sich um seine Schultern legte.

»Ihr wisst alle, wieso wir uns hier versammelt haben. Wir schauen zurück auf eine Zeit der Vereinigung der Incendye, Coronye und Aurarye. Eine Zeit, die uns gestärkt, unsere Gesetze gefestigt und den Frieden untereinander gesichert hat.

All das wäre nicht möglich gewesen, wenn nicht ein junges Menschenmädchen ein so selbstloses …« Er hielt inne, ließ seinen Blick über die Sapye schweifen. »… so unermessliches Opfer gebracht hätte.«

Er trat ein Stück nach vorn, sodass das weiche Licht von den Goldeinschlüssen in seinem Gesicht reflektiert wurde.

»Deshalb gedenken wir ihr heute. Der 20. Februar war der wohl dunkelste Tag in der Geschichte der Sapye – und zugleich der Beginn einer neuen Ära. Giulia Vérone hat uns vor dem Zusammenbruch unserer Welt bewahrt, indem sie an der Seite von Avery und mir gegen den schwarzen Schwan gekämpft hat. Sie war unerbittlich und voller Mut – und obwohl sie als Mensch geboren wurde, war sie uns allen in einem überlegen.«

Lyke sah zu Avery, lächelte erneut und ließ ihn vortreten.

In Averys Magengrube legte sich ein flaues Gefühl und jegliche Wärme zog sich aus seinen Wangen zurück. Seine Hände begannen zu zittern, als er aufsah und all die Sapye gebannt an seinen Lippen hingen.

»Giulia war …« Er verhaspelte sich und versuchte nach den Sätzen in seinem Gedächtnis zu greifen, doch sie entglitten ihm. »Ich …«

Sein Blick wanderte durch die Menge, als er in der ersten Reihe verharrte. Eine alte Frau sah ihn lächelnd und mit Tränen benetzten Augen an. Sie nickte ihm zu.

Patty.

Der Krampf in seiner Brust löste sich und das Zittern verging. Von seinem Herzen aus breitete sich das Glühen wieder über seine Glieder aus und verlangsamte so seinen Puls. Als sei Patricia Pan vor all den Leuten sein Anker.

»Giulia hat verstanden, dass Liebe alles überwinden kann. Und sie hat verstanden, dass Liebe so viele Gesichter hat.

Freundschaft. Dass sie stärker ist als das Leid und der Hass in der Welt.« Nun sah er nur noch Patricia in die Augen, als sei sie seine einzige Zuhörerin.

»Sie hat erkannt, dass der einzige Weg, das Uhrwerk der Unsterblichen …« Er schluckte. »… und *mich* zu retten, nur über ihren eigenen Tod führen würde. Dieses Opfer hätte sie nie erbringen sollen – ich möchte betonen, dass niemand so etwas tun sollte … und doch hat sie es getan. Dafür verdient sie den allergrößten Respekt. Von jedem von uns.« Seine Stimme wurde lauter und fing an zu beben. »Dafür, dass sie uns vor einem blutvergießenden Krieg bewahrt hat. Dafür, dass die Sapye nun so dicht zusammenhalten. Dafür, dass wir frei sind.«

Patty trocknete eine Träne mit ihrem Taschentuch, legte den Kopf schief und seufzte.

»Und ich danke ihr dafür, dass ich leben darf. Dafür, dass sie mich aus meiner Einsamkeit gezwungen hat, mich Mut gelehrt hat und mich immer über mich hinaus hat wachsen lassen.« Avery ignorierte die Tränen, die in Rinnsalen über seine Wangen liefen und salzig auf seinen Lippen lagen.

»Aber am meisten danke ich ihr dafür, dass sie meine beste Freundin war.«

Nachdem der Applaus verhallt war, wandte sich Avery der Statue zu. Gänzlich aus weißem Marmor gefertigt erhob sich die drahtige Figur der jungen Frau und entlang ihrer ausgestreckten Arme thronten die mächtigen Schwanenflügel über ihm. Averys Haut kribbelte, als er in ihr von den buschigen Locken umrahmtes Gesicht sah.

Avery wischte die Tränen mit bloßer Hand von seinen Wangen und lächelte.

»Ganz schön egozentrisch …«, flüsterte er so leise, dass nur er es hören konnte.

DANKSAGUNG

Da ich durch meinen Beruf als Coverdesigner mit vielen Autoren befreundet bin, war mir schon lange bewusst, dass Bücher vor allem eines sind: ein riesiger Berg an Arbeit. Seitdem ich aber »Uhrwerk der Unsterblichen« geschrieben habe, kann ich mit Gewissheit sagen: Bücher sind der Mount Everest!

Deshalb möchte ich mich an dieser Stelle bei allen bedanken, die mir beim Erklimmen geholfen haben.

Marie Graßhoff, tausend Dank für deinen unermüdlichen Einsatz als meine Lektorin. Du hast mir handwerklich so viel geholfen und sogar in unserem Urlaub am Lektorat gearbeitet. Das ist nicht selbstverständlich und macht mir wieder bewusst, wie glücklich ich mich schätzen kann, dass du bei mir eine Ausnahme gemacht und den Auftrag angenommen hast.

Nicole Böhm, für dein stets offenes Ohr, deine Tipps und die ausgiebige Skype-Plot-Session, die die Geschichte so viel besser gemacht hat.

Astrid Behrendt, dafür dass du als meine Verlegerin pures Vertrauen in mich und meine Geschichte hast! Nirgendwo sonst wäre »Uhrwerk der Unsterblichen« so gut aufgehoben gewesen wie bei dir.

Ava Reed, danke dafür, dass du auch noch mitten in der Nacht meine Nachrichten beantwortet und zusammen mit Astrid den Weg für meine Geschichte in die Öffentlichkeit geebnet hast.

Nicole Gozdek, ich danke dir von Herzen für deinen Einsatz beim Korrektorat und dass du auch noch so kurzfristig eingesprungen bist.

Ein besonderer Dank gilt Pietro, Caro und Marlena.

All die lieben Menschen, mit denen ich über Avery und Giulia reden konnte. Besonders meine Kollegen und Freunde vom Drachenmond Verlag. Danke!

Vielen Dank an Ivica Maksimovic, der mit mir die Marketingkampagne zu »Uhrwerk der Unsterblichen« begleitet und mir in meinem Studium so viel über Werbung beigebracht hat.

Danke an meine Oma Celine, die mit mir zusammen vor meiner zu neugierigen Familie dieses Buch geheim gehalten hat.

Ich danke meiner Familie, die schon immer hinter mir und meinen Plänen stand und noch immer steht.

Vielen Dank an Beyoncé.

Liebe Leser, vielen Dank, dass ihr Avery und Giulia begleitet und ihre Geschichte bis zum Ende gelesen habt. Ich hoffe, sie hat euch gefallen.